낙원의 이론

THEORY OF
PARADISE

VOL. 4

낙원의 이론 4

ⓒ정선우 2019

초판1쇄 인쇄	2019년 7월 1일
초판6쇄 발행	2024년 2월 20일

지은이	정선우

펴낸이	박대일
편집	이문영 · 임유리 · 박지해 · 이지영 · 김하랑 · 임지원
교정	박준용
마케팅	임유미 · 백소연
표지디자인	이매진
내지디자인	박현주

펴낸곳	파란미디어
출판등록	2004년 9월 14일 제313-2004-00214호

주소	03992 서울시 마포구 동교로23길 14 국제빌딩 6층
전화	02.3141.5589 영업부 070.4616.2012 편집부
팩스	02.6499.5589
전자우편	paranbook@gmail.com
카페	http://cafe.naver.com/paranmedia
인스타그램	@paranmedia

ISBN	978-89-6371-669-5(04810)
	978-89-6371-665-7(전4권)

VOL. 4

낙원의
이론

THEORY OF PARADISE

정선우 장편소설

파란

차
례

009. 급류

김서혁은 손을 뻗었다. 시계가 한바탕 할퀴고 지나가 피가 흥건한 손이었다. 서재희의 뒷덜미를 단번에 움켜쥐었다. 손바닥의 상처가 서재희의 피부와 맞닿아 쓸렸으나, 개의치 않고 손아귀에 힘을 주었다. 비정상적으로 낮은 체온. 서재희의 맥동하는 목덜미 아래, 서늘한 흔적이 느껴졌다. 깊게 패어 다시는 완전히 아물지 못할 어떤 틈. 모질게 부서진 자리. 피가 맺기도 전에 다시 잔인하게 파헤쳐지기를 반복한…….

서재희가 거칠게 몸을 빼내며 김서혁에게서 서너 걸음 떨어졌다. 그가 무감한 눈으로 김서혁을 응시하며 제 뒷덜미를 문질렀다. 단정한 옷깃에 피가 묻어 붉었다. 김서혁의 피였지만, 서재희 자신의 피처럼 보였다.

그럼 그렇지.

김서혁은 서재희를 찬찬히 훑어 내렸다. 여전히 멀끔했다. 안정적인 호흡. 반듯한 시선. 고상한 분위기. 교과서보다 모범적인. 그러나 김서혁은 이미 서재희의 피부 아래서 들끓는 설계를 느낀 뒤였다.

차인호가 서재희를 곱게 내버려뒀을 리 없지.

서재희는 깜짝 놀랄 정도로 판단이 빨랐다. 언론이 기득권을 대변하며 사건을 요약하기도 전에, 서재희는 중앙수사부로 기꺼이 제 몸을 의탁하며 모든 시민의 판단을 유보시켰다. 그리하여 공개 진술까지 어떻게든 차인호의 손아귀를 피했을 것이다. 그러나 곧 중앙수사부의 빈틈 사이로 차인호의 입김이 스몄을 테고 그 뒤는 알 만했다. 겉을 훼손하지 않고도 내부를 망가뜨릴 방법은 많았다. 특히 그 대상이 동조자라면 고문은 더욱 다양해졌다. 면밀하고 조용하게.

정신력 하나는 대단해.

서재희는 그만한 고통을 겪고도 두 다리로 단단히 버티고 서 있었다. 도시연합군 총사령관을 앞에 두고도 단 한 뼘도 굽히는 기색이 없는 건 여전했다. 그러나 예전과 완전히 같지는 않았다. 우선 예의 바른 미소가 싹 가시고 없었다. 가증스럽게 서글서글하던 눈빛도 없었다. 공개 진술 때 시민들의 혼을 쏙 빼놓은 드라마틱한 눈물 또한 당연히 없었다. 분명히 있을 적의는, 고통과 함께 갈무리되어 드러나지 않았다. 깨끗했다.

그러니까 후보로 거론되었겠지.

서재희가 제 뒷덜미를 문지르던 손을 천천히 늘어뜨렸다. 오만하지도 비굴하지도 않은 태도로 김서혁을 직시하면서. 그 모든 것이 어찌나 자연스러운지, 김서혁은 하마터면 서재희가 자신과 동등한 위치에 있다고 착각할 뻔했다.

'겉보기에 다들 속아 넘어가는 거지. 실은 예민하고, 까다롭고, 아주 지독해. 자네도 느꼈겠지만.'

임유현이 했던 말이 스쳐 지나갔다. 그는 서재희를 다루는 게 어렵다고 했다. 늘 정리된 낯으로 꼼짝도 하지 않는다고 푸념했다. 생의 의지가 말라 버려 도저히 움직일 수가 없다고. 이럴 줄 알았으면 다른 방식으로 접근할 걸 그랬다고 했다. 혹은 서재희의 부모를 방치하지 않고 제때 치료해 줄 걸 그랬다며 후회했다. 그럼 더 효율적이었을 거라고 말하는 임유현의 얼굴은 진심으로 아쉬워 보였다. 그때까지만 해도 임유현은 몰랐을 것이다. 그저 어떻게든 회유해 보려고 이리 굴려 보고 저리 굴려 보던 그 서재희의 손에 제 숨통이 끊어지고 사지가 찢길 줄은.

김서혁은 자리에서 일어섰다.

"여태 그리 싹싹하게 굴더니 이젠 인사도 안 하나?"

"제가 인사드리면 상황이 달라집니까?"

서재희가 담담하게 대답했다.

"여긴 총사령관님과 저, 단 둘뿐입니다. 총사령관님은 제 겉모습에 속을 분이 아니십니다. 전 소용없는 일은 안 합니다. 그리고……."

서재희의 검게 가라앉은 눈 안에서 새파란 빛이 한 차례 뒤채었다.

"……싫은 사람 앞에서 소득 없이 웃고 있기 힘듭니다. 아무리 저라도."

김서혁은 서재희의 멱살을 틀어쥐었다. 그대로 바닥으로 처박았다. 움직이지 못하도록 머리를 발로 내리밟았다. 홀스터에서 총을 잡아 뺐다. 빤빤한 낯짝을 군화 아래 두고 그 미간에 총을 겨누기까지 수 초도 걸리지 않았다.

서재희는 신음 하나 내지 않았다. 손가락 하나 꿈틀거리지도 않았다. 그저 미끈한 목덜미에 핏줄만 서슬 퍼렇게 돋아났다. 김서혁은 서재희의 머리를 밟은 발에 지그시 힘을 주었다가, 거칠게 젖혔다. 서재희의 낯이 그대로 돌아가며, 시선이 부딪혔다. 짧고 차갑게.

김서혁은 한쪽 무릎을 꿇고 앉았다. 줄곧 겨누고 있던 새까만 총구를 서재희의 관자놀이에 가져다 대고 천천히 내리눌렀다. 서재희의 뺨이 바닥에 짓눌렸다. 저항은 없었지만, 그렇다고 마냥 쉽지도 않게. 서재희는 눈을 감지 않았다. 그저 앞만 똑바로 보고 있었다. 허공 어딘가를 가르는 시선이었지만, 김서혁은 서재희가 자신을 똑바로 마주 보고 있다고 느꼈다.

김서혁은 총구를 움직였다. 오랜 시간 잘 길들여 까맣게 반질거리는 총구가 서재희의 관자놀이로부터 뺨으로 옮겨 가고 이윽고 뒷덜미에 머물렀다. 천천히 방아쇠를 당겼다. 금속에 온이 팽팽하게 걸리며 차가운 소음이 나자, 서재희가 느리게 눈을 감았다. 김서혁이 예상한 체념이나 두려움은 조금도 보이지 않았다.

캉!

총구가 튀어 올랐다. 서재희가 숨을 들이켰다. 김서혁은 서재희의 창백한 목덜미와 까만 총구 사이를 비집고 흘러나오는 패턴을 지켜보았다. 옅게 겹쳐진 색깔들이 흩어졌다. 여러 명의, 김서혁도 알아볼 만한 유명 인사들의 서명이 희미하게 빛났다. 복잡하게 얽힌 또는 거칠게 단순한 씨실과 날실이 풀어헤쳐져 서재희의 목선을 따라 미끄러져 떨어지고, 바닥에 고이며 빙글빙글 돌았다.

그건 시작에 불과했다. 뒤이어 쏟아진 설계들은 단단하고 날카로웠다. 방금 지옥에서 건진 듯 악독한 설계들이 벌레 사체처럼 줄줄이 기어 나왔다. 어떤 것들은, 서재희의 피를 빨아먹어 시뻘겋게 번들거렸다. 불법 패턴이었다. 인간이 인간에게 쓰는 것이 금지된.

서재희가 이를 악다물었다. 그는 숨을 거의 쉬지 않았다. 비명 없이 버티는 게 용했다. 서재희가 고통을 참으며 가슴 위로 주먹을 틀어쥐었다. 희게 질린 손마디 사이로 고리가 채워지지 않은 시곗줄이 차갑게 빛을 반사했다.

김서혁은 그 후로도 한참이나 서재희에게 심긴 고문 설계를 강제로 뽑아내는 데에 집중했다. 가끔은 끔찍하게도 총이 덜덜 떨리기도 했다. 그런 것들은 대개 차인호의 서명이 새겨져 있었다. 입이 썼다. 차인호가 재학 시절 고스란히 당했던 압박, 김서혁도 성장통처럼 겪어야 했던 악의가, 서재희에게서 고스란히 배어나고 있었다. 그토록 되풀이하지 말자고 다짐했던 악의 대물림. 미친 듯이 진동하는 총을, 김서혁은 꽉 쥐고 놓지 않았다.

이윽고 그 모든 독기가 빠져나갔을 때, 서재희는 식은땀으로 흠뻑 젖어 있었다. 김서혁은 다소 피로를 느꼈다. 그는 서재희의 뒷덜미를 짓눌렀던 총을 거두었다. 목덜미에 보랏빛 피멍이 선연했다. 서재희가 천천히 눈을 떴다. 실핏줄이 터져 붉은 시선이 김서혁을 향했다.

창밖으로 빗소리가 요란했다. 칼처럼 쏟아지는 비.

김서혁은 문득 기시감에 사로잡혔다.

폭우로 들끓던 밤. 바람의 방향에 따라 묵직하게 쓸려 나가던 물안개. 그 속에서도 형형하던, 그러나 한편으론 텅 비어 있던 유은우의 눈.

김서혁은 몸을 일으켰다. 총을 홀스터에 집어넣었다. 발을 들어 올렸다가, 서재희 뒤쪽 바닥을 거칠게 밟았다. 물비늘처럼 남아 반짝이던 설계 부스러기들이 군화에 짓밟히며 날카로운 소리를 냈다. 김서혁은 바닥을 그리 문질러 설계 잔해를 전부 부수고 나서야 발을 거두었다. 뚜벅뚜벅 걸어 서재희에게서 멀어졌다. 창가에 서서 몸을 반쯤 옆으로 기대었다. 코트 안주머니에 손을 넣어 호흡기를 꺼내며 아래를 내려다보았다.

10여 층 높이에서 내려다본 중앙대로는 장관이었다. 쏟아지는 빗줄기 속에서도 시민의 숫자는 줄기는커녕 더욱 불어나 있었다. 수십만 명이 우비를 나눠 입고 손에 하얀 풍선을 들고 있었다. 비가 억수같이 쏟아져 풍선이 간간이 터질 만도 한데 시위의 방식을 바꾸지도 않고 꿋꿋했다. 이렇게 위에서 풍선 떼를 내려다보니 과연 뉴스에서 보도하던 대로 거대한 구름 같았다.

진실의 구름.

김서혁은 호흡기에 회복제를 끼워 넣고 입에 물었다. 느리게 빨아들이고 내뿜었다. 눈을 들었다. 짙게 흩어지는 수증기 사이로 서재희가 몸을 일으키는 게 유리창에 비춰 보였다. 김서혁은 다시금 쌉싸래한 약물을 천천히 들이마셨다. 시계에 사정없이 긁힌 데다 직후 총까지 잡아 도통 피가 멎질 않던 오른손 손아귀가 그제야 빠듯하게 차오르는 느낌이 났다.

김서혁은 뒤돌아섰다. 창에 등을 기대고 서서 서재희를 바라보았다.

서재희는 반듯하게 일어서 있었다. 지쳐 창백했으나 그마저도 정돈되어 보였다. 김서혁은 자신을 응시하는 서재희의 가라앉은 눈을 물끄러미 보면서 입에 물고 있던 호흡기를 빼 들었다. 턱짓으로 창밖을 가리켰다.

"시위 본 적 있나?"

서재희는 대답이 없었다. 김서혁은 다시 호흡기를 물었다. 어차피 대답을 바라고 한 질문이 아니었다. 그는 서재희에게 시선을 둔 채 회복제를 깊이 들이마시고 다시 뱉었다. 충분히 반복했지만 약물 케이스는 절반도 줄지 않았다. 김서혁은 호흡기를 창턱에 내려놓았다.

"수십만 명이 밀집되어 있어. 저 공간에 어떤 동조자 한 놈이 섞여 있다고 가정해 보지. 정윤환처럼 설계 천재도 아니고, 유은우처럼 타격이 절정에 오른 자도 아니야. 기초학교 1학년 부진아일 뿐이지. 동조율은 올해 평균치보다 아래로 한 12 정도로 잡아 볼까. 동조율이 형편없어서 별 의미도 없겠지만 타격보다는 그래도 설계에 소질이 있다고 해 두지. 그놈은 미쳐 있고 사리 분별이 안 돼. 그러나 겉으로는 멀쩡하지. 그래서 그 속을 아무도 몰라."

김서혁은 피가 멎기 시작한 오른손을 천천히 쥐었다 폈다. 뻐근했다.

"그 동조자가 저 시위 현장 한복판에서 총을 뽑고, 어설픈 팽창 설계를 깔고, 그 위로 타격을 사정없이 갈긴다고 생각해 봐. 어떻게 될지. 적어도 수십 명은 죽고 다치겠지. 그러나 그것을 예상할 수 있다면? 그 어리고 불안정한 동조자의 행동 패턴을 수집하고 분석하는 거지. 평소 기초학교에서 실기시험을 칠 때는 방아쇠 당기기를 주저하다가, 하굣길에 홀로 길고양이를 만날 때면 스스럼없이 사격하여 잔인하게 괴롭힌다는 사실 따위를. 싹수가 노랗다 못해 말라비틀어진 놈들을 애초에 사회에서 격리할 수 있다면?"

서재희는 반응이 없었다.

"넌 공개 진술에서 낙원의 이론 시스템 자체를 부정적으로 언급했지. 그러나 도구와 책임은 분리해야 해."

비가 거세어지고 있었다.

"세월이 흐르면서 낙원의 이론은 점점 더 많은 샘플을 수집하며 갈수록 견고해졌다. 그러나 낙원의 이론을 다루는 지도자의 성향이 변질되었지. 평화가 길어지면서. 역대 후보들과 13위원들은 이제 낙원의 이론을 다른 방식으로 이용하기 시작했어. 비동조자들을 억압할 기질을 가진 동조자들을 판별하기보다는, 당장 자신의 권력을 위협할 만한 혁명의 싹을 걸러 내는 데에 사용하게 돼. 그들은 똑똑하고 용기 있는 이재들을 살해하고, 그중 소수만 후보자란 이름으로 선택하여 거듭 좌절시킨 후 기득권으로 편입시키면서, 입으로는 늘 낙원의 이론에 의해서라고 표현해 왔지. 시스템에 책임을 전가하는 비겁한 짓이다. 마치 논리적인 체계가 직접 불량한 동조자들을 걸러 내는 것처럼. 그건 옳지 않아. 낙원의 이론은 그저 방대한 데이터베이스일 뿐이다. 가치판단이 거세된 정보의 축적. 낙원의 이론 그 자체만으로는 그 어떤 것도 가능하지 않아. 누군가의 손에 들어갔을 때 비로소 의미가 있지. 총이 혼자서 걸어 다니며 사람들을 살해할 수 없는 것처럼. 순전히 방아쇠에 손가락을 건 인간의 자질 문제지."

창밖에서 무언가 작은 소리가 들렸다. 시위대가 입을 모아 무언가를 외치고 있었다. 그것은 희미하여 잘 들리지 않았다.

"나는 총이 아니라 총을 쥔 자를 바로잡고자 한다."

김서혁은 뚫어져라 서재희를 바라보았다.

"넌 무엇을 원하지?"

서재희는 대답하지 않았다. 김서혁은 창가에 기대었던 몸을 천천히 일으켰다. 서재희를 향해 뚜벅뚜벅 걸었다. 마주 섰다. 낮게 말했다.

"임유현을 갈기갈기 찢어 보란 듯이 널어 놓고, 차인호의 품에서 차예원을 영원히 떼어 놓고, 학교를 중립을 가장한 무법지대로 설정해 놓고, 내 휘하의 군을 내 이름으로 그 경계에 둘러놓고. 사해도 아니고 제1도시 한복판에 불을 지른 이유가 뭐지? 나와 차인호의 싸움이었다. 언제나 그랬듯 조용히 위원회 명단만 교체할 수도 있었던 일이었어. 네가 판을 크게 키우면서 죽어 나간 사람이 몇 명인지 똑똑히 기억해라. 나아가, 반란군을 부리며 시민을 기만하고 불필요한 희생자를 내는 도시연합과, 후보로 관리된 주제에 아무것도 모르는 척 선한 낯으로 시민들 앞에서 눈물로 호소하는 네가, 어떻게 다르다고 말할 수 있지?"

도청이 의심되어 손수 고문 설계를 제거해 주긴 했으나, 마음 같아서는 서재희에게 더한 짓이라도 하고 싶은 심정이었다.

충분히 실현 가능한 그 충동을 억누른 것은 일말의 양심이었다. 재학 시절 김서혁과 함께했던 나머지 후보 둘이 있었다. 하나는 용 사육실에 불을 지르다 사망했고, 하나는 파견 수업 때 홀로 실종되었다. 무사히 졸업한 것은 김서혁뿐이었다. 그 후 김서혁은 권력의 중심으로 차근차근 걸어 들어가며 단맛에 익숙해질 때마다, 언제나 그 둘을 상기하려고 애썼다. 은폐되어 평범한 그 죽음이, 어쩌면 김서혁의 최후가 될 수도 있었으니까. 셋 중 김서혁만 살아남은 것은, 그가 특별히 탁월해서가 아니라, 그저 운이었음을 알고 있었으니까.

"차인호 도시연합장은, 네가 그저 복수심에 불타 아무런 목적도 없이 파괴만 추구한다고 하더군. 그냥 미친놈이라고. 그가 네게 그토록 강력한 고문까지 걸어 가며 얻어 낸 결론이 고작 그것뿐이라면, 답은 두 가지지. 네가 정말 그런 마음을 먹었거나, 혹은 내 상상을 초월하는 인내심으로 고문을 버티고 거짓을 말했거나. 아무래도 난……."

김서혁은 서재희의 턱을 가볍게 쥐었다.

"……후자 같거든."

키 차이는 한 뼘도 나지 않았으나, 김서혁은 서재희가 한참 어리게 생각되었다. 어리고, 지나치게 똑똑하며, 오래전 전부를 잃어버려 무서울 게 없으나, 최근 들어 약점이 하나 생겼을지도 모르는. 김서혁도 인정할 만한, 반짝반짝 빛나는 약점.

"요 며칠간 차인호는 내게 네놈 기억을 볼 수 있도록 군의 기계를 빌려 달라고 수차례 요구했다. 하지만 난 거절했지. 차인호가 네 기억을 보려 하는지 네 뇌를 망가뜨리려 하는지 정확히 가늠되질 않았거든. 네게 고맙다는 인사는 듣고 싶지 않다. 사실 난 네 뇌가 어찌 되든 아무 상관이 없으니까. 내 관심은 다른 곳에 있어. 난 네게 직접 묻고 싶다. 설마하니 이 전부가 유은우의 안전을 위해서였다는 그런 말도 안 되는 변명을 대지는 않겠지."

"이제 유은우는 저 필요 없습니다."

서재희가 즉각 대답하여, 김서혁은 눈을 굳혔다. 서재희는 부드럽게 고개를 비끼며 김서혁의 손으로부터 자신의 턱을 빼냈다. 그 동작이 너무나 자연스러워 김서혁은 미처 손에 힘을 더하지도 못했다. 서재희의 입가에 설핏 웃음기가 스치는 것도 같았으나 순식간이라 확신할 수는 없었다.

등골이 서늘했다. 묘한 분위기가 감돌았다. 김서혁이 서재희에게서 단 한 번도 보지 못했고, 또 상상조차 해 보지 못한. 단정하면서, 동시에 산산조각이 난 무언가 같았다.

줄곧 한자리에 서 있기만 하던 서재희가 예고 없이 김서혁을 스쳐 지나갔다. 임유현의 후원을 받으면서부터 상류층의 몸가짐을 스펀지처럼 빨아들여 자신의 것으로 소화함은 물론, 얼마 지나지 않아 교양의 정석이 되었다는 항간의 소문을 과시하듯 우아하게. 방금 고문 설계를 추출당하며 이를 악물고 버텼다고는 믿을 수 없을 정도로 품이 여유로웠다.

서재희는 창가에 멈춰 섰다. 김서혁이 기대어 있었던 그 창가였다. 그는 줄곧 쥐고 있던 유은우의 시계를 제 바지 주머니에 넣었다. 그리고 김서혁이 팽개쳐 놓은 호흡기를 집어 들고는 가볍게 훌쩍 뛰어 창가에 걸터앉았다. 다리 한쪽을 창틀에 얹고 다른 한쪽 다리는 아래로 늘어뜨린 채, 서재희가 창문을 활짝 열어젖혔다.

습기와 소음이 밀어닥쳤다. 작아서 잘 들리지 않던 시민들의 목소리가 폭우를 뚫고 선명했다. 분명한 발음. 익숙한 가락. 도시연합의 오래된 가요에, 새로운 가사를 덧붙여 부르고 있었다. 도시연합장의 해명을 요구하고 서재희의 정상참작을 요구하는 내용이었다.

"유은우는 제가 아니라 시민들이 지켜 줄 겁니다."

서재희가 김서혁과 눈을 맞추며 부드럽게 미소 지었다. 마주하고서 처음으로 보는 웃음이었다. 그러나 가식으로 느껴지지는 않았다. 지금 서재희는 얼마간은 혹은 완벽하게 진심이었다. 그것이 김서혁을 불안케 했다.

내가 지금 괴물을 상대하고 있는 걸까.

창밖에서 밀려들어 오는 뿌연 비안개가 서재희의 까만 머리카락을 흠뻑 적셨다. 서재희가 김서혁을 바라보며 쥐고 있던 호흡기를 입술 틈으로 물었다. 나른히 빨아들이고 느리게 뱉었다. 수증기가 비안개와 뒤섞여 서재희의 빼어나게 단아한 낯을 잠시간 흐릿하게 했다.

순간적으로, 김서혁은 서재희가 거대한 재난처럼 느껴졌다.

저 서재희가 만약 권력의 정점에 선다면, 그리하여 악을 품고 움직인다면, 차인호보다 임유현보다 역대 그 누구보다 더 치밀하게 악랄하지 않을까. 그런 직감이 들었다. 임유현은 서재희를 잘못 취해도 한참 잘못 취했다. 그는 어린 서재희의 주위를 짓밟아 고립시켜서는 안 되었다.

내가 잘못 생각했어. 유은우는 서재희의 약점이 아니라, 유일한 제어장치였다.

김서혁은 홀스터의 총을 움켜쥐었다. 서재희가 매끄럽게 미소 지으며 호흡기를 물었다 놓았다. 그가 수증기를 후우 불어 뱉었다. 시야가 다시 한번 어지러웠다.

"총사령관님."

서재희가 손을 들어 제 뒷덜미를 부드럽게 주물렀다. 총구에

눌리며 생긴 피멍이 눈에 띄게 옅어지고 있었다.

"고문도 아주 어릴 때부터 차근차근 받으면 익숙해집니다. 친애하는 우리 교장 선생님께서 손수 주신 유산이죠."

서재희가 호흡기를 문 채 옅게 웃었다. 낮에 예의 그 서글서글한 분위기가 깔렸다. 더없이 선한 얼굴 위로 수증기가 뿌옇게 퍼져 나갔다.

"총은 왜 쥐십니까? 저를 죽이시겠다면 그렇게 하십시오. 차인호 도시연합장이나 기타 저명하신 의원들처럼 고문하셔도 좋고. 다만 지금은 타이밍이 좀 그렇지 않습니까? 제가 여기서 총사령관님 손에 죽는다 칩시다. 까딱해서 시체가 창밖으로 넘어가면……."

서재희가 호흡기를 가볍게 창밖으로 던져 버렸다.

"……시민들이 어떻게 생각할까요?"

김서혁은 대답하지 않았다.

"저는 판을 깐 지 오래되었습니다. 제가 지금 당장 죽어도 결과는 안 바뀝니다. 애초에 제 죽음을 가정하고 짠 계획이니까요. 총사령관님은 제 변수가 아닙니다. 그러니 잘 보일 이유가 없습니다. 제가 잘 보여야 할 사람은 밑에."

서재희가 창밖 시위대를 가리키고는 이어 말했다.

"제가 잘 보이고 싶은 사람은 학교에."

서재희가 비스듬하게 웃었다.

"총사령관님께서 제게 물으셨지요. 무엇을 원하냐고. 차인호 연합장님 말씀이 아주 틀린 건 아닙니다. 저는 낙원의 이론을 부수고 세상을 한바탕 엎은 뒤에 죽고 싶었습니다. 얼마 전까지만 해도 제겐 그것밖에 없었습니다. 지금은 다릅니다. 이제 그런 건 아무렇지도 않게 되었습니다. 어떤 사람이 소중해지면, 그 사람이 사는 세상을 그 사람 시선으로 다시 살피게 되고, 그러다 보면 자꾸 생각하게 되더군요. 어떤 세상이 그나마 숨 쉬고 살 만할까."

서재희는 물 흐르듯 창가에서 내려왔다.

"이제 와서 돌이켜 보면 낙원의 이론, 그것도 참 믿을 만한 게 못 됩니다. 저도 제가 이렇게 될 줄 몰랐는데 한낱 시스템이라고 알았을까요? 저도 낙원의 이론이 인간관계까지 기록한다는 건 압니다. 하나 말 그대로 기록일 뿐, 언제 어디서 누구와 사랑에 빠질지, 그것만은 예측할 수 없다고 들었습니다. 그럼 낙원의 이론은 아무 쓸모없는 것 아닙니까? 사람은 사랑으로 변하는데. 인간에게 가장 소중한 영역이라 기계에게는 무리인가 보지요. 그러니까 이를테면……."

서재희가 부드럽게 말했다.

"……김서혁 총사령관님께서 드신 그 예시 말입니다. 불안정한 동조자가 시위 현장 한가운데서 폭주를 일으킬 수 있으니 미리 짐작하여 제거하는 데에 시스템을 활용해야 한다고 하셨지요. 저는 다르게 생각합니다. 만약 그 어리고 나약한 동조자가 사랑하는 가족과 함께 시위에 참석했다면? 혹은 아끼는 친구가 제1도시에 거주하고 있다면? 또는 총을 뽑는 순간 누군가의 친절로 마음이 바뀌고 나아가 상대에게 첫눈에 반한다면?

그가 폭주할 수 있을까요? 아니겠죠. 그렇다면 세상을 바꾸는 것은 낙원의 이론이 아니라……."

김서혁은 문득 서재희의 말마디 어딘가에서 익숙함을 느꼈다. 김서혁도 한때 위로받았던, 누군가의 온기가 있었다.

"……사람과 사람 사이의 따뜻한 마음 아닙니까?"

서재희가 성큼성큼 걸어 김서혁에게 다가왔다.

"낙원의 이론이 보존되든, 부서지든, 은폐되든, 공개되든, 이젠 그다지 개의치 않습니다. 또한, 낙원의 이론을 떠나서, 완벽한 인재가 쿠데타를 일으켜 오래도록 독재를 해 먹든, 그저 그런 범인이 우매한 민주주의로 선택되어 짧은 임기 동안 제 배만 잔뜩 불리든……."

서재희는 김서혁과 한 발짝 거리만 두고 멈추어 섰다.

"중요한 건 시민이죠. 언제든지 바뀔 가능성. 혹여 오판으로 퇴보하더라도, 그 위험을 감수하고 움직일 수 있는. 깨어 있는 유연한 다수. 그리고 그들의 따뜻한 연대."

김서혁은 가만히 서재희를 바라보았다. 잘 길들인 습관처럼 반듯한 미소 뒤로, 겹겹이 쌓인 상처가 보일까 가만히 들여다보았으나 아무것도 없었다. 전혀 그럴 생각은 아니었으나, 김서혁은 저도 모르게 중얼거렸다.

"널 선택해야 했을까."

김서혁은 서재희를 처음 본 순간을 기억했다.

연합대회에서였다. 물론 소문은 들었다. 제8도시 촌구석에 팀만 이뤘다 하면 우연인지 재능인지 귀신같이 승리로 이끄는 새파란 놈이 하나 있다고 했다. 승률이 거의 100%에 가깝다는. 그러나 크게 신경 쓰지 않았다. 김서혁은 당시 정윤환을 마음에 둔 상태였고 그를 어떻게든 군으로 데려오기 위해 골몰하고 있었다. 김서혁은 정윤환이 차세대 낙원의 이론 후보감임을 믿어 의심치 않았다. 몇 가지가 걸리긴 했으나, 다른 몇 가지가 눈부시게 탁월했다. 출중한 설계 실력만이 아닌, 정윤환 특유의 무언가가 있었다.

서툴지만 정 많고, 잘난 가운데 나약했다.

남들은 싸가지도 그런 싸가지가 없다며 혀를 내둘렀으나 김서혁의 생각은 달랐다. 각종 대회에서 정윤환은 상대 팀은 물론이고 제 팀원까지 잔인하게 기죽이며 혼자 펄펄 날아다녔지만, 그건 단지 지루해서였다. 수준이 맞지 않으니 당연히 오만함이 싹트고, 그것은 오래 둘수록 고치기 힘들었다. 정윤환은 지금 바로 정예군에 합류해도 전혀 문제가 없는 실력이었다.

김서혁은 임유현과 차인호에게 단단히 선포도 해 놓았다. 정윤환은 자신이 데려가겠다고. 혹여나 빼앗길까 정윤환의 집에 수시로 드나들기도 했다. 초조했다. 김서혁은 정윤환이, 정확히는 정윤환을 포함한 차세대 후보들이 예언과 틀어지길 원했다. 세 후보가 도시연합 중앙학교에 동시에 재학하지 않는, 역대 단 한 번도 없었던 예외적인 상황을 연출하고 싶었다. 낡은 글귀를 미신처럼 숭배하는 소수의 기득권을 보기 좋게 엿 먹이는 것은 물론이고, 같은 대 후보의 억울한 죽음으로 드리워진 어스름을 이제 그만 걷어 낼 수 있었으면. 예언은 의미가 없음을 증명하고, 사회를 이끌 만한 인재를 선택하는 것은 비단 낙원의 이론에 의존하는 것이 아니라 따뜻한 인간성으로 보완되어야 함을 보이고 싶었다.

그러나 김서혁은 서재희를 마주하고 흔들렸다. 소문대로 인재가 맞았다. 김서혁은 서재희의 어른스러우면서도 티끌 없이 선한 낯에서, 죽은 옛 후보의 모습을 보았다. 셋 중 둘이나 이렇게 일찍 발견하다니. 정윤환보다 서재희를 먼저 거두어야 하나 고민했다. 때마침 임유현도 서재희에 대한 욕심을 내비쳐 왔다. 그는 아주 선심 쓰듯, 김서혁에게 제안했다. 나눠 가지자고. 정윤환과 서재희 중 선택하라는 뜻이었다.

김서혁은 연합대회 내내 둘을 눈여겨보았다. 사실 다른 건 눈에 들어오지도 않았다. 서재희와 눈 한번 마주쳐 보겠다고 수줍게 얼쩡거리는 정윤환과, 그런 정윤환을 차분히 타일러 돌려보내는 서재희를 보며 저울질했다. 기준은 단순했다. 더 약한 아이를 데려오고 싶었다. 부서지기 쉬운 아이를 맡고 싶었다. 김서혁도 임유현의 방식을 겪어 알았다. 임유현의 손에 들어가면 혹독하리란 것을.

김서혁은 정윤환을 선택했다. 그리 어려운 결정은 아니었다.

"임유현 교장 선생님께서도 항상 그 말씀을 하셨지요. 네가 아니라 정윤환을 데려왔어야 했다고. 하지만 총사령관님."

서재희가 조용히 말했다.

"저와 정윤환의 자리가 바뀌는 데에 큰 의미는 없는 것 같습니다. 혹여 만에 하나 과거로 돌아가신다면, 지금과 다른 결말을 보고 싶으시다면, 그때는 유은우를 처음 본 순간 제거하셔야 할 겁니다. 정 붙이지 마시고. 그럼 저나 정윤환이나 지금과는 꽤 다를 것 같으니까. 어쩌면 총사령관님도."

김서혁은 가만히 서재희를 응시했다. 어렸던 서재희의 모습을 겹쳐 보았다. 그 위로, 임유현의 밑으로 들어간 뒤 드문드문 서늘하던 서재희를 포개 보았다. 그리고 정윤환. 특히 정윤환의 어린 시절은 한번 떠올리면 뇌리에서 쉽사리 사라지지 않았다. 당시 김서혁이 정윤환을 데려오는 데에 무척 공을 들였기에 더욱 그랬다. 팔자에도 없는 음료수며 과일 따위를 사 들고 뻔질나게 정윤환의 집 문턱을 드나들었으니. 그리고 김서혁은 유은우를 기억했다. 인큐베이터에서 나오자마자 귀찮을 정도로 자신의 뒤꽁무니를 쫓아다니던 강아지 같던 아이를 떠올렸다. 가슴 안쪽에서 무언가가 부드럽게 부풀어 올랐다. 그것은 아주 연약해서 즉각 접어 눌러놓을 수 있었다.

김서혁은 때때로 셋 모두에게 부채 의식을 느꼈다. 그러나 어쩔 수 없었다. 다시 돌아간다고 해도, 김서혁은 서재희가 아닌 정윤환을 선택할 것이고, 정윤환이 임유현의 손아귀에 넘어가기 전에 막지 못할 것이며, 유은우를 시민이 아닌 전리품으로 등록했을 것이다. 그는 매 순간마다 최선의 선택을 했다.

"제안을 하나 하지."

"그 제안 받아들이겠습니다."

김서혁은 미간을 좁혔다. 서재희는 예의 바르게, 그러나 차갑게 웃었다.

"총사령관님 처지가 뻔히 보이는데, 그 제안 하나 예상 못 하겠습니까. 말씀드렸지 않습니까. 제가 짠 판이라고."

공손하게 건방진 말투를 보아하니, 서재희는 이제 정말 김서혁에게 잘 보일 생각이라고는 눈곱만큼도 없는 것 같았다.

"김서혁 총사령관님을 도시연합장 자리에 앉혀 드리겠습니다. 호칭은 새로운 시대에 걸맞게 바꾸십시오. 만약 왕좌에 앉지 않으시더라도 그 왕좌를 좌지우지할 만한 힘을 드리겠습니다. 또한, 불필요한 사상자가 발생하는 것은 저 또한 원치 않으므로, 싸움판은 사해에 깔아 드리겠습니다. 그러나 낙원의 이론은 보존 못 해 드립니다. 장담컨대 시스템은 후에 당신의 발목을 잡을 겁니다."

"조건."

"두 가지를 요구합니다. 첫째, 메모리. 정성민이 유은우를 구하면서 촬영한 영상이 담긴 메모리. 이수연이 가지고 있다가 실종되었다는 말이 있지만, 총사령관님께서 그것을 빌미로 임유현을 밀어내고 그 자리에 앉은 것 다 알고 있습니다. 제게 넘기십시오."

어떤 이유로 메모리를 요구하는지, 김서혁은 서재희의 의중을 쉽게 읽었다. 그러나 바로 대답하지 않았다. 서재희는 김서혁의 반응에는 개의치 않고, 아주 당연한 것을 요구하듯 매끄럽게 말을 이었다.

"둘째, 낙원의 이론과 관련하여 정윤환과 차예원의 모든 기록에 대한 삭제를 요청합니다. 다만, 단순 후보가 아닌 관리자로 등록된 뒤의 기록은 삭제가 어렵다고 알고 있습니다. 그 부분은 제 이름으로 변경해 주십시오."

김서혁은 자신이 잘못 들었나 했다. 창밖 시민들의 노래로 헷갈려 자신이 지금 잘못 이해하고 있는지. 그러나 서재희는 말을 바꾸지 않았다. 그저 담담하게 덧붙였다.

"누군가 한 명은 지고 가야 합니다. 제가 하겠습니다."

"은우 먹어."

무언가 불쑥 눈앞으로 들어왔다. 포장을 뜯지 않은 큼지막한 초콜릿이었다. 유은우는 이프 화면에 처박고 있던 고개를 들었다.

손도연이었다. 눈가는 붉었고 뺨은 까칠했다. 손도연과 많은 말을 섞지는 않았지만, 유은우는 그녀가 예전과 달라졌음을 알았다. 눈물에 마음이 깎이면 어떤 부분은 한 뼘 성장하겠지만 어떤 부분은 영원히 죽어 버린다. 손도연은 지금 그 과정을 겪고 있었다.

유은우는 위로의 말을 해야 한다고 생각했다. 그러나 입이 쉽게 떨어지지 않았다. 유은우가 머뭇대는 사이, 손도연이 말했다.

"간식 이제 얼마 없어. 있을 때 먹어."

학교는 외부와 차단되고 고립되었다. 다행히 수도나 전기는 끊기지 않았지만, 공급 없이 줄어들기만 하는 식량은 큰 문제였다. 차예원은 식당 직원들로부터 받은 식자재 리스트를 공개했다. 앞으로 일주일은 충분한 양이었다. 차예원은 그 안에 상황이 종료되니 식량이 부족할 일은 없을 거라고 예상했다. 그녀는 서재희가 오기만을 기다리고 있었다. 그러나 쉽게 받아들여지지 않았다. 몇몇 학생들은 이 비상 상황이 예상보다 훨씬 길어질 수 있다고 반박했다. 그러니 개인적인 모든 먹을거리도 한곳에 모아 그 수량을 파악하고 계획적으로 나누어야 한다고 주장했다. 그러나 차예원은 그 요구를 수용하지 않았다. 그녀는 군에 살해당하면 당했지 굶어 죽는 일은 없을 거라고 딱 잘라 말했다. 학생들의 불안이 급격히 가중되었다. 차예원 말 참 똑 부러지게 잘한다며 정윤환이 혀를 찼다. 보다 못한 연다희가 앞으로 나섰다.

연다희는 객관적인 자료를 제시했다. 학교엔 파견 수업용 모함이 한 척 있었고, 그에 부속선이 무려 열세 척이나 딸려 있었다. 모함의 저장고에는 어마어마한 양의 에너지 팩과 영양 비스킷이 비축된 상태였다. 연다희는 그것만으로도 앞으로 5년은 충분하며, 이 대치 상황이 아무리 길어져도 5년 안에는 끝나지 않겠냐며 소란을 마무리 지었다. 학생들은 다소 안심했으나, 교내 매점 가판대에서 사탕과 초콜릿이 꾸준히 줄어드는 건 아무도 막을 수 없었다. 중립지대로 지정된 지 사흘 만에 소소한 군것질거리는 거의 보이지도 않게 되었다.

손도연이 재촉했다.

"빨리 받아."

누군가는 고작 초콜릿 하나라고 생각할지 몰라도, 유은우는 그게 아님을 알았다. 그동안 손도연에게서 받은 소소하고도 평범한, 그래서 오히려 특별한 호의들이 있었다. 만약 유은우가 손도연과 단둘이 용 연구소에 가지 않더라도, 손도연은 아무렇지도 않게 다가와서 간식을 밀어두고 갈 것 같았다. 그게 중요했다.

군에 있었을 때, 유은우는 선택적 호의에 상처입곤 했다. 유은우와 단둘이 있을 때는 동정 섞인 조언을 하다가도 누군가 가까이 오면 입을 다물고 유은우를 못 본 체하는 이들이 있었다. 어떤 동료는 유은우만 따로 불러 놓고 설계 공식 노트를 빌려 주었다가, 누군가 필기체를 알아보자 자신의 노트가 아니라고 딱 잡아떼기도 했다. 애초에 유은우가 먼저 요청하여 받은 배려가 아니었기에, 그런 일이 수시로 반복되자 분이 올라왔다. 그 사람들은 유은우가 진심으로 걱정되어서 호의를 베푸는 것이 아니라, 약자에게 호의를 베푸는 자신의 모습이 좋았던 건지도 모른다.

작더라도 진심이었으면 했다. 그리 어려운 일도 아니라고 생각했으나, 만나기 드물었다.

크고 작음을 떠나서 주위의 시선을 신경 쓰지 않고 타인에게 자신의 것을 선뜻 나눌 수 있는 사람. 손도연은 그게 몸에 배어 있었다. 모두가 입을 모아 말하듯 그녀는 성적 면에서 뛰어난 학생은 아니었다. 동조율은 무난했고, 교내 랭킹은 바닥을 기었다. 그러나 그런 정량화된 수치를 떠나, 손도연은 꼭 필요한 사람이었다. 똑똑한 사람은 있으면 좋지만, 따뜻한 사람은 있어야 한다.

"아, 혹시 단 거 싫어해?"

"아니, 고마워."

유은우는 손을 내밀어 그것을 받았다. 반을 뚝 갈라 손도연에게 주었다. 손도연 뒤에 친구들이 옹기종기 모여서 기다리고 있었다. 유은우는 초콜릿 포장을 벗기며 물었다.

"어디 가?"

"모의 전투실."

"왜?"

"애들이 회피 패턴 연습하재. 은우 너한테 짐 되면 안 된다고."

"걱정하지 마. 내가 너 꼭 지켜 줄게. 무리하지 말고 체력을 비축해."

"정보 다 수집하고 나서 다시 빠져나올 때 상황이 힘들어지면 나 버려도 돼. 그 전까진 어떻게든 버텨 볼게."

손도연이 너무 쉽게 말을 해서, 유은우는 세차게 고개를 저었다.

"절대 안 그래."

손도연의 낯에 희미한 미소가 어렸다가 사라져 버렸다.

"너한테 짐이 안 되어야 할 텐데."

"사람이 어떻게 짐이야. 이상한 소리 좀 하지 마."

유은우는 하마터면 발칵 화를 낼 뻔했다. 짐이니, 민폐니, 유은우가 얼마 전까지 군에서 수천 번은 더 들었던 말이었다. 설계 난독증인 유은우를 서포트하는 설계자들에게서. 강력하게 군을 재정비하는 김서혁을 견제하는 무리로부터. 대부분 뒤로 돌고 돌아 듣고, 때로 김서혁이 없을 땐 면전에서도 들었다. 그런 말은 아무리 들어도 익숙해지질 않았다.

"유은우."

낮은 목소리가 날아와, 유은우는 옆을 보았다. 김산이 지척에 서 있었다. 그가 덤덤한 얼굴로 유은우가 공중에 띄워 놓은 화면을 보며 물었다.

"다 외웠어?"

"완벽히는 아니고 대강요."

유은우는 손끝으로 화면을 만졌다. 용 연구소 평면도가 확대되었다.

유은우와 손도연은 용 연구소 내부를 완전히 외워 가기로 했다. 김산의 조언이었다. 평면도를 훤하게 꿰뚫고 있으면 이프에 의존할 필요가 없으니 전투에서 훨씬 유리해진다. 거기다 최악의 경우 이프가 파괴되거나 평면도 데이터가 손상될 수 있으니 그에 대비해야 한다는 게 김산의 생각이었다.

손도연은 이걸 대체 어떻게 외운 거지?

둘은 503호로 쳐들어가기로 합의를 본 상태였다. 유은우는 한세연 연구관에게 받은 카드를 믿어 보기로 했다. 한세연을 신뢰한다기보다 당장 손에 잡히는 정보가 그뿐이었다. 그래서 유은우와 손도연은 503호를 목표로 하여 평면도를 암기하기로 했다.

　그러나 쉽지 않았다. 용 연구소의 구조가 어찌나 복잡다단한지 흡사 거미줄을 연상케 했다. 지상 4층부터 5층까지는 아예 공개된 자료가 없어 하얗게 비어 있었기 때문에 그 외의 층만 외우면 되는데도 쉽지 않았다. 게다가 어쩐지 용 연구소의 중앙은 텅 비어 있었다. 정말 비어 있는지 비공개인지도 가늠이 어려웠다. 유은우는 인내심 있게 평면도를 뜯어본 뒤, 눈을 감고 머릿속으로 그대로 복원해 보기를 반복했다. 특히 비상계단의 위치를 정성들여 외웠다. 김산이 간이의자를 끌어와서 유은우 옆에 앉았다. 그가 초콜릿을 낱개로 부순 뒤 한 개 두 개 부지런히 집어먹는 동안, 유은우는 용 연구소 출입구 열다섯 개 중 열두 개의 위치를 완벽하게 암기했다. 옆에서는 임원 학생들 셋이서 불이 붙고 있었다.

　"우린 최악의 상황도 생각해야 해요."

　연다희가 말했다. 그녀의 오른손에서 펜이 팽팽 돌아갔다. 고세민이 팔짱을 꼈다.

　"지금보다 더 최악이 있나?"

　"군이 얼마나 강경하게 나오느냐가 관건이죠. 윤환 선배가 군을 뚫어서 의료진, 직원, 일부 학생들을 무사히 내보내는 건 가장 희망적인 거고요. 그 과정에 마찰이 일어나서 누구 하나 사상자가 발생하게 되면 본격적인 전투로 이어질 겁니다. 이 경우, 무고한 시민들이 다칠 수 있고요."

　잠깐 침묵이 있었다. 지해은이 중얼거렸다.

"지금 여론이 어때? 오늘 발표 나잖아."

고세민이 어깨를 으쓱했다.

"아직 개표만 안 했다뿐이지, 재희 선배 정상참작 거의 확실해. 항간에선 재희 선배 학교로 복귀하기 전에 차인호가 먼저 살해당하는 거 아니냐고…….."

"선배, 말조심해요."

연다희가 주위를 살피며 고세민의 말을 잘랐다. 고세민이 코웃음을 쳤다. 붉게 튼 눈가에 한기가 돌았다. 그가 차갑게 말했다.

"내가 뭐 틀린 말 했어?"

연다희가 질린다는 표정을 지었다.

"예원 선배 들으면 어떡하려고요."

"들으면 뭐? 차예원이 자기 아빠 등지고 여기 학교에 있다고 해서, 내가 차인호 죄까지 용서해야 해? 솔직히 까놓고 말해서, 차예원 걔도 무슨 대단한 대의가 있어서 학교로 돌아온 건 아니잖아. 재희 선배 때문에 돌아온 거고, 재희 선배가 차예원 감싸는 거잖아. 내가 장담컨대…….."

"장담컨대?"

고세민이 퍼뜩 고개를 돌렸다. 저만치 차예원이 허리에 손을 얹고 서 있었다. 고세민은 헛기침을 하더니 난간에서 내려왔다. 차예원이 큰 보폭으로 고세민의 코앞까지 거침없이 다가선 다음, 재차 물었다.

"장담컨대 뭐?"

"아니, 선배. 그게 아니고⋯⋯."

"이제야 선배라고 부르네. 아까는 말이 짧더라?"

고세민은 이내 고개를 숙이며 차예원의 시선을 피했다. 차예원은 낮게 가라앉은 눈으로 고세민을 한참 응시하다가 뒤로 물러섰다. 그러고는 돌아보지도 않고 지시했다.

"선수에 설치해."

차예원의 말이 떨어지자마자, 갑판 위로 바퀴가 요란하게 구르는 소리가 났다. 4학년 다섯 명이 묵직한 기계를 수레에 싣고 오고 있었다. 가로세로 1미터는 족히 될 듯한 그 기계는 짙은 회색으로 꼼꼼히 칠해져 있었는데, 어마어마한 무게를 짐작할 수 있었다.

좌표기.

유은우는 화면을 만지던 손가락을 삐끗했다. 눈을 가늘게 뜨고 기계를 뜯어보았다. 이리 보고 저리 봐도 좌표기가 맞았다. 옆에서 김산이 숨을 들이켜는 소리가 났다. 그는 마지막 남은 초콜릿 조각을 집으려다 말고, 간이의자에서 일어서며 물었다.

"지금 뭐 하는 거야?"

차예원이 태연하게 대답했다.

"좌표기. 선수에 설치할 거야."

다들 말이 없었다. 차예원의 설명에 수긍한 게 아니라, 너무 당황해서 입만 딱 벌리고 그 모양을 지켜보고 있었다.

좌표기는 함선 대 함선의 전투 시 없어서는 안 되는 필수적인 장치였다. 긴박한 상황에서 순수한 계산만으로 좌표 값을 내기가 어려워, 좌표기가 그 일을 대신 해내곤 했다. 이프에 대상만 지정하면 좌표기를 통해 자동으로 좌표 값이 출력되므로, 공격과 방어가 가공할 정도로 빨라질 수 있었다. 전투 속도를 결정하는 중요한 요소여서, 적군의 함선에 침투하여 좌표기를 먼저 파괴하는 팀이 따로 구성될 정도였다. 그런 좌표기를 기관실에 꽁꽁 감춰 두기는커녕 선수로 끌어올려 노출한다는 것은 상식에 어긋났다.

"좌표기를 어디 단다고?"

정윤환은 함선의 갑판에 우뚝 서서 차예원을 노려보고 있었다. 조끼부터 재킷까지 빼먹은 것 하나 없이 제대로 교복을 갖춰 입은 채였다. 아는지 모르는지 셔츠 단추 두 개가 끌러져 있었고 넥타이 매듭은 헐거웠지만 어쨌든. 서재희가 반듯하게 차려입었을 때는 그토록 단정해 보이던 교복이, 정윤환이 걸치고 있으니 그 분위기가 사뭇 달랐다. 한쪽 손으로 재킷을 젖히고 바지 주머니에 엄지만 가볍게 걸치고 있는 사소한 품도 화려하게 보였다.

제발 위치를 자각하라는 차예원의 등쌀에 져서 정윤환이 교복을 갖춰 입은 건 결코 아니었다. 주위의 절박한 시선 탓이 컸다. 학생들은 서재희의 부재로 구심점을 잃고 정윤환에게 크게 의지하고 있었다. 그저 서재희가 편지에서 정윤환의 성품에 대해 한두 문장 언급했을 뿐인데, 이리 분위기가 급변할 수 있다는 것에 유은우도 놀랐다. 정윤환은 그 기대가 불편하고 낯선 눈치였지만 그래도 책임감은 느끼고 있는 것 같았다. 서재희가 정윤환을 지키기 위해 만든 자리였다. 정윤환도 그걸 모르지는 않았다. 그는 제 성질을 누르고 분위기에 맞추려고 눈물 나게 노력하고 있었다. 그러나 갑작스러운 변화는 쉽지 않았다. 특히 차예원과 마주할 때, 정윤환의 인내심은 쉬이 바닥을 보였다.

"거치대도 없이 선수부에 구멍을 뚫어서 바로 좌표기 설치하면 35노트만 넘어도 선체가 바로 기울어 버릴 텐데. 기관실에 잘 있는 좌표기를 뭐 하러 선수로 옮겨? 누가 이런 뭐 같은 생각을……."

"내 생각인데."

차예원이 한쪽 눈썹을 올리며 대답했다. 그녀는 정윤환과 똑바로 마주 선 채, 한쪽 손을 허리에 가뿐하게 짚고, 다른 한쪽 손은 기계에 얹고 있었다.

정윤환이 씹어뱉듯 말했다.

"머리가 나쁘면 손발이 고생한다더니 차예원 네가 딱 그 짝인가 봐. 좌표기를 선수에 놓으면 바로 적의 표적이 돼. 아군의 운용 범위를 넓히고 싶은 네 마음은 알겠는데, 중요한 기계를 선수에 배치하면 자살 행위나 다름없어. 넌 네 심장을 이마에 붙이고 싸울 셈이야?"

차예원은 정윤환에게 대꾸도 하지 않고 바로 학생들을 돌아보았다. 그녀가 딱딱하게 말했다.

"선수에 달아. 위장색도 칠했으니까 바로 달아도 문제없어."

차예원의 말에, 정윤환의 눈치를 보며 멈춰 있던 학생들이 다시 수레 손잡이를 잡았다. 그러나 채 밀기도 전에, 정윤환이 먼저 움직였다. 그는 이를 바득 갈며 성큼성큼 다가오더니 발을 들어 좌표기를 걷어차듯 막아 냈다. 학생들이 수레 손잡이를 놓고 황급히 물러났다.

"씨발, 진짜 사람 돌게 만드네. 차예원 너 미쳤어? 사람 말이 말 같지 않아? 기관실에 멀쩡하게 잘 있는 좌표기를 왜 선수에 다는 건데!"

정윤환의 사나운 기세에도, 차예원은 굽히지 않았다. 그녀가 차갑게 말했다.

"지금 이대로 싸우면 우리 져."

정윤환이 미간을 구겼다. 차예원이 재차 말했다.

"너도 유은우도, 군에 있어서 잘 알 거 아니야. 도시연합군이랑 붙으면 우리 승산 없어. 운이 나빠 김서혁이 이끄는 정예군과 정면 대결한다면? 우리 한 시간 내로 박살 나. 여태까지 했던 방식으로는 절대 이길 수 없어."

"그래서 생각해 낸 방식이 좌표기를 선수에 달아서 운용 범위를 넓히는 대신, 수 초 안에 추락하는 위험을 감수하겠다? 무게중심은 그럼 누가 조정할 건데? 함선이 방향 틀 때 전복될지도 모르는데 그건 또 누가 케어할 건데?"

"5학년 설계부에서 중력 조정할 거야."

"그러니까 뭐 하러 그런 짓을 하냐고. 차예원 너 지금 진짜 이상한 거 알고 있어? 좌표기를 선수에 설치하면, 그래, 인정해. 물론 장점도 있어. 좌표 값 출력할 수 있는 대상이 훨씬 확대될 거야. 군보다 우리가 더 멀리 볼 수 있고, 공격도 방어도 그 사정거리가 늘어나. 어쩌면 백번 양보해서 내가 좌표기를 매개로 삼은 뒤에 전교생을 동시에 서포트해 줄 수도 있겠지. 하지만 좌표기가 파괴되면? 얻는 건 순간이고 까딱 잃고 나면 바로 패배야."

"그래. 내가 말하는 게 바로 그거야. 서포트. 네가 전교생에게 전부 서포트하는 거지. 그게 내가 좌표기를 선수로 끌어온 이유야."

"아니, 잠깐만요."

연다희가 손을 들었다. 그녀는 혼란스러운 얼굴로 입을 뗐다가, 도로 다물었다가, 고개를 저었다가, 다시 입을 열었다.

"예원 선배 취지는 이해했어요. 좌표기를 선수에 달아서 운용 범위를 최대한 넓히고, 정윤환 선배가 좌표기 옆에 붙어서 우리 모두의 이프로 서포트를 전송한다는. 그러니까 좌표기를 좌표값 출력에만 쓰는 게 아니라, 속도 증가, 회피율 증가, 일반적인 서포트 개념으로 보자는 거지요? 여태와는 다른 방식으로."

"확실히 좋긴 하겠네. 그런데……."

김산이 눈을 찌푸리며 말을 이었다.

"……그게 가능해?"

"윤환이라면 가능해."

차예원이 딱 잘라 대답했다. 모두의 시선이 정윤환에게 집중되었다. 유은우도 따라서 그를 보았다. 시선이 마주쳤다. 정윤환은 약간 삐딱하게 선 채, 이쪽을 보고 있었다. 그는 차예원도 아니고, 김산이나 연다희도 아니고, 유은우를 빤히 보고 있었다. 이윽고 정윤환이 손끝으로 제 이마를 문질렀다. 그가 말했다. 나른한 듯 지친 시선은 여전히 유은우를 향하고 있었다.

"전투 내내 좌표기에만 매여 있고 싶지 않아."

정윤환의 목소리가 묘하게 잠겨 있었다. 김산이 낮게 말했다.

"왜? 몸이 안 좋아서 도저히 안 되겠어? 무리한 건 요구하지 않아. 못 하겠으면 못 하겠다고 해."

정윤환이 유은우에게서 눈을 떼더니 한숨을 쉬었다. 이렇다 저렇다 말도 없이 그는 입술 안쪽을 잘근잘근 씹었다. 유은우는 저도 모르게 정윤환의 발목을 살폈다. 치료기는 떼어 내고 없었지만, 그가 이렇게 빠른 시간 내에 완전히 회복했을 리 만무했다. 정윤환이 치료기를 뗀 이유는, 자신을 의지하는 학생들을 의식해서였을 수도 있고, 더 이상 치료기의 효과를 보지 못해서였을 수도 있다. 유은우는 초조하게 정윤환의 안색을 읽어 내려 애썼다. 하지만 그는 이제 유은우에게서 아예 고개를 돌리고 있었다.

차예원이 단조롭게 말했다.

"설마 은우 때문에 그래?"

정윤환이 고개를 들었다. 그가 짧게 숨을 뱉었다.

"뭔 개소리야. 말 함부로 하지 마."

"반응 봐라. 은우 때문 맞네."

"아니라고."

유은우는 멀거니 차예원과 정윤환을 번갈아 바라보았다. 왜 자신의 이름이 여기서 튀어나오는지 모를 일이었다. 그러나 차예원의 확신에 찬 표정과, 지나치게 날카롭게 반응하는 정윤환을 보고 있자니, 뒷덜미로 불길한 예감이 스멀스멀 밀려왔다.

"너 좌표기에 매여 있는 동안 은우 어떻게 될까 봐 걱정하는 거지? 네 손이 닿지 않는 곳에서 은우 다치거나 죽어 버릴까 봐?"

주위가 서서히 웅성거리기 시작했다. 아까까지만 해도 이렇게까지 학생들이 많이 몰려 있지는 않았는데, 차예원의 지시로 좌표기가 운반되며 어수선한 소음이 나고, 뒤이어 차예원과 정윤환의 언성이 높아지면서, 많은 학생이 하던 일을 멈추고 이쪽으로 귀를 기울이거나 무슨 일이냐며 묻고 있었다.

차예원은 냉랭하고 여유롭게 정윤환을 바라보고 있었다. 감정을 통제하지 못하는 정윤환과 달랐다. 유은우는 차예원에게서 심상찮은 느낌을 받았다. 현재 가장 뛰어난 설계자로 전투력의 대부분이나 다름없는 정윤환에게 특정 임무를 부여하는 건 민감한 주제였다. 부드럽지는 않아도 소리를 높이지 않고 의견을 조율할 많은 기회가 있었음에도, 차예원은 그 어떤 언질도 없이 좌표기를 끌어오는 행동을 택했다. 그러고 나서 정윤환을 몰아붙이고 있었다. 그녀는 일부러 상황을 먼저 꾸며 놓았다. 그렇지 않아도 많은 학생의 시선을 부담스러워하는 정윤환은 단어를 고를 시간도 없이 차예원을 상대해야 했다.

"그런 게 아니야. 나는 단지……."

정윤환은 잠깐 말을 멈추었다가 다시 입을 열었다. 화가 머리끝까지 난 것 같았다.

"……비효율적이라고 생각해. 내가 속도나 회피율을 조금 더 올려 준다고 해서 승세가 이쪽으로 기울까? 감히 군을 상대로 너무 안이한 거 아니야? 고작 내 서포트 하나 받으려고 좌표기를 선수에 배치한다고? 좌표기 훼손되면 끝이야. 이건 미친 짓이라고. 야, 뭐 하고 있어? 도로 기관실에 가져다 놔!"

정윤환의 말끝이 사납게 긁혀 나왔다. 오도 가도 못하고 어정쩡하게 수레 손잡이를 잡았다 놓았다 하는 4학년들을 향해 정윤환의 말마디가 신랄하게 쏟아졌다.

"너흰 뇌가 없냐? 판단이 안 돼? 차예원이 멀쩡히 기관실에 잘 있는 좌표기 떼다가 선수에 배치하자고 하면, '아, 예. 알겠습니다.' 하고 개처럼 끌고 오면 그만이야? 아무리 학생회장 지시라도 맞는 말이 있고 아닌 말이 있어!"

"일반적인 서포트를 말하는 게 아니야. 속도? 회피율? 그런 어린애 장난 같은 거 말고. 윤환이 너라서 할 수 있는 설계가 있잖아. 내가 말했지. 여태까지 했던 방식으로는 절대 못 이긴다고."

차예원이 정윤환 쪽으로 한 걸음 다가섰다. 정윤환은 물러서지는 않았으나 경계하듯 차예원을 바라보았다.

"언제 군이랑 맞붙을지 모르는데 지금부터 훈련한다고 해서 실력이 올라갈 리 없어. 그럼 우리가 바꿀 수 있는 건 마음가짐이지. 정신력."

차예원이 손가락으로 제 관자놀이를 가볍게 톡톡 두드렸다.

정윤환의 안색이 변했다. 차예원의 말에서 무언가 짚이는 게 있는 모양인지, 그는 단박에 창백하게 핏기가 빠져 버렸다. 정윤환은 손등으로 입매를 거칠게 문지르고는, 주위에 빽빽하게 몰려든 학생들을 빠르게 한번 훑더니 심호흡했다. 낮게 무어라고 중얼거리는 것도 같았으나 유은우에게까지는 들리지 않았다.

차예원이 기세등등하게 말했다.

"14층 말이야. 윤환이 네가 모의 전투실 하나를 완전히 반전시켜 놨잖아. 가상 체력이 깎이는 게 아니라 실제 체력이 깎이도록. 그럼 그 반대도 가능하겠지?"

몇몇이 숨을 들이켰다. 정윤환이 눈을 감았다. 차예원이 좌표기 위에 손을 얹으며 말했다.

"확실히 군은 기분이 묘할 거야. 적으로 맞붙기 전에, 우리 학생들은 본인의 자녀, 혹은 지인의 자녀니까. 아무 감정 없이 반란군을 쥐 잡듯 죽일 때와는 다르겠지. 그들은 살해에 머뭇거릴 테고, 혹여 잘 단련되어 그런 약한 마음을 누른다고 해도, 우리가 훨씬 우위에 서게 될 거야. 왜냐하면 우리는 실제로 죽지도 않고, 죽이지도 않을 테니까. 말하자면, 우리는 마치 모의 전투를 치르듯이 부담 없이 군에 맞설 수 있어. 단시간에 실력을 올리는 건 그 방법뿐이야. 물론……."

차예원이 부드럽게 말했다.

"……윤환이 네가 좌표기를 통해서, 전투 범위를 전부 가상 체력화시킨다는 조건하에."

정윤환이 눈을 반쯤 떴다. 눈에 핏발이 돋아 있었다. 그는 대답이 없었다. 팽팽한 적막은 연다희가 깼다.

"선배 왜 대답 안 해요?"

연다희의 눈이 커졌다. 그녀가 도무지 믿기지 않는다는 듯 손으로 입을 가리면서 재차 물었다.

"설마 할 수 있어요?"

정윤환은 갑판 어딘가를 가만히 응시할 뿐, 반응하지 않았다. 고세민이 갈라진 목소리로 중얼거렸다.

"미쳤다. 할 수 있나 봐."

서서히 소란해졌다. 이긴 거나 다름없다, 승산이 있다고 속삭이는 소리가 들렸다. 정윤환의 설계 실력이면 충분히 가능하다는 말도 나왔다. 좌표기가 망가지면 큰일이니 따로 방어팀을 꾸려서 좌표기 방어에 집중하자는 의견이 곳곳에서 등장했다. 군에서 모르도록 철저히 연기해야 한다며 흥분에 들뜬 학생들도 보였다. 급기야 안도감에 눈물까지 보이는 이도 있었다.

그러나 그 누구도 정윤환의 부상에 대해 언급하지 않았다. 그가 홀로 지게 될 책임이나, 그로 인해 느낄 심각한 부담감, 군이 정윤환을 제일 먼저 노릴 거라는 아주 당연한 예측은 조금도 나오지 않았다. 알면서도 눈감은 것인지, 정말 거기까지는 생각이 미치지 못한 것인지 유은우는 가늠이 되질 않았다.

유은우는 자리에서 일어났다.

"저기, 잠깐, 할 말이……."

주위가 워낙 시끄러워 유은우의 시도는 금방 묻혀 버렸다. 그러나 정윤환은 눈을 굴려 이쪽을 보았다. 그의 빤한 시선을 받으면서 유은우는 이제 손을 높이 들었다. 그래도 주목을 받지 못하자, 옆에서 보다 못한 김산이 여러 번 손뼉을 쳤다. 이윽고 사위가 조용해졌다. 유은우는 목을 가다듬었다. 힘주어 말했다.

"정윤환 선배 많이 아픕니다."

차예원이 손을 저었다.

"여기 있는 사람들 윤환이 아픈 거 모르는 사람 없어. 그래도 해야 하니까 맡기는 거 아니니."

"침식 중이에요."

차예원이 흠칫 굳었다. 학생들의 시선이 바로 유은우에게서 정윤환에게로 옮아 갔다. 정윤환은 무어라 입을 열려다가 이내 다물었다.

"여기서 빨리 나가서 중앙병원 의료진한테 의탁해도 시원찮을 판에 핵심 전력으로 너무 의지하지 않았으면 합니다. 정윤환 선배 본인이 동의한다면 전면에 나설 수는 있겠지만, 지나치게 특정 인물 중심으로만 판을 짜면 나중에 정윤환 선배가 잘못되기라도 하면 의지한 만큼 위험이 커집니다."

유은우는 성큼성큼 차예원 쪽으로 걸어갔다. 수레 손잡이를 쥐고 있던 4학년들이 물러섰다. 유은우는 좌표기에 손을 얹었다. 금속 특유의 냉기에 소름이 끼쳤다. 다시 입을 열었다.

"거기다 좌표기를 선수에 단다는 건 모함의 속도를 포기한다는⋯⋯."

유은우는 말을 다 맺지 못했다. 정윤환이 다가와 유은우의 손을 거칠게 잡아 좌표기에서 떼어 냈다. 그가 허공 어딘가를 노려보며 말했다.

"됐어. 그냥 선수에 달아. 방식이 짜증나서 그렇지, 차예원 말 틀린 거 없어."

그때였다. 누군가 비명처럼 외쳤다.

"개표 결과 나왔어요!"

한 1학년 남학생이 팔을 크게 휘저으며 갑판을 가로질러 달려오고 있었다. 머리 위로 온하나비 사이트 화면을 거대하게 띄운 채였다.

"압도적인 지지로 정상참작! 학교로 복귀한답니다!"

함성이 울렸다. 유은우는 잠깐 시야가 희어 중심을 잡지 못했다. 급한 대로 바로 옆의 좌표기를 잡아 지탱하려는데, 그 전에 단단하게 당겨졌다. 정윤환이 유은우의 팔을 잡아채 품으로 기대어 놓으며 다급히 물었다.

"언제? 복귀가 언제야?"

1학년이 큰 소리로 대답했다.

"당장 내일이요!"

박수와 환호가 폭발하듯 터졌다. 소란으로 귀가 먹먹하고 숨이 잘 쉬어지지 않았다. 연다희가 달려와 정윤환의 품에서 유은우를 당겨 내더니 꼭 끌어안고 방방 뛰었다. 유은우는 연다희의 어깨 너머로, 고세민이 눈물이 그렁그렁한 채 손을 뻗어 정윤환을 얼싸안으려 하고, 정윤환이 질색하며 차예원을 당겨다가 고세민 쪽으로 대충 미는 것을 지켜보았다. 차예원은 불편한 표정으로 고세민이 힘껏 부둥켜안는 것을 인내했다. 잠시 뒤 고세민이 다른 사람을 포옹하러 떠나자, 차예원이 두리번거리더니 유은우를 보았다. 워낙 시끄러워 그녀는 거의 악을 쓰듯 외쳤다.

"그럼 날짜도 확실히 정해졌네!"

연다희의 품에서 막 벗어나며, 유은우 역시 소리를 질러 대답했다.

"내일 재희 선배 들어오는 날, 저희도 동시에 나가면 돼요!"

누군가 폭죽을 터뜨리는지 팡 소리가 터졌다. 색종이가 반짝이며 흩날렸다. 시야가 어지러웠다. 누군가에게 손을 붙잡혔다. 얼결에 정신없이 악수하고 그 손을 놓는 순간, 머리 위로 그늘이 덮쳐 오는 걸 느꼈다. 누군가 또 행복한 포옹을 시도하고 있었다. 상대가 누군지도 거의 식별이 안 되는 상태에서 유은우는 반사적으로 마주 안기 위해 손을 막 뻗쳤다. 그러다가 뒤로 확 끌어 안겼다. 가슴에 파묻혔다가 고개를 드니 옅은 머리칼이 보였다. 정윤환이 정색하며 유은우를 내려다보고 있었다. 그가 중얼거렸다.

"아무나 끌어안고 있어."

"잠깐 비켜 봐."

유은우는 정윤환을 밀치면서 바로 차예원을 찾았다. 차예원은 상기된 얼굴로 머리에 묻은 색종이를 털고 있었다. 유은우는 얼른 다가갔다. 뒤에서 정윤환이 잽싸게 따라오는 기척이 느껴졌다.

"선배, 저 용 연구소 갈 때 나노 드론 붙여 주세요."

차예원이 의아하다는 얼굴을 했다. 정윤환이 미간을 좁히더니 내뱉듯 말했다.

"그건 또 뭔 소리야?"

"저랑 도연이, 용 연구소로 들어가면서부터, 전부 촬영할게요. 온하나비에 생방송으로 중계할 수 있도록. 여덟 도시 시민 전부 똑똑히 볼 수 있게. 저는 도연이를 용 연구소 내부 깊숙한 곳까지 안전하게 보호할 것이고, 도연이는 연구소의 자료 중 어떤 것이 용에 관한 것이고 어떤 것이 낙원의 이론에 관한 것인지 가려낼 거예요. 가치 판단은 시민들이 합니다. 우리가 여론만 가져오면, 군은 우리가 아닌 시민을 상대해야 할 겁니다."

유은우는 차예원을 보며 말하고 있었으나, 정윤환의 경직된 시선이 뺨으로 고스란히 느껴졌다.

"그러니 드론 하나 붙여 주세요. 생중계가 시작되면 도시연합에서 온하나비의 존재에 대해 알고 외부망을 차단할 테고, 그럼 우리는 더 이상 바깥의 정보를 수집하지 못하겠지만, 그 대가를 치를 만한 정보를 제가 꼭 보여 드릴게요. 시민들은 서재희 선배의 폭로를 높이 살지는 몰라도, 아직 완전히 우리 편은 아니에요. 그래서 시민들은 서재희 선배가 학교로 돌아와서 어떤 변화를 일으키기를 기대하는 겁니다. 그러니까 우리는 어떤 특정 리더를 따르는 게 아니라 자의로 이미 혁명을 주도하고 있음을 확실히 인식시켜야 해요. 그래야 만약에, 아주 만약에 서재희 선배가 잘못되더라도……."

유은우는 차예원에게서 시선을 떼고 정윤환을 보았다.

"……흩어지지 않고 혁명을 이어 나갈 수 있으니까요."

차예원이 뭐라 대답하기도 전에 정윤환이 발칵 화를 냈다.

"뭐 하러 그런 짓을 해! 너 온디딤 쓰잖아. 아직 익숙하지도 않잖아. 패턴도 단순하고! 영상으로 한번 유출되면 네 전투 방식 전부 다 공개돼. 군에서 당연히 분석 들어갈 테고, 그러면 너만 불리해지고 너만 위험해진단 말이야! 총으로 설계하는 건 알아도 막을 수 없는 부분이 있지만, 온디딤은 물리적이잖아! 전투가 일회용이야? 유은우 너 하루만 살고 죽을 거야? 왜 이렇게 사람 힘들게 만들어?"

"아니, 드론 붙여. 은우 드론 붙이고 가! 내가 여덟 도시 전부 네 영상 뿌려 줄 테니까 걱정하지 말고. 그깟 외부망이야 들켜서 차단되면 뭐 어때. 은우 네 말대로 초반에 여론을 잡는 게 중요하니까."

차예원이 단호하게 말했다. 정윤환이 뒷목을 잡았다.

"야, 차예원! 너 아까 나한테도 일부러 그랬지? 미리 상의해도 되는 걸 일부러 나 못 빠져나가게 하려고. 본인 일 아니라고 그렇게 멋대로……."

"이건 내 일이야. 그 누구의 일도 아닌 내 일이라고! 나한텐 이제 아무것도 없잖아. 나도 다 버리고 여기 들어왔어!"

차예원이 소리를 질렀다. 정윤환이 턱을 굳혔다. 수많은 학생의 환성 속에서 차예원의 눈이 홀로 붉었다. 그녀가 갈퀴처럼 손을 뻗어 유은우의 손목을 잡았다. 차예원이 떨리는 목소리로 말했다. 속삭이듯 작았지만, 선명하게 들렸다.

"우린 반드시 이겨야 해."

정윤환은 타인의 시선에 익숙했다.

특출한 동조자라서만은 아니었다. 총은커녕 숟가락도 제대로 못 잡는 나이에 유모차에 달랑 태워져 돌아다닐 무렵부터 주목을 받았다. 신망 높고 부유한 집안과 섬세하게 화려한 외모. 사람들 구설에 오르기 딱 좋았다. 그 뒤로 여덟 살이 되던 해에 총을 잡고 상당한 동조율을 기록하면서 한 번 더 매스컴을 장식했다. 당연한 수순처럼, 기초학교에 입학하고 일주일도 채 지나지 않아 희대의 설계 천재라는 소문이 여덟 도시를 강타했다. 정윤환이 연습장을 북북 찢어다가 서툰 글씨로 거의 모든 통상적인 과정을 생략하고 해답으로 건너뛴 비약적인 메모들은 10여 년이 지난 지금도 여전히 인터넷을 돌아다녔다. 정윤환과 같은 수준의 설계자가 나오지 않는 한, 그 메모들은 정윤환 본인보다 오래 생존할 것이 틀림없었다.

물론 경탄의 시선만 있었던 건 아니다. 질투와 열등감, 기득권을 향한 유서 깊은 반감이 있었다. 많은 사람이 정윤환 앞에서는 웃어 보이다가 뒤로 돌아서면 따가운 말을 쏟아 냈다. 하지도 않은 일이 구체적으로 부풀려지고, 출처를 알 수 없는 악질적인 루머가 돌고 돌아 정윤환의 귀로 들어왔다.

정윤환은 개의치 않았다. 결코 아량이 넓어서가 아니었다. 그저 정윤환이 가진 그 모든 것이 그따위 소문 나부랭이로는 쉽게 훼손되지 않을 만큼 견고했기에 가능했다. 익명의 다수 또는 무명의 언론사가 자신을 아무리 깎아내린다 하더라도, 정윤환의 부모는 변함없이 명성을 축적하고 있었고 정윤환의 기록 또한 끝을 모르고 갱신되었다. 그래서 정윤환은 자신에게 달라붙는 시선을 무시하는 데 금방 익숙해졌다. 한번 그렇게 마음을 먹고 나니 죄 하찮고 우스웠다. 그리고 사실 소문의 전부가 허무맹랑한 건 아니었다. 제 성질 더러운 건 정윤환 본인도 백번 인정했다.

"선배, 선배만 믿을게요. ……네? 아, 죄송해요. 제가 길을 막고 있었네요. ……은우요? 아까 저희랑 같이 점심으로 에너지 팩 먹었는데. 음? 그새 어디 갔지?"

"선배, 많이 아프다고 하던데, 괜찮으세요? 식사는 하셨어요? 애들이 선배 준다고 식당에 남은 재료 다 모아다가 샌드위치 만들어 놨던데 좀 가져다 드릴까요? 왜요? 샌드위치 안 드세요? 그럼 뭐 좋아하세요? 네? 다 싫다고요? ……혹시 제가 걸리적거리는 건 아니죠? ……은우요? 어디 있는지 저도 잘 모르겠는데요……."

"너 총에 금 갔다며? 어떡하냐. 살다 살다 그 비싼 모델에 금 가는 건 또 처음 들어 보네. 내 총 한번 잡아 볼래? 혹시 너랑 잘 맞을 수도 있잖아. 아, 그래? 그거 창고에 남는 총 아니야? 그걸 그냥 쓰겠다니, 너도 진짜 대단하다. 조율은 했어? 백업 프로

그램 깔아 줄까? 필요 없다고? 야, 너도 참. 나도 걱정돼서 하는 말인데 표정 좀. 귀찮다는 티 너무 내는 거 아니냐. 알았어, 간다, 가. 어? 유은우? 아까 차예원이랑 어디 가는 것 같던데."

"윤환 선배만 있으면 무사히 나갈 수 있어. 너 그 영상 본 적 없지? 이거 봐라. 이거 선배 1학년 입학하고 첫 모의 전투 영상이다. 이게 그거야. 팀전에 혼자 나가서 다 이긴 거. 윤환 선배가 도서관에서 다 삭제시켜서 엄청 희귀한 자료야. ……야, 나도 처음에 봤을 때 그랬어. 얼굴 진짜 미친 거 아니냐. 집중이 좀 힘들긴 한데, 일단 얼굴 좀 가려 봐. 여기 설계 순서를 보면……. 야, 잠시만. 꺼. 일단 꺼. 윤환 선배 지나가고 보자. 기분 되게 안 좋아 보여. ……이쪽으로 온다. 그거 숨겨. 숨겨 빨리……. 서, 선배. 안녕하세요? ……네? 아닌데요? ……은우요? 은우 온디딤 연습한다고 모의 전투실 갔어요. 3시에 시작한다고 해서 저희는 이따가 갈 건데……. 네? 아니에요. 아무것도 아니에……. 죄, 죄송해요! 아니, 잠깐, 잠깐만. 선배, 선배! 저희만 볼게요. 삭제하지 마세요! 선배, 제발!"

"야, 정윤환. 한참 찾았잖아. 메시지도 안 되고 전화도 안 되고 불편해서 진짜. 김산이 너 3시까지 모의 전투실로 오라던데? 콘솔 좀 만져 달래. 교수들은 죄다 도망가고 재희도 없으니까 정석으로 할 줄 아는 사람이 하나도 없어서. 황 교수님은 그런 거 잘 못하시잖아. 야, 잠깐만. 저기, 내일 내가 뭐 도와줄 건 없어? 우리 5학년 설계부도 여러 명 뭉치면 쓸 만해. 물론 너만큼은 아니겠지만……. 뒤에서 서포트해 줄까? ……그래도 일단 뒤에서 대기할게. 네가 그렇게 광범위하게 설계하는 걸 또 언제 보겠냐. ……어? 구경났냐고? 아니, 그런 건 절대 아니고 만일의 사태를 위해서. 야, 걱정돼서 하는 말이야. 사람을 왜 그렇게 봐. 유은우 보는 눈의 반의반만이라도 평소에 좀 장착해 봐라. 응? 유은우? 유은우도 모의 전투실 갔지. 나도 지금 가려고. 세상에, 내 살아생전 피 한 방울 안 내고 온딤딤 잡는 동조자를 볼 수 있다니 이 얼마나 역사적인……. 알았어. 그만할게."

그러나 아무리 신경줄 튼튼한 정윤환이라도 이런 건 낯설었다. 막 대할 수가 없었다.

반짝반짝한 눈빛. 신뢰에 기반을 둔 기대. 진심 어린 배려. 거리낌 없는 호감.

정윤환이 누리기에 과분했다. 명백히 서재희의 몫이었다. 서재희가 정윤환을 보호하기 위해 빌려 준 임시 아우라에 불과했다. 흠이 나지 않게 소중히 쓰고 돌려줄 의무가 있었다. 정윤환은 서재희를 생각해서 최대한 착하게 말하고 예의 바르게 행동하려 애썼으나, 몸에 밴 오만함은 지우기 어려웠다.

게다가 너무 낯간지러웠다. 모든 학생이 정윤환에게 친근하게 다가왔다. 누가 보면 십년지기 친구라 해도 무방할 정도라 어이가 없었다. 특히 복도를 걷다 보면 5학년 이 미친놈들이 히죽거리며 어깨에 손을 턱턱 올리기도 했다. 예전이었다면 눈도 마주치기 어려워했을 텐데. 학을 떼며 정색을 해도 도무지 먹히지 않았다. 저도 모르게 화를 버럭 내도, 상대의 눈빛이 모든 걸 다 이해한다는 듯 따뜻해서 되레 이쪽이 황당할 정도였다.

상황은 점점 심각해졌다. 학생 임원들과 모여 의논을 하다가도, 목덜미로 벌레가 스멀스멀 기어가는 듯 소름이 돋아 퍼뜩 뒤돌아보면, 필시 누군가 자신을 뚫어져라 보고 있었다. 눈이 마주치자마자 방긋방긋 부담스럽게 해맑은 미소가 날아오거나, 허리를 굽힌 깍듯한 인사가 돌아오기도 했다. 흡사 서재희를 보는 시선과 같았다. 차라리 사해에서 한판 붙었으면 붙었지, 이런 대접은 딱 질색이었다.

세 살 애기처럼 불만에 가득 차 삐쳐 있지만 말고 이제 그만 운명을 받아들여 적응하라는 차예원의 닦달도 닦달이었지만, 정윤환은 유은우가 신경 쓰였다. 유은우는 용 연구소 배치도를 외우거나 에너지 팩을 입에 물고 쭉쭉 빨면서, 힐끗힐끗 정윤환을, 정확히는 정윤환의 떨리는 손끝을 주시하곤 했다. 그 눈빛이 어찌나 촉촉하게 측은한지. 다른 누구도 아니고 유은우에게 동정을 받는다고 생각하니 이제 더 떨어질 위신도 없는 것 같았다. 밑바닥 인생이 별거냐 싶을 정도였다. 서재희에게 그 어떤 일이 벌어져도 유은우가 그를 저런 시선으로 볼 일은 없을 거라고 생각하니 먹은 것도 없는데 속이 뒤집히려 했다.

정윤환도 고집만 부린 건 아니었다. 나름대로 많은 것을 양보했다. 그러니까 지금 학교 곳곳에서 기도문처럼 재생되고 있는, 불과 며칠 전 연다희의 등쌀에 떠밀려 연단에 올라가 몇 마디 했던 자신이 고스란히 촬영된 동영상 따위 말이다. 남을 사람은 남고 갈 사람은 가라고 선 하나 그은 것이 뭐 그리 대단하다고 수십 번씩 돌려 보는지 당최 알 수가 없었다.

서재희는 이런 걸 어떻게 견딘 거지.

정윤환이 아는 서재희는, 이런 맹목적인 동경을 숨 쉬듯 자연스레 받아 낼 뿐만 아니라, 때마다 물을 주고 햇볕을 쬐며 가꾸어 왔다. 그 모든 것이 어찌나 자연스러운지, 학교 전체에 팽배한 추종의 분위기마저 서재희의 일부처럼 느껴지곤 했다.

물론 아닐 때도 있었다. 서재희가 학생회장이었고 정윤환과 돈독히 지내던 무렵이 그랬다. 정윤환은 가끔 학생회실 문을 벌컥 열었다가 홀로 앉아 있는 서재희를 목격하곤 했다. 대체로 서재희는 문이 열리는 즉시 반듯하게 미소를 차렸으나, 아주 드물게 정윤환을 알아차리지 못하기도 했다. 그럴 때면 미소는 없었다. 아무것도 없었다. 모든 감정과 표정이 창백하게 쓸려 나간 낯으로, 서재희는 그저 허공 어딘가 혹은 그 너머를 응시하고 있었다. 오래된 폐허처럼.

정윤환이 모르는 서재희였다. 연합대회에서 선하게 똑 부러지던 과거의 서재희도 아니었고, 학생들을 완벽하게 휘어잡고 있는 현재의 서재희도 아니었다. 굳이 끼워 맞춰 보자면, 서재희가 정윤환에게 자신의 부모님이 병원에 계신다고 처음 말한 뒤 아주 잠깐 배어 나왔던 분위기와 흡사했다. 그러니까 정윤환이 서재희와 소식이 끊어졌던 사이에, 서재희의 어떤 부분이 완전히 망가진 것이다. 잿더미가 된 그의 고향처럼. 까맣게.

그는 숨을 쉬며 살아 있는 인간이 아니라, 그저 산산이 부서지고 남은 어떤 조각 같았다.

그런 서재희는 마치 다른 세계에 가 있는 것 같아, 어디론가 영영 떠나 버릴까 두려워 큰 소리로 이름을 불렀던 기억이 난다. 정신 홀라당 빼놓고 뭐 하고 있냐고 짐짓 장난스레 말을 걸었다. 그래도 깨어나지 않으면 다가가서 손으로 서재희의 등을 툭 쳤다. 실체가 만져지는 데에 안심하며. 그러면 서재희는 흠칫 놀라 어깨를 바싹 굳혔다가 곧 고개를 들며 알은체를 했다. 예의 그 서글서글한 미소와 함께. 그는 잠깐 다른 생각을 하고 있었다고 말했다. 아주 부드럽게 미안하다고도 했다. 정윤환은 그냥 웃고 말았다. 돌이켜 보면 서재희는 사과할 것이 없었다. 미안하다고 말해야 할 사람은 정윤환 자신이었다. 서재희의 부서진 틈으로 새어 나오는 어둠이 두려워 못 본 척 외면했으니.

그때 용기 있게 손을 내밀었다면 어땠을까. 알 수 없다. 입장이 바뀌어 자신이 서재희였다면 정윤환의 어둠을 끌어내어 빛 아래 흩어 날릴 수 있었을까. 그 또한 알 수 없다.

정윤환은 서재희가 돌아오는 내일을 상상했다. 고작 몇 시간 뒤. 얼마 남지 않았다. 또, 정윤환은 자신을 비롯하여 서재희와 차예원의 끔찍한 과거가 만천하에 드러나는 순간을 그려 보았다. 그 또한 진즉 카운트다운이 시작되었다. 진실이 묻히거나 잊힐 가능성은 희박했다. 분명히 도래한다. 그것도 아주 가까운 미래에. 굶주린 맹수처럼 바짝 쫓아와 뒷덜미에 서늘하게 닿을 듯 말 듯 했다.

모의 전투실로 올라가는 엘리베이터에서, 정윤환은 차가운 거울에 이마를 붙이고 눈을 감은 채 맹렬히 생각했다. 세상살이도 설계처럼 답이 딱딱 나오면 얼마나 좋겠냐는 투정은 부질

없었다. 치열하게 생각에 생각을 거듭했다. 모두가 다치거나. 또는 하나가 죽거나. 서재희가 하는 만큼 전체를 조망하진 못해도, 정윤환도 뇌라는 게 있었다.

서재희에게 붙은 혁명의 상징. 유은우는 그것을 제가 가져와 성공시킴으로써 면죄부를 만들겠다고 했다. 물론 유은우의 말도 맞았다. 혁명은 반드시 성공해야 한다. 그래야 서재희가 설 자리가 마련되었다. 서재희가 삶에 정당성을 얻으면 자연히 유은우의 안위 또한 보장된다. 그럼 정윤환은 유은우에 대해선 더 이상 걱정하지 않아도 되었다. 장담컨대, 서재희의 옆자리는 세상에서 제일 안전하니까. 정윤환 입장에선 모든 게 정리되는 셈이었다. 그러니까 상황이. 유은우의 마음을 완전히 포기해야 하는 자신의 감정은 논외였다.

포기?

가슴이 꼭 죄었다. 숨 쉬기 어려웠다.

아직도 포기 못 했냐. 나도 참 지긋지긋하다.

정윤환은 눈을 감은 채 가슴을 지그시 눌렀다. 괜찮아, 숨 쉬어…….

오히려 이 얼마나 다행인가. 유은우가 제 삶을 살아갈 수만 있다면, 그 옆에 서재희가 있든, 듣도 보도 못한 개새끼가 있든 그게 무슨 상관이란 말인가. 아니, 누가 있고 없고를 떠나서 정윤환 자신은 애초에 자격이 없었다. 정윤환도 양심이 있었다. 제 자리가 아니었다. 매 순간 최선을 다했지만 결국 잘못된 결말을 이끌었고, 죗값을 치를 때가 되었다.

욕심 부리지 않기로 했으니까.

유은우를 다시 만났을 때, 총을 뽑으며 다짐했다. 유은우를 죽음으로 몰게 되더라도, 최소한 기만하지는 않겠다고.

유은우는 자신에 대한 기억이 전혀 남아 있지 않았다. 처음부터 다시 시작할 수도 있었다. 새로운 관계를 맺을 절호의 기회였다. 서재희가 유은우와 맺었던 페어, 손 하나 까딱하면 해제할 수 있었다. 서재희가 유은우에게 둘렀던 보호 설계, 아무도 부술 수 없는 견고한 내 설계로 대신할 수 있었다. 외따로 떨어져 달달 떨고 있는 유은우에게, 아무것도 모르는 척 해사하게 웃으며 접근할 수도 있었다. 그때 유은우의 마음은 텅 비어 있었으니, 활짝 열고 들어가 내부를 장악할 거짓말은 한숨이 나올 정도로 쉬웠을지도 모른다. 서재희에게 빼앗길 틈 없이. 원래 내 것이었으니까.

그러나 그럴 수 없었다.

어떻게 그렇게 할 수 있겠는가. 내가 한 짓이 있는데. 마음을 얻고 용서를 구하는 것도, 용서를 구하고 마음을 얻는 것도 그저 두려웠다. 죄를 지었다는 사실이 중요했다. 죄를 고백하는 순서나 방식은 문제가 아니었다.

그렇지 않아도 유은우를 노리는 사람은 사위에 그득했다. 그렇게 잘난 서재희도, 그토록 발버둥 친 정윤환 자신도, 결국 체제에 녹고 있었다. 유은우를 살리기 위해, 김서혁을 배신하고 임유현에게 붙으라고 다그쳤던 협박엔 선택지가 없었다.

그런데 서재희가 흐름을 비틀고 있었다. 판을 뒤집고 있었다. 어쩌면 유은우의 미래가 달라질지도 모른다. 최악은 아닐지도 모른다.

정윤환은 눈을 뜨며 고개를 들었다. 거울 위로 김이 희게 서려 있었다. 손으로 거울을 크게 문질렀다. 거울을 노려보며 뒤로 한 걸음 물러섰다. 창백한 낯의 자신이 있었다. 그 위로 닮았으나 닮지 않은 형의 낯이 겹쳐졌다. 그리고 몇 년 전의 정윤환이 거기 있었다. 흔적도 없이 갈릴 뻔한 유은우를 구해서 품에 안아 들고, 유리창에 비친 겁에 질린 자신을 보며, 내가 너 하나만은 꼭 구해 내겠다고 다짐한.

죄를 덮을 수 없다면 결국 누군가는 반드시 심판받아야 한다. 숫자는 중요치 않았다. 유무가 중요했다. 시민들의 증오를 받아 낼 대상은 한 명으로 충분했다.

땡. 엘리베이터 문이 열렸다.

중앙 제어실은 어두웠다. 수십 개의 스크린으로부터 강렬한 빛이 날카롭게 뻗어 나왔다. 학생 임원들의 그림자가 길게 드리워진 매끄러운 바닥을 성큼성큼 밟으며, 정윤환은 곧장 차예원 옆으로 다가섰다. 콘솔에 두 손을 가볍게 짚으며 고개를 들었다.

스크린의 유은우는 모의 전투실 입구에 서 있었다. 중앙 제어실에서 아직 그 어떤 조작도 하지 않아, 배경도 장애물도 가상의 적도 없었다. 정확한 측정을 위해 자연으로 구성된 테스트실과는 달리, 그저 널찍한 회색 공간뿐이었다. 유은우 옆으로 온디딤이 가득 담긴 수레가 보였고, 그 수레에 사람 크기만

한 솜 인형이 기대어 놓여 있었다.

허리를 곧게 세운 유은우는 어깨가 수평으로 반듯했으며, 정면을 똑바로 보고 있었고, 호흡이 골랐다. 전투 시작 전, 낭비되는 동작 없이 단단히 긴장하고 있었다. 군에서 제대로 훈련받은 태가 났다. 김서혁이 그녀를 직접 가르쳤다. 정윤환이 차마 제 눈으로 유은우 보기가 힘들어 학교로 도망친 사이에.

"유은우 첫 테스트할 때 생각나네."

김산이 중얼거렸다.

정윤환은 콘솔의 스틱을 잡고 카메라를 조정했다. 화면의 시선이 바뀌었다. 천장. 투명한 돔 위로 학생들이 다닥다닥 붙어 있었다. 다들 숨을 죽이고 조용했다. 호기심으로 시끌벅적하던 예전과 사뭇 달랐다.

정윤환은 스틱을 능숙하게 돌려 다시 초점을 유은우에게 맞추었다.

"여기 용 연구소 데이터 없지?"

도시연합 기밀이 있을 리 만무했으나 확인차 한번 물어나 보았다. 연다희가 즉각 대답했다.

"없어요."

"그나마 제일 비슷한 건?"

"제8유적지 정도 되려나요? 거긴 멀쩡한 빌딩도 많고 규모도 크니까요."

"안 돼. 거긴 도시랑 너무 멀리 떨어져 있어서 온 흐름이 달라. 차예원, 리스트 띄워 봐."

차예원이 가까이 있는 버튼을 눌렀다. 스크린의 유은우가 반투명해지고, 그 위로 배경 리스트가 빼곡하게 차올랐다. 정윤환은 눈을 가늘게 뜨고 스크린을 유심히 살폈다. 초조하게 손끝으로 콘솔을 톡톡 두드린 끝에, 하나를 선정했다.

"제21유적지. 여긴 제5도시랑 가까우면서도 기상이 안정적이라 건물 내부랑 가장 비슷해."

"음."

차예원이 팔짱을 끼면서 정윤환을 돌아보았다. 그녀가 말했다.

"거긴 건물이 하나도 없어. 얽히고설킨 철망에, 폐건물이 엉망으로 내려앉아서 구조가 미로 같아."

정윤환은 개의치 않고 손가락을 뚜둑 한 차례 꺾더니 콘솔에 얹었다.

"건물 안에서 싸울 거니까 건물 안에서 연습해야 한다는 고정관념은 버려. 모양만 건물이 아니어서 그렇지, 협소하고, 직각 모퉁이 많고, 바닥 평평하고, 다른 유적지에 비해 거친 장애물도 적어. 가상의 적만 최대로 깔면 여기가 딱이야."

정윤환의 손이 콘솔 위를 날았다. 유은우 주변의 회색 공간이 모자이크처럼 무너져 내렸다. 수 미터의 거대한 콘크리트 조각들이 허공에서 불쑥불쑥 튀어나오고, 이어 쿵쿵 소리를 내며 바닥으로 떨어졌다. 흙먼지가 뿌옇게 일었다. 그 위로 철망이 지붕처럼 내려앉았다. 이어 그 공간은 한없이 확대되어 이젠 끝도 보이지 않았다. 천장의 돔은 사라지고 잿빛 하늘이 내리깔렸다. 돔 너머의 학생들은 여전히 유은우를 볼 수 있었지만, 유은우는 이제 천장 너머를 볼 수 없었다.

정윤환은 마이크를 잡았다. 그 잡음에 유은우가 기민하게 반응했다. 유은우는 손을 들어 왼쪽 귀의 인터컴을 살짝 고쳐 끼웠다. 동시에 신체 강화제를 끼운 호흡기를 물고 깊이 빨아 당겼다. 수증기가 흩어졌다.

"유은우."

— 응.

"기상은 이대로 간다. 어차피 사해는 기차로 이동할 거고, 건물 내부에 비가 내리고 바람이 불지는 않으니까. 그 외는 전부 최고난도로 설정하겠어. 의견 있어?"

유은우는 물고 있던 호흡기를 홀스터에 꽂아 넣었다.

— 없어.

"무기 잡아. 뭐 쓸 거야?"

유은우는 수레를 응시했다.

정윤환 뒤에서 지켜보고 있던 고세민이 헛웃음을 지었다.

"저렇게 좁은 수레 안에 빽빽하게 차 있어서 꺼내기도 힘들겠……."

유은우는 수레를 발로 걷어찼다. 수레는 와장창 소리를 내며 무기를 뱉어 냈다. 가장 무거운 망치가 쿵 하고 흙바닥에 파묻혔고, 단단히 벼려진 검이 날카로운 소리를 내며 굴렀으며, 가벼운 화살들이 주위를 낭창거리며 튀어 오르다가 이내 잠잠해졌다.

그중 길고 단단한 봉 아래로, 유은우는 발을 밀어 넣었다. 발등으로 걷어차 올렸다. 봉이 공중으로 희게 튀어 올랐다. 봉이 한 바퀴를 다 돌기도 전에, 유은우는 깨끗하게 잡아챘다. 동작이 정확했다. 봉을 잡고 몇 바퀴 가벼이 돌려 본 다음 바닥에 내려놓더니, 이번엔 흙먼지를 뒤집어쓰고 누워 있는 솜 인형을 번쩍 들어 등에 훌쩍 업었다. 하얗고 밋밋한 천에 엉성한 박음질은 그렇다 쳐도, 아까는 보이지 않던 반대쪽이 훤히 드러나면서, 정윤환은 그만 제 눈을 의심했다. 콘솔을 능숙하게 조작하던 그의 손이 딱 멈췄다.

"저 징그러운 건 뭐야?"

인형 머리 부분에 손도연의 얼굴 사진이 떡하니 붙어 있었다. 활짝 웃는 표정이었다. 어디 단체 사진에서 오려 왔는지 머리 부근에 다른 사람의 손가락 끝이 붙어 있었다.

"우리 도연이 대역이야."

차예원이 아무렇지도 않게 대답했다. 정윤환은 현기증이 났다.

"뭐? 손도연은 어디 가고? 이게 어린애 장난이야? 당장 내일이라 연습할 시간 오늘 하루밖에 없는데!"

"긴장했는지 토하고 난리 나서. 도연이는 약 먹고 뛰겠다고 했는데, 은우가 자라고 보냈어. 애들이 기숙사 이불 뜯어다가 급하게 만든 인형이야. 도연이랑 키도 같고, 중력 설계 걸어 놔서 몸무게도 똑같아. 그냥 해. 어쩔 수 없잖아. 컨디션 안 좋은 애 억지로 훈련시키면 역효과야. 하루 훈련한다고 뭐가 달라지니. 어차피 걔 못 해. 은우한테 기대는 수밖에."

정윤환이 혀를 찼다.

"잘하는 짓이다. 시작도 안 했는데 벌써 속이 뒤집히면 어쩌라는 거야. 어차피 우리 드론 보낼 거 아냐? 유은우만 연구소로 보내고 손도연은 여기 학교에 있고, 원격으로 자료 뒤지면 안 되는 거야?"

"중간에 드론 파괴되면 은우 거기까지 간 보람도 없어져."

정윤환이 눈을 찌푸리고 스크린을 응시하는 동안, 유은우는 인형을 업고 나서 인형의 두 팔을 끌어다가 어깨 위에 단단히 묶고, 인형의 두 다리는 허리 위에 야무지게 묶은 다음, 잠시 바닥에 내려놓았던 봉을 도로 집어 들었다. 그리고 도약을 준비하는 듯, 디디고 선 바닥을 발로 꾹꾹 다지기 시작했다.

정윤환은 이제 어이가 없다 못해 화가 나려 했다.

"업고 뛴다고?"

차예원이 작게 한숨을 쉬었다.

"은우가 그렇게 한다고 했어."

"손도연은 동료야, 짐이야?"

"도연이가 부상을 입었다고 가정하고, 은우가 저렇게 연습한다고 했어."

정윤환은 손등으로 열 오른 눈가를 꾹 눌렀다. 차예원이 가까이 붙어 오는 기척이 느껴져 그는 고개를 들었다.

"정윤환, 나 좀 봐."

다른 학생들에게 들리지 않게 차예원이 목소리를 낮추었다.

"이거 훈련이야. 최악의 상황을 대비한 훈련. 실제가 아니라고. 쥐면 깨질까 불면 꺼질까 애지중지 감싸고도는 것도 정도가 있어야지. 은우가 이제 막 걸어 다니기 시작한 애기도 아니고. 쟤 동조율은 100이고 온디딤을 다뤄. 너보다 부상도 덜해. 재희였으면…….."

"알았으니까 닥쳐."

그놈의 서재희. 이름에 꿀 발랐냐. 아주 지긋지긋했다. 학교는 중립지대로 지정되었으니 임원 전원만 동의하면 법의 제정이 가능했다. 몇 시간 뒤면 서재희도 학교로 복귀하겠다, 이번 기회에 확 그냥, 내 반경 1킬로미터 내에서 서재희 이름 석 자 뱉는 놈들은 싹 잡아다가 감옥에 처넣는 법이라도 제정할까 싶다가, 이건 또 무슨 유치한 생각이냐며 자신에게 화가 났다.

"걱정하는 건 알겠는데……."

"알았다니까."

정윤환은 입술 안쪽을 짓씹으면서 콘솔을 두드렸다. 유은우가 버티고 선 배경 위로 검은 그림자들이 지지직거리며 솟구쳤다. 곧 단단하게 인간의 형상으로 빚어졌다. 수십 개를 넘어서서 수백 개가 벌레 떼처럼 바글거렸다.

연다희가 난색을 표했다.

"난이도가 너무 높은 거 아니에요? 시작하자마자 죽겠어요. 최고난도는 실행해 본 적 없잖아요. 너무 어려우면 의미 없어요. 실제론 저렇게까지 어렵지 않을 텐데……."

"저거 할 수 있으면 다 할 수 있잖아."

차예원이 대답했다.

정윤환은 콘솔에서 물러섰다.

기계음이 떨어졌다.

— 모의 전투. 개인 대 시스템. 1학년 유은우. 동조율 100. 타격 100%. 설계 0%.

유은우는 손목의 이프를 향해 내리깔고 있던 시선을 들어 올렸다. 봉을 움켜쥔 손마디가 희게 질렸다. 호흡은 거의 없었다. 유은우는 고개를 정면으로 향한 채, 눈만 빠르게 굴려 주위를 훑었다. 사방에 단단한 인간의 형상을 한 적이 도사렸다. 유은우는 발로 바닥을 문질렀다. 흙먼지가 물씬 피어올랐다. 그녀는 도약 시점을 가늠하고 있었다.

— 채널 제21유적지. 기상 해제. 온 안정 최상. 온 오염도 최하. 장애물 미지정. 대적 최고난도. 통증 체감 0%. 목표물 등급 A.

정윤환은 입이 말라, 넥타이를 당겨 느슨하게 했다.

— 총 감지 불가. 총 등록 없이 모의 전투를 진행하시겠습니까?

정윤환이 손을 채 내밀기도 전에, 콘솔과 가장 가까운 차예원이 실행 버튼을 눌렀다.

— 카운트다운 스타트. 3. 2. 1. 0.

유은우가 도약했다.

그녀가 디디고 있던 자리로 적이 새까맣게 모여들었다. 다시 땅으로 착지하며, 유은우는 봉을 비스듬히 그어 내렸다. 빛이 먼저였다. 희게 스쳤다. 소리는 늦게 따라왔다.

카가가가각!

날카로운 타격음을 내며, 적들이 뒤엉켜 쭉 밀려났다. 잠깐 숨이 트인 땅 위로 발을 디디는가 싶더니, 유은우는 바로 콘크리트 미로 속으로 들어갔다. 나노 드론이 그 뒤를 바짝 쫓았다. 밀려난 적들이 다시 일어섰다. 그들은 약간의 상흔만 입은 채, 바퀴벌레처럼 끈질기게 유은우의 뒤를 쫓았다.

"왜 안 죽이는 거지? 적이 계속 살아서 따라붙잖아."

고세민이 눈을 가늘게 떴다. 연다희가 고개를 갸웃했다.

"힘 조절이 안 되는 거 아닐까요?"

김산이 콘솔에 손을 짚었다. 그가 빨려 들듯 스크린을 응시하더니 중얼거렸다.

"아니. 힘 조절이 안 되는 게 아냐. 저 많은 적에게 단 한 번 공격을 날렸는데 적이 전부 살아 있다는 건 엄청난 우연이거나, 혹은 치밀하게 의도했거나. 이건 우리가 해 왔던 일반적인 모의 전투와 달라. 용 연구소 내부로 깊이 들어가기 위한 준비지. 유은우는 사람을 죽이고 싶지 않은 거야. 죽이는 연습이 아니라, 살리는 연습을 하는 거야. 그래야 시민들 마음이 우리한테 오지. 멀쩡한 연구소 들어가서 사람을 막 죽이면 살인자밖에 더 되겠어."

정윤환은 가만히 유은우를 바라보았다. 불과 며칠 전, 유은우가 물었었다.

'너 사람 안 죽어?'

'웬만하면.'

'왜 안 죽여?'

'그냥 그러고 싶으니까. 설계 천재 소리 귀에 딱지가 앉을 정도로 들어도, 내 마음대로 할 수 있는 게 고작 그런 것뿐이더라.'

유은우는 총이 없었다. 허벅지의 홀스터엔 약물 케이스와 호흡기뿐인데, 손은 문득문득 그쪽으로 미끄러졌다. 달리면서도 안정적인 호흡. 깔끔하게 떨어지는 방향 전환. 이프 확인은 신속했고, 적과의 거리는 일정했으나, 좁히고자 마음먹을 땐 망설임이 없었다. 유은우가 봉을 고쳐 쥘 때, 김서혁이 총을 쥐는 방식이 묘하게 겹쳐 떠올랐다. 비단 정윤환만 그리 느낀 것은 아니었다.

"기본기가 굉장하네. 빠르진 않은데 묵직하고 힘이 있어. 저렇게 군더더기 없이 간결한 건 김서혁 스타일 아닌가?"

김산이 눈을 찡그리며 이어 말했다.

"그런데 너무 느리네. 사정거리도 심하게 짧고. 온디딤이라 어쩔 수 없나. 유은우가 사용할 수 있다는 점만 제하면, 어째 총보다 좋은 점이 하나도 없는 것 같은데."

차예원이 초조하게 입술을 매만졌다. 그녀가 말했다.

"도연이가 은우한테 계속 서포트를 해 줘야 할 것 같아. 속도든, 운용 범위든."

앞만 보고 내달리던 유은우가 모퉁이를 돈 뒤, 숨을 가다듬었다. 그녀는 봉을 쥐고 있지 않은 손으로 봉의 전신을 빠르게 쓸어내렸다. 푸른 기운이 아지랑이처럼 일렁였다. 유은우가 입술을 모아 훅 불어 내자 푸른 기는 무겁게 흩어졌다. 유은우는 공중으로 손을 저어 그것을 몇 번 그러쥐고 손 안에서 부수었다. 무언가를 가늠하는 듯했다.

"맙소사. 패턴화되기 전의 온이야. 저거 봐요. 물결이 굉장히 불규칙하죠."

지해은이 감탄했다. 그녀가 멍하니 이어 말했다.

"저렇게 날것으로 밀집되어 있는데 맨손으로 만져도 아무렇지도 않나 보네. 동조율이 100이라 그런가, 아니면 온디딤을 쥐고 있어서 그런가."

유은우는 이제 중앙으로 깊숙이 들어와 있었다.

좌우가 콘크리트로 막히고 전후가 깊게 뚫려 있는 데다가, 위는 철망으로 막혀 있었다. 건물 복도와 흡사했다. 유은우는 적과 어느 정도 거리를 벌린 후, 뒤돌아섰다. 적과 정면으로 마주한 뒤 기다렸다. 봉을 들고 대기하는 수고는 없었다. 봉 끝을 바닥에 대어 힘을 최소한으로 소비했다. 좁은 공간 덕에 적은 서넛씩 짝을 지어 달려왔다. 지척에 가까워졌을 때 유은우는 봉을 두 손으로 움켜쥔 뒤 높이 들어 올렸다. 그리고 그대로 바닥으로 꽂았다.

정적. 땅이 우득우득 갈라지는 소리가 나는 듯했으나 표면은 멀쩡했다. 그리고 적들이 디딘 바닥 이쪽저쪽이 부서지는가 싶더니 거대하게 푸른 빛줄기가 뱀처럼 튀어 올랐다. 빛줄기는 적의 발목을 날카롭게 베어 내며 휘돌다가 스러졌다. 적은 죽지 않았으나, 더 이상 쫓아올 수는 없었다. 쓰러진 그들을 밟고 뒤의 적들이 파도처럼 밀려들었다.

"와, 저거 뭐야. 사정거리가 짧지는 않네요."

고세민이 감탄했다. 김산이 고개를 저었다.

"길지도 않아. 그리고 속도. 느려."

연다희가 스크린을 유심히 들여다보았다.

"그렇게까지 느린 건 아닌 것 같은데. 김서혁 총사령관님도 속도 저 정도 나와요. 서포트 없이 뛸 때는. 그래도 학교 다닐 때 늘 랭킹 1위라고 들었어요."

정윤환이 조용히 정정했다.

"그건 김서혁이 매개를 집중적으로 사용하기 때문에 덜 지쳐서 그래. 유은우하고 비교하면 안 돼. 김서혁은 그야말로 장기전에 능하고, 유은우는 짧게 치고 빠져야 하고. 거기다 아주 치명적인 문제가 있어. 지금의 유은우를 봐. 그 흔한 탐지 설계 하나 못 띄우고 있어. 아무 정보 없이 싸우는 거야. 무식한 방법이라고."

그 와중에 유은우는 탐탁지 않은 표정으로 뒷걸음치며 이프를 확인하고 있었다. 목표물의 위치가 빨갛게 반짝거렸다. 유은우는 불편한 기색으로 등에 업힌 인형을 고쳐 업었다.

정윤환이 한숨처럼 말했다.

"5학년 설계부에서 상위권 적어도 일곱은 붙여. 저대로는 안 되니까. 유은우 온디딤은 보조로 쓰게 하고 총 쥐게 해. 저대로 손도연이랑 둘이 가면 절대 살아서 못 돌아오니까. 시계 다루는 걸 봐서 괜찮을 거라 생각했는데, 도저히 안 되겠어. 무기마다 편차가 너무 크잖아."

침묵이 이어졌다. 동의나 다름없었다.

연다희는 사색이 되었다. 당장 내일인데. 재희 선배가 들어올 때 나가야 언론 덕도 보고 성공할 가능성도 커지는데. 그녀가 중얼거리는 걸 무시하고, 정윤환은 자연스럽게 차예원에게 다가갔다. 차예원은 난처한 기색으로 스크린의 유은우만 뚫어져라 보고 있다가, 정윤환이 가까이 붙으며 어깨를 툭 건드리자 기겁을 했다.

"아, 깜짝이야. 좀 떨어져 주겠니? 껍데기는 쓸데없이 잘나가지고."

"잘생겨서 미안한데, 잠깐 얘기 좀 해."

정윤환이 속삭였다. 차예원은 의아하다는 얼굴로, 그러나 빠르게 주위를 살피더니 다시 정윤환을 보았다. 왜? 하고 차예원이 입 모양으로 말했다.

"너 학교로 돌아온 이유 꼭 서재희 때문만은 아니지?"

차예원이 얼굴을 일그러뜨렸다.

"네 마음대로 생각해."

"차인호는 앞으로 쭉 내리막길만 걷게 될 거야. 이번에 서재희가 정부의 비리를 까발렸고, 이건 앞으로 시작에 불과해. 해명하든 해명 못 하든, 어쨌든 차인호는 타격을 입을 수밖에 없어. 재선은커녕 시민들에게 죽임이나 안 당하면 다행이지. 너도 그거 알고 있어서 일찌감치 아빠랑 연 끊고 이쪽으로 넘어온 거 아니야?"

차예원이 정윤환을 노려보았다.

"하고 싶은 말이 뭔데?"

"네 사랑이 언제부터 그렇게 대단했냐? 너 명분이 없어서, 사랑하는 약혼자를 위해서 학교로 돌아왔다고 핑계 대고 있는 거잖아. 서재희도 그걸 예상해서 너 하나 발붙일 공간은 마련해 주려고 일부러 공개 진술에서 너 언급한 거 아니야? 서재희가 약혼녀인 널 신경 쓰고 있다는 걸 보이면 시민들이 네게 너그러워질 테니까. 그래서 서재희가 편지에서 나랑 유은우를 확 묶어 버린 것 같거든. 서재희가 유은우를 좋아하는 제 마음을 들켜서 네가 시민들에게 외면받을까 봐."

차예원이 잠긴 목소리로 물었다.

"그래서?"

"내가 너 아빠한테 보내 줄까?"

차예원 뺨이 경직되었다. 정윤환은 그녀의 귓가로 낮게 말했다.

"내일 내가 직원들이랑 일부 학생들 내보낼 때, 너도 끼어서 빠져나가. 설계 끝부분에 서면 내가 너 하나쯤은 숨겨 줄 수 있어. 나가서 아빠한테 돌아가. 우리 엄마, 아빠한테 안부도 좀 전해 주고."

"……나 지금 대의를 위해서 아빠도 버리고 학교로 복귀했다고 알려져 있는데, 나보고 다시 돌아가라고?"

"어차피 너 학교에 오면서 아빠랑 한패가 아니라고 시민들에게 똑똑히 보였잖아. 돌아가는 이유야 적당히 둘러대면 되지. 아버지를 설득하기 위해 총대 메고 도시연합으로 들어간다고 하면 되잖아. 다시 우리에게 돌아오지 않는 건, 아빠한테 감금 당해서 못 나오는 거고. 그럼 여기서 위험하게 싸울 필요 없어. 거기서 소강될 때까지 입 꾹 다물고 기다리기만 하면 돼. 그냥 듣기만 해도 편하지 않냐? 네가 추구하는 삶 아니냐고."

"……됐어. 안 가."

"뭐?"

정윤환은 미간을 좁혔다. 차예원이 한 차례 이를 악물더니 재차 말했다.

"안 간다고."

"야, 너 진짜."

정윤환은 할 말을 잃고 입을 달싹이다가 재차 말했다.

"나도 나지만 너도 참 대단하다. 아직도 모르겠냐. 넌 죽었다 깨어나도 서재희랑 안 돼. 정신 차려. 보내 준다고 할 때 가라. 나중에 후회하지 말고."

"사돈 남 말 하네. 은우도 너 안 좋아해. 남 연애에 훈수 둘 시간 있으면, 네가 그렇게 잘생겼는데 왜 은우가 안 넘어오는지, 가슴에 손 딱 얹고 네 인생이나 돌아보렴."

그때였다. 연다희가 비명을 질렀다. 강렬한 폭발음. 정윤환은 퍼뜩 고개를 들었다.

스크린이 흙먼지로 뿌옜다. 폭발음과 함께 일제히 날아오른 잔해들이 서서히 가라앉자, 콘크리트 위에 우뚝 서 있는 유은우가 보였다. 그녀는 어느새 봉 대신 채찍을 쥐고 있었다. 어딘가 부족하다는 표정이었다.

그러나 상황은 완벽했다. 거의 모든 적이 바다에 누워 뒹굴고 있었다. 정윤환은 빠르게 스크린의 오른쪽을 살폈다. 사망자는 여전히 0명이었다.

유은우가 인터컴을 만졌다.

— 적 무한 생성 돼요?

"당연히 되지."

고세민이 신이 나서 콘솔을 두드렸다. 그는 정윤환이 만진 초기 설정에서 개수 제한을 풀어 버렸다.

부상을 입고 꼼짝 못하는 적 위로 삽시간에 새로운 적들이 빚어졌다. 유은우는 콘크리트 위에서 뛰어내렸다. 정윤환은 육안으로 채찍의 움직임을 좇을 수 없었다. 느리게 움직인다 싶어도, 정신을 차리고 보면 예상치 못한 곳을 거칠게 긁고 있었다. 급소를 약하게 치거나, 급소가 아닌 곳을 강하게 때리거나.

"안 보고 어떻게 적의 위치를 알지? 설계도 안 쓰면서. 유은우의 감이 유독 좋다는 건 알지만."

차예원이 중얼거렸다. 정윤환이 다급히 물었다.

"속도는 왜 저렇게 빨라? 뭘 한 거야?"

연다희가 스크린에서 시선을 떼지 않고 대답했다.

"모르겠어요. 갑자기 빨라졌어요. 특별히 잘 맞는 무기가 있는 건가?"

지척에서 적의 공격이 날아왔다. 평범한 동조자라면 설계로 간편히 막아 냈을 공격을, 유은우는 바다로 몸을 던지며 피했다. 그 와중에 등에 업은 인형을 보호한답시고, 팔로 바닥을 긁었다. 아무리 설정을 무감하게 했더라도 뇌는 고통을 기억한다. 전혀 아프지 않겠지만, 유은우는 반사적으로 눈을 약하게 찡그렸다. 인형은 군데군데 터져 솜이 뭉글뭉글 삐져나오긴 했으나, 용케도 유은우의 등에 매달려 있었다.

뛰어올라 반 바퀴를 돌며 유은우는 그대로 채찍을 던져 버렸다. 채찍은 콘크리트 틈 사이로 날아갔다. 곧 요란한 소리를 내며 콘크리트가 무너져 내렸다.

유은우는 빈손이었다. 속도가 확연히 느려졌다. 그러나 계산은 정확해서, 유은우는 적이 지척에 오기 전에, 흩어져 있는 무기에 도착했다. 엉망으로 굴러다니는 화살들을 밟아 부수면서 유은우는 손끝으로 모든 무기를 빠르게 쓸어 보았다. 그녀는 창을 한번 잡았다가 놓고, 활을 만지며 망설이더니, 이내 긴 검을 집어 들었다. 무게를 가늠하듯 손잡이를 손 안에서 몇 번 굴려 보더니 이내 도약했다. 모든 무기를 차례차례 잡아 볼 심산 같았다.

김산이 낮게 탄성을 질렀다.

"빨라. 지금까지 중 제일 빠른데."

정윤환은 홀린 듯이 유은우를 보았다.

대체 뭘 어떻게 한 거지. 그는 유은우를 따라잡으려 애썼다. 그러나 움직임이 빨라 어려웠다. 동작이 크고 묵직하여 타격의 여파가 어마어마했고, 그럼에도 불구하고 유은우가 떠난 자리의 적은 전투 불능일 뿐 여전히 숨이 붙어 있었다. 강한 힘을 빠르고 섬세하게 다루고 있었다.

유은우는 잠깐 멈추어 서더니 주위를 쓱 훑어보았다. 긴장도 여유도 적당했다. 온통 쓰러진 적뿐이라 바닥이 새까맸으나, 수많은 그림자가 불쑥불쑥 새로이 솟아나고 있었다. 유은우는 이제 탁 트인 땅엔 흥미를 잃은 듯했다. 처음 훈련의 목적과 맞지 않았으니. 유은우는 채 무너지지 않고 버티고 있는 콘크리트 틈 사이로 파고들었다. 이제 적은 뒤뿐만 아니라 앞에도 있었다. 유은우가 잠깐 멈추며 적을 가늠하는 사이, 정윤환은 유은우의 전신에서 드문드문 공간이 일그러지는 듯한 착각을 받았다.

뭐지, 저거?

정윤환은 눈을 가늘게 떴다.

유은우는 칼끝으로 바닥을 가벼이 짚고 있었다. 그녀는 손아귀 안에서 검 손잡이를 천천히 돌렸다. 칼날 위로 빛이 눈부시게 반사되었다. 그 사이로 익숙하나 익숙지 않은 어떤 패턴이 빛을 받아 물비늘처럼 반짝였다.

설마.

정윤환은 제 눈을 의심했다. 여태 못 알아보다니. 숨이 탁 막혔다.

"설계 같은데."

지해은이 말했다. 반신반의하는 눈치였다.

"말도 안 돼. 총 없이 어떻게 설계를 써. 거기다, 설계 난독증 아니었어?"

고세민이 반박했다. 그러나 목소리에 힘이 없었다.

김산이 눈도 깜박이지 않고 유은우를 응시하며 말했다.

"설계 맞는 것 같은데. 우리가 아는 거랑 패턴이 다르긴 한데, 정형화되어 있지 않을 뿐이지 똑같은 효과야. 우리는 계산을 해서 정확한 모양이 나오는 거고, 유은우는 완전히 감으로만 하고 있어서 불안정한 거고. 어쨌든 저것도 설계의 한 형태로 봐야 할 것 같은데. 정윤환 네 생각은……."

김산은 정윤환 쪽을 보았다가, 이내 말끝을 흐리며 고개를 돌렸다.

차예원이 당황한 기색으로 물었다.

"너 우니?"

정윤환은 문득 정신을 차렸다. 황급히 손등으로 눈가를 문질렀다. 김산을 제외한 모든 임원이, 이제는 유은우가 아닌 정윤환을 보고 있다가, 차예원이 입 모양으로 무어라 하자 못 본 체 고개를 돌렸다.

— 모의 전투를 종료합니다.

정윤환은 심호흡을 하며 눈물을 삼키려 애썼다. 차예원 말이 맞았다. 유은우는 약하지 않았다. 정윤환이 필사적으로 보호해야 했던 때와 달랐다. 홀로 서고 홀로 싸우고, 어쩌면 정윤환보다 더 강해질지도, 이미 그렇게 되었는지도 모른다.

— 1학년 유은우. 제한 시간 30분 내 목표 미달성. 적 852명 중 322명 접촉. 대적 클리어 0%. 유은우 체력 82% 감소. 적과 유은우 모두 유의미한 손상 없음. 온 활성화 지수 기준치 초과로 측정 불가.

정윤환은 차예원의 손목을 잡고 구석으로 데려갔다. 그늘에 가려 둘은 다른 이에게 잘 보이지 않았다.

"차예원, 하나 물어볼게."

차예원의 빤한 시선을 받으며, 정윤환이 천천히 말했다.

"내가 교장실에서 우리 결재 라인 다 없애 버렸잖아. 그건 낙원의 이론과 별개로 교내 범위라 삭제가 가능했던 거고. 도시연합 본부에는 우리 기록 그대로 다 남아 있지?"

"그렇지. 그건 삭제도 안 돼. 설사 낙원의 이론을 파괴한다고 해도 일부는 남을걸. 연동 안 된 별개 자료도 많아서."

"그럼 서재희는? 걔 관리자 등록 안 했잖아. 그럼 서재희는 기록 하나도 안 남아 있어? 아니면 후보였던 것만으로도 흔적이 남아?"

차예원이 진지하게 대답했다.

"글쎄. 관리자로 등록만 안 했다뿐이지, 너나 나보다도 훨씬 먼저 후보로 추천되었으니까 그건 어딘가 남아 있을 것 같아. 13위원 정보랑 같이 보관되어 있지 않을까 짐작되는데, 확실한 건 아니고."

"그거 죽은 관리자로는 변경 못 하지. 이를테면 다 임유현 이름으로 돌린다든가……."

"불가능해. 살아 있는 후보나 관리자로만 가능해."

"그럼 그거 내 이름으로 바꿔 줘."

차예원의 눈이 커졌다. 그녀는 바로 대답하지 못했다. 입술만 약간 벌어졌다.

정윤환이 다급히 말했다.

"내가 너 아빠한테 보내 줄게. 여기서 나가게 해 준다고. 너희 아빠한테 가서 말해. 서재희 기록 남은 거 최대한 삭제해 달라고. 안 되면 그냥 내 이름으로 데이터를 다 옮겨 버리라고. 만약에 아빠가 못 하겠다고 하면, 덧붙여. 내가 차예원 네 기록까지 다 가져가겠다고. 실리콘으로 내 지문 떠 줄게."

정윤환은 손아귀에서 차예원의 손목이 축 늘어지는 걸 느꼈다. 정윤환은 작게, 그러나 분명히 말했다.

"하나밖에 없는 딸의 과거, 남이 다 짊어진다는데 싫다고 하겠어?"

차예원은 질린 표정으로 주위를 힐끗 살피더니 물었다. 목소리가 다 쉬어 있었다.

"이렇게까지 하는 이유가 뭐야?"

"네가 학교에 남으려는 이유와 같아. 하지만 넌 이제 떠날 거야. 그렇지? 네가 여기서 나가는 게 서재희에게 더 이득일 테니까."

"너 미쳤구나."

차예원은 이제 핏기가 가셔 있었다. 그녀가 속삭였다.

"성난 시민들한테 산 채로 갈기갈기 찢기고 싶어? 그냥 문자. 없던 일로 해. 누가 알겠니? 도시연합이 건설되고 여태 아무도 몰랐어……."

"아니, 시민들은 바보가 아니야. 곧 모두가 알게 될 거야. 그리고……."

정윤환은 차예원의 손목을 잡은 손에 힘을 주었다.

"……죄인은 딱 한 명이면 돼."

서재희가 방에 들어서자마자 뒤에서 문이 자동으로 닫혔다. 이어 삐빅, 하고 바깥에서 잠기는 소리가 났다. 서재희는 닫힌 문에 등을 기대고 서서 고개를 들었다.

소박한 침구가 놓인 철제 침대. 멋없이 투박한 탁자. 그 위에 놓인 마른 식사. 감옥이라기엔 넓었고, 객실이라기엔 삭막했다. 커튼 한 장 없는 창틀 사이로 어렴풋하게 시위의 노래가 스며들고 있었다.

서재희는 탁자로 걸어가 물병을 집어 들었다. 뚜껑을 따고 입에 물었다. 미지근한 물을 느리게 머금으면서, 서재희는 김서혁의 행보를 가늠했다.

중앙수사부 면회실에서 도시연합 본부까지 차로 20분. 본부 입구에서 13층 도시연합장실까지 13분.

부드럽게 물을 삼켰다. 바짝 말라붙은 목구멍이 따가웠다. 서재희는 물병을 든 손등으로 입가를 가볍게 눌렀다.

대기 시간은 없을 것이다. 김서혁이 중앙수사부에 방문했다는 사실을 차인호가 모를 리 없을 테니까. 차인호는 다른 일정을 전부 미루고서라도 김서혁과 접촉하려 할 테고, 김서혁은 차인호에게 새로운 제안을 하며 우위를 점할 것이다. 그리고 김서혁의 성격상, 겉으로는 전혀 내색하지 않으나 서재희가 당해 온 고문에 대해 일말의 안타까움을 느꼈을 것이다. 유은우에 대한 감정을 배제하고 서재희에게 온정을 베풀 만한 여유가 그에게 있다면 아마도…….

서재희는 탁자에 물병을 내려놓았다. 사소한 동작마저 차분한 습관이 들어, 부딪히는 소리는 거의 나지 않았다.

……지금쯤.

벽면 구석에서 약하게 기계음이 났다. 서재희는 물병만 뚫어져라 응시했다. 사각지대 없이 설치된 CCTV는 세 대. 기계음이 세 번 울리고 나서야, 서재희는 고개를 들어 방의 모서리를 확인했다. 깜박이던 빨간 불빛은 모두 꺼져 있었다.

긴장이 탁 풀렸다. 몸이 기울어졌다. 서재희는 부딪히듯 벽을 짚었다. 옥죄고 있던 호흡이 깊이 터졌다. 그는 건조한 손으로 뒷덜미를 꾹 감싸 쥔 채, 담담히 무너졌다. 무릎을 세우고 앉아 웅크리며 고개를 묻었다. 여전히 통증이 감도는 뒷덜미를 붙든 손이 간간이 떨렸다.

'총사령관님, 고문도 아주 어릴 때부터 차근차근 받으면 익숙해집니다.'

이를 악무는 와중에도, 서재희는 그런 거짓말을 아무렇지도 않게 뱉은 자신이 지독해 피식 웃음이 났다. 아무리 겪어도 선명하게 끔찍한 것들이 있었다. 고문이 그랬다. 익숙해지는 것은 고통이 아니라, 증오. 언젠가는 기필코 당신 목을 비틀어 버리겠다는.

임유현의 숨을 끊을 기회를 백정명에게 양보하는 건 쉽지 않았다. 수없는 밤을 그 순간만 그리며 버텨 왔으니. 어떤 새벽에는 너무나 고통스러워, 정윤환에게 부탁해 패턴의 일부라도 걷어 내 볼까 생각도 했었다. 그러나 오랜 시간 겹겹이 쌓여 굳은 그 악독한 설계들을 정윤환에게 그대로 보이기가 꺼려져, 그저 견디게 되었다.

그렇게 수년을 홀로 간직한 깊은 상처를 처음으로 덜어 간 이가 유은우였다. 처음에 그 사실을 알게 되었을 땐 제정신이 아니었다. 항상 들러붙어 있던 묵직한 불쾌감이 어느 날 갑자기 깨끗하게 증발하였을 때란. 후련하다기보다 두려웠다. 왜 이런 일이 내게 일어났나. 온통 어두운 내게 왜 갑자기 볕이 드나. 더 큰 불행의 암시일까. 잠깐의 빛으로 내 그늘을 더 짙게 하려는 걸까. 그러나 유은우의 대답과 마주하자 용기가 생겼다. 조심스럽게 유은우의 빛을 디뎌 보았다. 아주 잠깐 정도는 괜찮겠지. 여기 좀 안전한 것 같아. 어쩜 이렇게 따뜻할까. 나답지 않지만 한 번만 더 기대도 될까. 그리고 유은우를 중력으로 잡아 삶이 전복되기까지 한 찰나였다.

보고 싶어.

더운 숨이 울음 대신 왈칵 쏟아졌다. 마지막 가는 순간에 유은우의 손길만 남아 있었으면 했다. 그런데 하필 김서혁……

기분이 매우 좋지 않았다. 뒷덜미를 문지르던 손을 거두어 눈앞에서 펼쳤다. 손아귀에 말라붙은 핏자국 부스러기가 묻어 있었다. 몸이 너무 아팠기 때문에, 서재희는 저도 모르게 자신의 피라고 생각했지만 곧 깨달았다. 김서혁이 유은우의 시계에 다치고, 그 손으로 자신의 뒷덜미를 틀어잡았었다. 그의 흔적이었다.

김서혁. 회색이 도는 눈과 단단하게 맞물린 턱. 단순하지만 힘 있게 서재희를 잡아 눌렀다. 그러나 서재희에게서 불법 패턴을 뽑아낼 때, 그는 눈가를 불편하게 일그러뜨렸다. 적어도 그때 김서혁의 분노는 서재희가 아니라 임유현을 향하고 있었다.

김서혁은 그런 사람이다. 난민을 시민이라 부르는 사람. 죽은 동기들의 기일이 돌아올 때마다 귀한 생화를 가지고 납골당을 방문하는 사람. 제 인생에 연애와 결혼은 없다 생각하여, 깊이 아끼는 마음이 연정으로 자랄 수 있다는 가능성도 채 인지하지 못하는 사람.

서재희는 부모님의 죽음을 준비할 당시 여러 납골당을 둘러보다가, 한곳에서 김서혁을 목격했었다. 사실 처음에 서재희는 그를 알아보지 못했다. 언론이나 소문으로 들었던, 권력에 미쳐서 임유현을 내몰고 사방에 적을 만들며 군을 집어삼켰다는 그 김서혁과는 분위기가 달랐다. 그는 수행원 하나 없이 홀로 있었다. 잎이 연하게 흩어진 단출한 꽃다발을 두 개 안고 한쪽에 묵묵히 서 있었다. 그때의 그는 아주 희미하여 금방이라도 사라져 버릴 것처럼 보였다.

그리고 김서혁이 유은우를 테스트하기 위해 병실로 찾아온 날, 김서혁은 자못 철저한 태도를 고수했다. 그러나 그 딱딱함은, 조직의 상관보다는 엄격한 아버지를 연상케 했다. 서재희는 자신이 유은우 주변에 한정해 유독 민감할 수 있다고 백번 인정했다. 유은우가 김서혁과 통화하며 매번 보이는 눈물이, 혹여 애정이 비틀린 애증이 아닐까 두려운 마음에, 내가 이리도 유난 떠는 게 아닐까. 그래서 되도록 넘겨짚지 않으려 애썼으나, 묘한 느낌은 수 초 만에 확신으로 바뀌었다. 유은우가 김서혁에게 카드를 받기 위해 두 손을 내밀며 시선을 숙일 때, 김서혁의 고개도 함께 비스듬히 기울어졌던 것이다. 그는 자신이 내밀고 있는 카드는 안중에도 없이, 그저 고요하게 유은우의 표정을 살피고 있었다. 그때 김서혁의 눈은, 상관의 눈이라기에는 지나치게……

탕!

서재희는 고개를 들었다. 창문 너머, 회색으로 흐린 하늘. 어느덧 안개처럼 옅어진 빗줄기 사이를 헤치고 흰 풍선들이 새 떼처럼 날아오르고 있었다. 땅에서 하늘로 거꾸로 솟구치는 눈처럼.

서재희는 지체 없이 몸을 일으켰다. 빠른 걸음으로 창가로 다가가 창틀에 손을 얹었다. 도주를 막기 위해 잠금 처리된 창을 열어젖힐 수는 없었다. 서재희는 차가운 유리창에 이마를 대고 아래를 내려다보았다.

시위대는 무수히 많은 점의 집합처럼 보였다. 불안하게 흔들리고 있었고, 정해진 방향은 없었다. 이리 쏠렸다 저리 밀쳐졌다 갈피를 잡지 못하고 방황하고 있었다. 그럴 만했다. 총성이 어디서 울렸는지 가늠하기 힘들 테니까. 서재희가 김서혁에게 조언한 대로, 총을 쏜 주체는 숨어 있을 것이다. 혹은 벌써 빠져나와 김서혁에게 보고하고 있거나.

누군가 거칠게 고함을 질렀다. 시위대가 반발하고, 경찰과 약한 충돌이 일어났다.

김서혁의 수하가 실없는 농담처럼 공포탄을 쏘았을 뿐이지만, 그 여파는 흐린 대기를 빡빡하게 얼리고 있었다. 시민은 도시연합을 의심하며 불안해하고, 도시연합은 시민을 견제하며 긴장하기 시작했다.

서재희는 유리창에 이마를 댄 채 눈도 깜박이지 않고 아래를 뚫어져라 보았다. 창틀에 가벼이 얹은 손가락을 일정하게 톡톡 두드렸다. 천천히 헤아렸다. 셋. 둘. 하나.

시위대가 크게 물결쳤다. 소란이 커지면서 자연스레 노선을 달리하는 무리가 두드러졌다. 그들은 피켓과 플래카드를 집어 던지고 풍선을 놓았다. 급기야 몇은 총을 뽑았다. 시위대의 다수가 그들에게서 물러서며 틈이 생기고 분리되었다. 누군가 확성기로 평화 시위를 주장하였으나, 이미 강경한 태도를 취한 시민들에게 경찰이 접근한 후였다. 총성이 울린다 싶더니 순식간에 맞붙었다. 위험하지는 않지만 소리가 크고 빛이 강한 타격이 연달아 터졌다. 시민들 사이엔 꽤 실력이 좋은 동조자도 다수 섞여 있는 듯했다. 그들은 경찰에 밀리지 않았을 뿐만 아니라 중앙수사부 건물로 거칠게 진입했다. 겁만 주려던 경찰들이 이내 전열을 가다듬고 따라붙었다. 군인 하나가 불쑥 튀어나와 주위로 퍼지는 설계를 드문드문 소멸시켜 일반 시민들을 보호하는 듯하더니 곧 경찰을 쫓아 건물 입구로 달려왔다. 얼굴이 보이지 않았으나, 일반 군인과 확연히 다른 착의로 미루어 보아 정예군 중 하나였다.

그거면 충분했다. 곧 무대로 나가야 한다. 레드카펫은 필요 없었다. 깨질 듯 위태위태한 살얼음판을 원했다. 내가 기폭제가 될 수 있도록.

캉!

총성이 울렸다. 이번에는 아래가 아니었다. 뒤. 정확히는 문밖. 복도.

서재희는 여전히 무감한 눈으로 창 아래를 내려다보면서, 귀로는, 연달아 이어지는 날카로운 타격 음과 뚝뚝 끊기는 마지막 숨들을 헤아렸다. 뚜벅뚜벅. 가벼운 군화 소리. 권태로운 한숨이 바로 문밖 지척이었다. 요란한 경고음. 다시 한번 총성. 어떤 금속이 산산조각 나는 소리. 경고음이 멎었다. 묵직하게 문이 열리는 소리.

서재희는 뒤돌아섰다. 철저하게 보안되어 견고하던 문이 우습도록 활짝 열려 있었다.

정예군 제복을 입은 여자. 소연주였다. 그녀는 총을 쥐지 않은 손으로 허리를 당당하게 짚고 서서, 서재희를 향해 턱짓을 했다. 이리 나오라는 뜻이었다.

서재희는 움직이지 않았다. 차분하게 말했다.

"그냥 나가기에는 제가 너무 멀쩡합니다. 겉으로는."

소연주는 즉각 이해했다. 그녀는 바닥에 엎어져 있는 직원의 팔을 걷어차 문틈에 끼우며 방 안으로 성큼 들어왔다. 이어 천장 모서리를 날카롭게 훑으며 꺼진 CCTV를 재차 확인하더니, 바로 총을 서재희를 향해 겨누었다. 이미 불그스레한 총구가 사정없이 튀어 올랐다. 경고는 없었다. 상호 합의했으므로.

서재희는 전신에 충격을 느꼈다. 감정 없이 건조한 공격이었다. 셔츠가 찢기며 피가 배어나오는 게 느껴졌다. 총성이 멎었다. 아쉬운 느낌이 들 찰나, 뺨 위로 둔탁한 타격이 지나갔다. 입 안이 터지는 걸 감수한 만큼 보기 좋게 부풀어 올랐으면 했다.

서재희는 호흡을 가누며 눈을 떴다.

소연주가 사무적으로 물었다.

"더?"

"좀 더."

소연주의 낯 위로 질린다는 기색이 살짝 스쳤다. 그러나 그녀는 더 묻지 않고 왼손에 끼고 있던 가죽 장갑을 벗어 이쪽으로 집어 던졌다. 서재희가 그것을 주워 입에 단단히 물자마자 소연주가 총을 연사했다.

아까와는 달랐다. 총구가 네 번째로 튀어 올랐을 때, 서재희는 그만 바닥에서 쭉 밀려나 벽에 등을 부딪치고 멈추어 섰다.

소연주가 총을 홀스터에 꽂아 넣고 다가왔다. 군화를 신은 발로 서재희의 허벅지를 지그시 밟았다. 설계 잔재가 깨지는 맑은 소리가 났다. 제 서명을 그리 밟아 지우고, 소연주는 물러났다. 그녀가 문에 끼운 시체를 발로 걷어차 치우고 문을 활짝 여는 동안, 서재희는 가까스로 몸을 일으켜 세웠다. 입가에 흐른 피를 셔츠 소매로 아무렇게나 닦았다. 소연주가 다가와 제복 코트를 벗어 서재희의 어깨에 걸쳤다. 그 무게에 상처가 쓸려 따가웠다. 서재희는 소연주에게 몸을 의탁하면서 물었다.

"정예군 기장 없습니까?"

서재희를 부축한 채 막 걸음을 옮기려던 소연주가 미간을 좁혔다. 그녀가 고집스럽게 말했다.

"전투할 땐 걸리적거려서 뺀다."

"달아 주십시오. 잘 보이는 곳에."

서재희는 자신의 무게를 지탱하고 있는 소연주의 전신에 힘이 빳빳하게 들어가는 걸 느꼈다. 이내 소연주는 말없이 서재희를 벽에 밀쳐 놓고, 제복 재킷 주머니에서 기장을 꺼냈다. 은으로 만들어진 흰 매. 은회색의 매끄러운 리본과 섬세하게 세공된 보석들이 그 둘레를 위압하듯 두르고 있었다. 소연주가 건조한 손길로 서재희가 걸치고 있는 코트 깃을 당기더니 기장을 달았다. 그녀가 중얼거렸다.

"살뜰히도 팔아먹는구나."

"거래가 시원치 않으면 저 두고 가십시오."

소연주는 물끄러미 서재희를 바라보았다.

"……대장을 어떻게 구워삶은 거야?"

"김서혁 총사령관께서 절 선택하셨습니다."

서재희의 담담한 대답에, 소연주는 낯만 굳힐 뿐 더 이상 아무 말도 하지 않았다.

복도는 어두웠다. 거의 모든 조명이 산산조각 나 있었다. 부서진 천장 틈으로 망가진 전기 설비가 죽은 넝쿨처럼 드리워져 이따금 빠직빠직 소리를 내며 번쩍거렸다. 복도로 거대한 갈퀴가 쓸고 간 듯 시체들은 엉망으로 망가져 있었다. 낭비된 힘. 불필요한 파괴. 타깃을 지정하고 설계를 세밀히 깔며 타격을 조율하는 일련의 과정을 성가셔 하는 소연주답다고, 서재희는 생각했다. 소연주는 어디까지 할 수 있는가보다 어디까지만 해도 되는가에 집중하는 사람이었다. 서재희가 팀원을 고른다면 가장 마지막으로 선택하며, 차라리 적으로 마주하고 싶은 그런 사람. 배려 없이 사망한 시체들 사이로, 날 선 온들이 몸부림을 치며 날아올라 서재희의 귓가를 날카롭게 스쳤다.

엘리베이터로, 때로는 계단으로, 1층으로 내려갈수록 소음은 짙어졌다. 수많은 군중들의 노래, 고함, 방송국 중계. 드론이 나는 듯 윙윙거리는 소리. 선과 악을 나눌 수 없는 열기가 밀려나고 밀려오고, 심장박동처럼 부풀었다가 또 어느 순간 사그라졌다가 다시 팽팽해졌다.

중앙수사부 정문을 앞두고 복도 모퉁이를 돌기 전에, 소연주는 멈추어 섰다. 서재희는 피로를 느꼈다. 내가 김서혁과 어떤 거래를 했는지 또 들쑤실 참이구나. 이렇게 여러 번 물어볼 사람은 아니라고 생각했는데. 사실 소연주 본인도 그렇게 궁금하지 않을 텐데. 그저 상명하복에 충실한 그런 사람 아니었나. 그러나 소연주의 입에서는 다른 이름이 튀어나왔다. 뿐만 아니라 목소리 끝이 떨리기까지 했다.

"너 이선규한테 무슨 짓 했어?"

서재희는 잠시 말을 잊었다. 천천히 소연주의 말을 곱씹었다. 아아, 그러니까 소연주가 이선규를. 긴장이 탁 풀렸다. 군이 아니라 연애 집합소네. 하긴, 한 번씩 사해에 나갈 때마다 짧게는 며칠 길게는 몇 달을 한함선 내에서 먹고 자고, 몸으로 부딪히는 대련에다가, 팀워크를 빙자한 일대일 대면도 얼마든지 가능했다. 거기다 목숨이 경각에 이르는 긴장감 속에 동료끼리 뭉치다보면 자연스레……

생각하다 보니 속이 홧홧했다.

그러니까 그 군에 유은우도 있었단 말이지. 김서혁이 그런 눈으로 몇 년이나 유은우를 보아 왔을지 생각하니 그저 아찔했다. 내가 상상하는 것보다 더했을지도 모르지. 유은우가 얼마나 맹목적으로 김서혁을 따르는지 생각해 보면 답이 나왔다. 자신이 어찌할 수 없는 과거라서, 자신이 없었던 시간이라서, 김서혁의 어떤 면에 유은우가 의지했고, 유은우의 어떤 점을 김서혁이 아꼈을지 선명하게 가늠이 되어, 더 분이 치밀었다. 화를 낼 만한 일이 아닌데도.

돌이켜 보면, 페어를 맺을 때도 그랬다. 유은우는 울고 있었다. 김서혁 때문에.

"은우랑 윤환이가 다쳐서 절뚝거리는 걸, 이선규가 미쳤다고 놓쳤을 리 없어. 이선규는 무조건 본인 안위가 제일이야. 동정심 같은 건 없단 말이다. 네가 수 쓴 거야. 그렇지?"

서재희는 소연주에게서 정중히 떨어졌다. 팔다리가 부러진 것도 인대가 파열된 것도 아니었다. 단순한 타박상일 뿐이라, 서재희는 문제없이 버티고 섰다.

"감히 짐작컨대 김서혁 총사령관께서는 이런 이야기로 시간 낭비하고 싶지 않으실 겁니다. 역사적인 날이니까요. 그런 의미에서, 실례합니다."

서재희가 뻗는 손을, 소연주는 피하지 않았다. 서재희는 소연주의 이마 위로 흘러내린 머리카락을 조심스레 걷어 귀 뒤로 꽂아 주고는 손을 거두었다. 소연주의 날카로운 눈을 마주 보며 서재희는 매끈하게 웃었다.

"길이 남을 사진이 될 테니까요."

비는 거의 멎어 안개처럼 부슬거렸다. 흐린 날인데도 눈이 부셨다. 사방에서 카메라 플래시가 터졌으므로.

"안에서 총성이 있었다! 경찰이 시민을 죽였어!"

"도시연합은 투표 결과에 승복하라! 서재희를 시민에게 인도하라!"

"시위를 탄압하지 마라!"

"우리는 평화 시위를 지향합니다! 시민들은 총을 뽑지 마시고 질서를 지켜 주세요!"

"사람이 죽었어! 입구를 막지 마라! 건물 안으로 들어가서 확인할 수 있게 해 줘!"

고함과 비명이 덩어리째 밀려와 귀가 먹먹했다.

소연주 혼자만으로는, 밀어닥치는 군중, 마이크를 들이미는 언론사, 너무 가까이 다가와 시야까지 방해하는 드론으로부터 서재희를 보호하기 쉽지 않았다. 사람인지 카메라인지에 서재희가 어깨를 수없이 부딪치고 나서, 정예군 둘이 더 붙어 호위하기 시작했다. 박민준. 강지원. 그것으로 충분했다. 이제 함부로 서재희의 팔목을 잡아채 끄는 손들은 없어졌다. 거기에 박민준이 서재희의 등을 감싸며 홀스터에서 가볍게 총을 빼어 들자, 잡아먹을 듯 돌진하던 방송국 드론도 안전거리를 유지하기 시작했다.

누군가 폭죽을 쏘아 올렸다. 하늘 위로 서재희의 정상참작을 지지하는 플래카드가 나부꼈다. 그 단순한 소음에도, 시민들은 동시에 비명을 지르며 여러 갈래로 우르르 몰리고 흩어졌다. 방금 전 총성에 예민해진 탓이었다. 어수선한 틈을 타, 소연주가 입술을 거의 떼지 않으며 날카롭게 물었다.

"부속선 어디 있어? 바로 앞에서 대기하라고 했잖아!"

박민준이 손등으로 입을 가리며 심드렁하게 대꾸했다.

"도시연합에서 막았어. 학교로 바로 복귀는 안 된대. 절차를 밟아야 한다는데. 우리가 직접 서재희 데리고 본부로 데리고 가겠다고 했어. 이것도 겨우 얻은 거야."

소연주가 인내심 있게 물었다.

"그래서 부속선 어디 있어?"

"11시 15분 방향."

강지원이 홀스터의 총에 손을 올리며 이어 물었다.

"바로 가?"

"아니. 그쪽에서 오라고 해. 시작하면."

혼잡하던 분위기가 어느 정도 질서를 찾자, 소연주는 우뚝 멈추어 섰다. 그녀가 서재희를 부축한 손에 힘을 꽉 주었다가 놓았다. 소연주가 서재희로부터 한 발짝 물러나자, 강지원과 박민준도 즉시 거리를 두었다.

서재희는 약간 비틀거렸으나 똑바로 섰다. 줄곧 숙이고 있던 고개를 들었다.

구름처럼 모인 군중보다, 군중 너머의 스크린이 먼저 보였다. 공익 광고나 스포츠 중계를 하던 거대한 스크린에, 서재희 자신이 있었다.

엉망이었다. 의도했지만.

흐트러진 머리칼. 창백한 이마. 그늘진 눈가. 뺨은 보라색으로 멍들어 있었고, 입술은 하얗게 부풀어 터졌으며, 입가엔 피가 말라붙어 있었다. 그 모든 것이 서늘했다.

소란하던 사위가 잠깐 동안 희게 비었다. 날 선 적막.

그리고 터졌다.

"강압 수사다!"

"중앙수사부는 해명하라!"

"차인호가 개입했는지 밝혀내라!"

함성이 고막으로 밀어닥치자 머리가 심하게 울렸다. 서재희는 호흡을 고르게 유지하려고 애썼다. 기자들이 마이크를 뻗으며 각다귀처럼 다가붙자, 박민준이 총을 하늘 위로 치켜들고 한 차례 사격했다. 탕! 그 어떤 설계도 없었으나 온이 잠깐이나마 크게 흔들렸다. 김서혁의 권위를 빌려 온 경고는 힘이 컸다. 다시 한번 서재희의 주변이 비었다. 여백은 분에 찬 적막으로 팽팽했다.

소연주가 능숙하게 도시연합 중앙방송의 마이크를 건네받아 서재희에게 내밀었다. 서재희는 그것을 받아 쥐었다. 입가에 대기 전에 주위를 찬찬히 둘러보았다. 가까이 있는 이들은 서재희를 뚫어져라 보고 있었고, 조금 멀리 떨어진 이들부터는 스크린의 서재희에게 집중하고 있었다.

마이크가 무거웠다.

도시연합 중앙방송 기자가 모든 언론사를 대표해서 정중하게 질문했다.

"도시연합에서는 서재희 학생의 복귀에 대해서 여러 조건을 걸었습니다. 첫째, 법의 제개정 불가. 둘째, 도시연합과의 긴밀한 협조. 셋째, 도시연합 중앙학교 내 상황 상시 보고. 넷째, 중립지대 해제 노력. 다섯째, 사흘 내 중립지대가 해제되지 않을 경우, 중립지대의 전원이 군과 협조하여 질서 있게 교내를 빠져나올 것. 이때 개인 정보의 혼탁은 차후 처리로 미뤄집니다. 차인호 도시연합장은 합의된 내용이라고 밝혔습니다. 서재희 본인의 서명도 공개되었습니다. 동의한 내용입니까? 수사 과정에서 부당한 압박이 있었습니까?"

서재희는 스크린의 자신을 보았다. 아무리 다쳐 망가진 모습이라도, 산산이 부서져 흩어진 내면을 비춰 낼 수 없었다. 아주 오랜 시간 동안 꺾이고 또 꺾이면서 급기야 어두운 내면으로 흉하게 굽어 들어간 자신을 만인에게 보인다는 것은 불가능했다.

서재희는 마이크를 내려다보았다. 아무리 기회가 주어져도, 폭로하되 폭로할 수 없었다. 고향이 무너지고 부모님이 의식불

명에 빠진 후, 외롭고 춥던 날들. 삶을 비튼 원흉을 후원자라 부르며 견디다, 기어코 그를 죽여 버렸다고. 이 모든 게 내 빛나는 재능 때문이다. 당신들이 그토록 갖고 싶어 하는. 내가 이토록 증오하는. 여기서 벗어나는 길은, 모른 척 사회의 꼭대기에 올라앉아 같은 악행을 되풀이하거나. 또는 모든 것을 내려놓고 내 죄와 당신들의 죄를 끌어안고 죽거나. 차마 치가 떨려 전자는 생각도 할 수 없었기에, 그래서 내가 지금 여기 서 있다고.

서재희는 마이크를 들었다.

"우리 동조자는……."

목소리는 긁혀 나왔다. 오래된 우물에서 길어 내듯 힘겨워, 서재희는 침을 삼켜 목을 축였다.

"……도시연합의 평화와 시민의 행복에 기여한다."

사위가 조용했다. 비가 그친 뒤 습기를 머금은 바람뿐이었다.

"우리 동조자는……."

서재희는 스크린의 자신을 바라보았다. 단 한 번도 신뢰한 적 없는 동조자 헌장을 제 전부인 것처럼 읊으면서.

"……비동조자와 화합하고 약자를 위해 헌신한다."

'그렇다면 세상을 바꾸는 것은 낙원의 이론이 아니라 사람과 사람 사이의 따뜻한 마음 아닙니까?'

하마터면 피식 웃음이 날 뻔했다. 웃기는 소리. 세상은 안 바뀐다. 돌고 돌아서 똑같을 뿐. 체제가 무너져도 시스템을 개편해도. 더 취하는 자와 덜 취하는 자를 넘어서서, 남을 밟고 올라서는 자와 밟히는 데 익숙한 자들이 있을 뿐이다. 주체가 인간인데 배경을 바꾼다고 당최 무슨 변화가 있단 말인가? 낙원의 이론이 세상에 밝혀지는 순간, 또 다른 낙원의 이론이 만들어질 텐데. 새로운 시스템이 전보다 공정하다고는 그 누구도 보장할 수 없다.

잠 못 드는 새벽엔 임유현의 목을 조르는 상상을 했고, 선한 얼굴로 도시연합 본부에 앉아 있을 땐 도시를 무너뜨릴 계획을 세웠다. 그 외는 서재희가 알 바 아니었다.

그러나 유은우.

떠올리면 가슴이 미어졌다. 힘은 없고 재능은 넘치는 자의 말로는 뻔했다. 그렇게 예쁘고 씩씩한데. 까딱하다 물어 뜯겨 망가질 모습이 훤하여.

좋아하는 사람이 생겼다고 해서 10여 년간 그려 온 마지막을 달리할 생각은 없었다. 계획은 그대로 간다. 그러나 하나쯤은 남기고 가도 좋을 것 같았다. 내가 세상을 바꿀 수는 없지만, 어떤 세상이든 가장 빛나는 자리에 좋아하는 여자 하나쯤은 앉힐 수 있다고.

"우리 동조자는……."

그 뒤부터 서재희는 혼자가 아니었다. 시민들이 함께 선언했다. 얕은 웅성임은 금세 불어났다.

"……타고난 재능을 악의 수단으로 쓰지 않는다."

누군가 풍선을 날려 보내는 것을 시작으로 남은 풍선들이 일제히 날아올랐다. 풍성하게 흩어지는 동그라미 사이로 햇살이 곧게 떨어졌다.

"우리 동조자는⋯⋯."

이제 서재희의 목소리는 시민들에게 묻혀 들리지도 않았다. 모두가 동시에 말했다.

"⋯⋯그 어떤 상황에서도 불의에 굴하지 않는다."

캉!

총성이 햇살을 찢었다. 어디서 방아쇠를 당겼는지 그 위치를 채 가늠하기도 전에, 서재희는 가슴에 둔탁한 충격을 느꼈다.

서재희는 중심을 잃고 밀려 쓰러졌다. 호흡만 가빠지는 걸 보니 강한 설계는 아니었다. 그러나 극적으로 가슴을 움켜쥐었다.

그 뒤로는 정신이 없었다. 서재희는 카메라를 의식하며 몸에 힘을 빼고 죽은 것처럼 모든 것을 정예군에게 맡겼다. 너희가 선공했으니 이제부턴 정당방위라고 선언하듯, 소연주가 총성이 울린 방향을 향해 총을 연사했다. 날렵한 설계들은 아무도 해치지 않았으나 충분히 위협적으로 허공을 가로질렀다. 박민준이 서재희를 안아 들었다.

시민들의 성난 고함이 불처럼 들끓었다. 그 사이를 헤치고 굉음이 땅을 울렸다. 부속선이 지척에 위협적으로 착륙했다.

도시연합 경찰이 압도적인 수로 통제를 가했으나, 강지원이 탁월한 설계로 완충 공간을 확보했다. 박민준이 서재희를 안고 부속선에 먼저 탑승했고, 그 뒤를 소연주와 강지원이 차례로 탔다. 부속선이 날아오르는데도 끈질기게 따라붙는 방송국 드론을, 소연주가 선체 옆면에 탑재된 총을 쏘아 부수었다.

"괜찮나? 살살 하라고는 했지만, 너무 약하면 티 나니까."

중앙수사부로부터 맹렬하게 멀어지면서, 박민준이 서재희의 팔을 잡아 일으켜 세웠다. 강한 공격을 받은 건 아니었지만 며칠간 감금에 지쳐 있던 터라 겨우 몸을 가누는데, 부속선이 크게 기울었다. 서재희는 안전 바를 붙잡으며 간신히 바닥을 뒹구는 것만 면했다. 반사적으로 조종석을 보았다. 타를 잡은 자는 뒷모습이었지만, 정예군 프로필을 줄줄 꿰는 서재희는 그가 누군지 단번에 알아보았다.

"이게 대체 뭔 일이야? 서재희한테 쏘라고 해서 쏘긴 쐈는데 무슨 상황인지 알고나 가자고!"

이선규가 타를 힘껏 돌리며 소리 질렀다. 부속선이 사정없이 반대편으로 기울었다. 서재희는 주르륵 미끄러지다가 발로 바닥을 지탱하며 멈춰 섰다.

이선규가 재차 불평했다.

"아무도 대답 안 해 줄 거야? 나 좌천됐다가 돌아왔다고 이렇게 찬밥처럼 대할 거야?"

"이선규 네가 왜 여기 있어?"

서재희의 맞은편에서 안전 바를 노련하게 잡고 선 소연주가 이선규를 뚫어져라 보며 다시 물었다.

"네가 왜 여기 있어? 대장이 널 보내 버린 줄 알았는데……."

이선규가 뒤돌아보며 씩 웃었다. 옆에 서 있던 강지원이 '미친놈아. 앞에 집중해.'라며 이선규의 뒤통수를 냅다 갈겼다. 이선규가 앓는 소리를 내며 다시 전방을 보았다. 대답은 가벼웠다.

"내 실력이 아쉬우셨던 모양이지. 꺼지라고 한 지 얼마나 지났다고 날 다시 찾으실 줄이야. 그건 그렇고 지금 우리 학교로 가는 거 맞지?"

소연주가 멍하니 이선규를 보는 동안, 부속선은 고도를 높이다가 어느 순간 거짓말처럼 안정을 되찾았다. 선체의 주기적인 옅은 떨림으로, 서재희는 부속선이 위치 발신 장치를 끄고 모든 방어막을 포기하는 대신 선체를 반투명화하여 도시연합의 육안과 레이더망을 동시에 피하고 있음을 알았다.

서재희는 양 벽면에 설치된 딱딱한 의자에 앉았다. 피로했으나 머리는 놀랍도록 차가웠다. 소연주가 품에서 무언가를 꺼내 서재희의 발치로 던졌다. 중앙수사부에 압수당했던 홀스터였다. 총이며 호흡기, 인터컴, 약물 케이스가 마지막으로 봤던 그대로 가지런히 꽂혀 있었다. 서재희는 그것을 주워 허벅지에 채웠다. 굽혔던 등을 펴자 온몸이 아팠다. 신음은 속으로 삼키고 호흡기에 회복제를 끼워 입에 물었다.

강지원이 조수석에 앉아 계기판에 지문을 대었다. 콘솔이 온전히 활성화되었다. 강지원이 말했다.

"소연주, 대장이 너한테 따로 지시한 거 있어? 솔직히 나 이렇게 될 줄 몰랐어. 대장이 나한테 개별 지시한 건, 중앙수사부에서 소연주가 서재희 데리고 나오면 무조건 부속선에 태우라는 것뿐이었어.”

“강지원 넌 그나마 낫네.”

박민준이 어깨를 으쓱하며 이어 말했다.

“난 대장이 강지원 너 하는 대로 따라하라고 하던데.”

이선규가 픽 웃었다. 박민준은 개의치 않고 소연주를 바라보았다.

“그래도 소연주 넌 뭐라도 들었을 거 같은데. 우리도 알고 움직여야지. 우린 지금 도시연합인 척 가장하고 서재희를 죽인 척 쇼를 벌였다가 우리 손으로 서재희를 건져서 학교에 데려다주는 꼴이라고. 우리끼리 북 치고 장구 치는 건 둘째 치고, 이거 보통 상황이 아니잖아. 다들 마찬가지겠지만, 나 사상범으로 사형당하려고 군에 들어온 거 아니거든.”

소연주는 대답 없이 벽면의 설치대에 꽂혀 있는 약물을 빼서 홀스터의 빈 슬롯에 끼웠다. 강지원이 심드렁하게 말했다.

“그래서 대장이 지시를 쪼갰나 본데. 우리가 무조건 따르게 하려고. 그리고 이렇게 발을 들인 이상, 못 빠져나가. 꼼짝없이 대장이 이기도록 밀어붙여야 해. 박민준 네 안위가 걱정된다면 지금 여기서 나가. 가서 몰랐다고 해. 김서혁이 시키는 대로 했을 뿐이라고. 누가 믿을까?”

박민준은 한 손으로 눈가를 덮은 채 말했다.

“대장이 총사령관 자리에 오르고 나서 윤환이가 그랬어. 대장은 도시연합과 다른 노선을 바라보니까, 언젠가는 선택을 해야만 하는 순간이 올 거라고……. 하지만 아무리 그래도 그렇지 아무런 설명도 없이 이건 너무한다고 생각하지 않아?"

강지원이 조수석 의자를 빙글 돌리더니 차가운 얼굴로 말했다.

"대장이 구구절절 설명해 줬어도 박민준 넌 결국 이 자리에 있었을걸. 차인호는 난파선이야. 대장은 구명보트를 내린 거고. 시민들은 지금 도시연합이 그 고상한 서재희를 데리고 강압 수사를 한 것도 모자라서 살해까지 사주한 걸로 알고 있을 텐데, 그쪽에 가서 붙고 싶으면 마음대로 해. 안 말려."

"강지원 말이 맞아."

여태 부속선 한쪽에 도사리고 앉아 침묵하던 장현철이 불쑥 말했다. 그가 덧붙였다.

"중앙수사부 앞에 모여서 평화 시위를 하는 시민들도 있었지만, 상당한 숫자가 수사부 내부로 진격했다가 즉결 처분을 받았다는데. 인터넷에 목격담이 여과 없이 올라오고 있어. 지금쯤 방송국 카메라도 들어가고 난리 났을 거야. 시위를 폭력적으로 탄압하는 차인호가 얼마나 버틸 수 있을까? 시민들은 이미 차인호에게서 마음이 떴어. 난 풍선 들고 노래나 부르는 그 시위대가 서재희 내놓으라고 그렇게까지 수사부를 뒤집어 놓으리라고는……."

"나도 좀 거들었어."

소연주가 장현철의 말을 뚝 자르며 대답했다. 잠깐 침묵이 돌았다. 이선규가 고개를 돌려 소연주를 보려고 하자, 강지원이 그의 정강이를 걷어차며 운전 똑바로 하라고 했다.

장현철이 쉰 목소리로 말했다.

"소연주 너 미쳤어?"

"유사시 시민을 보호하라는 대장의 지시였어."

"대장의 지시라면 목이라도 매달 셈이야? 거기에 개입하면 어떡해?"

"아무리 동조자라고 해도 시민은 시민이야. 전투 경험이 전무한데 어떻게 경찰을 이기겠어. 일방적으로 탄압하는 모양이 지나치게 깨끗하고 질서 정연했다고. 어울리게끔 천장이랑 복도랑 조금 부숴 주었을 뿐이야. 그 와중에 차인호의 끄나풀이 몇이나 죽었는지는 자세히 안 봐서 모르겠지만. 그래서……."

소연주가 사무적으로 이어 말했다.

"……결국 대장이 왜 이선규를 도로 불러들였는지는 아무도 모르는 거고?"

"말했잖아. 대장도 내가 아쉬웠을 거라고."

이선규의 의기양양한 대답을, 소연주가 딱딱하게 받아쳤다.

"그건 네 생각이고."

정예군끼리 지나치게 막역하여 매사에 의견이 불일치한다는 소문에 미루어 짐작은 했지만, 이 정도로 콩가루일 줄은 몰랐다고 생각하며, 서재희는 호흡기에서 빈 케이스를 딸깍 분리했다. 예민하여 평소 약물은 거의 입에 대지 않는데, 김서혁 앞에서 한 번, 지금 또 한 번, 짧은 시간에 도합 두 번이나 흡입한 터라 구역질이 치밀었다. 그러나 효과는 확실하여, 소연주에게 대차게 얻어맞은 자잘한 생채기는 이미 말끔히 사라진 지 오래였고, 터진 입 안도 빠르게 아무는 게 느껴졌다. 서재희는 빈 약물 케이스를 벽에 붙어 있는 수거함에 넣고는, 우연처럼 고개를 들어 소연주와 눈을 맞추었다. 부속선에 타면서부터 그녀의 시선을 줄곧 느꼈으나 조금 더 애태우기 위해 부러 외면하고 있던 참이었다.

소연주가 한쪽 눈썹을 치켜세웠다. 서재희는 미소를 지어 보였다. 목소리가 깨끗하게 울렸으면 하고 바랐으나 말라붙은 목은 숨만 쉬어도 따가웠다.

"김서혁 총사령관께선 지금 물불 가릴 처지가 아닐 겁니다. 총사령관님 성격상, 자신을 배반한 이는 아무리 실력이 뛰어나도 절대 돌아보지 않습니다. 단칼에 끊고 맺지요. 이선규 중장님의 실력이 아쉬워서가 아니라, 도시연합에 맞설 전력이 부족해서, 어쩔 수 없이, 피눈물을 머금고, 마지못해 불러들였다는 쪽이 확실합니다."

타를 쥔 이선규의 손등에 핏줄이 불거졌다.

"저 새끼 정말 마음에 안 들어. 내가 네 가슴에 총 겨눌 때 진짜로 얼마나 죽여 버리고 싶었는지 알아? 대장 지시만 아니었으면……."

"그럴 사람 아니라는 거 압니다."

서재희는 여태 걸치고 있던 소연주의 제복 코트를 어깨에서 끌어내렸다. 소연주가 성큼 다가와 그것을 가져갔다. 그녀가 서재희를 뚫어져라 보며 중얼거렸다.

"전력이 부족하다는 말에 동의할 수 없어. 도시연합 소속 경호원, 경찰, 직속 부대 다 합쳐도 숫자고 실력이고 우리 군에 비할 바가 못 돼."

"제가 총 맞는 걸 본 시민들은 지금 제정신이 아닐 겁니다. 풍선은 날아간 지 오랩니다. 이젠 총과 칼을 들고 일어날 겁니다. 빠르면 오늘 자정 전에 가장 높은 비상명령이 선포되겠네요. 가시관령이 발발하면 김서혁 총사령관과 그 휘하 직속 정예군은 가시관령이 해제될 때까지 민간인 신분이 됩니다. 도시연합은 수뇌부가 잘려 나간 군을 입맛대로 부려 시민을 제압하겠지요. 김서혁과 그 밑의 당신들은, 소속을 잃고 처량한 신세가 될 겁니다. 여태 도시연합을 이루던 한 축이었던 김서혁을 시민들이 받아줄 리 없겠지요. 차인호가 김서혁을 제거할 절호의 기회입니다."

소연주가 미간을 찌푸렸다.

"가시관령 발효 시, 군 수뇌부 직위 해제를 말하는 건가? 쿠데타 예방이니 어쩌니 웃기지도 않는 그 법? 대장이 없애 버렸을 텐데?"

"김서혁이 총사령관 자리에 오르자마자 의원을 매수하여 법을 개정하면서 해당 문구는 삭제되었죠. 하지만 얼마 전에 다시 부활했습니다. 없던 걸 만드는 건 어렵지만, 있던 걸 살리는 건 쉽지요. 임유현이 발의하고 차인호가 통과시켰습니다. 아는 사람 거의 없을 겁니다. 차인호가 필사적으로 언론을 통제했거든요. 그러니까 당신들은……."

서재희가 담백하게 말했다.

"······가시관령이 선포되면 더 이상 군인이 아니며, 가시관령이 해제되면 더 이상 살아 있지도 않을 겁니다."

소연주가 안전 바를 잡은 손에 힘을 주었다.

"대장이 그 꼴을 보고도 가만히 있었다고?"

서재희는 상황을 정리해야 할 필요를 느꼈다. 시간이 가고 있었다.

"그에 상응하는 무언가를 받았겠지요. 예컨대 상당한 액수의 지원금이라든가. 혹은 사해 개척 사업을 군으로 끌어온다든가. 요사이 군으로 온갖 명목의 혜택이 집중되었지요. 모두 김서혁 총사령관이 목을 내어 주고 가져온 돈입니다. 물론 그때는 이렇게 크게 얻어맞을 줄 몰랐겠지요. 실제로 도시가 연합한 지 1000년이 지나도록 가시관령은 단 한 번도 발효된 적 없습니다. 김서혁으로서는 내어 줘도 될 낡은 패라고 생각했겠죠. 오판할 만합니다."

소연주가 서재희를 노려보며 낮게 물었다.

"이런 엿 같은 딜을 누가 제안한 거야?"

"표면적으로는 임유현이 발의했지만······."

서재희는 그 어떤 표정도 만들어 내지 않으려 조심했다.

"······그분께 처음 제안 드린 건 접니다."

충분히 예상했으나, 침묵은 얼음보다 희었다. 살얼음을 밟듯 서재희는 느리게 말했다.

"그래서 김서혁 총사령관이 이선규 중장을 급히 불렀다고 볼 수도 있습니다. 징계를 받았더라도 어디까지나 직속 부하니 홀로 떨어져 있으면 위험해지니까요. 인력 부족이라는 이유보다 걱정하여 그랬다는 가정이 더 듣기 편하신가요?"

이선규가 거칠게 타를 틀었다. 부속선이 흔들렸다. 노련하게 중심을 잡고 있던 소연주가 안전 바를 놓치며 크게 휘청거렸다. 다급히 몸을 바로 하였으나 안색이 납빛이었다.

강지원이 스틱을 완전히 놓더니 의자를 빙글 돌려 앉았다. 그녀는 턱을 만지며 서재희를 똑바로 보았다. 그 표정이 낙담보다 호기심에 가까워, 서재희 또한 강지원을 유심히 마주 보았다.

강지원이 말했다.

"궁금하네. 그럼 처음부터 염두에 두었던 건가? 이렇게 될 거라는 걸?"

"정보가 많으면 예측이 쉽습니다. 바라고 한 일입니다. 다만, 그때는 목적이 달랐지요."

장현철이 튕기듯 일어섰다. 그가 총을 뽑았다. 새까만 총구가 서재희의 미간을 겨누었다. 서재희는 눈도 깜박하지 않고 장현철을 마주 보았다. 서재희는, 장현철이 만약 방아쇠를 당길 수 있다면, 어떤 타격이 어떤 설계를 입고 튀어나올지 궁금했다. 김서혁의 사람은 절대로 자신을 해칠 수 없을 거라는 이 확신이 거짓말처럼 비틀리면 어떨까. 그래서 내 생이 여기서 꺾여 이 지긋지긋한 판에서 차갑게 식은 몸뚱이로 미끄러진다면. 사해에서 모든 죄를 짊어지고 죽겠다는 오만한 계획이 허망해져 재능보다 운명이 우위라고 증명되면 어떨. 그저 궁금했다. 두렵지 않았기 때문에, 장현철이 방아쇠를 당기는 동작은 아주 느리고 분명하게 보였다.

손을 든 것은 소연주였다. 그녀는 장현철도 서재희도 보지 않고 공중에 손바닥만 내보였다. 그것만으로도, 장현철은 방아쇠를 당기던 손을 멈추었다. 인내는 아니었다. 함께 오래 일하며 굳어진 반사 신경이었다.

소연주가 말했다.

"서재희를 안전히 학교로 복귀시킨다. 그의 생존에 대해 침묵한다. 그게 우리 모두가 대장에게 받은 지시야."

장현철이 날카롭게 물었다.

"그렇게 해서 우리가 뭘 얻는데? 대장이 도시연합과 척을 지고 우리가 민간인 신분이 되면?"

"반대쪽에 붙어야지."

이선규가 대답했다. 장현철은 숨을 씨근덕거릴 뿐 대구하지 않았다. 아무도 이의를 제기하지도, 대안을 제시하지도 못했다. 서재희를 부속선에 태웠을 때부터, 그들은 이리되리라 짐작했으리라. 불안한 관성에 밀려 여기까지 온 것은 그들의 선택이었다.

서재희는 부속선 앞유리에 아스라이 비치는 이선규의 얼굴을 바라보았다. 이선규 역시 유리에 비치는 서재희를 보고 있었다. 마주 보지는 않으나 같은 방향으로 서로를 응시하면서, 이선규가 입을 열었다. 소연주 앞에서 부리던 장난기는 이제 없었다.

"대장이 도시연합과 척을 지면? 우린 시민의 편에 서면 돼. 민간인 신분이 되면? 민간인 신분으로 싸우면 돼. 소속 없어지고 직함 날아간다고 우리 실력 어디 가는 거 아니잖아?"

장현철이 성큼성큼 걸어왔다. 서재희는 그에게 멱살을 잡혔다. 단추가 뚜둑 뜯겨 나가는 소리가 났다. 서재희는 그의 눈을 마주 보았다. 장현철이 잇새로 말했다.

"우린 수적으로 열세야. 아무리 개개인이 강하더라도. 도시연합은 강력한 물자를 가진 데다가 도시 전역의 시스템을 통제해. 거기다 이젠 우리 동료들까지 거느릴 테지. 만약 우리가 여기서 서재희를 살해한다면? 구조 당시 이미 사망한 상태였다고 말하고, 대장의 지시에 불복종하고 도시연합에 몸을 의탁한다면?"

장현철은 마음만 먹으면 서재희 따위 눈감고도 죽여 버릴 수 있다고 말하고 있었다. 표면적으로는 사실이었기에, 서재희는 불쾌하다기보다 피로했다. 타인이 제 목숨을 저울질하는 것을 늘 그렇듯 강 건너 불구경처럼 바라보면서, 서재희는 김서혁을 떠올렸다. 예상은 했지만 이렇게까지 제 부하들에게 아무런 설명도 해 주지 않다니. 김서혁은 의도적으로 설득을 서재희에게 미뤄 놓았다.

"장현철 네가 하고 싶은 대로 해."

이선규가 선선히 이어 말했다.

"대신 서재희 죽이기 전에 날 먼저 밟고 지나가야 할걸. 왜냐하면 난 기우는 탑에 붙고 싶진 않으니까. 그리고……."

이선규는 잠시 말을 멈추었다. 그가 눈을 깜박거리더니 이어 말했다.

"……내가 사실 옛날부터 도시연합이랑 좀 안 맞았거든. 그때 못 했던 걸 이번 기회에 좀 해 볼까 하고. 그 계기가 서재희인 건 유감이지만."

"그만 말해. 운전에 집중."

강지원이 경고했다. 그녀가 장현철을 바라보며 서재희에게 질문했다.

"갈 사람 붙잡을 만큼 우리가 열세는 아니지 않나?"

서재희는 자리에서 일어났다. 학교가 지척이었다.

"도시연합 중앙학교 학생만 하더라도 천 명이 넘습니다."

장현철이 중얼거렸다.

"마치 전교생이 제 수족이라도 되는 듯 말하네."

"저는 5년간 학교를 다니면서 공부가 아니라 다른 걸 했습니다. 그리고 우리 쪽엔 인재가 셋이나 있지요. 정윤환, 유은우, 그리고 방금 당신이 총을 겨눈 저 말입니다. 정윤환과 유은우는 당신들도 이미 합을 맞춘 전적이 있으니 그 둘이 함께 뛰면 얼마나 압도적일지 능히 짐작하실 테고, 저는 처음이시죠. 그러나 우린 아주 탁월한 팀이 될 겁니다. 다행히 함께하는 처음이 순조롭네요."

장현철이 얼굴을 일그러뜨렸다.

"함께?"

"어쨌든 당신은 지금 여기 계시지 않습니까. 저와 함께. 물론 당신이 절 죽이신다면, 제 예측은 틀리게 되고 당신은 지게 될 겁니다. 원하시는 대로 하십시오. 그러나 당신이 총을 뽑기 전에 착오 하나를 바로잡자면, 당신은 지금 저와 도시연합 둘 중 하나를 고를 입장이 아닙니다. 지금 당신은 이미 선택의 여지없이 제 편입니다. 당신은 나와 도시연합을 견줄 것이 아니라, 지금 탄 배에서 뛰어내림으로써 저를 등질 것인기 고민해야 합니다. 제가 당신 모르게 당신 상사를 잡았으니까요."

오랜 시간 쌓아 온 각자의 삶이 묵직한 몸을 이끌고 방향을 틀고 있었다. 날숨이 엉켜 눅진했다. 서재희는 거울 앞에서 수만 번 연습한 얼굴로 장현철을 직시했다.

"제2도시에 거주하는 당신 가족의 안전은 보장합니다. 저는 이 모든 싸움을 사해 밖으로 끌어낼 겁니다. 하지만 차인호에게 그런 상식을 기대하지는 마십시오. 그는 딸을 기준으로 행동합니다. 그리고 그 차예원은 학교에 남았으며, 그녀는 아버지를 등지고 제 편에 섰습니다. 어디가 솟고 어디가 꺼질지 기가 막히게 예측하는 친구니까요."

부속선에 섬뜩한 무언가가 스쳤다. 서재희는 즉각 안전 바를 고쳐 쥐었다. 이선규가 욕을 했다. 강지원이 날카롭게 소리쳤다.

"운전 똑바로 하라고 했잖아!"

"운전 탓이 아냐! 설계에 걸렸어! 밑에서 올라왔다고! 밑에서! 땅에서!"

이선규가 악을 썼다. 강지원이 더 크게 소리 질렀다.

"장난해? 이 정도 고도에서 누가 설계를 유지……."

강지원이 말을 멈추었다. 그녀가 낯을 굳혔다.

끼이이이익……

불길한 소리를 내며 부속선의 속도가 빠듯하게 줄어들었다. 오른쪽으로 완만하게 기울었다. 무언가에 걸린 게 틀림없었다. 무게중심이 기우는 게 느껴졌다. 수 초 만에 부속선은 완전히 오른쪽으로 누워, 서재희는 벽에 기대 있으나 바닥에 누운 형세가 되었다. 반대편에 있던 소연주와 장현철이 차례로 안전바를 놓고 미끄러졌다. 둘은 서재희를 가운데 두고 양쪽에 차례로 안착했다.

"이런……."

박민준이 숨을 들이켰다. 서재희는 창밖을 내다보았다.

창 너머, 도시연합 중앙학교가 있었다. 사실 학교 건물은 잘 보이지 않았으나, 정황상 학교 말고는 떠올릴 수 없었다. 거대한 반투명 돔이 씌워져 있었고, 그 위로 붉은 스파크가 지글거리고 있었다. 피로 쏘아 올린 불꽃놀이 같았다. 돔 가장자리는 군이 점령하고 있었다. 며칠 전부터 대기하고 있었다지만, 양상이 달랐다. 전 군인이 총을 잡고 경계를 물리적으로 깨기 위해 총력을 기울이고 있었다. 그 위로 군의 부속선이 수없이 떠 있었다. 돔 위를 번쩍이며 휘도는 붉은 설계들은 이따금씩 거칠게 하늘 위로 솟구쳐 부속선을 잡아채 땅으로 추락시켰다. 서재희가 잠깐 상황을 살피는 와중에도 부속선 두 척이 땅으로 메다 꽂혔다.

"큰일 났다."

이선규가 정색을 했다.

"윤환이가 우리 부속선을 타깃으로 잡았어. 우리가 도시연합 쪽인 줄 알고……."

"뭔 개소리야! 도시연합 쪽인 줄 알다니? 우린 도시연합에 충성을 맹세했어!"

고함을 치는 장현철을, 강지원이 날카롭게 쏘아보았다.

"야, 장현철! 상황 파악이 그렇게 안 돼? 충성심이 아주 눈물겹다, 눈물겨워. 그럼 네가 밖에다 대고 소리 질러! 우린 도시연합 쪽이지만 죽이지는 말아 달라고! 대장 지시로 서재희는 구했지만 서재희 편은 아니고, 어디 붙어야 할지 몰라서 간만 보고 있다고! 윤환이가 잘도 들어 주겠다!"

서재희는 주의 깊게 창밖을 살폈다. 그는 학교의 상황보다, 곁에 떠 있는 다른 부속선들에 주목했다. 육안으로는 한계가 있었다. 서재희는 벽면에 길게 설치된 안전 바를 차근차근 잡아당기며 조금씩 몸을 앞으로 움직였다. 소연주가 요령 있게 몸을 피해 주었다. 서재희는 강지원의 의자를 움켜쥐며 콘솔 가까이 다가갔다. 뭘 보려고 하냐는 강지원의 물음에 대답할 겨를도 없이 서재희의 눈이 레이더를 찾았다. 검은 스크린에 붉은 동심원이 균등했고, 드문드문 흰 점들이 주위의 부속선들을 나타내고 있었다. 서재희는 그 화면을 그대로 뇌리에 사진 찍었다. 다음은 방향. 포인터를 잡아 능숙하게 레이더 스크린을 확대했다.

"뭘 찾는 거야?"

강지원이 물었다. 서재희는 스크린에서 눈을 떼지 않으며 대답했다.

"다 같이 추락할 방법이 있을 겁니다."

박민준이 총을 잡았다. 그러나 뽑지는 않은 채, 그가 쉰 목소리로 소연주를 어르듯 불렀다.

"소연주, 너 대장 지시 받았지? 대장이 뭐라고 했어?"

부속선이 덜덜 진동했다. 이선규는 팔을 부들부들 떨면서 거의 타에 매달리다시피 하고 있었다. 강지원이 온몸으로 콘솔의 레버를 힘껏 당겼다. 그럼에도 불구하고 부속선은 천천히 아래로 끌려가기 시작했다. 귀가 윙윙거렸다.

강지원이 이를 갈아붙였다.

"소연주! 아무도 네 말에 전적으로 안 따라. 판단은 각자 할 테니 쓸데없는 고민하지 말고 빨리 말해!"

부속선이 급속도로 추락하다가 덜컹 멈추었다. 내장이 목 끝까지 치미는 느낌이 났다. 서재희는 포인터를 잡은 손에 힘을 주었다. 몸의 중심을 잡는 척하면서 소연주를 바라보았다. 그녀는 눈을 질끈 감고 있었다. 고민하고 있었다. 김서혁의 지시를 그대로 전달할지, 일부만 말할지, 거짓을 말할지, 혹은 잊어버릴지. 그리고 충성을 맹세한 도시연합의 편에 설지, 수년을 받든 김서혁의 편에 설지. 서재희는 인내를 갖고 기다렸다. 그는 아까 이선규가 뭐라고 말했는지 정확히 기억했다. 그리고 소연주 또한 분명히 그 말을 염두에 두리라는.

'그때 못 했던 걸 이번 기회에 좀 해 볼까 하고.'

소연주가 눈을 떴다. 그녀가 지극히 사무적으로 말했다.

"서재희를 안전하게 학교로 복귀시킨다. 우리는 군인이든 민간인이든 신분에 관계없이 명망 높은 동조자로서 학생들을 보호하고, 도시연합이 아닌 시민의 편에 선다. 명에 불복하는 자는 내가 아닌 역사가 판단할 것이므로, 어떤 결정도 강제하지 않겠다."

박민준이 신을 부르짖더니 중얼거렸다.

"대장, 진짜 이러기야? 막다른 골목에 몰아넣고 선택권을 주는 척하면 우린 어떡하라고……."

소연주가 총을 뽑았다. 그녀가 말했다.

"전부 총 뽑아."

장현철이 씹어뱉듯 말했다.

"불복은 지금부터 유효한가?"

소연주가 딱딱하게 대답했다.

"아니. 대장은 허락했는지 몰라도, 나는 달라. 한 놈도 남김없이 총 뽑아. 일단 살고 본다."

장현철이 굳은 얼굴로 총을 뽑았다. 동시에 소연주가 빠르게 말했다.

"서재희는 부상을 입었어. 그러니 팀원이 아닌 특수 운반물로 본다. 나, 박민준, 장현철은 완충 설계로 부속선 아래 중심 잡고 대기한다. 박민준 중심 잡고, 장현철 좌표 찍어. 전개는 내가 해. 강지원, 장현철이 좌표 따면 방향은 네가 틀어. 이선규, 내가 신호하면 부속선 자동운항 장치로 돌려 버리고 타에서 손 떼. 잘하면 그때 윤환이 설계가 우리 부속선에서 떨어질 거고, 그래도 여전히 붙어 있다면 내가…….”

“안 됩니다.”

서재희가 단호하게 말했다. 소연주가 한쪽 눈썹을 치켜세웠
다. 부속선에서 끼잉, 하고 소음이 찢어졌다. 급강하가 코앞이
었다. 서재희는 홀스터에서 신체 강화제와 호흡기를 뽑았다.
손 안에서 굴려 둘을 끼웠다.

“우린 지금 당장 추락만 면하면 되는 게 아닙니다. 정윤환은
수십 개에 달하는 부속선을 전부 허공에 멈춰 놓은 상태입니다.
땅으로 내려가더라도 정윤환의 사정거리에 가까워지면 질수록
더 위험해질 겁니다. 그러니 정윤환에게 알려야 해요. 우리가
네 편이라는 것을. 그래야 부속선에서 나가도 살 수 있습니다.”

박민준이 다급하게 말했다.

“지금 정부에서 학생들 통신망을 전부 차단해 버렸잖아. 윤
환이랑 연락하고 싶어도 못 해.”

“말로 전할 수 없다면 행동으로 보여야지요. 정윤환의 눈에
우리 부속선을 아군으로 인식시키면 됩니다. 도시연합군 부속
선인데, 이상하게 날 돕는 행동을 한다, 그렇게 느껴지면 그는
우리에게서 공격을 거둘 겁니다. 부속선 안에 탄 사람이 누군
지 궁금해질 테니까요. 그렇다면 우리는 추락하더라도 폭발하
지는 않겠죠.”

서재희는 자신이 확신에 차 있기를 바랐다. 여태 이렇게까지
상대의 감에 이쪽의 안위를 위임했던 적이 없었기 때문에. 또
한 정윤환의 설계를 역이용하는 것이야말로, 최후의 최후로 미

루고 싶었으니까. 확실히 정윤환은 서재희에게 버거웠다. 그러나 동시에 믿음이 있기에 가능했다. 그는 눈치챌 것이다. 내가 여기 있다는 걸.

"우리는 이 주변의 부속선 서른다섯 척을 물고 정윤환의 설계 방향 그대로 가속하여 전속력으로 함께 추락합니다. 남이 보기에 동반 자살하는 것처럼 보이겠죠."

소연주가 미간을 좁혔다.

"서른다섯?"

"현재 가능한 척수입니다. 지금도 계속해서 좌표가 바뀌고 있으니까요. 제가 두 번 세 번 거듭 계산하며 시간을 낭비하는 건 당신들도 원치 않겠지요. 지금 바로 자동항법으로 전환하고 전원 갑판으로 나간 뒤, 제가 먼저 방향을 잡겠습니다. 인터컴도 이프도 필요 없습니다. 육안으로 따라오세요. 전 기준선만 살짝살짝 그을 겁니다. 그 방향 그대로 있는 힘껏 연계 걸어 주십시오. 순서는 돌아가면서. 지금 정하죠. 오른쪽에서부터 이렇게……."

서재희는 손가락을 들어 바로 오른쪽에 있는 이선규부터 장현철을 이어 가장 왼쪽의 강지원까지 한 바퀴 깨끗하게 그어 보였다.

"……돌아가겠습니다. 기초학교 때 해 보셨지요?"

"꼬리물기 게임."

소연주가 중얼거렸다. 서재희는 그녀를 향해 미소 지었다. 부드러운 낯을 유지하며 고개를 돌려 장현철을 응시했다.

"정윤환을 도움으로써 도시연합을 등지고 싶지 않은 사람은 빠지십시오. 사실 세 명 정도만 있으면 충분하기 때문에, 그 이상이 간절한 건 아닙니다."

부속선이 크게 덜컹거렸다. 장현철이 악문 잇새로 대답했다.

"나도 돕겠어."

서재희는 호흡기를 물고 신체 강화제를 깊이 들이마셨다. 도무지 익숙해지지 않는 차가운 기운은, 이미 두 번의 회복제에 지친 근육 사이로 뻐근하게 스몄다. 서재희는 선교 입구의 잠금장치를 해제하고 발로 문을 걷어차 활짝 열었다. 갑판엔 강풍이 몰아닥치고 있었다.

"신속한 소통을 위해 존칭은 생략합니다."

서재희는 총을 뽑았다.

"이선규, 강지원. 자동항법 전환. 전원 갑판에 도열, 대기."

갑판은 섬뜩하게 추웠다. 바람은 칼날 같았고, 투명한 흐름엔 붉은 기가 언뜻언뜻 비쳤다. 정윤환의 설계였다. 서재희는 생각하지 않으려고 애썼다. 정윤환이 입은 부상에 대해서. 침식에도 불구하고 정윤환이 학교를 대표하여 전면에 나선 것에 대해서. 이렇게 정윤환이 숙원을 되풀이하는 데에 유은우가 얼마나 압도적인 비중을 차지하는가에 대해서. 그러니 내가 정윤환에게 유은우를 부탁한다면 그의 마음이 어떨지에 대해서. 전부 미루었다.

바람이 전신을 내리쳤다. 숨을 쉬기 어려웠다. 약물에 취한 사고는 느렸다. 서재희는 부속선들의 위치를 간신히 떠올렸다.

총을 겨누어 전방을 쏘았다. 부러 힘을 아꼈기에 공중에는 희미한 자국만 남았다. 바로 이선규가 그 흔적 위로 겹쳐 사격했다. 서재희의 것과는 비교도 되지 않을 정도로 강한 연계 설계가 시원하게 뻗어 나갔다. 그 끝은 너무나 멀어 보이지도 않았지만 수리는 확실했다. 콱, 무언가 비틀리는 소리가 났다. 이쪽의 부속선 역시 함께 덜컹거렸다. 이로써 하나가 연결되었다. 함께 추락할 서른다섯 개 중 하나가.

"다음, 박민준. 강지원 대기."

다음은 빨랐다. 서재희는 기억에 의존했고 정예군은 서재희에 의존했다.

"소연주, 장현철 순서 상호 변경. 이선규, 첫 설계 기준으로 2시 방향 재설정."

서재희는 총을 겨누는 제 손이 이따금 파르르 떤다는 것을 알았다. 그로 인해 벌어지는 간격은 정예군의 가공할 만한 실력이 메웠다. 서른다섯 척을 연결하는 데 수 분도 채 걸리지 않았다. 모든 것이 끝났을 때, 서재희가 디딘 갑판은 팽팽한 연계선으로 가득했다.

높은 곳에서 이 광경을 내려다본다면, 서재희의 부속선은 사방팔방으로 서른다섯 개의 부속선을 갈고리처럼 매달아 마치 민들레 홀씨의 핵처럼 보일 터였다.

서재희는 난간을 움켜쥐고 갑판 끝머리에 올라섰다. 아래를 굽어보았다. 부속선 밑쪽에 희미한 붉은 선이 보였다. 정윤환의 설계. 그것은 대지의 어딘가에 있는 정윤환의 총구에서 뻗어 나온 경이롭도록 무수한 설계 중 하나로, 공중의 부속선을 결박한 후 언제 아래로 처박을지 가늠하고 있었다. 서재희는 총구를 들어 올렸다. 정윤환의 설계를 정확히 겨누었다. 방아쇠를 당겼다.

탕!

대기가 흔들렸다.

정윤환의 설계가 서재희의 타격을 받아 펄떡이며 빛났다. 부속선은 그대로 낙하했다. 팽팽하게 연결된 옆의 부속선들도 함께 따라왔다. 육안으로는 확인하지도 못할 만큼 위압적인 규모였다. 흡사 하늘이 무너지는 듯했다. 비명보다 바람소리가 컸고, 시야는 인지하지도 못할 만큼 빠르게 스쳤다.

문득 난간을 잡은 손이 미끄러졌다. 힘을 더할 수도 있었으나 서재희는 그렇게 하지 못했다. 해야 할 일이 남았음을 알면서도, 기다리는 사람들이 있음을 알면서도 그랬다. 차가운 금속이 손아귀를 쭉 스치며 사라지고 몸이 공중으로 튕겨져 나가려는 순간, 거칠게 끌어 안겼다.

"꽉 잡아!"

이선규였다. 그는 필사적으로 바람으로부터 서재희를 앗아왔다. 서재희는 간절히 원해서가 아니라 이선규에게 기계적으로 반응하여 난간을 다시 붙잡았다. 모든 게 꿈같았다. 중앙수사부에 갇히고, 임유현에게 받던 강도를 웃도는 고문을 단기간에 집중적으로 당한 여파로 정신이 깜박깜박했다. 어쩌면 임유현이 죽은 후부터 죽음을 실감하게 된 건지도 모른다. 복수의 일부가 완성되었으니. 혹은, 유은우를 정윤환에게 맡기겠다고 결심한 후부터 생의 의지가 말랐는지도 모른다. 사실은 그렇게 하고 싶지 않았으니까.

"너, 절대로 죽지 마! 책임지라고!"

이선규가 고래고래 고함을 질렀다. 그의 목소리는 날카로운 바람에 뚝뚝 잘려 날것으로 들어왔다.

"네가 벌인 일이니까!"

서재희는 난간을 잡은 손에 힘을 주었다. 미안하다고 말하려다, 삼켰다. 이선규는 본인의 실력에 비해 쉽게 불안해하고 타인을 의식하는 전투를 했다. 서재희는 단단해 보여야 했다. 문득, 울어 본 지 너무 오래되었다는 생각을 했다.

서재희는 습관처럼 제 옷깃을 더듬었다. 비어 있었다. 정신이 번쩍 들었다.

메모리…….

피가 식었다. 흐릿하던 정신이 섬광처럼 번쩍였다.

급강하하던 부속선은 어느 순간 차츰차츰 속도가 줄어들었다. 거친 바람 사이에서도 기적은 섬세했다. 정교한 설계가 눈송이처럼 흩날렸다. 완충 설계. 정윤환 특유의, 즉흥적이고 자유분방한 패턴이 사방을 에웠다. 서재희는 자신을 껴안은 이선규의 어깨 너머로, 희생양 삼아 함께 끌려 들어가고 있는 다른 부속선들을 보았다. 그것들은 이쪽과 달리 급강하하며 아래로 쑥쑥 꺼지고 있었다. 폭발음으로 귀가 먹먹했다.

"됐다. 윤환이가 우릴 알아본 거야!"

박민준이 안도했다. 이선규는 서재희가 난간을 잡고 있는데도, 여전히 서재희를 품에 꽉 가둔 채 외쳤다.

　"다들 정신 똑바로 차려! 밑을 봐!"

　피와 불의 냄새가 났다.

　부속선이 땅에 부딪혔다. 중간부터 속도도 줄어들고 완충 설계도 입었으나 그동안 붙은 가속도를 상쇄하기에 충분치는 않았다. 굉음을 내며 갑판이 두 동강 났다. 서재희는 이선규와 함께 그 충격을 고스란히 받았다. 신체 강화제를 흡입하지 않았더라면 척추가 꺾였을 충격이었다.

　이선규는 서재희를 감싸고 있던 팔을 풀었다. 서재희는 기울어진 갑판에서 뛰어내렸다. 발밑에서 아스팔트가 부서졌다. 쩍쩍 갈라진 도로면을 딛고 일어섰다. 즉시 피했다. 방금 서 있던 자리에 날카로운 상흔이 남았다. 어디서 온 공격인지 알 수 없었다. 고개를 들었다.

　연기가 자욱했다. 총성, 설계 패턴, 강도 높은 타격, 먼지 구름, 비명, 신음, 고함이 뒤섞여 오감이 어지러웠다. 추락한 지점은 서재희가 짐작한 대로 학교와 군이 맞붙은 최전선, 중립지대의 경계였다. 차단막은 이미 물리적으로 파괴되어 있었다. 그 틈으로 군이 집중적으로 투입되고 있었고, 안쪽에서 학생들이 도열하여 방어하는 것이 똑똑히 보였다. 밖에서도 학생과 군이 뒤엉키기는 마찬가지였다. 어느 쪽으로 승세가 기울었는지는 가늠하기 어려웠다. 저만치 한 여학생이 빠르게 이쪽으로 달려오는 게 보였다.

"선배!"

절규에 가까운 부름이었다. 연다희는 제 앞을 가로막는 군인 서넛을 속박 설계를 써서 한 번에 땅으로 메다꽂은 뒤 쏜살같이 달려와, 서재희와 부딪히기 직전에 멈추어 섰다. 그녀는 즉각 서재희를 보호하듯 등지더니 오른손으로 총을 겨누고 왼손으로 그 밑을 야무지게 받쳤다. 이미 피를 먹어 벌건 총구는 서재희 바로 옆에 서 있는 이선규를 향했다.

이선규가 싱긋 웃더니 항복하듯 두 손을 들어 올렸다.

"자세가 좋네. 웬만한 군인보다 나은데?"

연다희가 주위의 소연주를 비롯한 정예군을 경계하듯 주시했다. 상대가 도시연합군 제복을, 정예군 기장을 달고 있음에도 조금도 주눅 드는 기색이 없었다. 그녀가 앞에 시선을 둔 채 뒤에 선 서재희에게 빠르게 속삭였다.

"정윤환 선배가 여기 우리 편이 있을 거라고 그랬어요. 저한테 데리고 오라고 했어요. 여긴 제가 막을 테니 학교로 들어가세요. 정문 근처에 군이 집중되어 있으니 그쪽은 피하시고요. 본관 앞에 모함이 대기 중입니다. 군에 인질로 붙잡힌 학생들만 구하면 우리도 모함 타고 학교를 뜰 거예요. 제 홀스터에서 필요한 약물 빼 가시고요."

서재희는 손을 뻗어 제 앞을 단단히 막아 선 연다희의 총신을 가볍게 잡아 천천히 내리눌렀다. 연다희는 머뭇거렸으나 서재희가 누르는 대로 총을 내렸다.

"이분들 안내해 드려."

연다희가 고개를 홱 돌려 서재희를 보았다.

"네?"

"우리 편이야. 아, 물론……."

서재희는 장현철을 응시했다.

"……전부는 아니고. 원하는 분들만 안내 부탁해. 정윤환한 테로."

이선규가 항복 자세를 풀고 총을 뽑은 뒤 지척으로 날아오는 공격을 맞추어 부수었다. 연다희는 이선규와 서재희를 번갈아 바라보았다. 소연주, 박민준, 강지원이 성큼성큼 다가왔다. 장현철은 조금 떨어진 곳에 서 있었다. 소연주가 물었다.

"넌?"

"전 할 일이 남았습니다. 먼저 가세요."

"널 복귀시켜야 우리 임무가 끝나."

서재희는 주머니에서 시계를 꺼내 소연주의 손에 쥐어 주었다. 얼결에 받아 든 소연주가 시계를 알아보고 낯을 굳혔다. 서재희는 미소 지었다.

"완수한 걸로 하죠. 융통성 있게."

공기가 날카로웠다. 전원이 동시에 총을 들어 겨누었다. 그 틈에 서재희는 뒤돌았으나 소연주에게 팔을 잡혔다. 다음 순간 엄청난 힘에 밀려 둘은 함께 바닥으로 나동그라졌다. 고개를 드니 박민준과 연다희가 앞에 서서 반사 설계를 구현하고 있었다. 허공에 전개된 다각형이, 적의 공격을 거칠게 튕겨내고 있었다.

서재희는 일어서려다 소연주에게 어깨를 잡혔다.

"어디 가!"

서재희는 공기를 가르고 달려드는 소리로 공격의 방향을 가늠했다. 반대쪽으로 소연주를 밀었다. 뒤돌아 힘껏 뛰었다. 뒤에서 땅이 갈라지는 충격음이 났다.

일부러 부속선에 바로 올라타지는 않았다. 서재희는 무너진 건물 사이에 몸을 숨겼다. 숨을 고르고 정예군이 연다희를 앞세우고 사라지는 걸 확인한 후에야 건물을 빠져나왔다. 중간에 공영방송 로고가 새겨진 드론이 카메라 렌즈를 번쩍이며 바짝 따라붙었으나 간신히 따돌렸다. 가까스로 부속선에 다다랐다. 선교의 문은 찌그러져 열리지 않았기 때문에, 반파된 전방 유리창에 총을 쏴서 마저 깨뜨린 다음 기어 들어갔다.

총으로 약한 타격을 쏘아 빛의 구를 만들었다. 평소의 반의 반에도 못 미치는 엉성한 조명이 허공에 떠올랐다. 몸 상태가 상당히 좋지 않음을 방증했다. 시간이 없었다. 이젠 회복제도 듣지 않을 것이다. 서재희는 기울어진 선교 가운데 균형을 잡고 서서 기억을 되짚었다.

장현철이 어디서부터 성큼성큼 걸어왔는지. 어디쯤에서 그에게 멱살을 잡혔는지. 단추가 두둑 뜯겨 나가는 소리가 언제쯤 들렸는지.

서재희는 안전 바를 잡으며 부속선 안쪽으로 깊이 들어갔다. 천장이 반쯤 무너져 있어 마치 방 하나가 새로 생긴 것처럼 공간이 분리되어 있었다. 서재희는 그 뒤로 들어갔다. 한숨이 절로 나왔다. 잔해가 뒤덮여 엉망이었다. 찾을 수 있을까. 손톱보다 작은 메모리를.

평소라면 없을 실수였다. 그리 중요한 것을 부주의하게 옷깃에 매달고 괜찮으리라 여긴 것도. 장현철에게 단추를 뜯길 때 메모리가 함께 떨어지는 걸 깨닫지 못한 것도. 메모리 없이 텅 빈 옷깃을 한참 후에 알아챈 것도.

잘 버티고 있다고 생각했는데, 제법 망가진 모양이었다. 괜찮다고 되뇌었다. 머리도 몸뚱이도, 쓸 일이 얼마 남지 않았다. 메모리를 정윤환 편으로 넘기면 내 역할은 끝난다. 모든 죄는 나의 죽음 후에 나의 몫으로 드러날 것이다.

지금의 컨디션으로는 정교한 설계를 해낼 자신이 없었기 때문에, 서재희는 직접 손으로 잔해를 뒤지기 시작했다. 떨어진 금속 선반을 들어 옮기고 뿌옇게 쌓인 부스러기를 손바닥으로 쓸어 냈다. 쏟아져 어지러운 빈 약물 케이스들은 발로 밀어냈다. 깨진 유리를 들어 올려 아래를 보려는 순간, 서재희는 유리에 비친 인영을 보았다. 상대는 소리 없이 지척까지 다가와 있었다. 누군지 감이 왔다. 이렇게 될지도 모른다고 생각했으나 그래도 믿고 싶었던 자신의 판단을 후회했다. 이럴 때면, 어쩔 수 없이 임유현이 생각났다. 그는 언제나 서재희를 두고 무르다고 말했다. 처음 만난 날부터, 마지막 죽는 순간까지.

서재희는 뒤돌아 장현철을 막는 대신, 태연하게 잔해를 뒤지는 척하면서 다음 순간 빠르게 옆으로 몸을 날렸다. 장현철의 설계가 지척에서 산산이 부서졌다. 서재희는 기민하게, 옆에 널브러져 있던 선반을 들어 힘껏 던졌다. 장현철이 다급히 총을 쏘아 그것을 막음과 동시에, 서재희는 철제 막대를 발로 걸어차 공중에 띄운 후 단단히 틀어쥐고 휘둘렀다. 막대는 장현철의 손에 쥐인 총이나 급소를 노리는 대신, 정확히 왼쪽 발목을 후려쳤다. 장현철이 신음을 하며 비틀거렸다. 서재희는 이어 장현철의 오른손을 내리쳤다. 장현철이 놓쳐 떨어뜨린 총을 서재희는 걷어차 멀리 보내 버렸다. 막대를 버림과 동시에 총을 뽑았다. 장현철은 그대로 서재희의 공격을 받고 벽으로 밀려 쓰러졌다. 부속선이 크게 흔들렸다. 장현철의 몸을 타고 올라앉아 총구를 턱 밑에 밀어붙였을 땐, 서재희도 진이 빠져 눈앞이 아득했다. 그러나 언제나처럼 내색하지 않았다. 장현철이 숨을 헐떡였다.

"어떻게……."

"나는 당신을 압니다. 당신이 나를 아는 것보다 몇 배는 더. 내가 당신 발목의 부상만 알고 있다고 여긴다면 오산입니다. 나는 당신 아들이 주말마다 제8도시에서 봉사 활동을 하고, 그걸 당신이 반대한다는 것도 알고 있죠."

총구에 힘을 주었다.

"아까 당신은 도시연합에 충성을 맹세한다고 했지요. 도시연합과 도시연합장을 구분한다면 이렇게 제 뒤통수 못 치십니다. 군 강령 첫 번째, 군은 시민을 위해 존재한다. 제 머리를 도시연합장에게 가져다 바쳐도 당신은 오래가지 못합니다. 당신 가족을 생각해서라도 혁명에 가담하세요. 미래를 선택하십시오."

제 입에서 미래라는 단어가 술술 흘러나오는 게 우습지도 않았다. 마지막으로 진짜 속마음을 표현한 게 언제인지 까마득했다. 상대의 삶을 송두리째 쥐고 흔들 수 있는 화려한 패들을 모두 놓아 버리고 아무런 가식 없이 유은우에게 고백했던 날, 터져 버릴까 두렵도록 요동치던 심장. 이제 그런 순간은 다시는 맞이하지 못할 것이다. 수십만 명의 대중 앞에서 동조자 현장을 읊을 때도 감흥 없던 심장은, 이젠 내 것이 아닌 유은우를 떠올리자마자 생경하게 뛰었다.

"이렇게까지 하는 이유가 뭐야? 차예원 옆에서 가만히 숨만 쉬어도 도시연합 꼭대기에 오를 텐데……."

"차인호와 같습니다. 그가 딸만 보는 것처럼 저도 한 사람을 위해 삽니다. 그 사람이 시민의 편에 설 사람이라, 저도 그렇게 하는 것뿐입니다."

"거기에 네 의지는?"

언젠가 정윤환에게 비슷한 질문을 받았었다. 답은 달라지지 않았다.

"있어야 합니까?"

"본인의 확고한 신념도 없이 남을 위해 불구덩이에 뛰어드는 놈 하나 믿고 도시가 전부 뒤집어져야 하나? 지금이라도 끝낼 수 있어. 너만 죽으면……."

말을 채 맺지 못하고 장현철의 낯빛이 서서히 질렸다. 그가 왜 그런 표정을 짓는지 서재희는 알 수 없었다. 모든 사람들이 다 자신이 원하는 것을 쫓듯이, 나도 그렇게 살고 있을 뿐인데.

"이제 알겠다. 살인 미수가 아니야. 교장도 네가 죽였어."

"임유현이 먼저 절 죽였습니다. 되갚아 준 것뿐이죠. 그런 끔찍한 관계는 이제 그만하고 싶습니다. 다시는 제 손으로 엮어 내고 싶지 않습니다. 내가 당신을 죽이고, 후에 당신의 자녀가 내가 사랑하는 사람에게 복수하고, 끊임없이 싸우고 또 싸우며 목적도 희미해진 채 악이 대를 물리는 건 원하지 않습니다. 그러니 내 목을 치려 한 것은 눈감아 드리겠습니다. 저에 대한 건 모두 잊으시고 처음 군에서 명예 훈장을 받았던 때를 떠올리세요. 당신이 연단에서 뭐라고 소감을 말했었는지."

장현철의 뺨이 굳었다. 서재희는 방아쇠에 건 손가락에 힘을 주었다. 몸을 가까이 숙이고 꿀을 흘리듯 속삭였다.

"혼란스러운 시대가 열리겠지만, 그래서 선택의 폭이 넓어질 겁니다. 어디든 덜 후회스러운 길을 가시길 바랍니다."

선택은커녕 살아남을 보장도 없었으나, 굳이 입에 담지 않았다. 서재희가 알 바 아니었다. 방아쇠를 당겼다.

탕!

서재희는 아래에서 장현철의 전신에 힘이 빠지는 걸 느꼈다. 서재희는 무너지듯 그에게서 내려왔다. 바닥의 날카로운 잔해들 위로 아무렇게나 주저앉았다. 숨을 골랐다.

바로 여기서, 장현철이 서재희의 멱살을 잡았고, 단추가 뜯어졌다.

서재희는 장현철의 감긴 눈을 뚫어져라 바라보다가, 총을 홀스터에 끼워 넣으며 일어섰다. 다시 장현철 위로 올라탔다. 그의 제복을 젖히고 주머니란 주머니는 싹 뒤졌다. 홀스터에 장착된 약물 케이스도 전부 빼어 확인하고 다시 꽂았다. 없었다. 장갑을 벗길까 군화를 벗길까 고민하던 차에 폭발음과 함께 부속선이 별안간 흔들렸다. 각도가 바뀌며 무언가 반짝거렸다. 서재희는 장현철의 왼손을 들어 올렸다. 이프가 채워진 손목 아래 꽉 잠긴 소매 단추가 있었고, 소매 단추와 나란하게 은색의 작은 메모리가 붙어 있었다.

서재희는 장현철의 소매에서 메모리를 뜯어냈다. 메모리를 제 이프에 끼우자 패스워드 입력 창이 떴다. 서재희는 김서혁이 알려 준 네 자리 숫자, 0305를 입력했다. 메모리가 열리며 동영상이 떠올랐다.

잃어버린 게 아니었구나. 뺏겼던 거야.

서재희는 거기까지 확인하고 이프를 껐다. 메모리는 이프 안에 그대로 두었다.

정신을 잃고 축 늘어진 장현철의 팔 밑에 양손을 집어넣고 질질 끌었다. 처음 띄웠을 때보다 가물가물해진 조명이 비틀거리며 따라왔다. 전방 유리창 가까이 와서 장현철을 내려놓았다. 창틀에 날카로운 잔해들이 남아 있었기 때문에 장현철을 그대로 밀어 밖으로 던지면 그가 상처를 입을 터였다. 체력이 바닥이었으나 할 수 없이 총을 뽑았다. 장현철은 서재희의 총이 겨누는 대로 공중으로 떠올라 창틀을 안전하게 통과하여 밖으로 날아갔다. 일부러 도시연합군의 모함이 있는 곳을 향하도록 했다. 어디선가 툭 하고 끊기는 느낌이 났을 때, 서재희는 총을 내렸다. 누군가 장현철을 받아 냈다는 뜻이었다. 상대가 장현철을 살릴지 죽일지는 서재희도 알 수 없었다. 그의 목숨을 한 번 연장해 준 것에 족했다.

이제 학생을 찾아야 했다. 정윤환에게 전달해 달라며 메모리를 맡길 사람이 필요했다. 믿을 만한……. 당장 생각나는 이는 연다희였다. 메모리를 잠깐 잃어버리지만 않았어도 아까 마주쳤을 때 진즉 건넸을 텐데. 그러면 서재희는 지금 당장 죽어도 문제가 없을 터였다. 후회가 막심했다.

서재희는 의자를 밟고 콘솔을 디뎠다. 창틀을 막 넘으려 할 때였다. 흰 궤적이 눈앞을 휙 스치고 사라졌다. 서재희는 총을 들어 무리하는 대신 콘솔에서 도로 내려와 몸을 숨겼다. 누군가 가까이 오고 있었다. 서재희는 안쪽에 붙어서 고개를 돌려 밖을 주시했다. 다시 한번 그 설계가 날아오길 기다렸다. 서재희는 설계만 읽어도 상대가 아군인지 아닌지 판단할 자신이 있었다. 전교생 개개인의 설계 패턴을 훤히 꿰고 있었으니.

상대가 학생이길, 제법 믿을 만한 학생이길 바랐다. 그러나 군인이라면 더 이상 피할 수 없었다. 싸워야 했다. 버틸 자신은, 솔직히 없었다. 서재희의 개인전 승률은 평균 이하였으며, 그마저도 같은 학생끼리 붙었을 때 이야기였다. 노련한 군인과 일대일로 겨뤄 이긴다는 것은 기적에 가까웠다. 장현철을 때려눕힌 것만으로 평생의 행운을 다 썼다고 해도 과언이 아니었다.

서재희는 숨도 멈추고 기다렸다. 다시 한번 희끗한 기운이 공기를 갈랐다. 서재희는 눈을 가늘게 떴다.

그것은 온전한 설계가 아니었다. 어떤 설계의 일부였다. 어딘가에 맞아 부서진 파편이 우연히 이쪽으로 날아온 것으로 보였다…….

아니, 잠깐…….

서재희는 자신이 몸을 숨기고 있다는 것조차 잊었다. 그는 몸을 천천히 숙이고, 빛의 패턴이 부속선의 창틀에 부딪힌 후 콘솔 위를 물처럼 미끄러지는 모양을 뚫어져라 바라보았다.

설계 맞나?

직선, 곡선, 다각형과 작은 점들이 모여 아름다운 레이스처럼 하늘거렸다. 분명 설계의 형태를 띠고 있었으나, 서재희는 살면서 이런 식의 패턴은 본 적도 들은 적도 없었다. 정윤환의 설계처럼, 중간 과정이 비약적으로 생략되어 읽기 힘든 경우가 아니었다. 애초에 처음 보는 무늬였다. 서명도 없었다. 서명을 은닉하거나 타인의 서명을 덮어씌운 경우가 아니었다. 아예 처음부터 없다는 듯 깨끗했다.

설계 비슷한 그 무언가는 콘솔 벽을 직각으로 타고 바닥으로 떨어지더니, 서재희의 발치에서 설탕과자처럼 부스러졌다.

설마.

서재희는 퍼뜩 고개를 들었다. 촉각을 곤두세웠다. 상대가 가까이 다가오는 기척이 났다. 가볍고 망설임이 없는 걸음. 낭비 없는 몸가짐.

설마. 정윤환이 유은우 혼자 위험하게 나다니는 걸 그냥 두진 않았을 텐데…….

가슴이 뛰었다. 서재희는 당장에 창틀 너머로 몸을 내밀어 밖을 확인하고 싶은 충동을 가까스로 억눌렀다. 쾅 하고 부속 선이 크게 흔들렸다. 근처에서 폭발음이 일어나자 바깥의 걸음 은 빨라졌다. 타닥타닥 발소리를 들으면서 서재희는 눈을 꾹 감았다. 결심은 빨랐다. 서재히는 벽에서 튕기듯 떨어졌다. 전 속력으로 뛰어 부속선 구석으로 들어갔다. 장현철을 때려눕혔 던, 천장이 반쯤 내려앉아 분리되어 잘 보이지 않는 그 공간이 었다. 몸을 숨기고, 비스듬한 천장과 벽 사이 틈으로 부속선 앞 쪽 창틀을 보았다.

창틀 위로 손이 하나 탁 올라왔다. 이어서 다른 손도 탁 올라 왔다. 까만 정수리가 언뜻 보이나 싶더니 상대가 가뿐하게 창 틀에 올라섰다. 짙은 색의 품이 넓은 검도복을 입고, 등에 긴 검집을 매달고, 머리를 하나로 달랑 묶은 유은우가 창틀에서 안으로 폴짝 뛰어내렸다. 그녀는 부상을 입은 것 같지는 않았 으나 불안하고 다급해 보였다. 유은우는 부속선 안으로 들어 오자마자 옆으로 몸을 숨겼다. 아까까지 서재희가 기대어 있던 그 벽이었다.

유은우가 심각한 낯으로 손을 등 뒤로 돌려 검 손잡이를 쥐 더니 그대로 위로 뽑아냈다. 검이 유리로 만들어진 뱀처럼 기 어 나왔다. 서재희가 빚어낸 조명은 이제 수명을 다하고 없어 주위가 어둑한데도, 칼날은 빠르게 빛을 반사했다. 그 파편이 화살처럼 날아들어, 서재희는 잠깐 눈을 감아야 했다.

다시 눈을 떴을 때, 유은우는 뽑은 검 끝으로 부속선 바닥을 꽉 짚고 있었다. 유은우가 왼쪽 손목의 이프를 켰다. 홀로그램 스크린은 정상적으로 작동했으나, 유은우가 추적선 열람을 선택하자 경고음이 울렸다.

유은우는 초조한 표정으로 이프를 눌러 화면을 끄고는, 몸을 기울여 바깥을 주시했다. 탐지등이 한바탕 이쪽을 훑고 지나갔다. 유은우는 잽싸게 몸을 도로 숨겼다가 검을 들고 조종석 의자를 밟았다. 부속선에서 나가려는 것 같았다.

쾅! 바깥의 폭발로 부속선이 한 번 더 흔들렸다.

서재희는 중심을 잘 잡았으나, 마지막에 몸이 기우는 바람에 발로 바닥을 고쳐 디뎠다. 발밑에서 딱, 하고 무언가 맑게 부서지는 소리가 났다. 보나마나 빈 약물 케이스였다.

서재희는 반사적으로 고개를 들어, 틈으로 유은우를 보았다. 아주 작은 소리라 듣지 못했길 빌었다. 바깥의 소음이 이토록 큰데 설마…….

그러나 유은우는 의자에 한쪽 발을 디딘 채 얼어붙어 있었다. 검 손잡이를 쥔 손등에 핏줄이 불거졌다.

서재희는 총을 뽑았다. 동시에 유은우도 발로 의자를 밀어내며 검을 휘둘렀다.

서재희의 방어 설계가 푸른 장막처럼 단단하게 펼쳐지고, 유은우의 검에서 반달을 그리며 날아든 궤적이 둘 사이를 가로막은 잔해를 부수면서 부속선이 크게 흔들렸다. 서재희는 안전바를 당기며 벽에 몸을 붙였다. 유은우의 흰 공격은 벽처럼 가로막은 잔해를 무너뜨리고도 멀쩡하게 형태를 유지하며 서재희가 전개한 보호 설계까지 쉬이 부수고는 서재희가 서 있던 자리를 사납게 긁으며 사라졌다. 그 모든 것이 눈 깜짝할 사이에 일어났다.

"선배?"

유은우가 눈을 크게 떴다. 그녀가 검을 내렸다. 검 끝이 바닥에 거칠게 부딪히면서 불규칙하게 정교한 패턴이 꽃가루처럼 사방으로 퍼졌다. 서재희가 설계인지 아닌지 가늠하지 못한 바로 그 무늬였다. 그것은 천장에 달라붙거나 바닥을 미끄러지면서 어둡던 부속선 안을 환하게 밝혔다. 그 빛으로, 서재희는 유은우와 마주했다.

익사하는 기분이 들었다.

서재희는 안전 바에서 손을 떼고 몸을 바로 했다. 숨 쉬듯 표정을 정돈하며 살아 온 그였으나 지금은 너무 힘들었다. 감정을 비치지 않으려고 안간힘을 쓰고, 그렇게 애쓰는 것 또한 갈무리하며 서재희는 고요하게 유은우를 마주 보았다.

들키지 않았으면 좋았을걸.

자신이 없었다. 욕심 부리지 않을 자신이. 그러나 정윤환의 죄까지 짊어지고 가려는 마당에, 유은우에게 미련 둘 수 없었다. 정윤환이라면, 훌륭한 지도자가 될 것이다. 제 내부가 썩어 들어가더라도. 그의 곁이라면 안전했다.

가장 어려운 길을 자진해서 갈 수 있는, 지도자의 자질을 갖춘 사람.

서재희는 정윤환을 높이 샀다. 비단 설계에 천부적인 재능을 보여서가 아니라, 그의 타고난 성정 때문에. 정윤환은 남을 위해 자신을 부술 줄 알았다. 정윤환이 한 시대에 한 번 나올까 말까 한 인재임은, 바로 그 때문이라고.

정윤환의 부모는 기득권을 대변하고, 정윤환은 혁명을 주도한다. 정윤환은 명망 높은 집안을 기반으로 두었으므로 기존의 기득권을 같은 편으로 끌어들이기 쉬울 것이며, 그간 정치판에서 굴러먹던 경험을 토대로 혼란한 새 시대에 빠르게 자리 잡을 수 있었다. 정윤환의 부모는 선한 이미지에 반해 교섭 능력은 떨어지므로 김서혁에게 감히 반발할 수 없었다. 차인호를 비롯한 핵심 세력을 제거하고 정윤환의 집안을 주축으로 한 기득권을 김서혁에게 편입시켜 정치 구도를 최대한 빠르게 안정화시킨다는 게 서재희의 의도였다.

정윤환은 끝까지 살아남을 것이다. 그 임유현조차 정윤환을 차마 해치진 못했다. 그는 신이 선사한 희대의 설계 천재였다. 서재희가 제대로 알고 있다면, 그런 정윤환 인생의 축엔 유은우가 있었고 정윤환 스스로 그 축을 여러 번 부수어 왔다. 서재희는 이제 정윤환에게 유은우가 더 이상 아픈 부분이 아니라 대의를 대표하는 이미지였으면 했다. 모두가 지도자로 추앙하는 서재희 자신은, 정윤환만큼의 순수한 대의를 가져 본 적 없어, 누군가의 위에 서서는 안 되었다. 특정인을 신념으로 삼는 사람은 리더가 되어서는 안 된다. 차예원에게서 죽은 아내를 본 차인호가 최악의 지도자였듯.

"……은우야."

그냥 서로 빨리 스쳐 지나갔으면 했다. 가만히 서 있을 뿐인데 숨이 턱 끝까지 차올랐다.

유은우가 말없이 눈가를 딱딱하게 굳혔다. 놀라 약간 틈이 벌어졌던 입을 꾹 다물고, 그녀는 잡아먹을 듯 이쪽을 노려보았다.

"은우야, 가. 난 할 일이 있어."

머리가 하얗게 비었다. 유은우가 아닌 다른 사람이었더라면, 화려한 수식어를 섞어 여러 층의 거짓말을 대면서 지금 당장에라도 부속선에서 뛰쳐나가게 만들 수 있었을 터였다. 하지만 하늘이 두 쪽 나도 유은우에게만큼은 거짓말하고 싶지 않아 서재희는 바보처럼 같은 말만 반복했다.

"어서 가."

유은우는 성큼성큼 다가왔다. 서재희는 고작 한 걸음 물러섰다. 그는 유은우가 더 이상 가까이 다가오지 않기를 바라면서, 동시에 유은우가 제 품으로 온전히 뛰어 들어오기를 바랐다. 자꾸만 불쑥불쑥 치솟는 욕심에 화가 났다.

"선배, 나 뭐 하나 물어볼게요."

유은우는 서재희와 서너 발짝 남겨 놓고 멈춰 섰다. 눈빛은 단단하여 손으로 만져질 것 같았다. 온몸이 생기로 똘똘 뭉친, 예쁜 모습 그대로였다.

"학부모들한테 보낸 편지에 이상한 말을 써 놨던데요. 저랑 정윤환을 엮어 놨더라고요. 제 동의도 없이."

서재희는 대답하지 않았다. 유은우의 가슴이 숨을 깊이 들이

마시는 듯 부풀었다가 천천히 가라앉았다.

"물론 절 위해 한 일이겠지요. 선배는 정윤환을 살리고 그 옆에 날 붙여 안전하게 만들어 주고 싶었을 거예요. 언론에 우리 둘을 연인으로 묶어 혁명의 상징으로 만들고, 그 파급력 때문에라도 제가 다른 마음 못 먹게. 물론 선배 뜻대로 되겠죠. 언제나 그랬듯이. 하지만 이렇게 일방적으로 사람을 멋대로 다뤄도 되는 건가요? 선배가 길을 정해 놓고 타인을 몰아넣는다면……."

서재희는 눈도 깜박이지 않고 유은우를 빤히 응시했다. 유은우에게서 묻어나는 색깔 하나 놓치지 않으려고.

"……선배가 그 옛 같은 교장이랑 뭐가 달라요?"

유은우는 눈을 꾹 감았다가 떴다. 속눈썹 아래 드러난 맑은 시선은, 뜨겁고 견고했다.

"제가 예전에 그랬지요. 선배가 자살하는 것 말리지 않겠다고. 그 뜻을 존중한다고요. 혹시 선배가 마음을 돌리고 싶을 때를 대비하여 항상 옆에 있겠다고 했죠. 아직도 그 생각 변치 않아요. 본인이 더 살고 싶지 않으면 죽는 거죠. 근데요. 저는 선배가 오래 살았으면 좋겠거든요. 제 옆에서 행복했으면 좋겠다고요. 선배는 죽고 싶어 하고, 전 선배와 살고 싶으니……."

유은우의 손 안에서 검이 비스듬히 돌았다.

"……누가 이기나 어디 한번 해 봐요. 난 절대 안 져."

다음 순간, 유은우가 검으로 바닥을 빠르게 그었다. 흰 궤적은 종이 새처럼 사뿐 날아오르는가 싶더니, 쏜살같이 창틀 너머로 빠져나갔다. 바깥에서 부속선 안쪽의 기척을 느끼기에 충분했다. 적을 모으는 꼴이었다. 아니나 다를까 즉각 무언가 날아들었다. 서재희가 부속선에 다시 숨어들기 전 간신히 따돌렸던, 공영방송 로고가 붙은 드론이었다. 날개가 망가져 비틀거리긴 했으나 촬영 렌즈는 멀쩡했다.

맙소사, 카메라…….

서재희는 드론을 부수기 위해 총을 뽑았다. 그러나 유은우가 박치기하듯 그의 품으로 와락 달려들었기 때문에, 그녀가 넘어지지 않도록 소중히 받아 내느라 미처 방아쇠에 손가락을 걸지 못했다. 유은우가 검을 잽싸게 거꾸로 쥐고 검 손잡이로 서재희의 오른손을 내리친 건 그다음이었다. 멍청하게 총을 놓쳤다는 낭패감에 이어, 유은우가 그 총을 걷어차 멀리 보내는 것을 하릴없이 바라보아야 했다. 이어 유은우가 검을 놓더니 두 손으로 힘껏 서재희의 멱살을 잡아당겼다. 서재희는 맞은편에서 빨간 램프를 반짝이는 드론의 시선을 느끼면서, 유은우의 악력에 기꺼이 끌려 머리를 숙였다. 그녀가 발돋움을 하는지 머리가 서재희를 향해 한 뼘 쑥 올라오고, 숨이 가까워졌다.

유은우가 매달리듯 서재희에게 입 맞췄다.

카메라가 돌고 있었다.

최악의 경우 전 도시에 생방송으로 나가고 있을지도 모른다. 정윤환과 유은우를 혁명의 정점에 올려놓고, 둘을 연인으로 이미지화하여 온 시민의 사랑을 받도록 해 주고, 모든 죄를 홀로 짊어지고 가려 했던 최선의 계획이 묵직한 소리를 내면서 기울고 있었다.

내가 짠 판인데. 다른 누구도 아닌 내가……

바로잡을 수 있었다. 유은우를 밀어내거나, 혹은 오히려 그녀에게 거칠게 달려들어 서재희 본인의 이미지를 시궁창으로 처넣으며 유은우를 가련한 피해자로 만든 뒤 정윤환에게 돌려보낼 수도 있었다. 수만 갈래 선택지가 떠올랐다. 그러나 어느것도 시도할 수 없었다. 제 멱살을 틀어쥔 유은우의 손이 어린새처럼 떨고 있었기 때문에.

유은우의 키스는 조심스러웠다. 누가 이길지 어디 한번 붙어보자고 외치던 호언장담에 비해. 입술을 물고 미끄러지는 숨이 따뜻하여 눈물이 났다. 서재희는 불가항력적으로 입술을 열었다. 유은우의 숨이 해일처럼 밀려왔다.

내 것이 아니라 생각했던 것들. 나 때문에 고향이 무너졌으니까. 나 때문에 부모님이 그리되셨으니까. 홀로 누려선 안 된다고, 행복해선 안 된다고 미루고 외면했던, 따뜻하고 부드러운 것들. 차갑고 선명한 것들.

서재희는 줄곧 열여섯 살이었다. 제8도시의 폭격 한가운데멈춰 단 한 뼘도 자라지 못했으니. 과거의 불행에 부서져 주저앉은 채 미래를 복수로 탐하던 그간, 단 한 번도 현재를 살지못했다.

서재희에게 깊이 들어오지 못하고 숨만 부으며 언저리를 맴돌던 유은우의 입술이 떨어졌다.

한껏 치켜들고 있던 발뒤꿈치가 탁, 바닥을 딛는 예쁜 소리를 따라 유은우는 한 뼘 아래로 내려갔다. 필사적으로 서재희와 시선을 맞춘 유은우의 눈에서 마른 눈물이 뚝 떨어졌다. 흐느낌은 없었다.

"저 선배 좋아해요."

폐허가 된 고향, 부모님의 죽음, 임유현의 그림자가 해묵은 사슬로 엮여 서재희의 발목에 채워져 있었다. 과거에서 앞으로 나아가지 못하도록. 그러나 지금, 그 쇠사슬이 힘차게 바닥을 끄는 소리가 났다. 삶에 대한 의지로 반짝반짝 빛나서 사랑할 수밖에 없는 사람이 서재희의 쇠사슬을 쥐고 혼이 부르트도록 제 쪽으로 당기고 있었다. 서재희는 속절없이 과거에서 건져졌다. 현실에 발붙였다. 처음으로 복수가 아닌, 자신을 위한 욕심을 부렸다. 사실은 옆에 있고 싶다고.

유은우가 서재희의 멱살을 잡고 있던 손을 스륵 놓았다. 틈이 느슨해진 그녀를, 서재희는 당겨 안았다. 한 손으로 유은우의 허리를 껴안고, 다른 손으로 그녀의 머리를 받쳤다. 단단하게.

"선배, 제발……."

유은우가 가냘프게 속삭였다.

"……나 두고 가지 마요."

서재희는 유은우를 안은 손에 힘을 주었다. 빛이 온전히 품에 들어찼다. 눈이 부셔 눈을 감았다. 고개를 기울였다.

아아, 은우야.

서재희는 유은우의 입술을 부드럽게 삼켰다.

내가 널 어떻게 이기겠니.

010. 단죄

"우리 이제 어떡해?"

손도연이 작게 말했다. 유은우는 손도연의 무릎을 베고 몸을 웅크린 채 누워 있었다. 대리석 바닥은 차갑고 딱딱했다. 유은우는 제 얼굴을 완전히 덮고 있는 피 묻은 옷을 손으로 살짝 들추었다. 손도연이 유은우의 얼굴을 가린답시고 대합실 바닥에서 급하게 주워 온 옷이었다. 유은우는 옷 틈으로 손도연을 올려다보면서 속삭였다.

"애들이 준 리스트 다 시도해 봤다고 했지?"

"아무도 안 만나 줘."

전교생이 합심하여 만든 리스트가 있었다. 유은우와 손도연이 기차에 몰래 탑승하는 데 결정적인 도움을 줄 거라고 했다. 어떤 3학년은 제 아버지가 기관사라고 했고, 어떤 5학년은 제 이모가 역장이라고 했다. 이름만 대면 도와줄 거라고 호언장담하며 리스트를 주기에, 손도연이 잘 챙겨 두었다가 유은우보다 먼저 역에 도착한 김에 열심히 문을 두드리며 돌아다녔으나 죄 허탕 쳤다고 했다.

"나 말고도 역장을 만나고 싶어 하는 사람이 너무 많아. 전서경 선배 이름을 대면서 '역장님 좀 만나게 해 주세요.' 고함을 쳤는데 들은 척도 안 하더라. 진짜 못 들었는지도 몰라. 어떤 남자가 소화기로 역장실 문을 쾅쾅 내리치면서 당장 제8도시로 보내 달라고 난리를 치고 있었거든."

손도연의 목소리는, 마스크를 끼고 있는 데다가 왁자한 대합실의 소음까지 겹쳐 잘 들리지도 않았다. 손도연이 지친 기색으로 중얼거렸다.

"우리 행운은 여기서 끝난 걸까?"

"이제 시작이지."

유은우가 단호하게 말했다. 그러나 초조했다. 학교에서 중립지대 경계를 빠져나오자마자 폭발로 손도연과 떨어지며 이미 위기를 겪었다. 무사히 살아서 기차역에서 재회한 것만 해도 천운이었다. 심지어 유은우는 학교에서 기차역까지 마스크만 쓰고 뛰어왔음에도 아무에게도 검문 받지 않았다. 평생 쓸 운을 소진했다고 해도 과언이 아니었다.

"리스트 줘 봐."

손도연이 청바지 주머니에서 꼬깃꼬깃 접힌 쪽지를 꺼내 내밀었다. 유은우는 쪽지를 펼쳐 보았다. 말 한마디로 당장에 기차를 움직일 만한 고위 관계자 대여섯 명이 적혀 있었다. 이름마다 가위표가 그어져 있었다.

그리고 가장 아래, 아무런 표시도 없는 이름이 하나 쓰여 있었다.

청소부 최정식(1학년 최성일 부).

유은우는 하마터면 벌떡 일어날 뻔했다. 반쯤 일으킨 몸을 얼른 다시 눕히며 낮게 말했다.

"야, 손도연! 여기 하나 남았는데?"

"아, 성일이 아버님? 지나가는 역무원들한테 물어봤는데, 여기 청소부들은 하청 업체에서 나온 사람들이라 자기들도 잘 모른대. 하청 업체 연락처는 행정실에 문의하라는데 거기도 사람이 바글바글 몰려 있어서."

"같은 곳에서 일하는 사람인데 누군지 정보가 없다고?"

"그게 방침이래. 하청 업체 직원 복지 때문에 얼마 전에 기사가 크게 났나 봐. 계속 나를 피하더라고. 그리고……."

손도연은 괴로운 표정이었다.

"……성일이는 죽었어. 우리 역사 연구 모임 멤버였는데, 이번에 우편물 발송 명단에도 포함되어 있더라. 이미 아들이 죽어 버렸는데 그 가족에게 위험부담까지 지우고 싶지 않아. 상대는 철도 회사에서 관리도 안 해 주는 하청 업체 청소부야. 다른 사람들은 어느 정도 지위가 있어 안전이 보장된다지만, 청소부는 우리 때문에 직장은 물론이고 목숨까지 잃을 수 있어. 그쪽 도움은 받고 싶지 않아."

유은우는 잠자코 이프를 눌러 보았다. 학교에서 저장해 온 기차역 상세 지도가 깨알같이 떠올랐다.

"일단 기차 승강장으로 가 볼까? 여객 운송은 안 해도 화물 같은 건 움직일지도 몰라. 특히 제5도시는 식량 자급이 안 돼서 정기적으로 제1도시에서 배급해 주잖⋯⋯."

유은우는 말을 더 이을 수가 없었다. 손도연이 유은우가 들추고 있던 옷을 황급히 눌러 덮었기 때문이다. 유은우는 붉게 물든 옷 밑에 갇혀 눈만 도르륵 굴렸다. 위로 그림자가 졌다. 카랑카랑한 목소리가 날아왔다.

"부상이 심한가요? 가린 것 좀 치워 주세요. 한번 봐 드릴게요."

손도연이 냉큼 유은우를 끌어안았다. 유은우는 긴장하여 숨을 참았다가, 최대한 편안하게 보여야 함을 깨닫고 찬찬히 호흡하기 시작했다. 옷에 묻은, 누구 것인지 모를 피 냄새가 역했다.

손도연이 딱딱하게 굳은 목소리로 대답했다.

"아까 응급조치 받았습니다."

"그래요? 피가 많이 묻어 있어서⋯⋯."

"괜찮습니다. 아까는 피가 좀 났는데 지혈제 받고 금방 멈췄습니다. 조금만 안정을 취하다가 집으로 돌아가려고요. 저희는 원래 제1도시 시민인데 잠깐 할머니 댁에 가려고 나왔던 거라서."

손도연의 어색한 거짓말에도 상대방은 의문을 표하지 않았다. 그도 그럴 것이 대합실 사방이 부상자였다. 울고 비명을 지르며 실신하는 사람들 사이에서, 그래도 또박또박 대답하는 손도연은 지극히 괜찮아 보였다.

"여러 차례 방송했다시피 오늘부터 기차 운행이 전면 중지됩니다. 언제 운행을 재개할지는 확실치 않아요. 한 시간 후가 될지, 내일이 될지, 아니면 한 달 뒤가 될지 아무도 모릅니다. 여기서 안 주무실 거면 대기자 명단에도 이름 안 올릴 건가요?"

손도연이 거듭 괜찮다고 하자 인기척은 곧 멀어졌다. 유은우는 손도연에게 향하던 몸을 바깥쪽으로 돌렸다. 옷을 슬쩍 들춰 보았다.

제1도시 기차역 대합실은 전쟁 중의 대피소를 방불케 했다.

부상자와 아닌 자가 뒤섞여, 의자는 물론 바닥까지 발 디딜 틈이 없었다. 그 사이를 자원봉사자들이 요령 있게 누비고 다니며 간편식과 물을 나눠 주고 있었다. 특히 녹색 어깨띠를 두른 의료봉사자들은 응급처치에 여념이 없었다. 누군가 병원 응급선은 아직도 도착 안 했냐며 고함을 쳤고, 지척에선 방금 사람이 죽었다며 비명을 질렀다. 역무원만 나타났다 하면 사람들이 달려가 그 옷자락을 잡고 늘어졌다. 대체 언제 집으로 돌아갈 수 있냐고 묻는 사람들에게 역무원은 고개를 저으며 같은 말만 반복했다.

"가시관령이 발효되면 모든 대중교통은 중단됩니다. 도시연합장의 승인을 기다리는 중입니다."

전광판의 모든 기차편은 결항이었다.

유은우는 주머니에서 마스크를 꺼내며 물었다.

"아까 그 사람 확실히 갔지? 나 보고 유은우 아니냐면서 소리 지르던 남자."

"네가 때려서 기절시킨 사람? 들것에 실려서 나갔어. 다시 올 것 같진 않은데."

"좋아. 이 정도 몸 사렸으면 이제 아무도 우리 신경 안 쓰겠지. 움직이자."

유은우는 옷 아래에서 손을 움직여 마스크를 썼다. 옷을 젖히고 몸을 일으켰다. 그제야 좀 살 것 같았다. 아예 일어서려는 유은우를, 손도연이 잡아당겨 주저앉혔다. 손도연이 눈짓을 했다.

"잠깐만. 저기 너 또 나온다."

누군가 이프로 허공에 가로세로 1미터가량의 화면을 띄워 놓고 있었다. 촬영한 카메라가 손상되었는지 드문드문 지지직거렸으나 충분히 식별 가능한 영상이었다.

— ……입수한 영상에 따르면 서재희는 중앙수사부에서 괴한의 공격을 받았으나 당시 사망에 이르진 않았으며, 적어도 오늘 오후 3시경에는 도시연합 중앙학교에 머물렀음이 확인되었습니다.

유은우는 도로 손도연 무릎으로 엎어져 옷으로 얼굴을 가리고 싶은 충동에 휩싸였다. 서재희가 발 못 빼게 만들 심산으로 대중 앞에 큰마음 먹고 벌인 일이었으나, 제 눈으로 다시 보니 새삼 속이 홧홧했다. 손도연이 유은우의 귀에 속삭였다.

"너 정윤환 선배랑 사귀는 거 아니었어? 난 너 오기 전에 저거 보고 누가 영상 가짜로 만든 줄 알았잖아."

유은우는 얼굴이 새빨개진 채 괜히 마스크만 고쳐 썼다. 가슴이 울렁거렸다.

— 서재희와 유은우가 함께 있는 장면이 포착되었습니다. 지난번에 서재희는 서신을 통해 유은우가 정윤환과 연인 사이라고 밝힌 바 있습니다. 그러나 이 영상을 미루어 짐작하면 오히려 서재희 본인이 유은우와 각별한 사이로 보입니다. 이에 관해 시민들은 다양한 목소리를 내고 있습니다. 서재희는 차예원과 정략 약혼한 사이이나 공식적인 자리에서 선을 긋는 모습이 빈번하게 목격되었으므로 서재희는 차예원과 정치적 관계일 뿐으로, 본인이 도시연합의 표적이 될 것을 예상하고 유은우의 안위를 정윤환에게 맡긴 거라는 의견이 우세합니다. 그러나 서재희의 우려와 달리 사실상 둘의 관계가 드러난 지금, 여론이 서재희에게 불리하게 작용할 일은 없어 보입니다. 오늘 오후 학교로부터 빠져나와 집으로 돌아온 1학년 주성훈 학생의 증언에 의하면 유은우는 군 출신임에도 불구하고 교내에서 정윤환을 도와 학생들의 참여를 주도하였으며…….

유은우가 손도연에게 속삭였다.

"우리한테 호의적인데?"

"반정부 언론 중 가장 큰 곳이야. 정선재 의원이라고 알아?

정윤환 선배 아버지인데, 저 언론사를 처음으로 만들었거든. 저게 반응이 좋아서 정치판에 뛰어들었고 지금은 반정부를 대표해. 차인호와 노선이 반대니까 당연히 우리한테 좋은 소리만 할수밖에. 더구나 자기 아들 생사가 걸려 있는데. 다른 언론은 말도 못 해. 우릴 보고 반란군 앞잡이라나 뭐라나. 당장 사해로 추방하라고 난리야."

유은우는 주의 깊게 주위를 돌아보았다. 여기저기에서 방송이 재생되고 있었다. 대부분이 같은 영상에 다른 멘트였으나 방향은 비슷했다. 적어도 시민들은 도시연합이 아닌 학생들 편으로 보였다.

— 다만 현재 도시연합 중앙학교 재학생들의 이프는 통신이 차단되어 개별적인 연락이 불가합니다. 차예원 학생회장은 학생들을 대표하여 현 정부의 비윤리적이고 폐쇄적인 행보에 반기를 들겠다고 선언하였으며, 도시연합이 철저히 은폐해 왔던 1급 보안지역에 진입하여 불일치하는 온 오염도 수치를 직접 측정하고 보안지역 내부를 촬영하겠다는 의사를 밝혔습니다. 실제로 서재희의 지휘 아래 1000여 명의 학생들이 학교 모함에 몸을 싣고 사해로 이동 중이며, 직위가 해제된 전 도시연합 정예군이 그 세력에 합류하였다는 추측이 확산되고 있습니다. 이에 따라 용 연구소에서는 반란군이 학생들을 선동하는 것을 막아 달라는 공동성명을 발표하였습니다. 지강현 용 연구소장은 성체가 된 용이 1급 보안지역을 중심으로 머물고 있으므로, 학생들이 함부로 접근하고 도시연합이 이를 통제하기 위해 무력

을 행사한다면 용의 포획에 어려움이 생길 뿐 아니라 귀중한 성체가 훼손될 수 있다고 염려하고 있습니다.

— ……제5도시 용 연구소 앞에서 시민 간의 충돌이 있었습니다. 용 비늘 의혹에 대해 해명하라고 요구하는 서재희 진상규명 시민 대책 위원회와 용 연구소의 비밀 보장과 빠른 성체 포획을 지지하는 신도시 건설 연대가 언쟁을 벌이다 흥분한 동조자 한 명이 총을 빼어 연사했습니다. 이 총격전으로 현장을 주도하던 시민단체장 김모 씨 등 마흔 명이 숨지고, 쉰아홉 명이 크고 작은 부상을 입어 인근 병원으로 옮겨져 치료를 받고 있습니다. 주혜선 제5도시관리국장은…….

— ……한때 김서혁의 전리품이었으나 군에서 학교로 옮겨진 후 소속이 불분명한 유은우의 행보에 우리 모두가 주목하고 있지 않았습니까? 유은우는 현재 두 사람과 염문설이 돌고 있습니다. 유은우는 출신 자체도 특이한데 상대도 평범하진 않습니다. 한 명은 정선재 의원의 아들 정윤환, 다른 한 명은 도시연합장의 딸 차예원과 약혼한 서재희인데요. 무려 매년 검색어 순위에서 유수한 연예인을 제치며 상위권을 차지해 온 인물들 아닙니까? 유은우가 실제로 누구와 연인인가에 따라 그녀에 대한 대중들의 여론도 달라질 수 있습니다. 정윤환과 연인으로 학생들을 이끌었다고 알려졌을 때는 유은우에게 시민권을 부여하라는 소리가 높았습니다. 그러나 오늘 오후 3시경 서재희와 각별한 사이임을 확신케하는 영상이 유출되고 난 후에는 여론이 크게 부정적으로 변했습니다. 첫째, 유은우가 제 안

위를 꾀하기 위해 두 사람을 이용하고 있다는 가설. 둘째, 유
은우가 서재희를 자신의 편으로 만들어 차예원이 설 자리가 없
도록 하여 혁명이 성공할 경우 모든 공을 가로채기 위함이라는
가설입니다. 저는 특히 후자에 아주 신빙성이 있다는 의견인데
요. 실제로 이 영상을 보시면 유은우가 먼저 서재희의 멱살을
잡고……

   — ……도시연합에서는 낙원의 이론 시스템 존재 자체를 강
력히 부인하고 있습니다. 차인호 도시연합장은 오늘 기자회견
을 열어 김서혁이 임유현의 죽음을 기회 삼아 반란군과 손잡고
쿠데타를 일으키기 위해 학생들을 선동하고 있으니, 이럴 때일
수록 시민들은 침착하게 일상을 영위하고 수상한 자가 있다면
즉시 경찰에 신고를……

   — ……도시연합 중앙학교 4학년 최준 학생은 자신이 소년
가장이기 때문에 차예원의 배려를 받아 이번 혁명에 가담치 못
했다고 아쉬움을 표했으며, 시민들에게 진실을 알릴 의무가 있
다고 방송국으로 연락을 취해 왔습니다. 최준은 지난 22일 사
망한 임유현 전 도시연합 중앙학교장이 기존의 도시들을 식민
지화하려는 야망을 품고 있었다고 주장했습니다. 그는 교장실
에서 발견한 각종 자료를 그 근거로 제시하고 있는데요. 낙원
의 이론으로 추출한 명단도 있다고 합니다. 전화 연결을 해 보
겠습니다. 최준 학생?

   — ……전문가의 의견에 따르면 용의 심장은 너무나 오래전
에 분실되었기 때문에 현재 온전한 형태를 하고 있기는 어렵

다고 합니다. 심장이란 생물의 내부에 안착하고 있을 때 비로소 기능한다는 점을 미루어 볼 때 현재 어떤 생명체에 기생하고 있을 가능성이 높습니다. 그 숙주는 인간일 수도 있고 아닐 수도 있으나 옛 문헌에 따르면 반란군의 수장이 지니고 있었을 확률이 가장 높다고 합니다. 그렇다면 현재 반란군이 가지고 있을 가능성도 무시할 수 없는데요. 이정인 의원은 김서혁 전 총사령관이 사해에서 용의 심장을 찾을 때 난민의 정보력을 이용하기 위하여 그들의 환심을 사려고 난민 인권에 힘쓴다는 의견을 꾸준히 피력해 왔습니다. 이정인 의원은 김서혁이야말로 주무대가 사해였던 만큼 용의 심장에 대한 정보를 가장 많이 쥐고 있는 자이므로, 도시연합장에게 김서혁의 처형 판결을 숙고해 달라고 청원하였습니다. 그러나 김서혁이 직위 해제 직전에 서재희를 도시연합 승인 없이 학교로 교묘히 복귀시키고 현재는 도시연합 중앙학교에 합류하는 등의 파격 행보를 보이고 있으므로, 차인호가 김서혁 전 총사령관의 쿠데타 혐의를 묵인할 수 있을 것인가에 대해서는 회의적인 시각이 많습니다.

— 상생 시민 연대에서는 낙원의 이론이 부재하다는 도시연합의 주장 자체에 의심을 표하고 있으며, 도시연합이 그간 용과 온에 관한 핵심 자료를 통제해 온 것에 해명을 요구하고 있습니다. 이에 따라 도시연합장 차인호는 논란의 불씨를 일으킨 서재희를 비롯한 학생들을 무력으로 진압하겠다고 선언하였으나, 가시관령 발효로 민간인의 신분이 된 김서혁을 비롯한 도시연합 정예군이 학생을 지지하는 상황에서 과연 정부가 군을

효과적으로 통솔할 수 있는가에 대해서는 의견이 분분합니다.

― ……가시관령이 발효됨에 따라 모든 대중교통은 일시 중단되며 도시연합장의 승인이 있어야만 재개될 수 있습니다. 도시연합 중앙학교에서 벌어진 학생들의 폭동을 군이 진압하는 과정에서 많은 민간인 사상자가 발생하였으며, 그들 중 다수가 응급치료만 받고 기차역으로 모여들어 고향으로 보내 달라고 요청하고 있습니다. 현장 리포터를 연결하겠습니다…….

어쩌다 일이 이 지경까지 되었는지 알 수 없었다. 옳지 않다고 생각해서 조금씩 파고든 것뿐인데 정신을 차리니 세계가 흔들리고 있었다. 터질 때가 되어 터진 것인지, 내가 없었다면 이렇게까지 되지는 않았을지, 이 변화의 끝이 지금보다 더 나은 세계일지, 그 어떤 것도 알 수 없었다. 판단은 후세의 몫이었다. 유은우는 손도연에게 눈짓을 했다.

"나가자."

"어디로?"

"승강장."

유은우는 손도연의 손을 꼭 잡고, 서거나 앉거나 누운 사람들을 요리조리 피하며 앞으로 나아갔다. 매표소며 복도며 계단이며 발 디딜 틈이 없었다. 아예 멈춰 버린 에스컬레이터를 걸어서 아래로 내려갔다.

3층 층계참에 도착했을 때였다. 이상하게 소란했다. 여태 귀 아프게 들어 왔던 군중의 웅성임과는 달랐다. 한 사람이 버럭버럭 고함을 지르고 있었다.

"사과를 제대로 하라고요! 이거 다 어쩔 거야?"

어디서 싸우나 보네. 유은우는 흘려들으며 부지런히 내려갔다. 그러나 잡고 있던 손도연의 손이 덜컥 멈추어 몇 걸음 못 가고 뒤를 돌아보았다. 손도연이 한쪽 손으로 에스컬레이터 난간을 짚고 싸움이 일어난 곳을 빤히 보고 있었다. 유은우는 잡은 손을 흔들었다.

"도연아. 손도연!"

손도연은 유은우를 돌아보지 않았다. 유은우는 손도연의 시선을 따라갔다.

말라 쪼그라든 남자가 연신 허리를 숙이는 뒷모습이 보였다. 파란 작업복을 입고 파란 모자를 쓰고 거친 손으로 물걸레를 쥐고 있었다. 청소부 옆엔 전원이 꺼진 로봇 청소기가 있었고, 바닥엔 음료가 쏟아져 있었다. 그 앞에 노부인이 서서 손끝으로 핸드백을 들고 있었다. 핸드백에 음료가 흥건했고, 유은우가 지켜보는 동안에도 바닥으로 뚝뚝 떨어졌다.

주위에 사람들이 웅성웅성 모여 있었으나 힐끔거릴 뿐 나서서 중재하는 사람은 없었다. 어린 여학생 하나가 쭈뼛쭈뼛 손을 들었다.

"저기요, 할머니. 청소부 아저씨가 비켜 달라고 했는데 할머니가 안 비키셨잖아요……."

그 옆의 다른 젊은 여자가 딱딱하게 말했다.

"안내 방송 못 들었어요? 로봇 청소기가 돌아다니면서 소지품을 칠 수도 있으니까 음료수 같은 거 벤치에 놓지 말라고 하잖아요. 본인이 가방 옆에 음료수 두고 전화한다고 신경 안 쓰고 있었으면서, 청소부한테 뭐라고 할 일이에요?"

노부인이 눈썹을 치켜세웠다.

"그래서 청소부는 잘못이 없다 이거야? 아무리 로봇 청소기가 혼자서 알아서 한다고 해도, 뒤에서 부지런히 살피고 불미스러운 일이 안 일어나게 바로바로 수동 조작 들어가야 하는 거 아니냐고! 이래서 청소부들을 싹 다 없애야 해. 어차피 로봇 청소기 혼자 내버려두고 저희들은 두 손 놓고 놀면서 돈이나 따박따박 받아먹다니. 이거 다 당신네들 세금이야. 알아?"

어떤 상황인지 눈에 선했다. 손도연 성격상 어떻게 행동할지도. 그리고 얼마나 시간을 지체할지도.

유은우는 재빨리 올라가 손도연의 어깨를 감싸 돌리려 애썼다.

"도연아, 제발. 우리 시간 없어."

"있어 봐."

손도연이 유은우의 손을 뿌리쳤다. 유은우는 손도연의 옷자락을 잡아당겼다.

"우리 가야 돼. 더 중요한 일이 있잖아."

"저게 사소해 보여? 저런 게 쌓여서 지금 우리가 이렇게 고생하는 거 아냐."

손도연은 단호하게 도로 에스컬레이터를 올라가기 시작했다. 유은우는 한숨 돌릴 새도 없이 다급히 그 뒤를 쫓아갔다.

청소부가 카트를 뒤적이더니 하얗고 깨끗한 마른 수건을 꺼냈다. 그가 수건을 내밀며 핸드백을 닦으려고 하자 노부인이 질색을 하며 그를 밀쳤다. 바닥에 흥건한 음료 때문에 안 그래도 구부정한 청소부는 그대로 미끄러지고 말았다. 청소 카트가 함께 엎어지면서 안에 담긴 청소 도구들이 널브러졌다. 순간 노부인의 눈에 미안한 기색이 스쳤다. 그러나 그녀는 이내 입을 꾹 다물고 한 걸음 물러서기만 했다.

손도연이 폭풍처럼 달려가 청소 카트를 바로 세우고 쏟아진 청소 용품을 도로 집어넣었다. 그 틈에 유은우는 넘어진 청소부를 부축하여 일으켜 세웠다. 청소부는 갑자기 넘어지는 바람에 많이 놀랐는지 정신이 없어 보였다. 유은우는 일단 여기서 벗어나게 해 주어야겠다는 생각에 대신 카트를 잡았다. 카트는 보이는 것보다 훨씬 무거웠다. 로봇 청소기가 돌아다니는 시대에 카트 바퀴는 수십 년을 묵은 듯 빽빽했다. 유은우는 끼끼거리며 카트를 밀어 에스컬레이터 반대쪽에서 멈춰 섰다. 재빨리 주위를 둘러본 뒤 청소부를 바라보았다. 파란 작업복 어디에도 명찰 비슷한 것은 보이지 않았다. 바짝 붙어 속삭였다.

"저기 혹시 지금 화물 기차 운행하나요?"

청소부가 고개를 끄덕였다. 유은우는 환호성을 지를 뻔했다. 에스컬레이터 건너편에서 노부인에게 조곤조곤 무어라 일장 연설을 해 대는 손도연의 목소리를 흘려들으며 유은우는 속삭여 물었다.

"제5도시로 가는 기차도 있나요?"

청소부가 다시 고개를 끄덕였다. 유은우는 가슴이 터질 것 같았다.

"제일 빠른 시간대가 언제죠? 승강장은요?"

청소부가 왼쪽 손목의 이프를 눌렀다. 정부에서 무상으로 보급한 구형인지, 작고 흐린 메모창이 지지직거리며 떠올랐다. 청소부가 거기에 대고 무어라 쓰더니 유은우 눈앞에 보였다.

[10분 뒤. 3번 승강장.]

유은우는 청소부의 손을 와락 부여잡았다. 손은 거칠었으나 따뜻하여, 유은우는 용기를 얻었다.

"저기 정말 죄송한데, 제가 거기 좀 탈 수 있을까요? 제가 제5도시에 꼭 가야 하거든요. 남의 눈에 띄지 않게 탈 수 있는 방법이 있을까요? 검사를 안 하는 화물칸이라든가 좀 알려 주시면……."

청소부가 눈을 크게 떴다. 그는 유은우에게 손이 잡힌 채 유은우의 어깨 너머를 뚫어져라 보고 있었다. 잡고 있는 그의 두 손이 설핏 떨려 유은우는 뒤를 돌아보았다.

손도연이 서 있었다. 그녀가 쓰고 있던 마스크를 당겨 내렸다. 동그란 얼굴을 온전히 드러내고, 손도연이 어렵게 한마디를 뱉었다.

"……아저씨."

유은우는 멍하니 둘을 번갈아 바라보았다. 그제야 카트에 걸쳐진 형광색 조끼에 달려 있는 명찰이 보였다. 최정식. 손도연의 시선이 최정식의 마른 낯과 까칠하게 튼 손을 지나 청테이프로 칭칭 동여맨 낡은 안전화에 멎었다. 손도연이 조그맣게 중얼거렸다.

"죄송해요."

최정식은 눈이 붉어진 채 한참 동안 대답이 없었다. 그는 이내 유은우를 바라보았다. 그가 손가락으로 유은우와 손도연을 번갈아 가리켰다. 유은우는 고개를 끄덕였다.

"친구예요. 저희는 제5도시로 가야 합니다. 용 연구소요."

그때였다. 최정식의 이프가 울렸다. 호출이었다. 최정식은 충혈된 눈으로 이프에 떠오른 알림창을 가만히 바라보았다. 이내 그가 에스컬레이터 아래에 있는 창고 문을 열었다. 청소 카트 서너 개만 들어가도 꽉 찰 것 같은 협소한 공간엔 청소부가 쉴 수 있도록 플라스틱 의자 두 개와 커피포트가 있었다. 구석에 놓인 박스는 반쯤 뜯어져 안에 들어 있는 간편식이 보였다.

최정식이 카트를 창고 안에 밀어 넣고 들어오라는 손짓을 했다. 유은우는 훌쩍이는 손도연을 다독이며 따라 들어갔다. 문을 닫자마자 최정식은 즉각 카트에 가득 차 있던 쓰레기봉투를 노련하게 끄집어냈다. 그는 까만 새 쓰레기봉투를 꺼내 아래쪽을 찢어 구멍을 만들더니 카트에 깔았다. 그러고는 의자를 끌어다가 카트 옆에 붙이고 손짓을 했다.

유은우는 의자를 밟고 올라서서 카트 안으로 들어갔다. 손도연이 입을 꾹 다물고 따라 들어왔다. 두 사람이 웅크리니 꽉 찼다. 최정식은 그 위로 쓰레기를 적당히 넣은 까만 쓰레기봉투를 얹었다. 묵직해지고 어두워졌다. 그러나 아래에 뚫린 구멍이 있어 숨을 쉴 수는 있었다.

카트가 움직였다. 문이 열리는 소리. 덜덜거리며 바퀴가 굴렀다.

유은우는 머리에 쓰레기를 인 채 손도연을 안고 등을 쓸어주었다.

엘리베이터 버튼을 누르는 소리. 한참을 아래로 내려갔다. 엘리베이터 문틈으로 들리던 소음이 점차 잦아들었다. 문이 열렸다. 차가운 적막. 인적이 드물어 자연스러운 정적이 아니라 긴장된 호흡 사이로 숙련된 침묵이 있었다. 누군가 날카롭게 일갈했다.

"누가 마음대로 사람을 들이랬나? 당장 내보내!"

카트가 덜컹 멈추어 섰다. 유은우는 손톱을 세워 카트 옆면 비닐을 살짝 뜯었다. 틈으로 빛이 들어왔다. 승강장이었다. 정장을 입은 여자 둘과 남자 둘, 그리고 제복에 기관사 명찰을 단 여자 하나, 부기관사 명찰을 단 남자 하나가 서 있었다. 누군가는 불안한 표정을, 누군가는 차가운 낯을 하고 있었다. 유은우는 숨을 죽였다. 그들 뒤로 검은 장벽처럼 펼쳐져 있는 것은 거대한 화물 기차였다.

정장을 입은 남자가 정장을 입은 여자 앞에서 허리를 숙였다.

"역장님, 주혜선 제5도시관리국장님께서 직접 물건을 받으실 겁니다. 시간이 촉박하여 미리 갈무리할 틈이 없었습니다. 이동하는 동안만이라도 정리해야 하지 않겠습니까. 그대로 보내면 화물칸을 열자마자 악취가 날 테고 도시연합장의 지시에 불만이 있다고 비춰질 염려가 있습니다. 숨도 크게 쉬지 말아야 할 때입니다. 괜한 오해를 사서는 안 됩니다. 겨우 청소부 하나입니다……."

역장이라고 불린 여자가 이쪽을 노려보았다. 눈빛이 얼마나 매서운지 쓰레기봉투를 뚫고 안을 들여다보듯 섬뜩했다. 역장이 말했다.

"최소 인원만이야. 기관사, 부기관사, 이렇게 둘만 탑승한다."

"입이 무거운 자입니다. 여러 가지 의미로요. 하나뿐인 아들도 죽어 연고도 없답니다. 무려 10년이나 이자가 이동 중 관리를 쭉 도맡아 왔습니다. 적임자입니다. 그 끔찍한 몰골을 보고도 놀라지 않고 묵묵히 잘해 왔습니다."

"우릴 우습게 보는군. 애초에 그쪽에서 해야 할 일이었다. 우리가 수고를 떠맡은 셈이 되었어."

역장은 눈 하나 깜박이지 않고 이쪽을 보고 있었다. 최정식의 얼굴을 정확히 쏘아보는 것 같았다. 뒤에서 몇 사람이 거들어 말했다.

"이미 우리가 인도받았고 수송만 남았습니다. 화물칸이 딱 열렸을 때 그분들이 전부 다 나와서 바로 물건을 확인할 텐데, 피가 흥건하고 고약한 냄새가 나면 높은 분들 보기 안 좋지 않습니까……."

"역장님, 연구소에 고일태 교수도 같이 있을 겁니다. 평소 온화한 분이시지만 현재 중앙학교에 다니는 아들이 쿠데타에 가담하여 많이 예민한 거 역장님도 아시지요? 비위가 약하셔서 한마디 하실지도 모릅니다. 예전에 용 연구소 컨베이어 벨트

보시고는 오찬도 마다하셨어요. 들리는 소문으로는 이젠 용 모양 카스텔라도 안 드신다고…….”

역장이 한숨을 쉬며 고개를 끄덕였다.

역장의 뒤에 서 있던 남자가 이쪽을 향해 다급한 손짓을 했다. 카트가 다시 움직이기 시작했다. 바퀴가 거칠게 굴러 그들 앞에 멈추어 섰다. 거리가 가까워져 이제 유은우는 찢긴 비닐 틈으로 기관사의 갈색 구두 한 쌍을 보는 게 고작이었다. 목소리만 들렸다.

“관리를 한답시고 타는 청소부가 더 더럽지 않냐 이 말이야. 내 눈에 안 보인다고 직원 관리를 이따위로 하나? 일을 이렇게 하니 일용직 복지니 뭐니 임기 초기부터 우리 책임도 아닌 기사가 나는 거 아냐.”

“죄송합니다. 하청 업체를 통해 청소부를 관리하는지라 미처 신경을 쓰지 못했습니다. 시정하겠습니다.”

다른 목소리가 다급히 끼어들었다.

“저, 역장님. 3분 전입니다. 자네 둘은 어서 기관실로 가게. 이 사람은 우리가 알아서 태울 테니까. 정각에 바로 출발하도록. 가시관령이 발효되었으니 보고는 5분 간격이야. 잊지 말고…….”

역장이 씹어뱉듯 말했다.

“바로 태워. 대신, 연구소에 도착했을 때는 옆 칸으로 피해서 다른 사람들 눈에 띄지 말라고 해.”

“그건 물론입니다. 자네도 들었지? 좋아, 그럼 어서 타게. 입은 무겁게 손은 빠르게. 여러 번 해 봤으니 이번에도 잘하리라 믿어. 잘 부탁하네. 이번이 마지막이야. 다시는 이런 일 안 맡길 테니까. 어서 밀고 들어가. 이보게, 여기 카트 미는 것 좀 도와 줘! 시간이 없어……."

카트가 황급히 움직이다가 어느 순간 크게 덜컹거리며 멈췄다. 바닥이 덜덜덜 크게 진동하고 있었다. 이내 문이 철컥 닫히는 소리가 났다. 카트는 멈췄으나 공간 전체가 서서히 움직이는 느낌이 났다. 점차 빨라졌다. 속도가 안정되자 머리 위를 누르고 있던 쓰레기봉투가 훅 들려 나갔다. 숨통이 트이는 것도 잠시, 유은우는 아주 고약한 냄새를 맡았다. 사해에서 전투를 하며 수없이 맡은 냄새였으나 훨씬 농밀했다.

거대한 그늘에 들어선 듯 가슴이 선득했다.

유은우는 손도연을 먼저 올려 보내고 카트에서 빠져나왔다. 바닥에 발을 디디고 고개를 드니 손도연의 옆모습이 보였다. 손도연은 이상한 표정을 짓고 있었다.

화물칸은 넓었고, 석탄으로 빚은 듯 사방이 온통 까맸다. 까만 천장, 까만 벽, 까만 바닥. 창은 없었다. 조명은 기이할 정도로 밝았다.

그리고 시체가 그득히 쌓여 있었다. 아직 뜨끈한 피가 흐르는 시체도 있었으나 거의 대부분은 피가 빠져나가 창백했다. 위쪽에 있는 시신들은 비교적 멀쩡했고, 아래에 깔린 것들은 이미 부패가 진행되고 있었다.

손도연이 소매로 입을 막고는 비틀거리며 시체 가까이 다가

갔다. 열십자로 겹쳐진 시체들 사이에서 비죽이 튀어나온 팔을, 그 팔에 매달려 있는 라벨을 잡아당겼다. 유은우는 다가가 그것을 읽었다.

27.

그뿐이었다. 이름도 나이도 없었다.

유은우는 전체를 조망하기 위해 천천히 물러섰다. 남녀노소 가리지 않고 모든 시체마다 라벨이 붙어 있었다. 얼핏 보아도 라벨의 숫자는 두 자리를 넘지 않았다. 무엇을 의미하는지는 명백했다.

손도연이 쉰 목소리로 중얼거렸다.

"죽은 지 얼마 안 됐어."

유은우는 고개를 끄덕이며 대답했다.

"학교에서 군이랑 붙었을 때 휘말려서 사망한 시민들 같아."

"왜 하필 동조자들만 골라내서 제5도시로 수송하는 걸까? 수습해서 유가족에게 돌려주어도 모자랄 판에."

손도연은 잠시 입을 다물었다가 덧붙였다.

"동조자는 살아서도 죽어서도 정말 귀중한 자원이구나. 재희 선배는 학교에서 동조자의 시신으로 모의 전투실을 가동한다고 했지. 용 연구소라고 해서 그런 시스템이 없다고 단정 지을 수는 없어. 어쩌면 다른 곳도 비슷할지 몰라. 이를테면 대규모 온실이라든가."

문득 달그락 소리가 났다. 최정식이 카트에서 막대 걸레를 빼고 있었다. 그는 막대 걸레로, 기차의 움직임에 따라 바닥을 미끄러지는 피를 능숙히 훔쳐 내었다. 그렇게 얼추 정리한 다음, 최정식은 옆 화물칸으로 이어지는 문을 열고 그리 들어가라는 손짓을 했다.

옆 칸은 지극히 평범했다. 반듯한 박스나 곡물이 가득 든 자루 따위가 차곡차곡 정리되어 있었다. 그중 가장 자리를 많이 차지한 것은 로봇 청소기였다. 성인 두 명은 족히 들어갈 만한 대형으로 일고여덟 대가 나란히 놓여 있었다.

최정식은 청소기 뒷부분을 잡아당겨 열고 오물통을 빼냈다. 청소기 안에 빈 공간이 생겼다. 최정식이 들어가라는 손짓을 했다. 유은우와 손도연이 머뭇거리자 그는 재빨리 이프를 켜서 메시지를 써 보였다.

[용 연구소 납품 청소기. 기차가 도착하면 용 연구소 내로 반입 예정.]

손도연이 먼저 조심스레 청소기 안에 들어가 몸을 웅크렸다. 최정식이 청소기 뒷부분을 달칵 닫았다. 그러고는 옆에 있는 다른 청소기를 열고 손짓을 했다. 유은우는 그곳에 들어가 무릎을 안고 앉았다. 청소기 뒷부분이 막 닫히기 전에 다급히 인사했다.

"감사합니다."

최정식이 희미하게 웃으며 고개를 저었다. 그가 청소기를 닫자 플라스틱 이음새가 맞물리며 딱 소리가 났다. 캄캄할 거라고 짐작한 내부는 곳곳의 틈에서 스미는 빛으로 제법 환했다. 유은우는 몸을 움직여 그나마 밖이 잘 보이는 공간을 찾아보았다. 안에 먼지가 얼마나 찼는지 확인하기 위한 목적으로 청소기 벽면에 세로로 길고 반투명한 부분이 있었다. 눈을 붙이니 바로 옆에 있는 청소기가 보였다. 손도연이 들어간 청소기였다. 소리 내어 불렀다.

"도연아."

"여기 의외로 질 보인다."

대답이 밝았다.

"여기 오는 거, 왜 자원했어?"

줄곧 묻고 싶은 말이었다. 그러나 손도연은 바로 대답하지 않았다. 잠깐 뒤에 그녀가 가볍게 웃더니 말했다.

"용이 좋아서."

진짜 대답이 아니었다. 그러나 유은우는 더 캐묻지 않았다. 대신 다른 질문을 했다.

"용이 왜 좋아?"

"글쎄."

하루 종일 용을 끼고 사는 사람치고는 대답이 싱겁다고 생각했을 때, 손도연이 덧붙였다.

"변하지 않는다는 게 좋았어. 그렇게 강하고 아름다운 생명체가 영원할 수 있다는 게. 인간의 삶은 한 치 앞도 내다볼 수 없는데."

손도연이 천천히 말을 이었다.

"그런데 교장실에서 용 심장박동 수치가 나왔잖아. 확연히 느려지고 있었어. 그걸 보고 나니까 이상하게 마음이 편안해지더라. 용도 불사가 아닐 수 있겠구나. 세상 어디에도 영원한 건 없구나. 영원하길 바라는 것만 있을 뿐이지. 가족이 변하는 것도, 가세가 기우는 것도 당연하구나, 안도했어."

유은우는 청소기 안벽에 등을 기댔다. 틈새로 들어와 어둠을 가로지르는 빛을 보았다. 그 빛 사이로 유영하는 먼지를 보았다. 그 작은 반짝임만으로 유은우는 서재희를 떠올렸다. 전시관에서 먼지를 담뿍 뒤집어쓰고도 따뜻하게 웃던 그가 눈에 선했다. 만물이 시간 앞에 낙엽으로 바래진대도, 어떤 순간만은 기억 속에 영원하리라고 유은우는 생각했다.

"도연아, 혹시 위험해지면 너 자신을 우선으로 챙겨. 무엇보다 목숨이 가장 중요해. 무슨 말인지 알지?"

침묵은 길었다. 규칙적인 기차의 소음뿐이었다. 한참이 지났을 무렵, 손도연이 먼저 말을 꺼냈다.

"은우야, 네가 전에 나한테 물었지. 낙원의 이론을 어떻게 생각하느냐고."

유은우는 자세를 고치며 청소기 벽면에 눈을 바짝 붙였다. 손도연이 보일 리도 없건만 저도 모르게 그렇게 되었다.

"나는 역사 연구 모임 멤버야. 누군가 권유해서 들어간 건 아니고, 도시의 역사 강의를 듣다가 용과 관련해서 납득할 수 없는 부분이 있어서 황종길 교수님을 찾아뵌 게 계기가 되었어. 교수님은 나처럼 역사에 의문을 가지고 성적과 상관없이 방문하는 학생들을 지켜보다가 시간이 나면 불러서 이런저런 것들을 함께 토론하곤 해. 재희 선배가 편지에서 언급해서 이제 너도 알겠지만 그 모임은 단순한 역사 연구 모임이 아냐. 정확히 말하자면 역사 발굴 모임이지. 도시연합이 은폐한 역사를 추적하는."

유은우는 천천히 자세를 고쳤다. 피부에 닿는 청소기 벽면이 차가웠다.

"혹시 마네킹 기억나? 백일시 명찰을 달고 있었고 예언이 녹음된. 은우 너도 현장에 있었다고 들었어."

"천장에서 떨어졌던 그거 말하는 거야?"

"우리 모임에서 꾸민 일이야. 백일서가 온하나비로 우리 모임 멤버랑 접촉을 시도했거든. 백일서의 평소 행실이 그다지 좋지 않아서 그가 정말 우리와 뜻을 함께할 수 있는지 신중을 기해야 했어. 처음 약속은 일부러 안 나가고 그가 어떻게 나오는지 보려고 했는데, 다음 날 아침 바로 강화제 중독으로 병원에 입원했다더라. 이미 죽었다고 봐도 무방했어. 그런 식으로 간 사람이 한둘이 아니었으니까."

바닥에서 기차의 일정한 진동이 느껴졌다.

"백일서를 죽인 게 누군지 알아내야 했어. 범인이 궁극적으로 우리를 노린다는, 최소한 지켜보고는 있다는 뜻이었으니까. 우리도 가만있을 순 없었어. 백일서가 단순히 약물 중독으로 입원한 것이 아니라, 이름 모를 누군가에게 계획적으로 살해당했음을 우리도 분명히 알고 있다고 경고해야 했지. 그래서 꾸민 짓이야."

유은우는 마네킹 소동이 있던 날 밤, 손도연의 이프에 묻어 있던 붉은 자국을 기억했다.

"낙원의 이론은 내게 희망이야."

손도연이 천천히 말을 이었다.

"도시연합은 공동체의 선을 위한다는 명분으로 과도하게 진실을 은폐하고 있어. 묵인 가능한 정도를 넘어섰지. 언제까지 그렇게 거짓으로 버틸 수 있을까? 세상엔 영원한 비밀도 없고 완벽한 거짓말도 없어. 낙원의 이론이 안락한 현재의 종말을 예고하는 끔찍한 저주라고 믿는 사람들이 다수겠지만, 나는 아니야. 언젠가는 반드시 새로운 시대가 열린다는 아주 당연한 이치를 뜻한다고 생각해."

"그럼 예언에서 말하는 세 사람은 누구인 것 같아?"

손도연의 낮은 웃음소리가 들렸다.

"은우야, 내게 그건 의미가 없어. 어떻게 단 세 사람으로 세상이 뒤집어질 수 있겠니? 혁명은 무수히 많은 사람들이 죽을 각오로 힘을 모아야 성공할 수 있어. 만일 예언이 말하는 그 세 사람이 실제로 존재한다고 해도, 수많은 사람들의 대표가 될 뿐이지, 결코 그들이 특별한 건 아니야."

그때였다. 바닥에서 느껴지던 진동이 사뭇 달라졌다. 기차의 속력이 급격히 줄고 있었다.

유은우는 바짝 긴장하며 반투명한 틈으로 바깥을 내다보았다.

끼익. 화물칸이 열렸다. 그 너머로 꽤 많은 사람이 바쁘게 움직이는 것이 보였으나 놀랍도록 조용했다. 그들은 신속하게 화물칸에 올라타더니 쌓인 곡물 자루며 박스를 들어다가 차근차근 밖으로 내렸다. 몇 사람이 이쪽으로도 다가왔다. 유은우는 혹시나 들킬까 숨을 참고 틈에서 최대한 떨어졌다. 사람들이 다가와 청소기를 밀자 바퀴가 돌돌 구르는 소리가 났다. 공중으로 들렸다가 한참 아래에 반듯이 내려졌다.

유은우는 조심스레 틈에 눈을 대었다. 넓고 쾌적한 승강장. 흰 가운을 입은 몇이 보였고, 그 뒤로 일반 직원으로 보이는 이들이 바쁘게 화물칸에서 물품을 내리고 있었다. 유은우는 눈을 가늘게 뜨고 가장 중요해 보이는 사람, 어떤 잡무도 하지 않고 팔짱을 끼거나 허리에 손을 얹고 작업을 지켜보고만 있는 무리를 응시했다.

"상태가 좋지 않군. 제1도시에서 기본적인 전처리도 없이 수송한 건가?"

정장을 입은 중년 여성이 눈을 찌푸리며 말했다. 한 차례 마주친 적 있는 익숙한 얼굴이었다. 유은우는 그녀를 쉽게 기억해 냈다. 제5도시관리국장 주혜선.

그녀와의 만남이 좋은 경험은 아니었기에 불안이 가중되려는 찰나, 유은우는 주혜선 이상으로 낯익은 얼굴을 발견했다. 굵은 단발 아래 드러난 낯은 피로했고, 단정한 투피스 위로 흰 실험복 가운을 걸치고 있었다.

한세연이 금방이라도 꺼질 듯 연약한 목소리로 말했다.

"국장님, 시기가 시기인지라 황급히 보낸 모양입니다. 그러나 문제없습니다. 저희도 가공은 할 수 있으니까요."

직원들은 하나같이 입을 굳게 다물고, 흰 천으로 감싼 길쭉한 것을 들것에 실어 부지런히 옮기고 있었다. 어떤 것은 깨끗했고, 어떤 것은 진득한 오물이 배어 나왔다. 강력한 탈취제 냄새로도 시취는 쉽게 가려지지 않았다.

주혜선이 혀를 찼다.

"성체 포획하느라고 연구소 인력 절반이 사해로 나가 있는 걸 뻔히 알면서 이런 잡무까지 우리 도시로 떠넘기다니……. 잠깐, 저 직원은 우리 유니폼이 아닌데?"

한세연이 미간을 좁혔다. 그녀가 작게 대답했다.

"기차 관리 직원이군요. 수송되는 동안 시신을 수습한 모양입니다. 홀로 고생했겠네요."

"아무리 상황이 위급하다지만 일처리를 이따위로……."

"국장님, 드문 일이 아닙니다. 작년 말에도 제가 저 직원을 본 기억이 있습니다. 그 전도 마찬가집니다."

쭉 조곤조곤하던 한세연이 주혜선의 말을 자르며 사뭇 목소리를 높였다. 주혜선이 앞으로 나아가며 유은우의 시야에서 사라졌다. 그 뒤로 한세연이 얼굴을 일그러뜨리며 다급히 덧붙였다.

"저희 소관이 아닙니다. 제1도시 기차역 소속입니다. 저희는 그에게 권한이 없습니다! 국장님!"

탕!

무언가 맥없이 쓰러지는 소리가 났다.

한세연이 입술을 깨물며 한 걸음 물러섰다.

"시기가 어느 시기인데 일일이 살려 두나? 다른 누구도 아닌 김서혁이 일으킨 쿠데타다. 내 일이 이렇게 될 줄 알았지. 김서혁 그 새끼 정치질 못하고 고개 빳빳할 때부터 피바람이 일겠구나 싶었다고……. 이럴 때일수록 쥐새끼 하나라도 조심해야 해. 어차피 고급 인력도 아니지 않나. 그리고 후환을 없애는 것이 역장 입장에서도 좋을걸. 엊그제 기사를 보니 하청 업체 관리도 소홀하던데."

주혜선이 다시 유은우의 시야로 들어왔다. 그녀는 한세연 옆을 지나치기 전에 딱딱하게 말했다.

"차인호가 그 정신없는 와중에도 이만큼이나 우리 도시를 챙겨 줬으니 상응하는 결과물을 내야겠지? 지금 학생들이 1급 보안지역으로 접근하고 있어. 거기서 도시연합과 전투가 벌어지면 포획이 더 어려워진다는 건 다른 누구보다 자네가 잘 알 거야. 이대로 지지부진하다면 나도 자네 책임을 물을 수밖에 없어."

"명심하겠습니다."

한세연이 조용히 대답했다. 주혜선이 탐탁잖은 기색으로 뚜벅뚜벅 스쳐 지나갔다. 한세연은 그대로 가만히 서 있다가 주혜선의 기척이 멀어지자 이내 다정한 목소리로 근처 직원을 불렀다.

"시신 수습해 주렴. 가족이 있나 모르겠구나. 직업상 동조자로 보이지는 않지만 혹시 모르니 조회해 보고, 동조자라 하더라도 빼돌리지 말고 시신을 보낼 주소가 있는지 알아봐 줘. 역장님께는 내가 직접 전화드리겠다."

그리고 한세연은 맥없이 타박타박 이쪽으로 걸어왔다. 그녀는 유은우가 숨어 있는 청소기 바로 앞에 멈춰 섰다. 청소기를 만지는 기척이 났다. 삑삑 하고 버튼 눌리는 소리에 이어 청소기 내부에 반짝반짝 불이 들어왔다. 이어 청소기가 매끄럽게 움직이기 시작했다. 청소기에 달린 물걸레가 바닥을 훔쓰는지 아래에서 찰박찰박 소리가 났다.

유은우는 두 손으로 입을 틀어막고 숨도 멈춘 채 반투명한 틈으로 시시각각 바뀌는 바깥을 응시했다. 바쁘게 오가는 발 사이로 붉은 기가 보였다. 떨어진 밑창을 청테이프로 둘둘 감은 안전화. 파란 작업복 위로 덧걸친 때 묻은 형광색 조끼. 최정식이라고 쓰인 명찰 아래 까만 구멍이 뚫려 있었다. 그 구멍으로부터 피가 울컥울컥 비어져 나왔다. 아직도 심장이 뛰는 것처럼.

유은우는 청소기 바닥을 바라보았다. 균일하게 가느다란 틈 사이로 핏기가 비쳤다. 이내 청소기의 소음이 응응 높아졌다. 바깥으로부터 빨아들인 피가 안으로 들어오고 있었다. 원래라면 오물통으로 들어가야 할 피가, 유은우의 정강이로 무릎으로 가슴으로 사정없이 튀었다. 아직 따뜻했다.

유은우는 최정식의 피를 맞으며 뻣뻣한 손으로 품이 넉넉한 검도복을 들추었다. 허벅지의 홀스터에서 나노 드론을 뽑아냈다. 손이 떨려 드론이 자꾸만 미끄러졌다. 침착하려 애쓰며 손톱으로 드론의 전원을 꾹 눌렀다. 약한 기계음과 함께 드론에 빨간 불이 반짝 들어왔다.

유은우는 입가에 드론을 바싹 가져다 댔다. 혹여나 들킬까 등골로 식은땀이 줄줄 흘렀다. 청소기의 소음에 의지해 입을 열었다. 목소리는 덜덜 떨려 나왔다.

"안녕하십니까. 저는 도시연합 중앙학교 1학년 유은우입니다. 저는 지금 제5도시 용 연구소에 들어와 있습니다. 은폐된 내부를 다음과 같이 공개합니다."

바닥의 틈 중 그나마 피가 덜 들이치는 쪽으로 드론을 가져다 대었다. 드론은 잠깐 손끝에 머문다 싶더니 곧 잘게 떨면서 밖으로 쏙 빠져나갔다.

다음 순간 유은우는 바싹 얼어붙었다. 언제 다가온 건지 한세연의 구두 한 쌍이 바로 앞에 있었다. 그녀가 청소기를 톡톡 두드렸다.

"이거 소리가 왜 이러지? 저기, 누가 여기 와서 청소기 좀 봐 주었으면……."

"연구관님."

남자 목소리가 불쑥 날아왔다. 그가 조용히, 그러나 빠르게 속삭였다.

"호출입니다. 급하게 연구관님을 찾으시는데요……."

유은우는 숨을 죽였다. 분명 어디선가 들어 본 목소리였다. 앳되고 다소 산만한.

한세연이 가볍게 한숨을 쉬었다.

"내가 발신자를 먼저 보고하라고 여러 번 일렀을 텐데."

"아, 아, 죄송합니다. 차인호 도시연합장이십니다. 연구관님이 전화를 받지 않는다고 하시면서 실험실로 직접 전화를 거셨습니다. 여기, 제가 제 인터컴으로 연결해 왔습니다. 어서 받으세요."

"차인호가 내게 전화를 했다고? 직접?"

"네네, 빨리 받으세요. 저도 정말 놀랐다니까요. 사흘 연속 밤을 새워서 제가 헛것을 듣나 하고. 목소리를 들어 보니 지금 굉장히 화가 난 것 같습니다. 제가 정말 심장이 떨려서……."

약간의 침묵 뒤에 한세연이 날카롭게 물었다.

"뭐라고 하든?"

"여태까지의 포획 일지를 전부 가져오라는 지시입니다. 아무래도……."

남자는 이제 거의 울먹이고 있었다. 그의 목소리가 다급히 이어졌다.

"……저희가 일부러 용을 놔주고 있다는 걸 눈치챈 것 같습니다."

"난 네가 다시는 돌아오지 않을 줄 알았어."

"이제 연구관님도 아시겠지만, 전 임유현에게 묶여 있습니다. 반란군과 연을 끊으면 안 되는 상황입니다."

"그때 넌 임유현은 안중에도 없었어. 온전히 용서를 구하러 온 눈이었지. 우리도 안목이 있다. 네가 임유현 때문에 억지로 온 건지, 책임을 지기 위해 돌아온 건지 정도는 구분해."

정윤환은 대답하지 않았다.

"그건 용기가 필요한 일이었어. 그래서 내가 널 아낀단다. 난 네가 욕심나. 하지만 그렇다고 널 강제로 취한다면 임유현이나 다를 바 없겠지. 그 사람이 어떤 식으로 서재희를 가졌는지는 나도 들었다."

정윤환의 몫으로 놓인 찻잔은 차갑게 식어 있었다.

"임시 본부를 꾸리느라 바쁘다가 이제 좀 안정이 되니 슬슬 네 이야기가 나오는구나. 물론 대부분이 널 원망해. 하지만 널 아끼고 사랑하는 사람도 있어. 김승훈 연구관은 며칠 동안 쉬지 않고 내게 찾아왔고 급기야 어제는 무릎을 꿇고 빌었단다. 본인이 널 처음 데려왔으니 책임을 물으려거든 자신에게 절반을 달라더구나. 그뿐인 줄 아니. 강진욱 연구원도 왔어. 그 애는 네가 마음 붙일 데가 없어서 헤매다가 애먼 실험체에 빠진 것뿐이지, 실험체가 군으로 넘어간 이상 이젠 마음잡지 않겠냐고 울면서 호소했다. 나도 같은 생각이야. 윤환이 네가 여기 남아 주길 바라. 하지만 네가 이렇게 힘들어하는 건 결코 원하지 않는다. 그러니 네가 바란다면 우리 쪽에서 네 흔적을 모두 삭제하겠어."

정윤환은 그제야 눈을 들어 마주 앉은 한세연을 바라보았다.

"군으로 돌아가. 이중 스파이는 그만두렴. 군도 널 탐하고 우리도 널 탐하니, 우리가 널 포기하겠다. 앞으로는 적으로 보자꾸나."

정윤환은 고개를 숙였다. 두 손으로 제 무릎을 움켜쥐었다.

"연구관님, 정말 염치가 없지만……."

마른 눈물이 미끈한 정예군 제복 바지 위로 후드득 쏟아졌다. 정윤환은 흐느낌을 가까스로 삼켰다. 고개를 들었다. 시야는 눈물로 굴곡져 한세연이 이상하게 찌그러져 보였다. 그러나그녀가 미소 짓고 있다는 것은 알았다.

김승훈이 무릎을 꿇었다고. 강진욱이 호소했다고. 무릎은 정윤환이 꿇어야 했다. 호소도 정윤환이 해야 했다. 이중 스파이로 살얼음판을 걷는 와중에, 유은우를 빼돌려 보겠다고 욕심을부려 반란군의 절반이 사망하고 본부를 잃었다. 그리고 그가애달프게 살리려 애썼던 유은우는, 바로 어제 김서혁의 전리품으로 등록되었다.

"제가 반란군과 더 이상 접촉하지 못한다는 걸 임유현이 알게 되면 절 가만두지 않을 거예요. 아무리 총사령관 자리에서밀려났다 하더라도 그 사람 보통이 아닙니다. 항간에는 이미 중앙학교 교장으로 확정되었다는 소문도 돌고 있어요. 임유현 말한마디면 저희 부모님은 흔적도 없이 사라집니다. 제발, 연구관님. 시키는 대로 다 하겠습니다. 제명하지 말아 주세요."

"본부가 파괴되고 가까이 지내던 간부들이 전부 죽어 버려서꼬리가 잘렸다고 하렴. 그 사람은 절대 너 못 죽여. 네 설계 실력을 아는 자라면 그 누구도 널 죽일 수가 없지."

"하지만 가족이……."

"가족이 걱정된다면, 좋아. 우리가 페이크 정보를 주겠어.그걸 임유현에게 가져다주면 네 가족은 무사하겠지."

"……그럼……."

"여태 쭉 했던 대로, 너도 우리에게 임유현과 김서혁의 정보를 전해 주렴. 더 이상 직접 접촉하는 일은 없겠지만, 우린 계속 한팀이야."

온몸의 힘이 쭉 빠졌다. 오래간만에 느끼는 안도감이었다.

"넌 가진 게 정말 많지. 전부 지켜 내려고 아등바등 애쓰느라 정작 네가 원하는 것이 무엇인지도 모르고."

한세연이 한숨을 쉬었다.

"윤환아, 원하는 걸 다 가질 순 없어. 선택해야 해. 매 순간 모든 것을. 그래서 사람에겐 신념이 필요해. 확실한 기준이 있어야 한다. 가슴에 손을 얹고 하나를 정하렴. 가족인지. 군인지. 반란군인지. 임유현인지. 김서혁인지. 우리인지. 너무 어렵다면, 네 자신을 가장 우선으로 두는 것도 좋아. 넌 절대로 그럴 애가 아니라는 건 알고 있지만, 많은 사람들이 그렇게 산단다."

기준. 정윤환은 시선을 떨어뜨렸다. 기준. 손이 차가웠다.

폭우. 물안개. 비로 들끓는 바다. 희게 얼어붙은 이마. 젖어 달라붙은 머리칼 아래 이어지는 부드러운 뺨과 턱의 선. 비에 젖어 번들거리는 시커먼 동공은, 그 안에 서린 오랜 원한은 다른 누구도 아닌 정윤환을 정확하게 직시하고 있었다.

그때 대장은 유은우가 분노에 점령당했다고 했다. 동공이 활짝 열려 자신을 보고 있었다고. 하지만 정윤환은 정확하게 알고 있었다. 증오로 들끓는 눈. 새파란 열로 번들번들한 눈. 유은우의 눈은 김서혁이 아닌, 김서혁 바로 뒤에 선 자신을 향하고 있었음을.

우린 그때 처음으로 마주 봤던 거야. 넌 내 죄로, 난 네 벌로.

"윤환아, 그건 사랑이 아니다."

정윤환은 소스라쳐 고개를 들었다. 한세연은 더 이상 웃고 있지 않았다. 그녀는 측은해하고 있었다.

"그건 사랑이 아니야. 너의 가장 약한 부분이지."

가슴이 쿵쿵 뛰었다.

사람들은 정윤환에게 단 한 번도 사랑을 언급한 적 없었다. 말 한마디 못 나누고 눈 한번 제대로 마주칠 수도 없는 실험체에게 유난히 집착한다고 했다. 징그럽고 끔찍한 동정이라고 했다. 도저히 이해할 수 없다고 했다. 네게 그 실험체는 어떤 관념일 뿐이라고 했다. 죽은 형에 대한 부채 의식. 망가진 선악의 잣대를 구원할 매체. 극한의 스트레스에 기인한 정신 이상. 형의 유품으로 남겨진 철저한 약자인 유은우를 구해 주면 마치 네 인생이 썩 괜찮아 보여서 그러는 것뿐이라는 비웃음을 들으면, 마치 그런 것도 같았다. 정윤환 자신조차 사랑은 금기어였다.

"어떤 기준을 삼아도 좋아. 우리를 버리고 군을 선택해도 널 안전하게 돌려보내 주겠다. 하지만 그 실험체는 안 돼. 절대로 그것만은 선택하지 말거라. 네 인생이 달린 문제다. 어쩌면 넌 임유현보다 그 실험체를 조심해야 하는지도 몰라."

정윤환은 천천히 호흡했다. 사랑이라는 웃기지도 않은 단어에 홀린 자신을 다잡았다.

"저는 형처럼 되고 싶어요."

정윤환은 한세연에게 말하며, 동시에 자신에게 말했다.

"안주하지 않고 계속해서 의심하고 싶어요."

정윤환은 정성민을 떠올렸다. 군에 턱걸이로 겨우 들어와 온화한 성품 하나로 간신히 말단팀 리더 자리를 유지하던 형은 자의로 반란군에 들어갔지만 그 큰 위험을 감수하고도 요직을 맡지 못했다. 그러나 자신이 할 수 있는 최선을 다했다. 진짜 용기란 그런 거였다. 고작 실험체 하나 살려 보겠다고 반란군의 절반을 망가뜨려 놓고, 덜덜 떨며 용서를 구하기 위해 참상한가운데로 돌아온 자신은 얄팍한 자기 위안에 불과했다.

정윤환은 한세연이 자신을 지나치게 높이 평가한다고 생각했다. 그녀는 정윤환이 아닌 정성민을 아꼈어야 했다. 나의 재능이 아니라 형의 성품을 알아봤어야 했다.

"만약 누군가 진실을 위해 희생해야 한다면, 그건 제가 하고 싶어요."

정윤환은 한세연 너머 벽에 빼곡하게 붙은 신문 기사를 바라보았다. 그리고 거대한 사해 지도와 그 위로 수없이 표기된 메모를 응시했다. 가장 위에 붙은 표어는 모서리가 닳아 있었다.

도시에 단죄를, 사해에 진실을.

"달라진 세상을 제 눈으로 보지 못하더라도, 역사 속에서 제가 도움이 되면 좋겠습니다. 용의 심장을 찾고 도시와 사해의 경계가 무너지는 그 연장선상에 있고 싶어요. 전 재능을 타고

났습니다. 땀 한번 안 흘리고 공짜로 받았죠. 그에 어떤 식으로 든 대가를 치러야 한다면, 군이 아니라……."

눈물은 마른 지 오래였다.

"……반란군에 힘을 보태겠습니다."

한세연이 자리에서 일어섰다. 천장에 달린 조명에 한세연의 완고한 주름과 단단한 눈이 드러났다.

"내부에 아직 널 믿지 못하는 자들이 있어. 아군을 절반이나 죽인 스파이를 내치지 않고 끌어안고 가는 건 내게도 모험이란 다. 그들을 설득시키려면 너도 어느 정도 각오를 해야 해."

정윤환은 똑바로 앉은 채 한세연을 올려다보았다.

"우린 동조율 100짜리 실험체를 잃었다. 절대로 적으로 마주 하고 싶지 않아. 나중에 김서혁이 그 실험체를 놓친다고 해도 우리에게 돌아올 확률은 지극히 낮고, 까딱하다 임유현 손에 들어가기라도 하면 상황은 더 악화된다. 그 전에, 인큐베이터 에 꼼짝 않고 누워 있는 지금, 네 손으로 제거하렴."

정윤환은 자신이 흔들리지 않는다고 확신했다. 그러나 한세 연은 덧붙였다.

"못 하겠다면 우리는 널 받아들일 수 없다. 네가 그 실험체 때문에 우리를 궁지에 몰아넣었으니, 용서를 구하고 내부의 마 음을 돌리려면 이게 가장 확실한 방법이야. 네 손으로 마무리 하는 것."

대답은 정해져 있었다. 그러나 막상 목소리가 나오지 않아, 정윤환은 그런 자신에게 놀랐다. 목이 말라붙은 듯 조였다.

"윤환아, 만약 그 실험체가 군에서 회복한다면 어떻게 할 거니? 생생하게 살아 움직인다면. 똑바로 널 바라본다면."

한세연 연구관이 탁자를 돌아 가까이 다가왔다. 그녀의 시선이 이마로 내리꽂혔다. 여태 정윤환의 실수에 대해 단 한 번도 책망한 적 없던 한세연이, 지금 담담하게 묻고 있었다.

"그래도 사랑에 빠지지 않을 자신 있니?"

정윤환은 잠에서 깨어났다. 함선 특유의 묵직한 진동이 전신으로 느껴졌다.

"……선배, 윤환 선배."

시야가 희미했다. 어깨를 흔드는 손길이 지극히 사무적이라, 정윤환은 상대를 보지 않고도 연다희임을 알았다. 정윤환은 연다희의 손길을 뿌리치고 돌아누웠다. 잠꼬대처럼 중얼거렸다.

"조금만, 조금만 더 잘게……."

다음 순간 소스라쳐 일어났다. 갑자기 몸을 일으키자 눈앞이 핑 돌았다. 왼손으로는 얼굴을 문지르고 오른손으로는 옆의 아무나 붙잡아 당기며 물었다. 목소리는 잠겨 나왔다.

"유은우는? 손도영이랑 잘 도착했대? 드론 켰어? 방송 시작했어?"

"손도영 아니고 손도연."

심드렁한 대답이 돌아왔다. 정윤환은 눈을 찌푸리며 제가 잡고 있는 옷의 주인을 올려다보았다. 차예원이 팔짱을 끼고 한쪽 눈썹을 치켜세우고 있었다. 그녀가 정윤환에게 붙잡힌 제 옷자락을 냉담하게 흔들어 빼 갔다. 정윤환은 빈손으로 머리를 쓸어 넘겼다. 소파 아래 제 군화가 한쪽만 벗겨져 있었다. 정윤환은 그것을 집어 들고 발을 꿰었다.

"이름 좀 틀려도 알아듣잖아. 도착했냐고."

그러나 대답이 없었다. 정윤환은 군화 끈을 묶다 흠칫했다. 왼손의 느낌이 이상했다. 힘이 잘 들어가지 않았다. 정윤환은 내색 않고 허리를 펴 차예원을 바라보았다. 차예원은 일그러진 표정으로 바닥 어딘가를 노려보고 있었다.

"야, 대답 안 해? 입 없어?"

침묵이 불길했다.

"뭐야?"

정윤환은 중얼거리며 주위를 둘러보았다. 지휘실이었다. 꺼진 스크린과 사해 지도가 펼쳐진 탁자. 그 주위로 바닥에 단단히 고정된 의자. 정윤환이 일어나 앉은 긴 소파가 있었다. 임원을 비롯한 학생 몇이 의자에 앉거나 선 채였다. 다들 묘하게 정윤환의 시선을 피하고 있었다. 정윤환 바로 옆에 선 연다희만 빼고.

"분위기 왜 이래?"

"보고 드릴게요."

연다희가 앞으로 한 발짝 다가왔다.

"저희는 현재 제1도시를 막 벗어나 순항 중입니다."

연다희의 어깨 너머, 암막 커튼 사이로 어두운 조타실이 보였다. 학생 여섯이 항해 장비 사이를 바쁘게 오가고 있었다. 하나는 타를 잡고 있었고, 하나는 망원경으로 견시를 했으며, 둘은 레이더와 관측기를 하나씩 차지하고 수선스러웠다. 나머지 둘은 온 오염도 측정기 뚜껑을 열고 안에 리필용 측정지를 채우고 있었다. 모두 항해술을 수강한 이력이 있는 5학년들이었다.

연다희가 빠르게 말했다.

"저흰 현재 단 한 명의 인명 피해도 없습니다. 다만 전투 시 내보냈던 부속선 열세 척 중 세 척이 손상되었습니다. 남은 열 척은 무사히 실어 왔습니다."

정윤환은 크게 안도했다.

"윤환 선배 덕분에 학교 주위 반경 2킬로미터까지 모든 동조자의 체력이 가상화되었어요. 저희 쪽은 원래 사망자만 쉰 명이 넘고 부상자는 그 두 배에 달했습니다만, 모함으로 해당 구역을 빠져나오자마자 전투 전 상태로 감쪽같이 복원되었습니다. 군 또한 그 혜택을 함께 받았습니다. 그들 또한 사상자가 없습니다. 대신 군의 물적 피해는 상당합니다. 모함 세 척과 부속선 마흔다섯 척이 추락하여 파괴되었습니다. 언론은 우리에게 극히 호의적입니다. 특히 친정부 언론사마저 정부의 강경한 대응에 학생들이 평화적으로 대처했다며 극찬하고 있습니다. 다만, 문제는……."

연다희가 조심스레 말을 이었다.

"……좌표기를 중심으로 2킬로미터 밖에 있던 시민들입니다. 재희 선배의 학교 복귀를 환영하기 위해 기다리고 있던 시민 중 다수가 전투로 발생된 폭발에 휘말려 목숨을 잃었습니다. 도시연합에서 집계 중이라고 밝혀 정확한 피해 규모는 알수 없지만, 저희가 학교를 빠져나오며 육안으로 파악한 시체만쉰 구를 넘어갑니다."

정윤환은 이마를 문질렀다. 왼손이 저릿했다.

"전투가 그렇게 광범위했나? 2킬로미터 밖까지 그 여파가 있을 만큼?"

"저희가 집으로 돌려보내기로 했던 학생들을 군이 추적했습니다. 학생들은 당연히 반격했고, 저희가 주시하고 있던 중심에서 많이 벗어난 곳에서도 격전이 벌어졌다고 합니다. 학생들이 얼마나 군에 사로잡혔는지는 불분명합니다. 언론에 의하면그중 다수가 간단한 신원 조사를 위해 중앙수사부로 넘겨졌다고는 합니다만."

"간단한, 신원 조사."

발음이 껄끄러웠다. 정윤환은 신경질적으로 머리를 헝클었다. 집으로 돌아간다는 것은 곧 항복을 의미하니 군에서 너그러이 봐줄 거라 생각한 게 오판이었다. 하긴, 정부로서는 혁명에 대한 아주 작은 단서라도 잡고 싶을 테니 어찌 보면 당연했다. 하지만 그렇다고 해서 그 약한 학생들을 사해까지 끌고 올수도 없었고, 그렇다고 이미 뚫린 학교에 남겨 둘 수도 없었다. 서재희라면 어떻게 했을까. 아쉽고, 화가 났다.

차예원이 낮게 말했다.

"몇 명은 무사히 집으로 돌아갔어. 언론사 인터뷰를 통해서우리 혁명을 지지한다고 말하고 있어. 어떤 애는 교장실 문서를 정리해서 가지고 나갔더라. 안전이 최우선이니까 가볍게 나가라고 당부했는데도 위험을 감수하고 챙겨 나간 모양이야. 덕분에 우리 위치가 한결 나아지긴 했지만."

연다희가 고개를 끄덕이며 말했다.

"학교에서 출발한 지 지금 두 시간 지났어요. 설계팀이 15분에 한 번씩 갑판으로 나가 교대로 방어막을 구축하며 1급 보안 지역으로 이동 중입니다."

"적의 동향은?"

"도시연합 측 함선은 현재 우리 사정거리 내에 파악되지 않습니다. 그도 그럴 것이 저희가 그쪽 함선을, 모함과 부속선을 마흔여덟 척이나 부수어 놓았으니까요. 하지만 곧 따라붙겠죠. 만약 지금 저희 사정거리 안에 들어온다면 30분 내에 근접전으로 이어집니다."

한 번 더 붙을 거라 생각하니 앞이 깜깜했다.

"내가 좌표기로 가상 체력화한 거 들켰으니 두 번은 못 쓰겠지."

"아무래도 그렇죠. 예원 선배가 좌표기를 도로 기관실로 내리라고 했으니 안심하세요."

"우리 쪽 부상자 명단 줘 봐."

차예원이 탁자에 놓여 있던 서류철을 집어다가 내밀었다. 정윤환은 그것을 받아 쭉 훑어보았다. 후문 쪽에 배치되었던 학생들이 다수였다. 어차피 가상 체력화되어 전부 살아남았다지만, 실제 전투였다면 큰 손실이었다는 생각에 속이 쓰렸다. 웬 부속선 한척이 기이한 행태를 보이는 바람에 대처하느라 후문까지 정성을 들이지 못했다. 김산이 있어 가장 안전할 거라고 믿었던 제 잘못이었다.

"그 부속선 어떻게 됐어? 확인했어? 그거 한 척이 거의 서른 척 넘게 물고 있었어."

"제가 직접 가서 확인했습니다. 도시연합 정예군이 타고 있었어요. 이쪽으로 투항하기에 데리고 왔습니다. 그 명단입니다."

연다희의 손이 다가와 정윤환이 들고 있던 부상자 명단을 한 장 뒤로 젖혔다. 다음 장에 익숙한 이름들이 있었다.

소연주, 이선규, 강지원, 박민준.

"······투항했다고?"

"현재 갑판마다 한 명씩 배치되어 방어선 구축에 핵심 설계 박고 있습니다. 학생들이 잘 따릅니다."

정윤환은 멍하니 리스트를 보고 또 보았다. 반갑다기보다 황당했다. 이 또한 서재희가 수를 쓴 걸까. 묻고 싶은 말이 많았으나, 정말 원하는 보고는 따로 있었다. 여태 털끝만치도 듣지 못해 정윤환은 먼저 물었다.

"유은우는?"

"학생들의 증언에 따르면 유은우는 손도연과 중립지대를 나가자마자 폭발에 휘말리면서 저희가 걸어 준 추적선이 손상되었다고 합니다. 혹여 떨어지게 되더라도 무조건 기차역에서 재회하기로 둘이 말을 맞추었기 때문에, 둘은 각자 기차역으로 향했을 가능성이 큽니다. 또한 현재까지 유은우가 사망했다는 언론 보도가 없는 걸 볼 때, 군이 유은우의 죽음을 은폐하였거나 유은우가 무사히 살아 있거나 둘 중 하나이며, 살아 있더라도 무사히 기차역까지 갔는지는 알 수 없습니다. 기차역에 도착했다하더라도 현재 모든 대중교통이 전면 중지되었다는 보도를 볼 때 아직 제5도시로 출발하지 못했을 가능성이 큽니다."

들고 있던 서류철이 미끄러져 떨어졌다. 옆에 서 있던 차예원이 그것을 줍는 것을 멍하니 바라보며 정윤환은 연다희의 말을 들었다.

"온하나비를 통해 영상이 하나 퍼지고 있습니다. 서재희 선배와 유은우가 키스하는 영상인데, 공신력 있는 언론이 보도했답니다. 장소는 당시 격전지 중 하나입니다. 둘의 생사가 1차로 확인된 셈이죠. 그 후로 게시판에 글이 하나 올라왔는데, 기차역에서 어떤 남자가 저기 유은우 아니냐고 크게 외쳤다고 합니다. 상대가 급히 몸을 피했다는 소리도 있고, 총을 맞아 머리에 부상을 입은 사람을 잘못 봤다는 소리도 있습니다. 헛소문인지 아닌지는 좀 더 지켜봐야 할 것 같습니다. 어쨌든 영상이 기록된 시각, 오늘 오후 3시경에는 서재희 선배도 유은우도 살아 있었던 것으로 보입니다. 그리고 약 한 시간 전에……."

"뭐?"

정윤환이 물었다. 연다희가 눈을 깜박이다가 대답했다.

"현재 유은우의 생사나 위치는 불확실합니다. 다만, 기차역에서 목격담이……."

"아니, 그거 말고. 둘이 뭘 했다고?"

연다희가 대답하기 전에, 차예원이 들고 있던 서류철을 탁자로 내팽개쳤다. 요란한 소리를 내며 서류철이 몇 번 튀어 오르고 페이지가 떠올랐다가 가라앉았다. 차예원은 팔짱을 끼고 성큼성큼 걸어서 조타실로 나가 버렸다. 조타실과 지휘실을 가르는 커튼이 사납게 흔들렸다. 근처에 서 있던 고세민이 헛기침을 하며 정윤환의 시선을 피했다.

정윤환은 연다희를 노려보았다.

"내가 방금 뭘 잘못 들은 것 같은데. 무슨 영상? 유은우가 뭐?"

"그리고 약 한 시간 전에 서재희 선배가 여기 도착했습니다. 이상 보고 끝."

연다희가 빠르게 말을 맺었다. 그녀는 도움을 청하는 눈으로 정윤환의 어깨 너머를 보았다. 그 시선을 따라, 정윤환은 소파 등받이를 잡으며 상체를 비틀어 뒤를 돌아보았다.

서재희가 있었다.

핏자국이 말라붙은 셔츠. 흐트러진 머리칼. 뺨엔 검푸른 흔적이 남아 있었다. 엉망이었다. 서재희가 저리 망가질 수 있다는 건 상상도 하지 못했기에 정윤환은 잠깐 숨을 쉴 수가 없었다.

서재희가 침착하게 입을 열었다. 목소리는 낮고 부드러웠으나 끝이 잠겨 있었다.

"다들 잠깐 나가 줘."

연다희가 대여섯 드문드문 있던 학생들을 재촉하여 지휘실을 나갔다. 커튼이 닫히자 조용해졌다. 가끔 조타실에서 온 오염도를 출력하는 소리가 났다.

서재희는 천천히 걸어와 정윤환 앞에 한쪽 무릎을 꿇고 앉았다. 그가 정윤환의 오른쪽 군화에 엉성하게 묶인 끈을 풀어냈다. 이어 끈을 꾹 잡아당겨 조이고 단단한 매듭을 짓는 서재희의 마르고 긴 손가락을 지나, 예민한 턱과 단정한 입술을, 정윤환은 그저 감내했다.

서재희는 몸을 일으켜 가까운 의자에 앉았다. 그러나 입을 열지 않았다. 차분한 침묵을 견디지 못하고 정윤환이 내뱉듯 말했다.

"왜 아무 말도 안 해? 나한테 할 말 많을 것 같은데."

"어디서부터 이야기해야 할지 모르겠어서."

"네가 모르는 것도 있냐."

서재희는 웃었다. 눈이 매끈하게 접히고 입꼬리가 부드럽게 선을 그렸다. 또 그의 입술에 시선이 머물러, 정윤환은 고개를 돌려 버렸다. 숨을 쉴 때마다 가슴이 따끔거렸다.

지난 며칠간 얼마나 간절하게 서재희를 바라 왔던가. 그러나 이런 식은 아니었다. 그를 만난 반가움은 마음속 가장 어두운 곳에 처박혀 부서진 지 오래였다. 나는 왜…….

"너 죽은 줄 알았어."

……이 정도밖에 안 되는 인간일까.

"나 죽길 바랐다는 건 아니지?"

서재희의 목소리에 옅게 웃음기가 감돌았다. 정윤환은 다시 고개를 돌려 서재희를 바라보았다. 서재희는 몰골이 엉망이었으나 의자에 옆으로 앉아 등받이에 팔꿈치를 가벼이 얹은 품이 극적으로 고상했다. 정윤환은 단 한순간만이라도 유은우를 배제하고 서재희만 보기 위해 애를 썼다. 하지만 그것은 너무나 어려웠다. 정윤환은 솔직해지기로 했다.

"계속 기다렸어."

서재희의 낯으로 미소가 번졌다. 그가 웃는 걸 보고 있노라니 낮의 전투가 거짓말처럼 느껴졌다. 서재희가 부드럽게 말했다.

"애들한테 들었어. 네가 애를 많이 썼다고."

그놈의 반말 좀 그만하면 안 되냐는 타박이 목구멍까지 치밀었으나 삼켰다. 해야 할 말이 있었다.

"임유현은…….."

"내가 죽였어."

서재희가 담담하게 말을 이었다.

"병원에서 약 타 드시잖아. 평소에 드시던 게 너무 강해서 자꾸 헛구역질이 나온다고 이번엔 좀 약하게 지어 오셨더라. 그런데 내가 그냥 원래 약으로 바꿔 놨어. 판단력이 조금이라도 흐려지라고. 독은 못 썼어. 부검 때 나오면 안 되니까."

서재희는 9년간 제 후원자였던 사람을 무표정하게 떠올리고 있었다.

"약 기운으로 허덕이며 토악질하는 모습 남한테 보이기 싫어하는 분이시지. 또 그래서도 안 되고. 임유현 건강 문제, 정확히는 언제 죽느냐가 요사이 도시연합 최대 관심사였으니까. 내가 미리 언질해 드렸어. 코너를 돌면 귀빈 전용 화장실이 있다고. 그 뒤는 백정명이 알아서 했어. 내가 하고 싶었지만……."

서재희는 잠시 말을 멈추었다.

"……양보했어."

정윤환은 홀린 듯이, 여덟 도시를 통틀어 가장 압도적이었
던 권력자를 계획적으로 살해했다고 시인하는 서재희를 바라
보았다. 정윤환이 천천히 중얼거렸다.

"나는 도무지 실감이 안 나. 10년 가까이 날 쥐고 흔든 사람
이었어. 앞으로 조금이라도 편해질까."

"많은 사람들이 편해졌지. 그리고 많은 사람들이 불편해졌
어. 차예원만 아니었으면 차인호가 학교를 부수고도 남았을
텐데."

정윤환은 차예원이 보란 듯이 팽개치고 나간 서류철을 바라
보았다.

"내가 차예원한테 제안했어. 아빠한테 보내 주겠다고. 그런
데 끝까지 안 가더라. 차예원, 내 생각보다 널 더 좋아하는 것
같아."

"그래서?"

정윤환은 서재희가 자신을 뚫어져라 응시하여 하마터면 시
선을 피할 뻔했다. 서재희가 재차 물었다.

"그 말을 하는 저의가 뭐야? 나보고 차예원을 다시 한번 생
각해 보라는 의미야? 네가 나한테 그런 말을 할 줄은 몰랐는데.
어차피 차예원은 나한테 오게 되어 있어. 나에 대한 감정은 별
개의 문제야. 차예원은 갈 곳이 없어. 차인호와 함께 죽든지,

차인호를 등지고 살든지, 차예원이 판단할 문제야. 물론 내가 차예원을 진심으로 포용한다면 깔끔하겠지만…….”

서재희가 새카만 눈을 차분히 내리깔았다.

“……내 마음이 그게 아니라서. 다른 건 다 하겠는데, 그건 잘 안 되네.”

서로의 말마디는 유은우의 언저리를 빙글빙글 돌고 있었다. 정윤환은 서재희가 말을 조심하면서도 동시에 자신을 철저히 경계한다는 느낌을 받았다. 언제나 그렇듯, 정윤환은 또 서재희에게 굽히고 들어가야 했다. 먼저 꺼내고 싶지 않았다. 네게 듣고 싶었는데.

“네가 편지에서 나랑 유은우를 붙여 놔서 네가 포기한 줄 알았어.”

서재희가 눈을 들었다. 그가 고요하게 물었다.

“무엇을?”

“네 삶을.”

한 호흡 뒤에 덧붙였다.

“그리고 유은우를. 전부 포기한 건 아닌가 그렇게 생각했어. 유은우를 내게 맡기고 네가 다 껴안고 죽을 셈인 걸까, 두려웠어. 동시에 안도했어. 잘되었다고 생각했어. 그럼 내게도 기회가 오지 않을까.”

나란 인간은 뼛속까지 끔찍하지. 심지어 이번만도 아니었다. 유은우가 학교로 내려와서부터, 서재희가 유은우를 보고, 유은우가 서재희를 볼 때마다, 서재희가 죽어 버렸으면 좋겠다고 생각했다. 이런 나의 악이 자연스러운 감정이기를. 오랜 친구를 부수고서라도 유은우를 앗고 싶은 충동이, 사람이 사람을 좋아하면 어쩔 수 없이 자라나는 어두운 마음이기를. 정말 중요한 문제는, 그 감정의 옳고 그름이 아니라, 그 감정에 굴복하는 대신 극복해 낼 수 있는 마지막 남은 양심 내지는 온 여력을 쏟은 한 가닥 의지의 유무라고.

정윤환은 이런 속내를 그대로 보이는 것이 결코 잘하는 짓이 아님을 알았다. 그러나 동시에, 지금이 아니면 안 된다고 생각했다. 그들에게는 당장 내일도 보장되지 않았으니까. 실제로 서재희를 다시는 보지 못할지도 모른다고 여겼을 때, 가장 먼저 안타까웠던 것은 단 한 번도 표현한 적이 없다는 사실이었다. 서재희가 정윤환의 삶에서 얼마나 중요한 존재인지를. 유은우를 언급한 것은, 그 속내를 밝히기 위한 전철이었다.

"그런데 정말 고통스러운 건, 그래서 네가 밉냐고 묻는다면 그 또한 결단코 아니라는 거야."

사실 유은우가 서재희가 아닌 다른 사람에게 마음을 주었더라면, 정윤환은 지금만큼 인내할 수 있을 거라고 장담치 못했다. 유은우 때문에, 정윤환은 서재희를 다시 생각하게 되었다.

정윤환은 사형 선고를 기다리는 사람처럼 서재희를 바라보았다. 그래도 가장 잘 안다고 생각하는 타인의 그 어떤 면도 추측하지 못하며 응시했다.

"……무슨 말이든 해 줘."

서재희가 침묵 끝에 깨어지듯 웃었다. 만인 앞에서 매끄럽게 걸쳐 대던 예의와 달랐다.

"네가 그랬지. 형이라고 부르라고. 반말하지 말라고. 하지만 먼저 말 놓으라고 한 건 너잖아."

정윤환은 눈을 깜박거렸다. 왜 하필 지금 서재희가 옛날이야기를 끌어오는지 알 수 없었다. 그토록 존댓말을 쓰라고 해도, 기어코 너라고 지칭하던 서재희였다. 심지어 적당한 이유를 둘러대는 수고조차 없어서 얼마나 괘씸했는지. 언젠가 버릇을 단단히 고쳐 놓겠다고 다짐은 했으나, 지금 이렇게 화제로 떠오를 줄은 결코 몰랐다.

서재희가 다시 입을 열었다가 이내 꾹 다물었다. 그의 까만 눈동자가 얼핏 맑개져, 정윤환은 제 눈을 의심했다. 서재희가 조용히 말했다.

"그때 우리 연합대회에서 처음 만났을 때. 너도 행복하고, 나도 행복했을 때. 네가 나한테 친구하자고 그랬잖아. 그리고 모든 게 사라졌어. 이제 어렸던 나를 아는 사람은 다 죽고 오직 너뿐이야."

정윤환은 눈을 크게 뜨고 서재희를 바라보았다. 그토록 단정하던 서재희가 얼굴을 고통스럽게 일그러뜨리는 것을 바라보았다.

"난 절대 너 형이라고 안 불러. 넌 내 마지막 남은 어린 시절이니까. 내가 행복했던 시절 네게 반말했으니 그거 하나라도 움켜잡고 싶어서. 네게 형이라고 부르는 순간 관계가 재정립되어 버릴까 봐."

서재희가 낮게 말을 이었다.

"넌 나한테 그런 존재야."

정윤환은 입술을 사려 물었다. 눈가가 뜨거웠다.

"그리고……."

서재희의 톤이 사뭇 낮아졌다. 분명하고 딱딱했다.

"……나도 알고 있어. 내가 유은우와 만나기 훨씬 전부터 네가 먼저 유은우와 얽혔다는 걸. 나는 그저 운이 좋아 유은우와 잠깐 스칠 뿐이고, 결국엔 운명처럼 유은우는 너와 엮이게 될까 봐 지금도 두려워. 하지만 동시에, 너라면 괜찮지 않을까 그런 생각도 했어. 그래서 편지에 그렇게 썼던 거야."

서재희가 손바닥으로 눈매를 눌렀다가 쓸어내렸다. 드러난 눈빛이 또렷했다.

"그런데 나 이제 욕심 좀 부려 보려고."

정윤환은 서재희의 다음 말을 듣고 싶지 않았다.

"복수만 생각하며 나 자신을 몰아붙이지 않으려고. 예쁘고 따뜻하고 내 마음에 쏙 드는 것들 죄책감 없이 사랑해 보려고. 세상을 부수는 대신, 내 친구가 염원하는 미래를 비슷하게나마 그려 보려고."

서재희가 자리에서 일어나 다가왔다. 그의 그늘이 정윤환을 삼켰다. 서재희가 정윤환의 귓가에 입을 가까이했다.

"내가 체스판 마지막 열까지 네 폰을 밀어 줄 테니, 넌 퀸이든 나이트든 네가 원하는 것은 뭐든지 될 수 있어. 무력하게 추락하지 말고 도약해. 누구도 넘보지 못할 정상에 올라서서, 우리가 저질렀던 그 모든 용서받을 수 없는 것들에 조금이라도 정당성을 부여해 줘."

정윤환은 고개를 들었다. 그는 서재희의 새카만 눈을 통해 자신을 보았다. 서재희가 속삭였다.

"할 수 있지?"

홀린 듯 물었다.

"내가 뭘 하면 되는데?"

"뭐든지, 마음껏. 넌 네 마음이 가는 대로 움직이기만 하면 돼. 판은 내가 깔겠지만, 선택은 네 자유야."

"여태까지 포획 일지 쓴 걸 전부 가져오라는 지시입니다. 아무래도……."

남자는 이제 거의 울먹이고 있었다. 그의 목소리가 다급히 이어졌다.

"……저희가 일부러 용을 놔주고 있다는 걸 눈치챈 것 같습니다."

잠깐 침묵이 흘렀다. 규칙적인 소음뿐이었다. 직원들이 바삐 움직이는 발소리. 박스나 자루가 바닥에 끌리는 소리. 유은우가 웅크리고 숨어 있는 청소기가 윙윙거리며 바닥을 찰박찰박 걸레질해 대는 소리. 이윽고 한세연이 딱딱하게 말했다.

"네, 연합장님. 한세연입니다."

그 뒤는 잘 들리지 않았다. 유은우는 반투명하고 좁은 틈으로, 한세연의 구두 한 쌍과 남자의 곰돌이 슬리퍼 한 쌍이 불안한 보폭으로 저만치 멀어지는 것을 지켜보았다.

그제야 이프를 누를 정신이 들었다. 무음 모드로 전환한 뒤 화면을 띄웠다. 방금 내보낸 나노 드론이 촬영하고 있는 전경이 한눈에 들어왔다. 드론은 승강장 높이 떠올라 아래를 전체적으로 담고 있었다. 이제 승강장엔 입을 꼭 다물고 기계적으로 일하는 몇몇 직원들뿐이었다. 짐도 시체도 거의 다 나르고 없었다. 유은우는 자신의 위치를 확인했다. 청소기 한 대가 홀로 승강장 끝을 느리게 맴돌고 있었다. 최정식의 시체는 어느새 거두어 가고 없었다. 바닥의 피도 어느 정도 사라져 있었다. 그도 그럴 것이 청소기 안은 빨아들인 피로 자박자박했다.

여기서 어떻게 빠져나가지?

초조했다. 지금 촬영되는 영상은 온하나비에 실시간으로 업로드되고 있을 터였다. 연구소 내부 사람들이 알아채기까지는 시간문제였다. 원래라면 낙원의 이론에 관한 중요한 정보를 확인한 직후 시작하려고 했던 촬영이었다.

그냥 지금 나가서 직원들 다 기절시키고 이동할까?

자신이 없지는 않았다. 드론 화면으로 확인했을 때 현재 승강장에 있는 직원들은 총을 소지한 자가 없었다. 다들 비동조자라는 뜻이었다.

저만치서 청소기 하나가 비정상적인 동선으로 움직이고 있었다. 정상적인 청소라면 센서를 통해 주위의 오물을 감지하고 그 방향으로 움직일 텐데, 유독 하나가 주위에 널린 쓰레기를 무시하며 일직선으로 부지런히 달려오고 있었다. 방향은 정확히 유은우를 향하고 있었다. 그 청소기는 직원이 눈길을 줄 때마다 멈칫하면서 괜히 한 바퀴 빙그르 돌고, 직원들이 한눈을 팔면 다시 맹렬히 이쪽으로 다가왔다. 더듬더듬 어설프던 움직임은 점차 매끄러워졌다.

도연이다.

유은우는 황급히 제 청소기 내부를 살펴보았다. 손도연이 자유롭게 움직인다면 자신도 움직일 수 있을 터였다. 그러나 내부가 온통 피범벅인 데다가 그 와중에도 바닥으로부터 피가 사정없이 튀어 들어오고 있어 뭐가 뭔지 가늠할 수가 없었다.

그러다 툭 거칠게 부딪혔다. 유은우는 황급히 화면을 확인했다. 승강장에 청소기 두 대가 나란히 붙어 있었다. 하나가 뒤로 조금 움직이더니 다시 다른 하나를 툭 밀어냈다. 동시에 유은우는 자신의 청소기가 무언가에 부딪히는 걸 느꼈다.

"은우야."

속삭임이 들렸다.

"레버 당겨서 바닥 빼."

유은우는 발아래에서 차갑게 식어 가고 있는 피 웅덩이로 손을 집어넣었다. 필사적으로 바닥을 더듬었다. 무언가가 손에 잡혔다. 힘껏 당겼다.

"거기 발 집어넣어서 밀어."

딱 소리가 나면서 청소기 바닥의 일부가 분리되었다. 딱 발하나 넣을 수 있을 만한 구멍이 생김과 동시에, 안에 고여 있던 피가 도로 우수수 흘러 나갔다. 누군가 보면 필시 이상하게 생각할 터였다. 최악의 경우 청소기를 열어 볼 수도 있었다. 유은우는 더 이상 많은 생각은 하지 않기로 했다. 들키면 정면 승부뿐이었다. 구렁으로 발을 내려 바닥을 디뎠다. 피로 미끄러워 몇 번 헛발질했으나 금세 요령이 들었다. 조금씩 앞으로 움직였다. 화면을 확인하니 손도연은 벌써 저만치 나아가 승강장 입구 구석 쓰레기장 옆에 얌전히 대기하고 있었다.

간신히 손도연 옆에 도착했을 때, 유은우는 다리는 물론 온몸에 쥐가 나기 직전이었다. 이게 뭐 하는 짓인가, 땀에 젖어 숨을 헐떡이는데 청소기가 발칵 열렸다. 팔을 잡히고 일으켜 세워졌다.

"너 엉망이다. 이거 입어서 가려."

숨 돌릴 틈도 없이, 지저분한 실험복이 품에 와락 던져졌다. 유은우는 일단 실험복에 팔을 꿰었다. 손도연은 유은우에게 실험복을 건넨 뒤 곧바로 쓰레기 더미 속에서 버려진 실험복을 하나 더 꺼내 훌훌 털었다. 긴장한 기색으로 실험복을 재빨리 걸치는 손도연의 팔을, 유은우는 잡아당겼다.

"도연아, 내가 드론 띄웠어."

손도연이 실험복 소매를 걷어붙이다가 눈을 크게 떴다.

"벌써? 낙원의 이론 증거 찾아내면 그때부터 촬영하기로 했잖아."

"너무너무 화가 나서."

자꾸만 눈에 눈물이 고여 앞이 어른거렸다. 누군가를 위해 울어 줄 시간이 없다는 것이 고통스러웠다. 손도연은 고개를 빼서 승강장을 힐끔 훔쳐보았다. 사회적 약자에게 부담을 지우고 싶지 않다던 손도연은, 유은우를 책망하지 않았다. 다만 조용히 물을 뿐이었다.

"아까 돌아가신 것 촬영됐을까?"

유은우는 훌쩍이며 고개를 끄덕였다.

"잘했어. 나였어도 드론 띄웠을 거야."

손도연이 힘주어 대답하여 유은우는 간신히 눈물을 삼켰다. 손도연이 이어 속삭였다.

"도시연합이 지금 동영상 추적 들어갔다고 치면 얼마나 남았지? 외부망 찾아서 온하나비 동영상 업로드 차단하기까지."

"한 시간. 그런데 그 전에 연구소 사람들한테 먼저 들킬 가능성이 커. 여덟 도시 시민 전체가 동시 접속할 테고, 당연히 여기 직원들도 온하나비 볼 테니까."

"좋아. 그럼 우리 여차하면 정면 돌파하자. 들켜도 상관없어. 이미 아까 그 시체들을 촬영해서 내보낸 것만으로도 우린 이미 소기의 목적을 달성한 거나 다름없으니까. 꼭 낙원의 이론만이 도시연합의 비리는 아니잖아."

유은우는 손도연과 함께 와서 정말 다행이라고 생각했다. 이를 악물고 실험복 끝자락을 끌어당겨서 얼굴을 마구 비벼 눈물을 떨어냈다. 심호흡했다. 찬찬히 주위를 살폈다. 몸을 숨긴 쓰레기장 너머를 기웃거려 보니 직원들은 이제 거의 남아 있지 않았다. 승강장은 아무 일도 없었다는 듯 말끔했다. 이따금 서늘한 소독약 냄새가 스칠 뿐이었다.

손도연이 말했다.

"승강장이 있는 걸 보니까 여긴 지하 4층이야. 지상 5층까지 계단으로 올라가자. 드론까지 띄웠으니 천천히 숨어서 이동하는 건 의미가 없잖아. 저거 일회용이라 한 번 켜면 중간에 끄는 것도 안 된다며."

유은우는 화면을 조작해 나노 드론을 불러들였다. 손으로 낚아챘다. 유은우의 손바닥에 카메라가 가려 화면이 캄캄해졌다.

"일단 이렇게 가릴게."

둘은 누가 먼저랄 것도 없이 복도 안쪽으로 이동하며 동시에 신체 강화제를 흡입했다. 계단을 통해 다급히 뛰어 올라가는 동안 직원 서넛을 마주쳤다. 유은우가 뭘 어찌하기도 전에, 직원들이 먼저 들고 있던 양동이나 유리병을 황급히 보호하듯 끌어안으며 계단 안쪽으로 피했다. 그들은 무법자처럼 계단을 뛰어오르는 낯선 사람이 누군지 확인하기보다, 당장 제 손에 들린 것이 잘못될까 봐 전전긍긍하는 묘한 인상을 풍겼다. 그러나 인터컴으로 통화를 하면서 내려오던 한 연구원은 달랐다. 그는 유은우를 바로 알아보았다. 바로 소리를 지르려는 것을 급소를 쳐서 기절시켰다. 그 뒤로는 방해꾼 없이 쭉쭉 올랐다.

이상하게 오가는 사람이 적네. 자주 쓰는 통로가 아닌가?

4층 층계참에 막 올라섰을 때였다. 더 이상 올라갈 수 있는 계단이 없었다. 막다른 곳에 서서 손도연이 당황해했다.

"여기가 끝이야. 5층이 있긴 한 건가?"

유은우는 반사적으로 암기한 평면도를 떠올렸다. 텅 비어 깜깜했다. 현재 발을 디디고 있는 4층과 목표로 하는 5층. 두 층의 구조는 외부에 공개된 적이 없었다. 사전 정보가 전무했다.

유은우는 다급히 속삭였다.

"4층 중앙에 5층으로 가는 전용 계단이 따로 있을 수도 있어. 우리 이쪽으로 쭉 올라오는 동안 사람 많이 못 마주쳤잖아. 분명히 계단이 이것만 있는 건 아닐 거야. 복도로 들어가 보자."

손도연은 긴장한 기색이 역력한 얼굴로 몸을 기울여 계단 안쪽 복도를 바라보았다. 한산한 이쪽과 달리 많은 사람들이 바삐 움직이는 기척이 났다. 손도연이 곧 결심한 듯 고개를 끄덕였다.

유은우는 쥐고 있던 드론을 손도연에게 넘겼다. 손도연이 드론을 야무지게 받아 쥐고는 다른 손으로 총을 뽑았다. 유은우는 손을 등 뒤로 돌려 검 손잡이를 움켜쥐었다. 그대로 위로 당겼다. 차가운 소리를 끌며 검이 희게 튀어나왔다. 검 끝이 바닥에 닿으며 맑은 소리를 냈다.

그 뒤로는 복도를 통과하는 것만 생각했다. 갑작스레 무기를 들고 튀어나온 유은우와 손도연을 본 직원들은, 처음에는 당황하며 피하는 데 급급했다. 그러나 곧 총을 들어 반격했다. 유은우는 그 모든 것을 쉬이 튕겨 내고 이따금 위협을 주기 위해 부수었다. 복도가 끝을 보이고 있었다. 앞으로 시야가 트이기 직전이었다.

비상 사이렌이 내리꽂혔다.

— 비상입니다. 연구소 내에 무단 침입자가 발생했습니다. 침입자는 총 두 명으로, 김서혁 전 총사령관의 전리품 유은우와 도시연합 중앙학교 1학년 학생으로 추측됩니다. 그들은 드론으로 연구소 내부를 촬영하여 그 영상을 온하나비 사이트에 실시간 업로드하고 있으며, 현재는 카메라가 가려지고 마이크의 잡음이 심해 침입자의 정확한 위치와 동향은 파악할 수 없습니다. 따라서 직원들은 즉각 모든 공정을 중지하여 내부 정보가 유출되지 않도록 각별히 유의해 주시고, 침입자나 외부 드론 목격 시 경호팀으로 연락 바랍니다. 또한, 온하나비는 현재 최다 동시 접속자 수를 갱신하고 있습니다. 현재 도시연합은 온하나비가 사해의 외부망을 통한다는 것을 파악하고 신속한 사이트 폐쇄를 위해 기술팀을 해당 지역으로 급파하였으나, 사해의 기상이 악화되어 외부망 차단까지 최소 40분은 소요된다고 합니다. 따라서 부서별로 중지한 모든 공정은 이후 안내 방송에 따라 재개하길 바랍니다. 이상입니다.

안내 방송은 종료되는 듯하다가 재개되었다.

— 목격자의 증언에 따르면 침입자는 외곽 계단을 이용하고 있다고 합니다. 5초 후 방화벽이 작동합니다. 전 직원은 노란 선에서 물러나 주십시오. 5, 4…….

유은우는 앞서가는 손도연의 발 지척에서 노란 선을 발견했다. 밟기 직전이었다. 이를 악물고 속도를 붙였다. 손도연을 뒤에서 끌어안았다.

— ……3, 2…….

그대로 앞으로 몸을 던졌다.

— ……1

서 있던 자리로 방화벽이 무자비하게 쾅 떨어졌다. 하마터면 손도연은 압사하고, 유은우 혼자 뒤에 남겨질 뻔했다. 등골이 서늘했다. 도저히 사람을 보호하기 위한 작동 방식이라고 생각되지 않았다. 사람을 해쳐서라도 내부를 은닉하고야 말겠다는 악의만 선명했다.

유은우가 견고한 방화벽을 노려보며 황급히 몸을 일으키려 할 때였다.

"엎드려!"

손도연에게 바로 소매를 잡혔다. 유은우는 즉각 몸을 낮추었다. 손도연이 바닥에 납작 붙은 채 손가락으로 아래를 가리켰다.

"저기, 저것 좀 봐……."

둘은 복도 끝 난간에 매달려 있었다. 아래는 까마득한 낭떠러지였다. 정확히 말하자면, 지하4층부터 현재 4층을 지나 위로 보이는 5층까지 통째로 가운데가 비어 있었다. 마치 거인이 거대한 봉을 집어다가 건물 한가운데로 힘차게 박고, 그대로 쑥 빼낸 것처럼 가운데가 둥그런 원기둥 형태로 비어 있었다. 몸을 살짝 움직여 아래를 보니 지하 4층까지 그 단면이 그대로 보였다. 고개를 드니 계단으로는 갈 수 없었던 5층이 보였다. 둥그렇게 둘러선 5층의 문마다 호실이 적혀 있었다. 그리고 그 위는 투명한 유리 천장으로 쾌청한 하늘이 보였다.

연구소는 거대한 아트리움의 형태를 띠고 있었다.

왜 여태 계단에 인적이 드물었는지 알 것 같았다. 많은 사람이 중앙의 에스컬레이터나 좁고 긴 나선형 계단을 통해 이동하고 있었다.

그리고 눈앞에 거대한 금속 덩어리가 있었다. 각 벽면으로부터 솟아난 와이어로 허공에 단단히 고정된 그것은 가로세로 수 미터의 위용을 자랑했다. 반질반질하게 윤이 나는 그 금속 덩어리는 어떤 장기의 형상을 하고 있었다. 금속 표면에 드문드문 모자이크처럼 붉은 조직이 조각조각 덧붙여져 있었는데 살아 꿈틀거렸다. 그 밑에 가느다란 관 여러 개가 뻗어 내려 아래를 향하고 있었다.

손도연이 탄식했다.

"은우야, 여기 산란실인가 봐."

그것은 용의 자궁이었다. 1000년이 넘도록 제5도시를 지탱해 온 핵이었다. 사해의 오염된 온으로부터 인간을 지키는 동시에, 인간의 손에 의해 금속이 덧대져 팽창한 만큼 너덜너덜해진 어떤 조각이 공중에 매달려 있었다. 압도적으로 거대했으나 그래서 초라하게.

손도연은 홀린 듯이 자궁의 형태를 잃은 자궁을 응시했다. 난간을 붙잡은 손마디에 힘이 들어가 희게 질려 있었다. 손도연이 중얼거렸다.

"저번 달 연구지에 자궁이 원 형태로 건재하다고 사진까지 실려 있었는데……."

유은우는 난간에 이마를 붙이고 아래를 내려다보았다. 자궁으로부터 뻗어 나온 가느다란 관들은 3층의 컨베이어 벨트로 연결되어 있었다. 관 끝에서 무언가가 콩콩 떨어지고 있었다. 희고 둥근 알이었다.

유은우는 내뱉듯 말했다.

"학교에서 배운 시스템이랑 많이 다른데. 친환경 산란을 지향한다고 하지 않았어? 자궁이 스트레스 받지 않게 하루에 한 개만 낳는다며. 그래서 용의 알이 귀하다고. 그런데 지금 보니까 거의 5초에 하나꼴로 나오는 것 같은데. 과자 공장도 이거보단 느리겠다……."

유은우는 점점 화가 치밀었다.

"용 연구소는, 또 도시연합은 대체 왜 거짓말을 하는 거야? 저렇게 해야만 하는 사정이 있다면 그렇다고 밝히면 되잖아. 숨기고 감출 게 아니라……."

"그 사유가 정당하지 않아서 은폐했다고밖에 볼 수가 없어."

손도연이 잘라 말했다.

직원들이 컨베이어 끝에서 알을 수거하여 수레에 실었다. 대다수가 유은우가 품었던 알처럼 얼룩지고 찌그러진 못난 형태였고, 간혹 깨끗한 타원형이 있기도 했다. 직원들이 빠르게 알을 가려내어 3층 전벽에 칸칸이 설치된 부화실에 넣었다. 어떤 부화실은 삐삐 알람이 울리기도 했는데, 그럴 때면 직원들이 신속히 달려가 문을 열고 깨진 알이나 부화된 새끼 용을 꺼내었다. 장갑을 낀 직원들의 손에 들린 새끼 용들은 축 늘어져 있었다. 이 비실비실한 용들은 간혹 힘겹게 기침을 하거나 몸을 떨었는데, 그때마다 용의 주둥이에서 날카로운 금속 찌꺼기가 튀어나왔다. 그런 불량한 상태의 새끼 용들은 즉각 바로 옆의 기계에 넣어졌다. 직원이 기계의 레버를 당기면 안에서 뼈와 살껍이 갈리는 끔찍한 소리가 났다. 막 산란된 알이 컨베이어마다 일렬로 나란히 움직이고, 바로 옆에서 부화한 새끼가 처분되는 과정이 동시에 일사불란하게 일어나고 있었다.

손도연이 창백한 낯으로 물었다.

"은우야, 나 드론 띄워도 돼?"

"띄워."

유은우는 검을 고쳐 쥐며 이어 말했다.

"이것보다 더 큰 은폐가 있을까 모르겠네. 띄우고 나한테 업혀. 5층으로 올라가자."

손도연이 쥐고 있던 손을 펼쳤다. 나노 드론이 날벌레처럼 우웅 날아올랐다. 동시에 유은우의 이프 화면도 밝아졌다. 인공적으로 비대해진 자궁과 그 아래 컨베이어가 똑똑히 촬영됨을 확인하고 나서 유은우는 일어섰다. 손도연이 총을 빼 든 채 업혀 왔다. 둘 다 약물로 신체 강화된 상태라 업고 업히는 것에는 문제가 없었으나 행동에 제약이 걸리는 건 어쩔 수 없었다.

— 전 직원에게 알립니다. 외부 드론이 5층 높이에서 아래를 촬영하고 있으며 침입자는 중앙 4층에 위치하고 있습니다. 직원들은 개인 안전에 유의하시고 즉각 모든 공정을 중지하시기 바랍니다.

여태 마주쳤던 흰 실험복이나 회색 작업복 차림이 아니었다. 짙은 색의 제복을 입고 홀스터에 총과 약물까지 제대로 갖춘 경호원들이 이쪽을 향해 빠르게 달려오고 있었다. 그중 몇이 총을 뽑았다.

탕!

유은우는 바닥을 박차고 도약했다. 방금까지 디디고 섰던 난간이 콰직 우그러지는 소리가 났다. 그대로 허공의 와이어를 잡아챘다. 5층 벽면에서 자궁과 이어지는 와이어였다. 유은우와 손도연의 무게를 감당하며, 와이어가 크게 휘청거렸다. 따라서 자궁도 흔들렸다.

"자궁이······."

"조심해!"

"전원 사격 중지! 사격 중지!"

"침입자를 생포하라는 상부의 지시입니다!"

유은우는 개의치 않고 와이어를 따라 자궁에 안착했다. 진짜 용의 자궁을 밟지 않으려고 조심하며 금속판만 골라 디디며 기어올랐다. 자궁의 꼭대기에 올라서기까지 순식간이었다. 지하까지 9층 높이에 달하는 아래가 아찔했다. 등 뒤에선 손도연이 매달린 몸에 힘을 주는 게 느껴졌다.

연구원들이 경호원을 향해 악을 썼다.

"안 돼! 총 내려! 침입자 하나 잡겠다고 자궁이 손상되면 어쩔 거야?"

"드론부터 파괴하십시오! 지금도 영상이 실시간으로 유출되고 있잖아!"

경호원 여럿이 와이어를 디디며 이쪽으로 접근했다. 자궁이 그 무게를 못 견디고 크게 기우뚱거렸다. 끼이이잉 와이어가 팽팽해지는 소리에 연구원 몇이 질겁했다. 설계로 몸무게를 절반은 줄이고 움직이는 거라는 경호원의 반박에도 그들은 여태 나방 한 마리 못 앉게 지켜 왔다며 제정신이 아니었다.

"은우야, 2시 방향!"

유은우는 손도연이 지목한 방향을 대놓고 바라보는 실수는 하지 않았다. 5층을 대강 훑었다. 이미 경호원과 직원들로 우글우글했다. 그들은 허공을 잽싸게 날아다니는 유은우의 드론을 잡으려고 혈안이었다. 정윤환의 설계를 입은 나노 드론은 모든 추적선을 매끄럽게 피하며 공중에서 곡예를 부리고 있었다. 힐끔 이프의 화면을 보니 역시 마구 어지러워 피사체의 식별이 어려웠다.

문득 뒤로 온이 꽉 죄었다. 누군가 방아쇠를 당김을 직감한 유은우가 즉각 검을 휘둘렀다. 흰 궤적이 초승달처럼 날아 상대의 총을 쳐 냈다. 유은우에게 손목을 강타당한 경호원이 몸을 비틀거리자 와이어가 당겨지며 불안한 소음을 냈다.

유은우는 곁눈질로 2시 방향을 확인했다. 확실히 중요한 장소이긴 한 모양인지, 503호라고 적힌 문 앞은 경호원이 진을 치고 있었다. 문득 왼쪽이 심상찮았다. 고개를 돌려 보니 521호 앞에서 경호원 여럿이 동시에 드론을 향해 총구를 겨누고 있었다. 저마다 방아쇠를 반쯤 당기고 있었고 총구에 설계가 아스라이 맴돌며 빚어지고 있었다. 드론이 쉬이 잡히지 않자 연합 사격을 펼칠 태세였다. 군에서 김서혁이 펼치는 연합 사격을 보다가 지금 경호원들이 하는 모양을 보니 그 단계가 아주 느리고 분명하게 느껴졌다. 유은우는 자만하지 않으려 애썼다. 이프의 시간을 확인했다. 도시연합에서 외부망을 파괴하기까지 30분도 채 남지 않았다.

"도연아, 꽉 잡아!"

유은우는 그대로 이를 악물고 자궁을 박찼다. 그 반동으로 와이어가 핑 하고 끊어지는 기척이 났다. 비명 사이로 검을 반바퀴 휘두르면서 5층 난간에 발을 디뎠다. 파공음이 일며, 연계 설계를 시도하던 경호원들이 양쪽으로 휩쓸려 나갔다. 521호 앞에 만들어 놓은 여백에 착지한 후, 유은우는 즉각 503호를 향해 뛰기 시작했다. 힐끔 자궁을 보니 상황이 심각했다.

"저러다가 추락하겠어! 보완해, 어서!"

"전원 아래로 내려와! 무게를 못 견디잖아!"

지지하던 와이어가 절반 이상 끊어져 용의 자궁은 허공에 위태롭게 매달려 이리저리 흔들거리고 있었다. 그 주위를 매끄럽게 날고 있는 드론을, 유은우는 이프를 조작해 가까이 불러들였다.

곧 사방에서 크고 작은 타격이 온갖 설계를 입고 날아들었다. 검을 고쳐 쥐었다. 등 뒤에 매달린 손도연의 범위를 고려하느라 방어가 까다로웠다. 모의 진투실에서 업었던 솜 인형과 무게는 비슷했으나, 상처를 입으면 솜이 아니라 피가 나올 거라는 사실이 유은우를 긴장하게 했다.

503호를 목전에 앞두고 유은우는 그만 발이 묶였다. 바닥을 타고 온 속박 설계를 미처 인지하지 못해 딱 걸린 탓이었다. 발이 바닥에 붙은 채 서서히 얼어붙었다. 손도연이 총을 뽑아 유은우의 발에 여러 번 사격했다. 속박 설계 해제에 연사는 필요 없었으나, 계속해서 실패했기 때문에 손도연은 반복해서 방아쇠를 당겨야 했다. 손도연의 몸이 덜덜 떨리며 숨이 거칠어지는 것이 등으로 확연히 느껴졌다.

여기서 손도연이 풀지 못하면 끝장이었다. 그러나 유은우는 짐짓 태연을 가장하며 사방에서 밀려오는 공격들을 차례로 쳐냈다. 손도연에게 부담을 주면 좋을 것 없었다. 그렇다고 유은우가 직접 검으로 속박 설계를 깨기도 어려웠다. 구속 계통 설계가 흔히 그렇듯, 적의 설계는 유은우의 발과 다리에 찰싹 달라붙어 있었다. 검으로 잘라 내려면 못 할 것도 없었으나, 그 짧은 시간이라도 적에게 빈틈을 줄 수 없었다.

시계가 간절했다. 여러 부품으로 나뉘어 다양한 활용이 가능했던 시계에 반해, 검은 그저 짧은 반경의 일회성 공격과 둔하게 넓은 방어가 전부였다.

손도연이 여덟 번째쯤 방아쇠를 당겼을 때, 유은우는 그만 발이 잘려 나가는 줄 알았다.

"미, 미안!"

손도연이 울먹였다. 유은우는 대꾸할 정신도 없이 머리 위로 검을 깨끗이 그었다. 묵직하게 떨어지던 그물 모양의 이름 모를 설계가 반으로 갈라지며 빛의 파편으로 흩어졌다. 그와 동시에 손도연이 아홉 번째로 사격했다. 잠시 따끔하더니 발의 감각이 확 돌아왔다.

"됐다!"

손도연이 안도했다. 유은우는 즉각 자리를 벗어났다. 뒤로 무언가가 날아와 벽면에 부딪치고 산산조각 났다. 그 파편이 전신을 날카롭게 스쳤다. 유은우는 검을 고쳐 쥐었다. 모의 전투에서 성공했던 공격을 재차 시도할 생각이었다. 검 손잡이를 두 손으로 단단히 쥐고 검 끝을 아래로 했다. 검날이 희게 번득였다. 그대로 바닥을 강하게 찍었다. 가까이 접근하고 있던 경호원들 사이 바닥을 찢고 새파란 빛줄기가 튀어 올랐다. 급소를 노리진 않았으나 충분히 위협적인 공격에 경호원 무리가 주춤 몸을 물렸다. 여태 유은우가 보인 공격의 양상과 확연히 달라 더욱 효과가 좋았다. 그 틈을 놓치지 않고 유은우는 503호 문 앞을 차지했다. 검을 앞으로 겨누며 문을 등지고 똑바로 섰다.

"도연아, 내 왼쪽 주머니에 카드!"

손도연이 유은우의 가운을 젖히고 도복 주머니에서 카드를 빼 가는 게 느껴졌다. 그와 동시에 손도연이 유은우의 등에서 미끄러져 내려갔다. 몸이 가벼워졌다. 보안 해제음이 났다.

"열렸어!"

손도연이 환호했다. 유은우는 마지막으로 검을 가로로 휘둘렀다. 날아드는 설계를 그리 부순 뒤, 손도연이 당기는 대로 뒷걸음질 쳐서 503호 안으로 들어섰다. 드론이 왱 하고 귓가를 스치며 따라 들어왔다. 손도연이 황급히 문을 쾅 닫았다. 자동으로 문이 잠겼다.

유은우는 숨 돌릴 새도 없이 문에 등을 붙이고 전방에 검을 겨누었다.

한세연 개인 연구실로 알고 왔으나 홀로 쓴다기에는 책상이 정말 많았다. 어림잡아 일곱 개는 족히 되었다. 책상마다 모니터가 설치되어 있었고, 천장에 매달린 모니터도 제법 되었다. 책상마다 가득한 문서들은 넘치다 못해 바닥까지 흘러내려 어지러웠다. 그 종이 더미 사이로 머그컵이 산에 깃발 꽂히듯 드문드문 놓여 있었는데, 하나같이 갈색 커피 자국이 말라붙어 있었다. 그나마 있는 여백은 열댓 개가량의 의자로 빼곡했다. 의자 등받이마다 흰 실험복 가운이 혼이 빠진 시체처럼 툭툭 걸쳐져 있었다.

"아무도 없나?"

손도연이 중얼거렸다. 유은우는 천천히 검을 내렸다가 화들짝 고쳐 쥐었다.

높이 쌓인 서류 더미 사이로 웬 남자 하나가 엉거주춤 서 있었다. 부스스한 까치집 머리에 많아 봤자 20대 후반으로, 너절한 실험복 가운을 걸친 채 멀건 얼굴로 이쪽을 바라보고 있었다. 두꺼운 안경 너머 얼굴이 선량했다. 그는 양손 가득 파일철을 여럿 쥐고 있었는데, 파일 안에서 서류들이 계속 흘러나와 바닥에 흩어지고 있었다. 그 종잇장 사이로 곰돌이 슬리퍼 한 쌍이 보였다.

유은우는 그제야 깨달았다. 청소기 너머로 들었던 그 익숙한 목소리가 누구였는지.

노석원. 유은우가 인큐베이터에 누워 숨만 쉬던 시절 군 소속 연구원으로 일했던 남자였다. 다소 따뜻하고 매우 산만하게 유은우를 보살폈다. 이후 유은우가 김서혁 밑에서 한창 훈련할 무렵, 노석원은 군에서 용 연구소로 소속을 옮겼었다.

그 와중에도 문 너머는 사람들이 몰려들어 쾅쾅 때리는 소리로 요란했다. 급기야 총성까지 울렸다. 노석원이 어찌할 바를 모르고 주춤 뒤로 물러섰다. 그나마 손에 쥐고 있던 파일들이 통째로 바닥에 떨어졌다.

손도연이 총을 뽑아 노석원을 겨누었다. 노석원이 눈을 휘둥그레 뜨고는 두 손을 항복하듯 위로 들어 올렸다. 손도연이 토할 것 같은 표정으로, 그러나 또박또박 말했다.

"용 연구소도 낙원의 이론에 협조하고 있지? 용 비늘을 학교에 공급한 게 사실인지, 다른 은폐된 사실이 있는지 말해."

"……어?"

노석원의 벌어진 동공이 저를 향한 시커먼 총구를 향했다가, 검을 바닥에 늘어뜨린 유은우를 보았다가, 부서져라 쾅쾅 울리고 있는 문으로 옮겨 갔다가, 허공에 매끄럽게 멈춰 서서 카메라를 돌리고 있는 나노 드론을 스쳐, 다시 유은우를 향했다. 그가 중얼거렸다.

"다시 만나면 좋겠다고 생각은 했지만, 그래도 이런 식은 아니잖아……."

손도연이 총을 단단히 겨눈 채 물었다.

"아는 사람이야?"

"조금."

유은우는 주저하며 대답했다. 검을 바닥에 끌며 몇 걸음 다가섰다. 노석원의 뒤로 커다란 배낭이 놓여 있는 게 보였다. 배낭은 입구가 한껏 벌어져 있었고 그 안에 여러 물건이 아무렇게나 쑤셔져 터질 것 같았다. 원통형 메모리 보관 용기 여러 개가 미처 다 들어가지 못하고 절반쯤 나와 있었다.

노석원이 울 것 같은 얼굴로 말했다.

"용 비늘은 나도 몰라. 진짜야. 그건 저 밑에 자재부 직원들이 알겠지."

손도연이 지지 않고 말했다.

"그럼 아는 걸 말해. 도시연합은 낙원의 이론을 통해 시민을 걸러 내고 있고, 용 연구소는 그 작업에 용 비늘을 공급했다는 의혹을 받자마자 잠정 폐쇄되었어. 아무 연관 없을 리가 없어. 관련 자료를 내놔."

노석원이 초조한 낯으로 자신을 촬영하고 있는 드론을 힐끗 쳐다보았다. 자신의 미간을 겨누고 있는 손도연의 총구는 이미 잊은 것 같았다. 그는 당장 자신의 목숨을 위협하는 총이 아니라, 문이 부서져라 밀고 들어오려는 같은 연구소 직원들이 아니라, 자신의 일거수일투족을 촬영하는 카메라를 의식하고 있었다. 분명 무언가 알고 있을 거라는 직감이 왔다. 사실 한세연 개인 연구실에 홀로 들어와 있다는 것부터 범상치는 않았다.

유은우는 승강장에서 들었던 노석원의 말마디를 기억했다.

'저희가 일부러 용을 놔주고 있다는 걸 눈치챈 것 같습니다.'

노석원은 차인호를 경계하는 인상을 풍겼다. 그렇다면 최소한 온전히 도시연합 편은 아닐 거라고 짐작되었다. 그러나 여덟 도시의 전 시민이 지켜보는 가운데 도시연합을 대놓고 등지는 것은 전혀 다른 문제였다. 유은우는 직접 움직이기로 했다.

성큼성큼 걸어가 검 등으로 배낭을 쳤다. 노석원은 자신이 검에 맞은 것처럼 눈을 질끈 감았다. 배낭에 아슬아슬하게 꽂혀 있던 메모리 보관 용기 하나가 가장 먼저 튀어나와 데구루루 굴러 유은우의 발치에 멈추었다.

유은우는 용기를 검으로 때려 부수었다. 투명하고 끈적한 보관 용액과 함께 은색으로 빛나는 메모리가 외딴 조각배처럼 바닥으로 흘러나왔다. 집어서 옷에 대강 문질러 닦았다. 가장 가까운 책상에 쌓여 있는 문서들을 손으로 밀어 전부 아래로 떨어뜨려서 모니터가 온전히 잘 보이도록 했다. 모니터 아래에 메모리를 꽂아 넣었다. 화면이 지지직거렸다. 유은우는 드론이 잘 촬영할 수 있도록 몸을 뒤로 물렸다.

화면이 떠올랐다.

글자들. 새카만 글자들이 무수히 많이 떠올랐다. 화면을 가득 채우고도 모자라서 자동으로 아래로 쭉쭉 내려가며 그 밑으로 수많은 이름을 뱉어 냈다. 이름마다 뒤에 숫자가 붙어 있었다. 1부터 8까지, 여덟 개 숫자 중 하나가 붙어 있었다. 유은우는 그중 이름 몇 개를 읽었다. 어감이 이상하게 낯설어 입에 바로 붙지 않았다.

"……이게 뭐야?"

손도연이 다소 김빠진 목소리로 말을 이었다.

"그냥 제1도시부터 제8도시 시민들 명단인가?"

추리하고 있을 시간도 없었고, 그럴 필요도 없었다. 유은우는 노석원의 뒷덜미를 잡아 그 머리를 옆 책상에 처박았다. 책상 위에 놓여 있던 서류들이 일시에 풀썩이고, 간간이 놓여 있던 필기구와 종이컵이 우수수 떨어졌다. 틀어쥔 노석원의 뒷덜미가 빠르게 맥동하는 것이 느껴졌다.

마음이 약해졌다.

노석원은 군에서 몇 번이나 유은우를 찾아왔었다. 매번 접수처에서 거절을 당해도 포기하지 않고 면담을 요청했다. 처음이자 마지막으로 마주 보았을 때, 그는 유은우의 체질에 맞는 음식과 알레르기를 일으키는 약물이 빽빽이 적힌 메모를 건네며, 씩씩하게 살라고 말했었다. 어떤 조언도 없는 완벽한 응원이었다.

느슨해진 손을 다잡았다. 카메라가 돌아가고 있었다. 이렇게 강제적으로 협박하는 것이, 혁명이 실패할 최악의 경우 노석원에게 유리했다. 자진해서 술술 불기보다 유은우의 폭력에 의해 마지못해 뱉는 모양이, 후에 노석원에게 빠져나갈 틈을 줄 터였다.

"설명해."

낮게 내뱉었다. 문밖에서 크게 쾅 하는 소리가 났다. 잠긴 문

중앙으로 금이 쩍 갔다. 노석원이 떨리는 목소리로 말했다.

"며, 명단이야. 낙원의 이론으로 걸러 낸 명단······."

손도연이 여전히 노석원에게 총을 겨눈 채 물었다.

"지금 도시연합이 낙원의 이론으로 시민들을 통제한다는 게 사실이야? 네가 이 메모리를 가지고 있다는 건 용 연구소도 낙원의 이론에 동조한다는 증거인가?"

"그건······."

노석원이 힘겹게 말했다.

"······1000년 전 명단이야."

잠깐 침묵이 있었다. 바깥에서 쾅 하는 소리가 났다. 문손잡이가 덜컥거렸다. 노석원은 가쁜 호흡으로 말했다.

"그, 그건 지금의 도시연합이 뽑아낸 명단이 아니야. 오래전 거야. 처음 도시가 만들어졌을 때 정부가 낙원의 이론을 사용해서 인간을 걸러 냈어. 그때 그 명단이야."

손도연이 눈을 크게 떴다. 그녀가 중얼거렸다.

"낙원의 이론이 존재한다는 게 사실이야?"

나노 드론이 허공을 맴돌았다. 유은우는 이프의 화면을 확인했다. 노석원이 책상에 얼굴을 처박고 띄엄띄엄 대답하는 모양이 고스란히 촬영되고 있었다.

"이, 있어. 반란군이 시민들을 선동하려고 거짓으로 뿌린 말이 아니야. 실제로 존재해. 제국 때 처음 만들어졌고, 지금은 도시연합이 쓰고 있다고 알아."

유은우는 차예원의 말을 떠올렸다. 제국시대 말기, 중앙 산업단지가 폭발하고 용의 사체로 도시를 건설했지만 모든 인간을 다 수용할 수는 없었기에, 정부는 낙원의 이론을 활용하여 도시 거주 승인 명단을 비밀리에 만들었다고 했다.

유은우는 노석원을 압박하면서 발로 이미 엎어져 있는 배낭을 걷어찼다. 배낭 속에서 보관 용기가 두 개 더 굴러 나와 손도연의 발아래 멈추었다. 손도연은 얼른 용기를 주워 열려고 했으나 지문을 요구하자 총으로 쏴 깨뜨려 버렸다. 그녀는 메모리 두 개를 건져 우선 하나를 가까운 본체에 끼웠다. 이번엔 천장에 매달린 모니터가 반짝 켜졌다. 영상이 재생되었다.

온통 흰색. 하얀 실험복을 입은 직원들이 바쁘게 오가는 너머로 거대한 철창이 보였다. 그 철창 안에 용이 가두어져 있었다. 길이는 1미터, 높이는 30센티미터가량 되는 성체로 무려 세 마리나 있었다. 한 마리는 맑은 옥빛을 띠었고, 다른 한 마리는 진주처럼 희었으며, 또 다른 한 마리는 밤처럼 새카맸다. 그중 까만 용의 아름다운 날개에, 유은우는 시선을 오래 주었다. 도시연합 본부 첨탑 끝에 있던 검은 날개 한 쌍과 닮아 있었다.

그때였다. 쇠창살 사이로 주둥이를 내밀고 송곳니를 드러내거나, 유연한 꼬리로 바닥을 쾅쾅 내리쳐 대리석을 부수고, 힘차게 뛰어올라 우리의 천장으로 부딪치는 등 사나운 성체 세 마리 사이로 어린 용 두 마리가 빠끔 고개를 내밀었다. 이윽고 톡 튀어 올라 까만 용의 꼬리 위로 장난치듯 올라탔다. 주둥이부터 꼬리 끝까지 어림잡아 사람 팔뚝 길이는 될까 말까 한 새끼 용 두 마리는 각각 새파란 눈과 새빨간 눈을 번득이면서 날카로운 발톱을 이용해 순식간에 검은 용의 등으로 기어올랐다. 덜 자란 새끼임에도 다 자란 용만큼 교만한 태도가, 유은우의 알에서 막 깨어 나왔던 그 새끼 용을 연상케 했다.

손도연이 한 발짝 모니터로 다가가며 중얼거렸다.

"저 까만 용, 지금 우리 도시마다 있는 용 조각이랑 동일해. 색깔, 크기, 비늘의 배열."

총을 든 손을 늘어뜨린 채 손도연이 쉰 목소리로 물었다.

"저것도 1000년 전 자료야?"

노석원은 침을 삼킬 뿐 대답이 없었다. 손도연이 재차 물었다.

"1000년 전의, 아홉 조각으로 찢기기 전의 용이야? 그런데 그 옆에 다른 성체가 두 마리나 더 있잖아. 새끼도 두 마리 있고. 새끼는 성체가 되기 전에 죽어 버렸다 치더라도 다른 성체 두 마리는 어디 간 거야? 용은 불사라며. 1000년 전에 있었으면 지금도 있어야 하잖아. 저기서 도시로 건설된 용은 한 마리뿐이야. 나머지 두 마리는 어디 갔어?"

"죽었어."

손도연은 침묵했다. 그녀는 용은 불사라는, 죽지 않는다는, 그러니 용으로 도시를 건설한 거 아니냐는 상식적인 반박은 하지 않았다. 오히려 명료하게 말했다.

"교장은 알고 있었구나. 용이 불사가 아니라는 걸."

유은우는 노석원을 누른 손에 재차 힘을 주었다. 노석원이 억눌린 채 말했다.

"용도 죽어. 수명이 징그럽게 길어서 마치 죽지 않는 것처럼 보일 뿐이지. 용은 수명이 1000년이야. 그 전에 용이 죽는 방법은 단 하나, 자살뿐이야."

유은우는 웅웅거리는 드론을 곁눈질로 확인했다. 분명히 물었다.

"네 말이 사실이라면, 용의 수명에 한계가 있다면, 저 세 마리 중 둘은 수명이 다해 죽고 수명이 남은 하나만 도시로 건설되었다는 말이겠지. 그럼 우리 도시도 언젠가는 무너져?"

"올해로 도시연합은 1030년이야."

노석원의 숨이 거칠어졌다. 그가 이를 악문 사이로 똑똑히 말을 이었다.

"지금 당장 죽어도 이상할 것 없어. 잘 버텨야 이번 세대야. 도시연합이 지금 사해에 출현한 성체를 잡아서 도시를 보완하지 않는 이상, 우리 다음 세대는 사해에서 살아가야 해. 난민들처럼 정화 장치를 달고. 무법 지대에서 짐승처럼. 지금 도시연합은 마치 새로운 성체의 등장을 도시 확장의 기회인 것처럼 떠들고 있지만, 사실은 인류의 존폐가 달린 문제야. 사람 사는 방이 한 칸 늘어나는 정도가 아니고, 내려앉기 직전의 폐가에 인류가 태평히 들어앉아 있는데 새 집을 지을 자재가 등장한 셈이니까."

손도연이 날카롭게 물었다.

"그럼 지금 사해에 있는 그 용으로 도시를 보강한다고 해도 시간이 지나면 또 새로운 성체가 필요할 거 아니야. 계속 그렇게 이어 나가는 게 가능해? 이번에 용의 성체가 나타난 것도 우리가 예상치는 못했잖아. 언제까지 기연에 의지할 생각인 거야?"

"글쎄. 또 거짓말로 하루하루 버티며 새로운 성체가 나타나는 행운을 바라겠지. 도시는 안전하다. 용은 불멸이다. 위에서 그렇게 말하면 아래에서는 믿을 수밖에 없잖아. 도시연합은 시민들에게 안정감을 줘야 할 테니까. 그리고……."

유은우는 틀어쥔 노석원의 목덜미가 빳빳하게 굳는 것을 느꼈다. 노석원이 말했다.

"……도시가 무너지면 기득권도 무너져. 결정 권한을 가진 윗사람들은 도시가 유지되길 바라지."

유은우는 노석원의 대답에서 미세한 균열을 느꼈다.

"마치 도시가 유지되지 않고도 인류가 살아남을 수 있는 다른 방법이 있는 것처럼 말하네."

쾅! 문이 사납게 흔들렸다.

"이, 이번에 사해에 나타난 용. 그 용이 머물다 가면 그 주위의 온 오염도가 급격히 하락해. 그 용이 오염된 온을 여과하고 있어. 그 속도하고 범위만 보자면, 최소 반년 내에 제1도시 면적만큼의 온이 인간이 생존 가능할 정도로 정화될 거라고 추측해. 다만 문제가 있다면……."

카메라가 돌아가고 있었다.

"……그렇게 온이 정화된 지역에서는, 총이 안 들어. 사람은 숨을 쉴 수 있는데, 동조자와 비동조자의 차이가 사라져."

뒤가 서늘했다. 불과 며칠 전 이선규와 비슷한 대화를 했다.

제국시대에는 동조자가 희귀했다고. 그러나 도시가 건설되고 나서 동조자의 수는 갑작스레 폭발적으로 증가해 유효 시민의 1%에 육박한 뒤 꾸준히 유지되고 있었다.

"현재 도시연합의 기득권은 동조자가 압도적인 비율을 차지하고 있어. 용이 사해를 정화한다면 인간은 자유로이 대지를 누비게 되겠지만, 그로 인해 동조자가 힘을 잃는다면 권력은 재분배될 수밖에 없어. 도시연합의 높은 분들 입맛에 껄끄러운 시나리오잖아. 그리고 용을 사해에 풀어 자연스럽게 온을 정화시키는 동안 도시를 지탱하던 용이 수명을 다해서 죽어 버리면, 그러면 시민들은 갑작스럽게 오염된 온에 노출되어 버려. 정부는 그에 대한 대안이 아무것도 없어. 정화 장치를 달고 사는 난민에 대해 부정적인 언론 플레이를 해 왔는데, 이제 와서 시민들에게 정화 장치를 권고한다면 입장이 우스워져."

노석원의 목소리에 점차 힘이 실렸다.

"우리 포획팀은 사해의 용이 온을 지속적으로 정화하고 있다는 보고서를 이미 여러 차례 올렸어. 용 연구소장님이 계속해서 반려했을 뿐이야. 그는 요행에 인류의 미래를 맡길 수는 없다고 했어. 지금 용을 사로잡아 도시를 보완하면 1000년은 유지할 수 있겠지만, 사해의 용이 언제까지 또 얼마나 완벽하게 온을 정화할 수 있는지는 불투명하지 않냐고. 그건 너희 포획팀의 추측일 뿐이지 않냐……."

"너는 그렇게 생각하지 않는다는 말로 들리는데."

유은우가 낮게 말했다.

손도연이 쥐고 있던 마지막 메모리를 또 다른 본체에 꽂았다. 가까이서 지직거리는 소리가 들렸다. 모니터가 몇 번 깜박이다가 반짝 켜졌다.

한 사람이 완고한 얼굴로 자리에 앉아 있었다. 성별을 가늠하기 어려운 분위기를 풍기는 중년이었다. 화면엔 그 사람 혼자뿐이었다.

유은우는 영상 아래에 표시된 촬영 날짜를 확인했다. 1975년 4월 2일. 이 또한 도시 건설 전의 기록물이었다.

쾅! 문이 크게 흔들렸다. 금이 쩍 갈라졌다. 문손잡이가 떨어져 나갔다. 영상의 사람은 굳은 얼굴로 카메라를 직시할 뿐 입을 굳게 다물고만 있었기 때문에, 유은우는 스크린에 손을 대어 중간으로 건너뛰었다. 시간이 없었다.

— ……정부는 중앙 산업단지가 폭발하면서 유해 물질이 누출되어 사해화가 진행되고 있다고 주장합니다. 그러나 이는 사실이 아닙니다. 정부가 끝까지 진실을 은폐한다는 최악의 경우를 대비하여 이 기록을 남깁니다.

목소리는 가늘었으나 깔린 뼈대가 단단했다. 여자가 눈을 감았다가 떴다.

— 저는 마지막 계약자입니다.

여자가 날카롭게 말했다.

— 현존하던 계약자 셋 중 하나는 용을 지키려다가 정부에 살해당했고, 하나는 배신자로 제가 살해했으니, 남은 계약자

는 저 하나뿐입니다. 본래 계약자는 신분을 밝히지 않습니다. 제가 살해한 계약자가 먼저 룰을 어겼습니다. 탐욕에 눈이 멀어 정부에 용의 위치를 팔아넘긴 그자 때문에 이 모든 재앙이 닥쳤습니다. 상황이 심각함을 고려하여 저 또한 부득이 신분을 밝힙니다. 이는 제 발언에 힘을 싣고 뜻을 함께할 이들을 모으기 위함입니다.

유은우는 정신없이 여자를 응시했다. 고목처럼 메마른 인상이었으나 눈에 광채가 돌았다.

— 저희는 용과 계약함으로써 온디딤을 자유자재로 구사할 힘을 얻고, 용의 예언을 전파할 책임을 집니다. 용은 멀고 가깝고를 가리지 않고, 명료하게 혹은 희미하게, 산발적으로 앞날을 내다봅니다. 저희는 그 예언 중 공익을 증진할 일부를 선별하여 최초 발원지를 가늠할 수 없도록 가공한 후 세상에 전달합니다. 이 계약 관계는, 옛 선조와 용 사이의 맹약에서 시작되었습니다. 일부 사람들이 예언을 취하려고 용을 구속하고, 용이 이에 반발하여 거짓 예언을 뱉으면서 발생한 분쟁 끝에, 용의 자유를 보장하며 인간도 예언을 선사받을 수 있도록 서로 간에 합의된 내용입니다.

여자가 딱딱하게 말했다.

— 하나 계약자도 사람인지라 잘못된 결정을 내리기도 합니다. 선대의 한 계약자는 용의 예언 없이, 인간 스스로 미래에 일어날 사건의 확률을 계산할 수 있도록 어떤 객관적인 메커니즘을 구축하고자 했습니다. 그는 계약한 용을 산 채로 해부하

여 얻은 지식으로 어떤 시스템을 만들어 냅니다. 한때 일상 깊숙이 파고들었으나 악용을 경계하여 현재는 활용이 금지된 낙원의 이론이 그 산물입니다. 그 외에도 크고 작은 오판이 있었습니다. 그러나 이런 배신은 없었습니다.

여자가 이를 지그시 악물었다가 이어 말했다.

— 1974년 9월경, 정부는 계약자의 밀고로 용의 서식지를 알아낸 뒤 급습했습니다. 정부는 현존하는 용의 전부, 즉 성체 세 마리와 새끼 두 마리를 탈취하여 산업단지로 이송하였습니다. 정부의 목적은 현존하는 계약자 세 명에 버금가는 힘을 자체적으로 구현해 내는 것입니다. 계약자의 힘의 원천은 용과 계약하며 발현되므로 정부는 용을 대상으로 비인도적인 실험을 진행코자 했습니다. 그러나 실험은 실패했을 뿐만 아니라 연구진의 부주의로 산업단지가 대규모로 폭발하며 많은 사상자를 냅니다. 이는 도저히 은닉할 수 없는 규모였으므로, 현재 제국의 모든 사람들이 언론을 통해 인지하고 있습니다. 그러나 현 정부가 계속해서 관련 자료를 폐기하고 있어 후대에 올바르게 전해질지는 장담이 어렵습니다.

문 너머로 밀어붙이는 소음이 더욱 커졌다. 유은우는 재빨리 연구실을 살폈다. 창문은 있지도 않았다. 도망치려면 벽을 부수고 뛰어내리는 방법뿐이었다. 고작 지상 5층이었고 흡입한 신체 강화제는 유효했다. 다만 뛰어내린 후가 문제였다. 어디로 도망칠 것인가? 연구소에 몰래 잠입했다가 몰래 빠져나오겠다던 야심차고도 안일한 계획은 이미 물 건너간 지 오래였다.

당장 생각나는 것은 제5도시 광장 한복판이었다. 각 도시마다 시민들이 광장에 모여 시위를 벌이고 있다고 했으니, 보는 눈이 많은 곳으로 가면 그래도 도시연합에 의해 즉결 처분 당하는 최악의 상황은 늦출 수 있을 거라는 한 가닥 희망이 있었다.

— 폭발의 여파로 새끼 용 두 마리는 즉사했습니다. 성체 세 마리는 크게 다쳤으나, 용의 경우 성체가 되고 1000년의 수명을 채우지 않을 경우 어떤 형태로든 생존하므로 숨이 붙어 있었습니다. 그러나 이 또한 얼마 가지 못합니다. 세 마리 중 두 마리가 수명을 다해 죽고, 성체가 된 지 얼마 안 된 용 한 마리만 숨이 붙어 있습니다. 저와 계약한 용입니다.

여자가 감정 없이 말을 이었다.

— 현재 가장 큰 문제는 온의 오염으로 인한 사해화입니다. 대지가 눈처럼 흰 모래로 뒤덮이고 대기에 지독한 유황 냄새가 떠돌고 있습니다. 온의 조절을 관장하는 성체의 급격한 개체 수 감소와 그나마 남은 한 마리의 부상으로 온이 충분히 여과되지 못해 발생한 현상입니다. 중앙 산업단지 대규모 폭발로부터 반년이 흐른 지금, 용과 가장 멀리 떨어진 제국의 가장자리부터 사해화가 진행되어 현재 대륙의 10%가량이 황폐화되었으며, 그 속도는 점점 빨라지고 있습니다. 이에 따라 인간을 비롯한 수많은 생명체가 침식되어 기계화한 괴물로 떠돌고 있으며, 간신히 살아남은 인구는 용이 위치해 가장 안전한 정부청사를 목표로 대이동을 시작했습니다. 이에 정부는 타 지역민의 수도권 진입을 철저히 막으며 조악한 정화 장치를 보급하고 있으나

근본적인 해결책이 아닙니다. 현재 인류는 유례없는 난관에 봉착해 있습니다.

손도연이 노석원의 배낭을 거꾸로 들고 털었다. 낡아서 모서리마다 녹이 슬고 액정이 깨진 전자 문서가 바닥으로 떨어졌다. 손도연이 주워 들자 체온을 인식한 문서가 환하게 켜졌다.

— 이것은 명백한 인재입니다. 인간의 손으로 빚은 죄입니다. 우리는 묵묵히 기다려야 합니다. 다친 용의 부러진 뼈가 맞붙고 찢긴 상처 위로 새살이 돋아, 무사히 산란하여 용이 멸종하지 않도록 인내해야 합니다. 우리는 더 이상 용에 손을 대서는 안 됩니다. 용의 회복이 더뎌 인류가 전부 침식되어 멸하더라도 이 또한 죗값을 치르는 일임을 알아야 합니다.

손도연이 뚫어져라 전자 문서를 바라보았다. 안 그래도 희게 질려 있던 낯이 딱딱해져, 손도연은 이쪽으로 다가왔다. 그녀가 전자 문서를 유은우에게 내밀었다.

— 그러나 바로 어제, 1975년 4월 1일, 정부는 이 위기를 극복할 방안을 제시합니다. 바로 용을 이용한 도시 건설입니다. 그들은 용이 완전히 치유되기 전에 인류가 멸망할지도 모르니, 하루라도 빨리 용을 이용하여 오염된 온으로부터 안전한 도시를 건설하겠다고 밝혔습니다. 하지만 그게 과연 옳은 일입니까? 마지막 남은 용마저 인간의 욕심으로 해한다면 이 재난은 돌이킬 수 없습니다. 언론에 의하면 정부는 이미 용을 아홉 조각으로 해체하였습니다. 표면적을 늘려 도시를 최대한 확대하기 위함이라고 합니다.

유은우는 노석원을 잡은 손에서 힘을 풀지 않으며 전자 문서를 바라보았다. 사진의 나열이었다. 사각 프레임마다 용이 있었다. 정확히는 용이 해체되는 과정이 있었다.

— 더 이상 인간이 자연의 섭리를 거스르는 것을 방관할 수 없습니다. 따라서 우리 반정부 연대는 오늘부로 모든 평화 시위를 중단합니다. 폭력을 행사해서라도 정부로부터 용을 되찾아 오겠습니다.

유은우는 다시 화면을 응시했다. 여자는 한 치의 흐트러짐도 없이 강경한 목소리를 내고 있었다.

— 우리는 비도덕적인 정부에 단죄를 가하고, 진실의 왜곡을 저지합니다. 먼 훗날 우리가 정부에 의해 반동분자로 기록되는 한이 있더라도 뜻을 굽히지 않겠습니다.

도시에 단죄를, 사해에 진실을. 현재 반란군의 슬로건이었다.

화면이 뚝 꺼졌다. 새까만 스크린에 유은우 자신의 낯이 모노톤으로 비쳐 보였다. 유은우가 낮게 물었다.

"그래서 저 사람들은 성공했어?"

노석원이 대답했다.

"심장만 겨우 가지고 나온 걸로 알아. 그리고 그 후 심장은 어디로 갔는지 아무도 몰라. 아직까지도."

"최근에……."

손도연이 갈라진 목소리로 물었다.

"최근에 용의 산란이 빨라지지 않았어?"

노석원이 숨을 들이켰다. 그가 되물었다.

"네가 그걸 어떻게 알아?"

"용도 알고 있는 거야. 자신의 수명이 다했음을. 생명체는 존속의 위기를 겪으면 후세 양산에 집착하게 되어 있어."

그때였다. 나노 드론에서 깜박이던 빨간 불이 톡 꺼졌다. 동시에 이프의 화면이 그대로 나가 버렸다. 까맣게 빈 화면에 알림창만 덩그러니 떠올랐다.

온하나비 접속 불가.

콰앙!

문이 폭발했다. 묵직한 먼지구름이 들이닥쳐 시야가 뿌옜다. 유은우는 노석원의 뒷덜미를 잡아 일으킨 뒤 그의 상체를 뒤로 껴안았다. 그대로 노석원의 목덜미에 검을 바짝 가져다 대었다. 노석원이 숨을 들이켜며 바싹 굳는 것이 느껴졌다.

손도연이 총을 들고 유은우의 등 뒤로 가까이 달라붙었다.

먼지구름을 헤치고 경호원들이 들이닥쳤다. 총신에 찍힌 동조율과 노련한 자세에서 상당한 실력자임이 느껴졌다. 하긴, 그렇게 문을 두드려 대는 동안에 전력을 재배치했어도 서너 번은 했겠지…….

탕!

첫 총성이 울렸다.

노석원 하나 따위 죽든 말든 날 먼저 제압하는 게 우선이라

이건가. 유은우는 속으로 욕을 뱉으며 인질 삼아 데리고 있던 노석원을 옆으로 내팽개쳤다. 검을 휘둘러 공격을 막아 내고 동시에 노석원을 발로 걷어차 책상 밑으로 구겨 넣었다.

경호원이 총을 겨눈 채 순식간에 이쪽으로 접근해 왔다.

손도연이 총을 연사했다. 그러나 이쪽의 전력이 형편없다는 것만 확인 사살하고 말았다. 유은우는 그런 손도연을 보호하듯 뒤에 두고, 전방을 향해 검을 겨누었다. 수적으로도, 공간적으로도 확실히 불리했다. 넓어 자유롭던 아까와는 차원이 달랐다. 유은우는 패색을 드러내지 않으려 애썼다.

공격은 곧 빗발치듯 몰아쳤다. 사위를 두른 적이 점점 거리를 좁혀 왔다. 유은우는 모든 설계를 부수고 모든 타격을 받아 쳤으나 도무지 벽을 부수고 뛰어내릴 타이밍은 잡지 못했다. 손도연의 머리가 날아갈 뻔한 것을 겨우 구하고 나자, 이대로 죽을지도 모르겠다는 불길한 예감이 진해졌다. 유은우가 빠르게 속삭였다.

"도연아, 내가 막을 테니까 넌 총으로 벽 부숴."

손도연이 적을 향하던 총구를 즉각 벽으로 향했다. 사실 기대는 하지 않았다. 이미 적이 둥그렇게 둘러싼 상황에서 벽을 부수려면 벽 앞에 선 경호원을 먼저 제거해야 했다.

손도연의 총이 몇 번이나 무의미하게 튀어 오르는 동안, 유은우는 옆구리로 밀려오는 속박 설계를 반으로 잘라 낸 후 검날을 바닥에 댄 채 그으며 몸을 돌리면서 아래를 노리고 밀려오는 타격을 막아 냈다.

숫자가 너무 많아.

저쪽에서 아예 죽이려고 달려들었으면 진즉 시체로 나자빠졌을 거라는 직감이 들었다. 상대는 유은우를 조심히 다루고 있었다. 그러나 상대의 목숨을 중히 여기는 것은 유은우도 마찬가지였다. 김서혁을 따라다니며 반란군의 숨통을 끊던 옛날과 달리, 유은우는 처음으로 사람을 살리는 쪽으로 싸우고 있었다. 새삼 정윤환의 실력에 감탄했다. 그는 자기 마음대로 할 수 있는 것이 고작 적을 죽이지 않고 급소만 쳐서 기절시키는 것뿐이라고 했다. 고작이라니. 정윤환은 가볍게 말했으나 결코 가볍지 않은 일이었다.

도저히 안 되겠다.

유은우는 즉각 노선을 선회했다.

내가 안 죽이면 내가 죽어. 죽여서라도, 시체를 밟고서라도 빠져나가자.

그러나 공격을 펼칠 틈이 없었다. 연타로 방어만 했을 때였다. 허벅지가 서늘하더니 즉각 화끈하게 달아올랐다. 확인하지 않아도 치명상이었다. 유은우는 버티고 섰으나 손도연을 노리고 날아드는 설계를 부수었을 때, 아차 싶었다. 몸이 기울었다. 직후에 등을 맞았다. 둔중한 타격에 숨이 잘 쉬어지지 않았다. 검을 놓치지는 않았으나 그 검 끝으로 바닥을 짚고 몸을 지탱해야 했다. 그 빈틈에 속박 설계가 내리꽂혔다. 직격으로 맞았다. 그 뒤로 엄청난 힘에 의해 검날에 우두둑 금이 가더니 산산조각 났다.

검이 부서져 의지할 데가 없어진 유은우는 그대로 무릎을 꺾고 쓰러졌다. 희미한 시야로 손도연이 이를 악물고 방아쇠를 당기는 것이 보였다. 직후 굉음이 터졌다.

손도연이 줄곧 겨누던 벽면이 크게 무너졌다.

처음에 유은우는, 손도연이 성공한 줄 알았다. 그러나 벽은 밖으로 터지는 것이 아니라 안으로 터졌다. 무언가가 건물 밖에서 이쪽을 정확하게 내리치고, 그것도 모자라서 아예 일부를 들이밀고 있었다. 유선형의 반질반질하고 거대한 금속이 벽을 뚫고 들어왔다. 부속선이었다. 그것은 잠깐 뒤로 선체를 물리고는 다시 거칠게 파고들어 왔다. 건물 전체가 흔들렸다. 콘크리트 조각들이 소나기처럼 쏟아졌다.

손도연이 다급히 몸을 숙였다. 유은우는 손도연이 자신을 끌어안아 파편을 온몸으로 막아 내는 걸 알면서도, 손 하나 까딱할 수 없었다. 정통으로 맞은 설계가 단순한 속박은 아니었는지 몸에 힘이 들어가지 않았다. 손도연이 유은우를 필사적으로 안은 채 뒤를 돌아보더니 몸을 떨며 흐느꼈다.

"됐어, 이제 됐어……."

뭐가 됐다는 건지 알 수 없었다. 눈이 가물가물 감겼다. 감긴 눈꺼풀 위로, 둔한 감각 너머로 빛과 소리가 뒤엉켰다. 손도연이 무어라고 목이 터져라 외치고 있었다. 의식을 까무룩 놓치려는 찰나였다. 몸이 공중으로 가볍게 훅 들렸다.

유은우는 가까스로 눈을 떴다. 제일 먼저 보인 것은 한세연이었다. 그녀는 실험실 한가운데 우뚝 서서 경호원을 향해 총을 갈기고 있었다. 가냘픈 잎사귀 같던 모습은 찾아볼 수 없었다. 빈틈없이 차가운 낯. 꾹 다문 입매. 깜박이지 않고 직시하는 눈. 쭉 뻗은 두 손은 총을 단단히 움켜쥐고 있었다. 총신에 068 숫자가 또렷했다. 한세연의 총구가 튀어 오를 때마다 설계가 날렵하게 팽창하며 경호원을 밀어붙였다. 이미 바닥은 시체로 가득했다. 한세연 뒤엔 노석원이 서 있었다. 그는 핏기가 가신 얼굴로 배낭을 끌어안고 있었다.

"너는 생각이란 게 있나?"

딱딱한 목소리.

"난생처음 잡아 보는 무기 하나 들고 적진 깊숙이 혈혈단신으로 진입하는 건 자살 행위다. 너 하나 무모하게 뛰어들어 아군의 전력이 낭비됐어. 내가 널 그렇게 가르쳤나?"

유은우는 자신을 안아 든 사람을 올려다보았다.

"······대장?"

011. 언더 프로모션

노석원이 유은우가 걸친 실험복을 젖히고 그 아래 도복을 칼로 크게 베어 냈다. 새까맣게 타들어 간 허벅지가 드러났다.

"직격으로 맞아 버렸네."

노석원은 난감한 기색이었다.

입술을 꽉 물고 말이 없던 손도연이 급기야 눈물을 뚝뚝 흘리기 시작했다. '내가 도움이 못 되어서. 설계 공부 좀 열심히 할걸.' 흐느낌 사이 띄엄띄엄 무어라 중얼거리면서, 손도연이 수건을 둘둘 야무지게 말아 유은우의 입에 가져다 대었다. 유은우는 그것을 악물었다. 손도연이 끅끅 울면서 유은우의 허벅지를 단단히 붙잡아 고정했다. 노석원이 약물 케이스를 집어 드는 것까지만 보고 유은우는 고개를 돌려 버렸다. 도저히 상처를 더 보고 있을 자신이 없었다.

부속선의 내부가 낯설었다.

연구실 벽을 사정없이 부수고 돌진한 부속선에 몸을 막 실은 참이었다. 부속선은 용 연구소의 것으로, 유은우가 경험한 군의 함선들과 사뭇 달랐다. 약물 케이스와 여분의 무기, 각종 폭발물로 가득한 군의 함선과 달리, 이 부속선은 연구를 목적으로 하여 훨씬 학구적이었다. 무언가를 담을 빈 병과 압축 팩이 한쪽에 가지런히 정리되어 있었고, 벽마다 현미경과 측정기 따위가 알차게 수납되어 있었다. 콘솔도 간결했다. 부속선에 수납된 무기를 조종하기 위한 장치로 복잡다단한 군의 콘솔과 달리, 한세연이 조종석에 앉아 노련하게 타를 잡고 있는 콘솔은 정말 운항 외에는 다른 기능이 없어 보였다. 김서혁은 한세연 옆에 우뚝 서서 한 손은 허리에 짚고 다른 한 손은 콘솔의 여백을 짚은 채 무어라 낮게 말하고 있었다. 그 옆의 조수석엔 낯선 남자가 앉아 있었다. 뒷모습이라 얼굴이 보이진 않았으나 덩치가 꽤 컸고 기본적인 전투복 차림이었다.

"순둥아, 잠깐만 참아."

딱, 케이스 깨지는 소리가 나고 허벅지 위로 끈적한 액체가 쏟아지는 느낌이 선명했다. 이어 유은우는 거의 정신을 잃을 뻔했다. 그대로 수 초를 견뎠다. 번갯불로 살을 지지는 듯한 고통은 처음 내리꽂힐 때만큼이나 순식간에 사라졌다. 누군가가 유은우의 입에 물려 있던 수건을 빼 갔다. 가까스로 숨을 토했다. 온몸이 식은땀으로 흥건했다. 죽어라 이를 악문 탓에 턱이 빠질 것 같았다.

노석원이 감탄했다.

"와, 순둥이 여전히 잘 낫는구나. 예전에 인큐베이터에 있을 때도 회복이 빠르긴 했지만."

그에 용기를 얻어 유은우는 조심스럽게 제 허벅지를 보았다. 역겨운 초록색 거품이 부글거리는 사이로 제법 아문 상치가 보였다. 노석원이 깨끗한 헝겊에 소독약을 흠뻑 적시더니 상처를 능숙하게 닦아 냈다. 피가 걷어지는 것만으로도 한결 마음이 놓였다. 유은우가 거친 호흡을 고르는 동안 노석원이 붕대를 집어 들었다.

"그래도 조심해. 완전히 낫기 전에 2차로 맞으면 재생 불가한 거 알지? 붕대 좀 감아 놓자."

노석원이 방수 처리된 붕대를 양쪽으로 펼쳐 쥐고 한쪽 손을 유은우의 허벅지 아래로 집어넣으려 했다. 유은우는 그의 손이 쉽게 들어올 수 있도록 무릎을 약간 세워 주었다. 그러나 노석원의 손은 들어오기는커녕 흠칫하더니 그대로 멈추어 버렸다.

"치, 치료는 제 담당입니다. 총사령관님. 아니, 이제 총사령관님이 아니시죠. 아무튼……."

"비켜."

어느새 김서혁이 다가와 있었다. 노석원이 당황해하며, 그러나 물러설 기미 없이 말했다.

"이건 그냥 제가 하겠습니다. 총사령, 아니, 총사령관님이셨던 분이 뭐 하러 손을 더럽히면서까지 남 치료를 직접 하시려고 하세요. 이런 건 저희가 전문가입니다. 제가 3년이나 순둥,

유은우를 돌봤거든요. 총사령관님은 얼마나 훈련시키셨죠? 2년인가? 2년도 채 안 되지 않나요?"

유은우가 듣기에도 묘하게 신경을 긁는 데가 있었다. 김서혁이 무표정하게 대답했다.

"2년 5개월 8일. 그리고 군인이라면 당연히 응급처치는 기본으로 숙지한다. 내가 결코 너보다 못하진 않을 텐데. 유은우 데리고 전투 나갔을 때 부상을 입으면 항상 내가 해 주었어."

"그건 사해에서 군인들밖에 없을 때고 지금은……."

"노석원, 넘겨 드리고 이리 와."

한세연 옆에 있던 남자가 딱딱하게 말했다. 그럼에도 노석원은 꿋꿋하게 버텼다. 그러나 김서혁이 급기야 유은우 옆에 한쪽 무릎을 꿇고 앉자, 노석원은 마지못해 붕대를 내어 주며 뒤로 물러섰다. 손도연은 김서혁이 오든 말든 개의치 않고 유은우 옆에 꼭 붙어 있었으나, 노석원이 이리 나오라고 손짓을 하자 곧 자리에서 일어났다.

둘만 남자, 비로소 김서혁이 손을 움직였다. 그는 무감한 낯으로 유은우의 허벅지에 능숙히 붕대를 대었다. 한 바퀴를 탄탄하게 휘감는 손길이 낯익었다. 유은우는 살짝 눈을 들어 김서혁을 보았다. 언제부터 보고 있었는지 바로 그와 눈이 마주쳐 약간 놀랐다. 김서혁이 손을 멈추더니 기다렸다는 듯이 물었다.

"대체 서재희랑 무슨 사이지?"

유은우는 말없이 김서혁을 마주 보았다. 다시는 김서혁의 보살핌을 받을 수 없을 거라 여겼다. 가족이되 가족이 아닌 그런 관계는 군에서 쫓겨나며 끝이라 각오했다. 그러나 김서혁의 손길은 가슴이 덜컹할 정도로 익숙하여 그간의 고통스럽던 부재를 전부 없던 일로 만들고 있었다. 정신이 아득한 와중에 그의 질문만 쨍하게 생경했다. 수많은 화제를 제치고 하필 서재희가 도마에 오른 이유가 무엇인지 알 수 없었다.

"대답이 늦어."

김서혁의 의도가 불투명하여, 유은우는 대답이 쉬이 나오질 않았다.

"그놈이 널 마음에 두고 있다는 것쯤은 안다. 넌 어떤지 묻고 있어."

서재희.

서로 사랑하는 사이, 라고 해도 될까. 속이 홧홧했다. 연인 사이입니다, 라고 대답하면 나 혼자 너무 앞서가는 걸까. 목까지 달아올랐다. 그럼 제일 담백하게 내 감정만 담아서, 내가 좋아하는 사람이라고 할까. 아니야, 좋아한다는 말로는 한참 모자라. 내가 사랑하는 사람이라고 할까. 열이 올라 더웠다. 이것도 부족해. 그럼 이제 그 사람 없인 안 된다고 할까. 그럼 내 감정의 반의반이라도 표현하는 게 될까.

"유은우."

유은우는 퍼뜩 눈을 들었다가 흠칫 몸을 굳혔다. 벽에 등을 기대고 있기에 망정이지 하마터면 놀라 몸을 물릴 뻔했다. 그만큼 김서혁은 날이 서 있었다. 전투 중의 예민함과는 그 결이 달랐다. 유은우가 한 번도 목격한 적 없는 분위기였다. 김서혁이 눈도 깜박이지 않고 유은우를 응시했다. 그가 날카롭게 말했다.

"그놈은 마치 네가 자기 소유라도 되는 양 말하던데."

"……어? 재희 선배가 그런 말을 했어? 둘이 언제 만났어?"

"질문에 대답해."

"난…….."

그러나 말을 잇지 못했다. 유은우는 짧게 비명을 지르며 몸을 웅크렸다. 김서혁이 흠칫 유은우의 몸에서 손을 떼었다. 저만치 떨어져 있던 노석원이 번개처럼 달려오더니 김서혁을 냅다 밀치고는 기겁을 했다.

"아이고, 아이고, 상처가 다 터졌네! 힘을 그렇게 주면 어떡합니까? 뭐 화난 일 있으세요? 이리 주십시오. 제가 하겠습니다. 아, 좀 비키세요, 좀!"

유은우는 신음을 삼키며 눈을 들었다. 허벅지에 감긴 붕대 위로 피가 흠뻑 번지고 있었다. 김서혁은 노석원의 호들갑 때문인지 아니면 단지 깜짝 놀라서 정신이 없어 그런지, 옆으로 한참 밀려나 있었고 낭패한 기색이 역력했다. 노석원이 다급히 붕대를 풀어냈다. 그는 다시 약물 케이스를 집어 들더니 도무지 호의적으로는 보이지 않는 시선으로 김서혁을 힐끔 보았다. 김서혁은 낯을 정돈하더니 이내 훌쩍 일어서서 한세연 쪽으로 가 버렸다.

노석원이 다시 약을 뿌리고 붕대를 감기 시작했다. 김서혁의 방식보다 훨씬 빠르고 건조했다. 유은우는 다리를 살짝 움직여 보았다. 허벅지 위로 찢긴 도복을 도로 덮었다. 작게 속삭였다.

"아깐 미안했어요."

노석원이 손사래를 쳤다.

"네가 왜 그랬는지 아니까 괜찮아 거기서 내가 좋다고 술 술 불었으면 아주 웃겼겠지. 시민들도 짜고 친다고 생각했을 거야."

부속선이 덜컹 멈추었다. 금속과 금속이 부딪히는 소리가 났다. 이어 철컥, 묵직하게 연결되는 소리. 부속선이 모함에 도킹할 때 나는 소음이었다. 아니나 다를까 부속선의 옆면이 완전히 개방되었다. 연결된 건너편은 모함으로 통하는 진입로였다. 조명이 어둡고 아무도 없었고 서늘했다.

"학교 모함이야. 그 소문의 서재희를 드디어 보겠네."

노석원이 중얼거렸다. 그가 배낭을 정리해 한쪽 어깨에 메면서 한세연 옆으로 갔다. 한세연은 조종석에서 일어나 총을 점검하고 있었다. 목련처럼 여리던 한세연은 실험복 가운 대신 단단하고 매끄러운 전투복을 갖춰 입어 그 분위기가 사뭇 달랐다. 냉담해 보이기까지 했다.

유은우는 자리에서 일어나기 위해 몸에 힘을 주었다. 허벅지로 찌르는 듯한 통증이 일었다. 신음을 삼키며 벽을 짚고 천천히 일어섰다. 다리에 힘이 풀려 비틀거렸다. 누군가가 힘 있게 부축해 왔다. 유은우는 고개를 들었다. 낯선 얼굴. 각이 져 인상이 험한 남자였으나 묘하게 지적으로 보였다. 산속 깊이 틀어박혀 도끼로 나무를 패며 사는 지식인의 느낌이 풍겼다. 그가 유은우를 지탱한 손에 힘을 주었다. 덕분에 유은우는 중심을 잡고 똑바로 섰다. 남자가 말했다.

"김승훈."

"안녕하세요."

"윤환이 어떻게 생각해?"

김승훈이 대뜸 물었다. 유은우는 눈을 깜박였다. 바보처럼 되물었다.

"네?"

"정윤환. 너희 학교 3학년. 더럽게 잘생기고 성질 더러운 천재. 어떻게 생각하냐고."

"……네?"

"……됐다. 네 표정 보니 알 만해. 정윤환 이 실속 없는 새끼."

김승훈이 혀를 찼다. 그는 유은우 뒤의 벽에 붙어 있는 레버를 잡더니 힘껏 당겼다. 뚝 하고 부속선이 절전 모드로 들어갔다. 김승훈은 그대로 돌아서서 훌쩍 가 버렸다.

이번엔 김서혁이 이쪽으로 성큼성큼 다가왔다. 그의 손이 당연하게 뻗어 와, 유은우는 미처 움직이지 못했다. 거친 손이 허리를 감고 오금을 받쳐 오는 걸 인지하자마자 가볍게 들어 올려졌다. 유은우는 자연스레 김서혁의 코트 깃을 잡으며 안락한 자세를 잡다가, 이내 화들짝 놀랐다.

"내려 줘."

"다리 다쳤어. 조금이라도 덜 걸어야 해."

"괜찮아."

"내려 달라는 소리는 한 번도 들은 적이 없었는데."

김서혁의 손에 힘이 거칠게 들어갔다. 유은우는 다소 놀랐다. 낯설었다. 김서혁이 이런 식으로 자신에게 완력을 행사하는 일은 전무했다. 유은우가 여태 김서혁을 따랐던 것은, 오직 김서혁에게서 자연스레 우러나오는 분위기에 자진해서 수긍했기 때문이지, 이런 노골적인 무언의 압력에 굴복해서가 아니었다. 고스란히 틀어 잡힌 허리와 무릎 뒤가 아팠다. 그러나 표현하지 않았다. 대신 김서혁을 빤히 응시했다. 그러나 그의 낯은 단단하게 무감하여 어떤 것도 알아챌 수 없었다.

부속선 도킹 후 모함의 함교로 진입하는 통로는 길었다. 그리고 지나치게 어두웠다. 전투에 전력으로 임하기 위해 전기를 아끼는 건지, 모함의 어딘가가 이미 훼손되어 전기 설비가 망가진 건지 알 수 없었다. 또한 치밀하게 조용했다. 타고 있던 학생들이 전멸한 뒤 미리 설정해 둔 자동항법으로 겨우 부속선과 도킹한 것에 그친 건지, 수많은 학생들이 하나같이 침묵하는 건지 알 수 없었다.

"설마 다 죽은 건 아니겠지."

노석원이 중얼거렸다. 유은우는 그가 같은 걱정을 한다는 것에 전혀 위로받지 못했다.

손도연이 불안하게 말을 받았다.

"이미 도시연합에서 모함을 점거했고, 우리가 함교로 올라오기를 기다리고 있는 거면 어떡하죠? 우리가 모함으로 건너올 때 안내 방송 하나 없었어요."

번지는 불안에 비해 김서혁의 보폭은 흔들림이 없었다.

유은우는 김서혁의 코트를 쥐고 있던 손을 놓았다. 몸이 바깥쪽으로 기울어지기 전에 김서혁의 목을 감았다. 그의 목은 쇠로 만들어진 나무처럼 단단했다. 유은우는 손에 힘을 주어 상체를 일으켰다. 동시에 김서혁의 귓가에 입을 가져다 댔다.

그것만으로 김서혁은 걸음을 늦추었다. 이런저런 염려를 주고받는 노석원과 손도연, 그 옆을 말없이 걷는 한세연, 김승훈과 거리가 다소 벌어졌다. 유은우는 김서혁의 관자놀이에 이마를 붙인 채로 귓가에 속삭였다.

"재희 선배가 이선규를 협박했다고 들었어. 대장도 그래서 이쪽으로 붙은 거야?"

김서혁은 말이 없었다.

"재희 선배랑 언제 만났어? 선배가 대장한테 어떤 제안을 했어? 가시관령 선포로 대장 직위가 해제됐다는 건 알아. 지금이 차인호가 대장을 죽일 수 있는 적기라는 것도 알아. 하지만 대장이 자신의 안위만 생각해서 학교를 서포트한다고는 생각할 수 없어. 재희 선배와 어떤 점이 교집합이었던 거야? 왜 대장은 우릴 선택했어?"

김서혁이 낮게 대답했다.

"내가 서재희를 선택하긴 했지. 선택지가 하나밖에 없다는 게 유감이었다."

목소리는 냉랭했다.

"아까 네 친구가 그랬지. 우리가 부속선에서 모함으로 넘어오는데 안내 방송 하나 없었다고."

유은우는 김서혁의 목소리에서 어떤 통일된 결을 발견하려고 애썼다.

"안내 방송이 없는 건, 안내 방송을 할 수 있는 학생들이 전부 살해됐기 때문이 아냐. 단지 서재희의 스타일이 아니기 때문이지."

목소리 끝이 날카로워, 유은우는 그에게 붙였던 이마를 떼고 그의 옆모습을 바라보았다. 이쯤 되자 이상한 확신이 섰다. 김서혁이 서재희를 견제하고 있다는. 상황은 명료하나 이유는 희미했다. 김서혁이 문득 고개를 이쪽으로 돌렸다. 그가 유은우에게 눈길을 주며 말했다.

"구구절절 환영 멘트를 날리며 상대방을 안심시키는 건 서재희 방식이 아닐 뿐더러, 이런 극적인 연출을 놓칠 놈이 아니야. 당장 한 치 앞도 안 보이게 조명을 낮춘 것만 봐도 그렇지. 너까지 있으니 더 말할 것도 없어. 제 등장을 돋보이게 만들 셈이지. 한 번 더 내 기를 꺾으려는 거다."

인기척이 느껴졌다.

유은우는 김서혁의 목과 어깨를 바짝 껴안은 채, 퍼뜩 앞을 보았다.

저만치 어두운 통로의 끝에서 그림자가 다가오고 있었다. 처음엔 한 명이었으나 인영은 어스름을 헤치고 셋, 다섯, 여섯, 여덟, 점차 늘어나 열 명이 되었다. 그들은 총을 빼지 않음으로

써 아군임을 표하며 말없이 일정한 보폭으로 다가왔다. 부드럽고 낮은 조명에 그 전신이 희미하게 드러났다. 유은우는 상대의 복장으로 신원을 알아챘다. 학생 여섯과 정예군 넷.

선두에 서재희가 있었다. 아직 이목구비를 식별할 거리는 아니었다. 그러나 머리부터 발끝까지 직선으로 곧은 태가 선연하여, 서재희 말고 다른 이는 상상도 가지 않았다.

서재희가 지척에서 멈춰 섰다. 서재희 옆에 있던 정윤환을 비롯한 학생 임원들도 마찬가지로 걸음을 멈췄다. 그러나 정예군 넷은 그대로 쭉 걸어와 김서혁의 뒤에 도열했다. 노석원과 한세연, 김승훈은 통로 가장자리로 몸을 물렸다. 정윤환은 긴 속눈썹을 내리깔고 있어 눈동자가 잘 보이지 않았다. 그가 가라앉은 낯으로 뚜벅뚜벅 움직여 한세연 옆에 섰다. 연다희가 손도연을 불러 제 옆에 두었다.

서재희, 정윤환, 김서혁을 중심으로 무리가 크게 셋으로 나뉘어 잠시 침묵했다.

먼저 한 발짝 앞으로 나선 것은 서재희였다. 그는 반듯이 고개를 숙였다 들었다. 공손했으나 비굴하진 않았다. 예의 그 이상도 그 이하도 아니었다.

김서혁이 낮게 물었다.

"도시연합은?"

서재희가 부드럽게 대답했다. 그는 유은우에게는 눈길도 주지 않았다.

"현재 사정거리에 없습니다. 지휘실로 이동하시지요."

서재희는 뒤돌아 걷기 시작했다. 세 무리가 자연스레 뒤를 따랐다. 그러나 자유로이 뒤섞이지는 못하고 묘하게 경계가 졌다.

서재희가 반듯하게 말했다.

"현재 저희는 모함 한 척, 부속선 열 척, 학생 1009명으로 사상자는 전무합니다. 현재 제1도시를 벗어난 지 다섯 시간째이며, 1급 보안지역까지 약 5000킬로미터를 남겨 두고 있습니다. 온 오염도 측정기를 가동한 지 40분째로, 현재 유효한 결과를 도출했습니다. 도시연합이 제작한 사해 지도와 그 수치가 크게 다릅니다. 한마디로 반대입니다. 도시연합은 1급 보안지역으로 가면 갈수록 온의 오염도가 높아지니 위험하다고 분류하였으나 그 반대입니다. 접근할수록 오염 수치가 급격히 낮아집니다. 심지어 어떤 지점을 통과할 때는 오염도가 마이너스 21을 기록했습니다. 이는 성인 여자가 보호칩 없이 호흡 가능한 수치입니다."

한세연이 보폭을 빨리하여 서재희 가까이 다가갔다. 그녀를 보호하듯 김승훈이 따라붙었다. 서재희를 두르고 있던 학생 임원 한가운데로 노석원이 냉큼 파고들었다. 자연스레 무리가 섞이며 경계가 흐려졌다. 한세연이 물었다.

"그 지점을 따로 표시해 두었겠지? 온이 완전히 정화된 좌표."

서재희가 한세연을 보며 단정하게 미소 지었다.

"물론입니다. 좌표를 수집하고 있을 뿐만 아니라, 지금 공동 작업실에 학생들이 모여 그 모든 좌표를 잇고 있습니다."

"아마도 용의 동선과 일치할 거야."

"그렇겠죠."

서재희가 간단히 수긍하고는 고개를 돌려 앞을 보았다. 한세연이 걸음을 늦추지 않으며 서재희의 옆얼굴을 응시했다. 그녀가 물었다.

"알면서 수고하는 이유가 뭐야?"

"정윤환이 1급 보안지역으로 접근할수록 온 오염도 수치가 급락한다는 것을 이미 인지하면서도, 그 사실을 알아내겠다고 학생들이 들고일어났을 때 그 기세를 꺾지 않고 기꺼이 동참한 이유와 같습니다. 혁명의 맥을 유지하기 위해섭니다."

유은우는 정윤환을 바라보았다. 그는 한세연의 뒤, 김승훈의 옆에서 같은 보폭으로 걷고 있었다. 손을 주머니에 불량하게 꽂아 손 떨림은 알아볼 수 없었다. 그의 눈을 들여다보고 싶다고 생각했다. 옅은 낙엽 색깔의 동공이 어떤지 확인하고 싶었다. 동공까지 크게 열려 있다면 상황이 심각했다.

"현재 우리는 도시연합과 전투 중이 아닙니다. 이전의 승리로 학생들은 지나치게 흥분하고 있으며, 이때 집중할 거리가 없으면 그 흥분은 방탕으로 이어집니다. 성공 뒤에 반강제적인 휴식보다는, 좌표를 잇는 단순한 작업이더라도 연속성 있는 행위가 전투의 집중력으로 이어지리라 기대합니다. 자신의 손으로 도시연합의 비리를 끊임없이 추적한다는 사실은 그 무엇보다 사기 진작에 중요합니다."

"이미 우리 자료로 알고 있는 사실인데도 학생들이 손수 작업하도록 내버려두었다?"

"쉴 틈을 주지 않았을 뿐이며, 이는 모두에게 좋은 결과를 가져다줍니다. 기만이라고 생각하실지 모르겠으나, 같은 결과라도 용 연구소에서 한 번, 저희가 한 번. 그 과정이 아주 의미 없지는 않지요. 다만 제가 확인하고 싶은 것은 1급 보안지역 내부입니다. 저는……."

서재희가 조용히 말을 이었다.

"……1급 보안지역을 제국시대 때의 중앙 산업단지로 확신하고 있습니다만."

김서혁이 말을 받았다.

"정확해. 처음 용이 훼손당한 지점이지. 그곳에 마지막으로 건재한 용이 머물렀기 때문에, 그 지점을 중심으로 가장 먼 곳부터 사해화가 시작되었다."

서재희가 말했다.

"그래서 도시연합이 그 지역을 1급 보안지역으로 지정해 시민들의 접근을 막고 온 오염 수치를 조작했군요. 중앙 산단으로 진입할수록 온 오염 수치가 낮아지는 것이 알려지면 산단의 폭발로 유해 물질이 유출되어 온의 오염이 시작되었다는 자신들의 주장이 힘을 잃게 되니까요. 용을 해하려다가 온을 오염시킨 걸 들키면 도시연합이 용을 다룰 수 있는 중요한 명분이 설 자리를 잃습니다."

한세연이 김서혁에게 물었다.

"1급 보안지역 내부로 진입하려면 어떻게 해야 합니까? 저희가 접근하려고 시도할 때마다 물리적으로 막혀 들어갈 수 없었어요. 투명한 차단막이 생성되어 있어서 육안으로는 보이지 않아도 손을 대면 만져졌습니다. 딱딱하고 냉기가 돌고 아주 견고합니다. 그러나 용은 자유로이 드나들더군요. 심지어 작은 날벌레까지."

"용이나 벌레는 인간이 아니니까 들어갈 수 있어. 그 차단막은 오직 인간만 제한한다."

"그래도 출입하는 인간이 있겠지요."

"있지. 셋. 도시연합장. 도시연합 중앙학교장. 도시연합군 총사령관. 임유현은 죽고 난 직위가 해제되었으니, 현재로서 가능한 이는 차인호뿐이로군."

"물리적으로 깰 수 있나요?"

"그 차단막은 낙원의 이론 시스템과 연결되어 있어. 낙원의 이론 시스템이 존재하는 한 그 차단막은 물리적 파손이 불가하다. 다만 해제할 수는 있어. 낙원의 이론에 등록된 인구의 절반 이상이 낙원의 이론 파괴에 동의해야 해. 낙원의 이론이 파괴되면, 차단막도 해제된다. 도시연합이 낙원의 이론을 은폐해 온 핵심적인 이유지. 낙원의 이론은 공개되는 순간 존폐의 시험에 들게 돼. 은닉해야 유지된다. 대중의 도마에 오르면 끝이야."

한세연이 말했다.

"그렇다면 현재로서 1급 보안지역 안으로 진입할 수 있는 방법은 없나요? 과반수의 동의는 정확히 무엇을 의미하는 거죠?"

노석원이 중얼거렸다.

"역시 투표인가요? 하지만 총 유효 시민 투표는 관련 법에 의거해야 하는데, 제안할 명분이 마땅치 않습니다."

김서혁이 인내심 있게 말했다.

"낙원의 이론 시스템은 이미 시민들의 일거수일투족을 수집하고 있어. 꼭 공식적인 투표가 아니더라도 시스템이 유의미하다고 판단하는 반응들이 과반수 수집된다면 자체 폭파된다."

노석원이 머리를 긁었다.

"그럼 일반 시민이 진행하는 투표도 문제가 없겠네요. 하지만 우리는 투표를 올릴 수가 없어요. 지금 도시연합이 우리 통신망을 전부 끊어 버렸고, 유은우가 용 연구소에서 방송하고 나서부터는 외부망도 차단되어서 온하나비에도 접속 못 하니까. 전 총사령관님 이프는 통신이 원활한가요?"

"아니, 나도 차단되었어. 내 직위가 해제됨과 동시에. 내 부하들도 마찬가지일 테지. 전투 시 인터컴을 쓸 수 없어 우리는 굉장히 불리해졌다. 그리고 생각이 너무 협소해. 꼭 투표만 수단이 되지는 않는다. 낙원의 이론이 정보를 수집하는 방식을 생각해. 그 시스템이 오직 투표 결과만 수용하나? 결코 아니지."

"차예원이 온디딤으로 연락망을 유지하는 데 능합니다. 최소 반경 1킬로미터 내는 가능하니 최악은 아닙니다. 함선 자체 무전도 있습니다. 그러니까 정리하자면 김서혁 전 총사령관님 말씀은……."

서재희가 담담하게 말을 이었다.

"……우리가 낙원의 이론 해제를 원한다는 걸 시스템에 어떤 방식으로든 인식시키면 된다는 뜻이지요? 현재 시민의 과반수.

그렇다면 시민등록번호가 없는 유은우나 난민들의 의사는 여기서 제외되겠네요. 현재 여덟 도시의 총 시민 수는 4000만 명이 못 됩니다. 그 과반수니 최소 2000만 명의 동의는 받아야 한다는 뜻이군요. 낙원의 이론은 어떤 형태로든 데이터를 닥치는 대로 수집하니 시민의 의사 표현 또한 어떤 형태로든 가능하다. 그렇다면 우리에게 필요한 것은 시간입니다."

한세연이 미간을 좁혔다.

"시간?"

"네. 시민들이 결정할 시간. 예컨대 시위에 참석해서 낙원의 이론을 반대하는 전자 플래카드를 게시할 물리적인 여유 말입니다. 공약은 이 정도면 충분하잖습니까."

한 치 앞이 불확실한 가운데서 서재희만 홀로 모든 해답을 가진 것처럼 보였다.

"다만 저는 아직도 모르겠습니다."

서재희가 잠깐 입을 다물었다가 열었다.

"사해에 출현한 그 용은 계속해서 1급 보안지역을 맴돌고 있습니다. 마치 1급 보안지역에 말뚝을 꽂고 그 줄에 목이 맨 채 뱅뱅 도는 형국입니다. 정윤환을 통해 넘겨주신 자료를 분석한 결과, 성체는 포획팀이 가까이 접근할 때마다 땅으로 꺼지며 도망치지만 다시 보안지역 부근에서 재출현합니다. 이에 대해서 의견 있으신가요, 김서혁 전 총사령관님."

"용의 심장이 거기 있어."

서재희가 우뚝 멈춰 섰다. 그가 돌아서서 김서혁을 마주 보았다. 서글서글한 웃음은 사라지고 없었다. 서늘했다. 김서혁이 건조하게 말했다.

"교장도 모른 채 죽었다. 그토록 알고 싶어 했으나 결국 찾아내지 못하고 죽었지. 나도 얼마 전까진 전혀 몰랐다. 짐작도 못했지. 나 또한 임유현처럼, 1급 보안지역이 다만 중앙 산단이라는 이유로 접근이 금지된 줄 알았으니까. 그 이유만으로도 은폐가 납득이 되었다. 또 다른 이유가 존재하는지는 최근에 알게 되었지. 정확히는, 내가 너와 중앙수사부에서 만났던 직후, 차인호에게서 알아냈다."

"너 알고 있었어?"

줄곧 침잠해 있던 정윤환이 날카롭게 물었다. 그는 차예원을 직시하고 있었다. 정윤환이 재차 물었다.

"알면서도 여태 단 한마디 없었던 거야?"

차예원이 정윤환을 노려보았다.

"네가 그 팀을 이끌고 가서 다 죽이고 돌아온 뒤로, 나도 그 내부가 궁금해서 아빠에게 물어봤었어. 아빠는 속 시원히 대답해 주지 않았어. 내가 엄마만큼 성장하면 그때 알려 주겠다고만 했지. 20년도 더 전에 죽은 엄마와 경쟁해야 한다니, 나는 바로 포기했어. 추억보다 완벽해지는 건 불가능하니까. 그 뒤로 아빠 앞에서 보안지역을 언급한 적 없어."

차예원이 쌀쌀한 시선을 김서혁에게 돌렸다.

"저한테도 함구한 걸 왜 당신에게 말한 거죠? 고문했나요, 협박했나요? 그러실 분이 아니라 여겼는데."

"아버지를 등진 네가 내게 할 말은 아닌 것 같은데."

차예원이 눈도 깜박이지 않고 김서혁을 응시했다. 격양되어 깊게 호흡하는지 가슴이 천천히 부풀었다가 꺼졌다.

김서혁이 감정 없이 말했다.

"질문에 답을 하자면 그가 먼저 내게 말했다. 그가 판단하기로 내게 실토하는 것이 너를 위한 일이라 여겼기 때문이지."

차예원이 내뱉었다.

"못 믿겠어."

"남의 가정사에 참견할 생각 없다만, 지금 네 표정을 보니 마지막으로 보고 온 차인호가 가엾을 지경이라 덧붙이겠다. 차인호는 매 순간 너만을 위해 움직여. 처음에야 네게서 죽은 아내를 보았겠지만, 그 짓도 20년을 넘어가면 차예원 네 자체를 사랑하는 것이라고 재평가되어야 하지 않나? 믿고 말고는 네 자유다. 어차피 갈라선 이상……."

김서혁의 회색 눈이 무미건조하게 서재희를 향했다가 다시 차예원에게 붙었다.

"……재회한다 해도 둘 중 하나는 시체겠지만."

모두가 서로의 사이로 시선을 두고 멈춰 서 있었다. 침묵이 차올랐다.

유은우는 눈을 들어 어두운 진입로의 끝을 바라보았다. 함교가 보였다. 노을이 어른거리는 가운데 학생 여럿이 바삐 움직이고 있었다.

"저기……."

손도연이 손을 들었다. 그녀는 조심스러우나 단호하게 말했다.

"용은 군집 생활을 합니다. 용의 심장이 1급 보안지역에 있다면 사해의 그 성체가 주위를 맴돌 만해요. 동족과 함께 있고 싶을 테니까요. 최대한 인간의 눈에 띄지 않으려고 도시 한가운데 있는 날개나 자궁보다는 사해에 홀로 있는 심장을 찾아 헤매는 거라고 생각합니다. 다만, 제가 이해가 되지 않는 것은……."

손도연이 또박또박 말하며 유은우를 살짝 바라보았다.

"……사해의 그 용은 새끼였던 시절 사육실의 다른 용들을 거들떠보지도 않았다는 사실이에요. 그렇다면 그 용은 사육실의 용들을 자기 동족으로 여기지 않았나 봅니다. 그렇다면 그 사육실이라는 공간 자체, 인간이 용을 키우는 방식 자체가 용의 생태를 거스른다고 봐요."

한세연은 충격을 받은 것 같았다. 그녀가 되물었다.

"사육실?"

"그 용, 은우가 놔준 용이에요."

한세연이 경악했다. 그녀가 고개를 홱 돌려 유은우를 바라보았다. 속사포처럼 물었다.

"학교로 배급되는 용은 하급인데. 설마 네가 사해로 풀었니? 1학년은 외출 안 되지 않아?"

유은우가 대답했다.

"학교에서 풀어 줬는데 사해까지 나갔나 봐요."

"어떻게? 처음 깨어났을 때 상태는 어땠니? 온도는? 혹시 물

닿았어? 사육 조명은 몇 개나 설치했니? 아니, 그보다 깨기 전에 심장박동은……."

"교수님께서 기본으로 세팅해 놓으신 설정 하나도 안 건드리고 조명은 없었어요. 그냥 두기만 했어요. 정확히는 방치했어요. 같이 사육 시작한 다른 용들이 먹이 붙임 기간 거의 끝나갈 때쯤 깨어난 것 같아요. 밖으로 나가고 싶어 하기에 문 열어준 것뿐이에요. 그렇게 잊고 있다가 나중에야 사해로 나간 것을 알았는데, 막 태어나 작았을 때의 특징을 그대로 갖고 있어서 같은 용이라고 추측하고 있어요."

"먹이는……."

"안 줬어요."

한세연이 물끄러미 유은우를 보았다. 유은우의 말이 거짓인지 아닌지를 가늠하는지, 유은우가 내민 정보와 자신이 아는 정보를 저울질하는지, 그녀는 한참을 그렇게 있다가 물었다.

"왜 그랬어?"

이번엔 유은우가 말문이 막혔다. 뜸 들여도 딱히 이유가 생각나지 않아 그냥 대답했다.

"그냥요."

"그냥 그렇게 하고 싶어서?"

"네."

"성적은 아무렇지도 않니? 그 수업은 점수를 거저 받잖아."

"그렇게 얻는 점수는 받고 싶지 않았어요."

한세연은 시선을 떨어뜨리고 눈을 몇 번 깜박였다.

서재희가 한 걸음 앞으로 나서며 이목을 집중시켰다.

"용의 심장이 거기 있다면 차인호는 왜 이용하지 않았던 거죠? 모종의 이유로 사용이 불가한가요, 아니면 있다고 확신하나 손에 넣을 수 없었던 건가요?"

"후자."

김서혁이 말을 이었다.

"나 또한 이전에 보안지역을 여러 번 드나들었다. 중앙 산단의 터라는 사실만으로도 탐사할 가치가 충분했어. 하지만 용의 심장은커녕 비늘 반쪽도 보지 못했다. 차인호가 처음 그 이야기를 꺼냈을 때만 해도 나 또한 반신반의했어. 차인호가 거짓말한다고 생각한 것이 아니라, 그가 착각한다고 여겼다. 그는 감히 내게 거짓말하지 못해. 차예원이 제 품을 자진해서 떠났고, 그리하여 내가 마음만 먹으면 충분히 제 딸을 죽일 수 있어졌다는 걸 아니까. 그는 내게 털어놓았다. 꿈을 꾸었다고 했어. 물론 차예원 너는……."

김서혁이 차예원을 응시했다.

"……후보가 아니라서 꿈을 꾸지도 못하겠지만."

차예원이 낯을 굳혔다. 김서혁이 이어 말했다.

"네 아버지는 낙원의 이론 후보였다. 누구보다 치열하게 시스템을 폭로하려 애썼지. 아내가 죽고 나서 전부 포기하고 임유현 밑에 들어갔지만 그래도 후보의 특성이 어디 가진 않아. 그는 숙명처럼 꿈을 꿔. 내가 용이 조각조각 잘리는 악몽에 시달리는 것처럼, 차인호 또한 특정 악몽에 익숙하다. 그는 수십 년

동안 용의 심장이 나오는 꿈을 지속적으로 꿨다고 했어. 1급 보안지역, 산업단지의 옛터에 용의 심장이 덩그러니 놓인 채 쿵쿵 뛰는 모습을 매일 새벽마다 목격했다고 하더군. 그래서 도시연합장 자리에 올라 출입 권한을 가지게 되자마자 수도 없이 탐색했다고. 처음엔 도시연합장의 권한으로 특별 승인을 내려 조사팀을 여러 차례 보냈고, 그들이 늘 빈손으로 돌아오자 성에 차지 않아 직접 간 것도 여러 번이라고 했다. 최근엔 도시를 구성하고 있는 용의 죽음이 목전에 다가오자 심장이 더욱 간절해져 홀로 보안지역에서 나흘을 머물렀다고도 하던데. 그런데 찾을 수가 없었다고. 하지만 분명히 있을 거라고 단언하더군. 후보들의 꿈은 예사가 아니야. 우리에게 그것은 확신이다."

유은우는 오한이 들었다.

차인호는 제 꿈을 맹신한다고 했다. 김서혁 또한 후보로서 꿈을 중히 여기고 있었다. 그렇다면 자신의 악몽 또한 단순한 개꿈으로 치부하기 어려워졌다. 그러나 무언가 의미를 부여하기에, 자신의 꿈은 너무도 끔찍했다. 수없이 삼켜 댄 심장이, 제발 죽여 달라고 애원하는 용이 무엇을 가리키는지는 감히 고민하기도 꺼려졌다.

심란한 마음에 김서혁의 목과 어깨를 잡았던 손이 미끄러졌다. 다급히 그의 코트 자락이라도 잡으려는 순간 김서혁이 유은우를 능란하게 고쳐 안았다. 덕분에 유은우는 단숨에 자세를 안락하게 바로잡았다.

서재희는 여전히 유은우에게 눈길 한번 주지 않았다. 그는 깨끗한 낯으로 돌아서더니 앞장서서 걸었다.

조타실은 소란했다.

조수석에서 레이더를 만지고 있던 학생이 가장 먼저 유은우를 알아보았다. 그녀가 비명을 지르며 환호하자 학생들이 여기저기서 불쑥불쑥 튀어나왔다. 그들은 유은우를 껴안을 기세로 달려오다가, 김서혁의 눈치를 보면서 속도를 줄이고 주위를 맴돌며 너도나도 한마디씩 하느라 바빴다. 손도연은 이미 학생 여럿에 둘러싸여 악수와 포옹으로 정신이 하나도 없어 보였다.

"고생했어. 나 감동했잖아. 애들도 많이 울었어."

"얼마나 걱정했는지 몰라. 네가 방송을 빨리 시작해서. 그만큼 더 위험해질까 봐."

"역시 5학년을 더 붙일 걸 그랬어. 손도연 네가 설계 그렇게 못하는 줄 몰랐다. 그래도 너 아니었으면 큰일 날 뻔했지."

"도연이 등이 왜 이래? 내려가자. 넌 좀 쉬어야 돼. 너무 고생했어."

"은우 혹시 다리 다쳐서 못 걷는 거니? 갑자기 동영상이 끊어져서 다들 걱정했어."

"온하나비 서버 터질 뻔했어. 난리도 아니었어. 언론에서 연예인 기사를 막 터뜨려 댔는데, 어림도 없지. 모든 시민이 다 시청했을걸."

"은우야, 이거 받아. 네 교복이야. 내가 챙겨 왔어."

룸메이트 이은혜가 학생들을 헤치고 다가와 있었다. 그녀가 조심스레 쇼핑백을 내밀었다. 유은우는 손을 내밀어 그것을 받으려 했으나, 김서혁이 빨랐다. 그가 유은우를 한 손으로 고쳐 안으며 쇼핑백을 받아 들고는 다시 두 손으로 유은우를 안아 들었다.

연다희가 피곤하다는 듯 목소리를 높였다.

"선배님들, 후배님들, 동기들아, 다들 내려가 주세요. 저희 바빠요. 김서혁 전 총사령관님께 보고드릴 게 산더미입니다. 내일 오전에 접전이 있을 테니 일찍 자라고 방송까지 했잖아요. 내려가세요."

"한 줄로 서서 내려가."

김산도 나서서 학생들을 물리려 했다. 그러나 학생들은 흥분으로 들끓어서 해산하기는커녕 점점 더 그 수가 불어났다. 소연주를 비롯한 정예군 셋은 멀찌감치 서서 이 모양을 흥미롭게 지켜보고 있었는데, 이선규만 학생들 틈에 끼어 신이 난 것 같았다. 그는 벌써 학생들과 친해진 듯 어깨동무를 한 채 무어라 떠들어 대고 있었다.

결국 서재희가 나섰다. 그는 손을 들어 항해에 방해가 된다고 딱 잘라 엄격하게, 그러나 선한 낯으로 말했다. 그 한마디만으로 학생들은 즉각 질서를 지키며 아래층 선실로 우르르 내려갔다. 서재희가 목소리를 크게 낸 것도 아니었으나 학생들은 아주 일사불란하게 반응했다.

연다희가 곧장 조타실 한쪽에 쳐진 두툼한 암막 커튼을 걷었다.

안쪽에 지휘실이 있었다. 큼직한 스크린은 여러 칸으로 나뉘어 모함 바깥의 동태를 시시각각 송출했다. 바닥에 단단히 고정된 탁자엔 사해 전자지도가 펼쳐져 있었다.

김서혁은 지휘실 벽에 붙어 있는 소파에 유은우를 앉히고는, 연다희가 안내하는 대로 상석에 앉았다. 정예군과 연구소 관계자, 학생 임원들이 어느 정도 자리를 잡자 서재희가 스크린 앞에 섰다. 그가 손끝으로 탁자의 전자지도를 두드렸다.

— 대기 모드 해제.

흑백으로 단조롭던 지도가 단숨에 다채롭게 폭발했다. 전자지도 위로 홀로그램이 크고 작게 쑥쑥 자라나면서 납작하던 사해가 입체적으로 부풀었다. 서재희가 능숙하게 다섯 손가락 끝을 모았다가 탄력 있게 튕겼다. 일정 범위가 확대되었다. 서재희가 그것을 가볍게 쳐서 공중으로 띄웠다. 탁자에 놓인 전자지도 위로 또 다른 지도 한 조각이 구름처럼 부드럽게 떠올랐다.

"현재 저희 위치입니다."

홀로그램으로 만들어진 가상의 작은 모함이 반짝반짝 빛을 내면서 제1도시를 등지고 직선으로 이동 중이었다.

"목적지는 제1급 보안지역입니다. 이대로라면 앞으로 열두 시간 10분 후, 그러니까 오전 7시경에 차단막에 도달합니다."

유은우는 그 홀로그램 모함 너머로 정윤환을 응시했다. 정윤환은 탁자를 가운데 두고 유은우의 맞은편에 앉아 있었다. 그는 차예원의 잔소리로 꾸역꾸역 껴입던 교복을 죄 벗고 평소처럼 셔츠에 바지 달랑 그뿐이었다. 등받이에 제 재킷을 걸쳐 놓고 한쪽 손으로 턱을 괸 채 서재희가 띄워 놓은 전자지도를 바라보고 있었다. 무료함이 줄줄 흘렀다.

"원래 저희가 학교에서 출발할 때의 목표는 두 가지였습니다. 첫째, 보안지역으로 접근하며 온 오염 수치를 측정하는 것. 이것은 현재 순조롭게 진행 중입니다."

정윤환과 눈이 마주쳤다. 찰나 서로를 깊이 더듬었다. 유은우는 무너지듯 안도했다. 섬세한 눈동자는 그대로였다. 동공 확장까진 아니었다. 약물치료로 충분히 회복이 가능했다. 그러나 그 약물치료를 언제 받을 수 있을지 알 수 없었다. 그 전에 정윤환이 얼마나 더 총을 쥐고 온을 감당해야 하느냐 또한 문제였다.

"둘째, 보안지역 내에 진입하여 도시연합이 정말 옛 산업단지를 은폐했는지 확인하는 것. 이는 현재 가능성이 불투명합니다. 보안지역을 두른 차단막은 중립지대와 달리 돔의 형태가 아닙니다. 끝도 없이 위로 펼쳐진 병풍과 같습니다. 아시겠지만 모함으로 아무리 고도를 높인다 해도 차단막을 뛰어넘는 것은 불가능합니다."

유은우는 이제 서재희가 자유자재로 다루는 전자지도에 집중하려고 했다. 그러나 한번 달라붙은 정윤환의 시선은 떨어질 줄 몰랐다. 그가 여전히 빤히 이쪽을 쳐다봐, 유은우도 자연스레 다시 그를 응시했다. 여전히 오만한 태도에 피로한 얼굴마저 화려했다.

유은우는 입 모양으로 왜, 하고 물었다. 정윤환이 소리 없이 한쪽 입꼬리를 끌어당겼다. 한 차례 예쁘게 웃고는 그가 서재희가 움직이는 전자지도로 시선을 옮기자 유은우도 따라서 서재희를 바라보았다. 그러나 고개를 돌리는 즉시 정윤환의 시선이 다시 밀려오는 게 느껴졌다. 반응하기에 뜨거워 애써 외면했다.

"따라서 저희는 차단막으로 간 뒤 기다려야 합니다. 과반수의 시민들이 낙원의 이론에 반대한다는 의견을 어떤 방식으로든 표출하고, 시스템이 이를 인지하여 자동적으로 가동을 멈춘다면 동시에 차단막도 해제됩니다. 이때 우리는 안으로 진입합니다."

"잠깐."

김승훈이 눈을 찡그렸다. 그가 말했다.

"차단막이 언제 해제될 줄 알고? 시민들이 들고일어난다고는 하지만, 제 안위를 중요시 여겨 의견 내는 것을 조심하는 사람들이 대다수다. 유은우가 연구소 내부를 촬영하여 공개했다고 여론이 크게 뒤집히리라고 생각한다면 나는 그에 동의할 수 없어. 무려 1000년 전 이야기다. 그리고 그리 굳건하다 믿었던 용이 사실은 죽어 가고 있다는 것을 시민들이 체감하기에 부족해. 오히려 새 용을 사로잡아 당장을 연장하자는 도시연합을 지지할 수 있다."

"제가 뭘 하나 뿌려 두고 왔습니다. 오늘 새벽을 기점으로 퍼질 겁니다."

"무엇을?"

"아주 오래된 증거입니다. 시민들이 제 안위를 걸고서라도 새로운 변혁에 배팅할 만한 동영상이죠. 무엇인지는 승리한 다음 직접 두 눈으로 확인하십시오. 현재……."

서재희가 매끄럽게 다음으로 넘어갔다.

"……도시에서 따라붙는 적은 전무합니다. 도시 내에서 일어난 시민들을 진압하는 것만으로도 인원이 부족하기 때문입니다. 또한, 반란군과 대치하기 위해 사해에 나와 있는 군인들은 용의 이송에 전력을 다하고 있습니다. 위치는……."

용의 이송? 유은우는 그만 숨을 삼켰다. 서재희가 부드럽게 이쪽을 보는 것이 느껴졌다. 그가 차분히 설명했다.

"연구소 분들은 익히 전달받으셨겠지만 지금까지 연구소 단독으로 진행했던 용의 포획 활동에 차인호가 적극적으로 개입하면서, 불과 세 시간 만에 용이 사로잡혔습니다. 용은 현재 도시연합군의 운송선에 실려 제5도시로 수송 중입니다. 그 위치는……."

서재희가 전자지도의 한 조각을 분리시켜 공중으로 띄웠다. 제1도시를 등지고 뻗어 나가는 학교의 모함과는 한참 떨어진, 1급 보안지역 근처에 한 수송선이 반짝이고 있었다. 그것은 학교 모함보다는 다소 느린 속도로 제5도시를 향해 직진하고 있었다.

"……여기입니다. 시뮬레이션에 의하면……."

서재희가 손을 가볍게 움직였다. 거의 멈춰 미미하게 이동하던 학교 모함과 용 수송선이 빠르게 움직이더니 사해 중간에서 맞닥뜨렸다.

"……약 세 시간 후 각자의 사정거리에 진입하며, 두 시간 후

근접전이 가능합니다. 물론 우리는 다소 시간이 걸리더라도 수송함을 피해 돌아갈 수 있습니다. 그러나 현재 도시연합이 우리가 1급 보안지역으로 진입하는 것조차 제쳐 두고 용을 먼저 수송하고 있으므로, 우리 또한 우선순위를 재편해야 합니다. 사해에 있는 용이 제5도시의 용 연구소에서 해체되기 전에 구출하고, 그 후에 1급 보안지역을 탐색합니다. 팀은 쪼개지 않겠습니다. 전력만 보자면 저희가 밀립니다. 아무리 정예군이 빠졌다하더라도 도시연합군은 그 수가 압도적입니다."

한세연이 조용히 말했다.

"이쪽 세력도 있어. 동조자의 비율은 극히 낮지만 우리 또한 오랜 전투에 익숙해. 화약 무기나 레이저 총의 성능을 무시해선 안 된다. 어설픈 동조자 셋보다 잘 만든 폭탄 하나가 위력이 더 크다는 정도는 다들 알고 있겠지."

서재희는 고개를 저었다.

"지금 바로 투입은 어렵습니다. 학생들 반감이 클 겁니다. 도시연합에 반기를 드는 것과 반란군을 인정하는 것은 전혀 다른 문제입니다."

"네?"

줄곧 긴장한 채 입을 다물고 있던 고세민이 경악했다. 목소리를 내지 않았을 뿐 다른 학생회 임원들도 마찬가지였다. 김산이며 지해은이며 사색이 되어 있었다. 쭉 사무적인 태도를 고수하던 연다희조차 핏기가 싹 빠진 채였다.

서재희가 조용히 말했다.

"제가 따로 신호하겠습니다. 치고 들어올 적합한 타이밍이 있을 겁니다."

"학생들 대규모 방어 패턴 도안이 있나? 갑판상 타격 배치도는?"

김서혁의 물음에 한세연이 고개를 저었다.

"지금부터 짜야겠지요. 학생들은 재학하는 동안 모의 전투나 파견을 하긴 합니다만 팀으로 나뉘어 진행됩니다. 전교생이 일시에 참여하는 대규모 전투는 교육과정에 없으니 도안이 있을 턱이 없지요."

"아뇨. 있던데요."

이선규가 말했다. 그는 한세연에게 대꾸하면서도 서재희를 응시하고 있었다.

"이미 만들어져 있더군요. 저희가 학생들과 합류한 후 모함을 이륙하며 가장 먼저 한 일이 갑판마다 핵심 설계를 박아서 방어선을 구축하는 일이었습니다. 전교생이 각자 이프에 대규모 설계 도안과 타격 배치도를 저장해 놓고 수시로 띄워서 숙지하고 있었습니다. 산아, 보여 드려."

언제 친해졌는지 이선규가 스스럼없이 턱짓을 했다. 김산이 제 소매에서 메모리를 떼어 내 탁자의 단자에 끼웠다. 서재희가 여러 층으로 띄워 낸 전자지도가 일시에 흑백으로 납작하게 가라앉고 새로운 홀로그램 스크린이 떠올랐다.

거대한 전투 배치도가 상황마다 달리 나뉘어 지휘실 내부를 가득 메웠다. 사정거리 인식부터 적함과 조우하여 접근전으로 이어지기까지 시간 순으로 상황별로 깨끗하게 정리되어 있었다.

서재희가 익숙하게 손을 뻗어 배치도를 한편으로 싹 걷어 냈다. 여백이 생기자 상단에 가로로 접혀 있던 전교생 리스트가 아래로 미끄러져 펼쳐졌다. 학생 개개인의 동조율, 타격과 설계 비율에 따라 상성이 잘 맞는 파트너나 서포터가 일목요연하게 정리되어 있었다. 특히 각 파트에서 주도적인 역할을 맡을 만한 리더급은 따로 붉게 반짝거렸는데, 그 아래로는 사망할 시 교체될 인물들이 나란히 번호를 달고 있었다.

유은우는 자신의 이름을 리스트 상단에서 발견했다. 정윤환과 나란히 연결되어, 주요 전력으로 체크되어 있어 눈에 띄었다. 필기시험을 치른 후 교내 랭킹 밑바닥에 깔려 이끼 취급을 받았던 것과 대조적이었다.

"저도 이렇게 쓸 줄은 몰랐습니다. 순전히 공부 목적으로 한 일이었으니까요."

김산이 말했다. 김서혁이 딱딱하게 대꾸했다.

"서재희가 제안한 공부였겠지."

문득 김서혁의 시선이 이쪽을 향했다. 유은우는 즉각 자세를 고쳤다. 피로한 데다 부상당한 다리가 불편하여 의자에 비스듬히 앉아 있었던 것이 후회스러웠다. 김서혁이 이번엔 서재희를 응시했다.

"차예원이 통신 가능하다고 했던가?"

"네."

"유은우는 브리핑 받지 못한 실전에 대체 인력으로 투입되어도 인터컴을 통한 지시에 즉각 반응한다. 익숙한 배경일수록 안정되기 때문에 선상 전투에도 능해. 다만 체력은 컨디션에 직접적으로 영향을 끼쳐. 응급처치를 적기에 했기 때문에 수면만 서너 시간 충분히 취하면 내일 뛰는 데 무리가 없을 거라 예상한다."

"무슨 말씀이신지 이해합니다. 제 의견도 같습니다."

"데려다주고 오지."

김서혁은 서재희의 대답을 듣지 않고 벌떡 일어나 다가왔다. 유은우는 그대로 품에 안기고 훌쩍 들렸다. 정예군은 그런 김서혁의 태도에 익숙한지라 별다른 반응이 없었으나, 학생 임원이나 연구소 관계자들은 다시금 놀라는 눈치였다. 정윤환은 심히 불편한 기색이었다. 서재희는 고개를 약간 뒤로 돌린 채, 연다희가 손으로 입을 가리고 무어라 속삭이는 것을 차분히 귀 기울여 듣고 있었다.

유은우는 서툴더라도 혼자서 걷고 싶었으나, 단지 김서혁과 말싸움하여 소란을 일으키고 싶지 않았기 때문에 조용히 입을 다물었다.

"김서혁 전 총사령관님."

김서혁이 우뚝 멈춰 섰다. 서재희가 말을 이었다. 정중했다.

"지체 없이 바로 돌아와 주시겠습니까. 정예군의 합류를 고려하여 저희가 배치도를 수정하였습니다만, 전 총사령관님께서 최종 검토해 주셔야 안심할 것 같습니다."

'안심이라.' 김서혁이 잇새로 중얼거렸다. 아주 작아 유은우만 겨우 들었다. 김서혁이 다시 걸음을 옮겼다. 그에게 안겨 암막 커튼을 헤치고 조타실로 나오자 온통 깜깜했다. 야간 항해 시 공중에서 빛나는 부표를 파악하기 위해 일부러 모든 조명을 차단한 상태였다. 학생 몇은 타를 잡거나 측심기를 체크하는 등 각종 항해 장비를 다루고 있었고, 몇은 방송 상비를 테스트하고 있었다.

김서혁은 함교를 가로질러 통로로 빠져나왔다. 복도는 밝았다. 그는 한 선실 앞에 멈춘 뒤, 팔꿈치로 문손잡이를 내린 후 어깨로 문을 열고 들어갔다.

이층 침대 두 개와 소파 하나, 그 앞에 탁자, 침대마다 작은 개인 사물함이 겨우 갖춰진 소형 선실이었다. 학생 몇이 드나들었는지 헝클어져 있었으나 아무도 없었다.

"씻고 자. 힘든 전투가 될 거다."

김서혁이 유은우를 조심스레 소파에 앉히고는 숙였던 상체를 일으켰다. 유은우는 다급히 김서혁의 코트 깃을 쥐고 잡아당겼다. 김서혁이 무표정하게, 그러나 부드럽게 도로 몸을 숙여 왔다.

"대장."

회색빛이 도는 김서혁의 눈은 차고 단단했다. 한 번도 열린 적 없고 앞으로도 굳게 닫혀 있을 것 같은 그 바위 같은 눈동자에 자신이 말갛게 비쳐, 유은우는 용기를 냈다.

"왜 자꾸 재희 선배를 신경 써?"

김서혁이 딱딱하게 말했다.

"너한테나 선배지 나한테는 아닌데."

그가 몸을 일으켜 가려는 것을, 유은우가 잡은 손에 힘을 주어 세웠다.

"저기, 대장. 내가 착각하는 걸 수도 있는데, 그래도 웃으면 안 돼. 알았지? 나도 정말 말도 안 된다고 생각하는데, 너무 이상해서 확실히 해 두고 싶어서……."

"아닌 걸로 알아 둬."

유은우는 눈을 크게 떴다. 김서혁이 단호하게 말했다.

"네가 생각하는 그거, 아닌 걸로 알아 두도록."

예상치 못했고, 바라던 바도 아니었기에, 유은우는 김서혁의 옷깃을 놓쳤다.

"늦게 깨달은 날 탓해야겠지. 일어나지 않을 거라 여겼기에 미처 인정하지 못했다. 하지만 널 몰랐던 시절에도 난 잘살고 있었어. 그러니 참고 버티면 가라앉겠지. 시간이 해결해 줄 거라 믿는다."

유은우는 김서혁의 뺨에 남은 가느다란 상처를 응시했다.

"대장, 왜……."

"이유는 일일이 댈 수도 없어. 그저 함께했던 시간 전부."

김서혁이 건조하게 말을 이었다.

"난 여태 네게 단 한 번도 내 감정에 대해 솔직한 적이 없었지. 너와의 추억이 퇴색될지도 모른다는 염려를 하면서도 지금 굳이 네게 확실히 말해 두는 이유는 단 하나다. 네게 약속함으로써 지키려고. 그리고……."

김서혁은 잠시 말을 멈추었다.

"……네가 학교로 내려가기 전에 내 집무실에 찾아왔었지. 닫힌 문을 사이에 두고 대화했었어. 내가 당시 네게 한 말이 있다. 네가 설계 난독증인 거 알았다면, 그때 즉살했을 거라고."

김서혁의 손이 다가왔다.

"진심이 아니었어."

거친 손끝이 이마를 스치고 머리를 쓸어 넘기며 귀 뒤로 꽂혔다. 군에 있을 때 수없이 받았던 손길이었다. 김서혁은 너무 당연히 쏟았고 유은우는 너무 당연히 젖어서 오히려 무심히 넘겼던, 둘 중 하나라도 일찍 자각했다면 어떤 시작이 될 수도 있었던 수많은 전조 중 하나였다.

"널 구해 온 건 내 인생에서 가장 탁월한 선택이었다."

유은우는 눈물을 참아야 했다. 김서혁이 감정을 자제하는 만큼, 자신도 그래야 했다.

"고마워. 그렇게 말해 줘서. 말하기 어려웠을 텐데, 솔직하게 대답해 줘서 고마워."

귓가에 머물렀던 손이 뺨을 부드럽게 보듬었다. 금방 떨어져 나갔다. 그리고 김서혁은 몸을 일으켰다. 그는 유은우에게서 깨끗하게 시선을 떼어 냈다. 돌아서 나가 버렸다.

유은우는 몸을 웅크렸다. 심호흡했다. 김서혁이 엉망으로 휩쓸고 간 제 숨을 정돈했다. 그러나 쉬이 진정되지 않았다. 어렴풋이 짐작하는 것과, 직언으로 확인 사살하는 것엔 큰 차이가 있었다.

유은우는 의식적으로 몸을 움직였다. 다른 사람들이 지휘실에서 머리를 싸맬 동안 저 혼자 얻은 금쪽같은 휴식이었다. 김서혁이 소파 아래 놓고 간 쇼핑백을 뒤적였다. 유은우 명찰과 배지가 고스란히 달린 교복과 익숙한 속옷이 잘 개켜져 있었다. 작은 비닐 팩엔 학생용 군화가 들어 있었다.

선실 안쪽에 개인 샤워실이 있었다. 들어가자마자 검을 잃어 휑한 검집을 어깨에서 끌러내어 바닥에 던졌다. 총이 꽂힌 홀스터의 버클을 끌러 냈다. 피와 먼지로 더러워진 실험복 가운을 벗었다. 단단히 매듭진 허리끈을 풀자 도복이 간단히 어깨선을 타고 흘러내렸다. 피로 질척한 운동화도 벗어 버렸다.

샤워기 물을 틀자 몸에 들러붙어 있던 피가 일시에 씻겨 내려갔다. 유은우는 한 손으로 얼굴을 거칠게 문지르고는 맨발을 내려다보았다. 나란한 두 발 사이로 붉은 피 웅덩이가 자박거렸다. 고작 허벅지 하나 다친 유은우의 피보다, 죽은 최정식의 피가 더 많다는 건 자명했다. 더운 수증기에 숨이 막혔다.

두툼한 수건을 두르고 나왔다. 쇼핑백을 탁자 위로 엎었다. 속옷을 입고도 몸이 선득하여 우선 재킷을 펼쳐다가 무릎부터 덮었다. 셔츠에 팔을 꿰고 단추를 잠그려 할 때였다.

노크 소리가 났다. 유은우가 미처 대답할 새도 없이 문이 달칵 열렸다. 서재희였다. 한 번도 보지 못한, 불안하고 초조한 낯이었다.

"어, 선배? 배치……."

"거의 끝났어. 빠져도 돼."

빠져도 된다니, 다른 누구도 아닌 서재희가 빠져도 될 리 없다. 설사 여유가 되어 어디선가 빠진다 해도 즉시 다른 곳에 투입되어야 마땅할 그가, 문가에 숨이 넘어가기 직전의 얼굴로서 있었다. 유은우가 당황하는 가운데, 서재희가 문을 닫더니 빠른 걸음으로 다가와 유은우 옆에 무너지듯 앉았다. 그가 손을 뻗는다 싶더니 거칠게 끌어안았다. 유은우는 서재희가 날선 숨을 제 목덜미로 깊이 묻는 것을 느꼈다. 다급함을 넘어 광폭해, 유은우는 서재희의 팔뚝을 움켜쥔 채 그가 진정하길 기다렸다. 그러나 시간이 지나도 맞닿은 심장박동은 가라앉기는커녕 지나치게 속도가 붙어, 유은우는 손을 옮겨 서재희의 팽팽한 등에 얹었다. 가만히 쓸었다.

"저 별로 안 다쳤어요."

서재희는 말이 없었다. 유은우를 끌어안은 손에 힘만 꽉 들어갔다. 그가 단정히 차려입은 교복과 그 위로 걸친 코트의 딱딱한 장식들에 살갗이 눌렸다. 속옷 위로 흰 교복 셔츠 하나만 달랑 걸치고 그마저도 단추를 채 잠그지 못했음을 그제야 깨달았다. 낯이 달아올랐다.

"선배, 저 괜찮아요."

"……괜찮은데 김서혁한테 안겨서 와?"

목소리가 꽉 잠겨 있었다.

서재희가 손에서 힘을 풀더니 고개를 들었다. 비로소 그와 제대로 마주 보았다. 그는 거의 넋이 나간 것처럼 보였다. 아까까지만 해도 김서혁에게 우아하게 상황을 설명하던 남자는 뿌리 뽑히고 없었다. 눈에 핏발이 서 붉었고 뺨이 상기되어 있었다. 서재희가 잇새로 말했다. 늘 자로 잰 듯 정확하던 발음은 날아가고 쇳소리가 섞여 나왔다.

"김서혁한테 안겨서 올 정도면 많이 다친 거 아냐? 아니면 가벼운 생채기였는데도 그 사람이 굳이 널 손수 안아서 데리고 온 거라고 생각해야 해?"

날카로웠다. 유은우는 서재희의 반듯함을 찢고 나온 차가운 예민함에 마음이 아팠다. 수많은 사람들이 서재희에게 의지하고 있었다. 홀로 얼마나 힘들까.

서재희가 정신없이 되뇌듯 말했다.

"네가 촬영을 빨리 시작해서 가슴이 덜컹했어. 내가 김서혁에게 그리로 가라고 한 타이밍과 안 맞을까 봐. 네가 잘못될까 봐……."

"선배, 괜찮아요. 다 괜찮아."

유은우는 두 손으로 서재희의 양 뺨을 감쌌다. 그는 인형처럼 건조하고 서늘했다. 느리게 어루만졌다. 서재희가 약하게 한숨을 쉬었다. 그는 다소 누그러져 유은우의 어깨를 잡고 물었다.

"어딜 얼마나 다쳤어? 혼자서 걷기 힘들어 남자에게 안겨 왔으니 당연히 다리를 다쳤겠지?"

다친 부위가 다리가 아니라면, 당장이라도 선실에서 튀어나가 김서혁의 멱살을 잡을 기세였다. 유은우는 열린 셔츠를 간단하게 여미며 허벅지를 가리고 있던 재킷을 걷어 냈다.

그의 평소 성격을 생각해 보면 축하를 하고도 남았다. 하긴 그 모난 데 없는 성격과 훤한 외모가 아니었다면 이 정도 위치까 지 오지 못했을 테지.

"중장님."

정선재가 쾌활하게 말을 붙여 왔다. 그리 친하게 지낸 위치 도 사이도 아니건만 워낙 서글서글한 태도에 차인호는 얼결에 고개를 끄덕였다.

"가족 다큐를 찍자는 제안도 많이 들어올 겁니다. 제가 이래 라저래라 할 수는 없지만 되도록 안 하시는 걸 권합니다."

"아, 어차피 생각이 없어서."

"그렇군요. 항간에 듣기로 오명을 벗기 위해 출연한다는 소 리가 다소 들려서요. 걱정했습니다."

"그런 소문이 돕니까?"

"금방 조용해질 겁니다. 중장님이 결백하다는 판결은 이미 나왔으니까요. 제가 괜한 이야길 했나 보네요."

"괜찮습니다."

그리 대답했으나 가슴이 두근거렸다. 아내가 죽은 지 불과 몇 달이었다. 살해 누명을 벗기까지 임유현 앞에 수없이 무릎 을 꿇어야 했다. 어린 딸이 없었다면 버티지 못했을 것이다.

"가족은 노출하지 않는 편이 좋습니다. 특히 정계로 진출하 실 생각이라면요."

"네?"

차인호는 미간을 좁히며 정선재를 보았다. 정선재는 여전히 미소 짓고 있었지만 목소리는 낮았다.

"홀로 딸을 키우려면 사해보다는 도시가 나으니까요. 언제까지 군에 계실 겁니까. 임유현 총사령관님께서도 중장님을 더 이상 사해에 두지 않겠다고 말했다던데요. 이번 공적도 그렇고……."

"이런 이야기를 하는 이유가 뭡니까?"

"내일 저희 집에서 작은 모임이 있습니다. 시간 괜찮으시면 한번 오시지요."

차인호는 낮게 숨을 토했다. 그는 말을 부드럽게 하려 애썼으나 쉽지 않았다.

"의원님, 상식적으로 제가 거길 왜 갑니까?"

"앞으로 많이 엮일 텐데 식사도 같이 하고 좋잖습니까. 따님도 저희 아들하고 친해지고 싶어 하는 것 같고요."

힐끔 아래를 보니 차예원이 초롱초롱한 눈으로 뚫어져라 정윤환을 올려다보고 있었다. 그러나 막상 그 시선을 받는 정윤환은 전혀 관심이 없어 보였다. 그저 졸린지 제 아빠에게 꼭 달라붙어 눈이 가물가물했다. 차인호는 다시 정선재를 응시했다.

"앞으로 많이 부딪히겠죠. 그마저도 제가 군복을 벗고 도시연합으로 들어온다는 가정하에 말입니다."

"사모님 일은 정말 유감입니다. 하지만 저는 그 사건 이후 변하신 중장님이 더 안타깝습니다. 임유현이 도시연합장이라도 시켜 준답니까?"

"의원님, 제가 그런 자리가 탐나서 이러는 걸로 보입니까?"

"그게 아니라면 하루 빨리 이쪽으로 넘어오십시오. 당신 아내를 누가 죽였을 것 같습니까? 누가 당신을 범인으로 몰았으며, 누가 당신을 의혹에서 건졌습니까?"

"그만하십시오."

"알면서도 가서 빌었겠지요. 저도 압니다. 복수하고 싶지 않으십니까? 억울하지 않으세요?"

대화가 낮게, 그러나 날카롭게 이어졌다. 그러거나 말거나 까무룩 잠이 든 정윤환과 달리 차예원은 예민하게 분위기를 읽고 겁먹은 눈을 했다. 차인호는 고개를 저으며 차예원을 안아 올렸다. 어리고 부드럽고 따뜻한 것을 품에 꼭 안고 다독이며 정선재를 향해 말했다.

"저는 아이가 있습니다. 당신처럼요."

"압니다. 가족이 있으면 몸이 둔해지지요. 안전이 우선이 되고 모험은 죄가 됩니다. 당신이 나쁜 게 아닙니다. 그렇지만 여럿이 연대하면 아주 외롭지는 않습니다. 지금 발 빼지 않으면 영원히 임유현 밑에서 개처럼 일해야 할 겁니다. 반란군 수장을 잡아서 대중의 주목을 받아 힘이 생긴 지금이 적기입니다. 또 약점 잡히지 말고 넘어오십시오."

"전 이제 그런 거 관심 없습니다. 제 딸만 안전하면 됩니다."

정선재는 무어라 더 말을 하려다 말고 입을 다물었다. 그는 품 잠든 제 아들을 추슬러 안으며 작게 말했다.

"딸이 안전해지는 순간 또 다른 욕심이 생길 겁니다. 동조자이길 바라게 될 것이고, 동조자 판명을 받으면 도시연합 중앙

학교에 보내고 싶어질 테죠. 무사히 졸업하면 도시연합의 수뇌부에 앉히고 싶을 겁니다. 그러면 임유현의 그늘에 삼켜지는 거 순식간입니다."

차인호는 더는 참을 수 없었다.

"지금 그게 당신이 할 말입니까? 혜택 보려고 아이를 나눠 가진 사람이?"

잠시 침묵이 깔렸다. 차인호는 뱉은 말을 후회하지 않았다. 하지만 정선재는 쉬이 입을 열지 못하고 머뭇거렸다. 이내 나온 대답은 차인호의 예상을 빗나갔다.

"아이가 갖고 싶어서 그랬습니다. 동조자인지 아닌지는 상관없습니다. 아무도 안 믿겠지만요. 처제는 커리어에 지장을 주는 육아를 더는 원치 않았고, 전 아이가 간절했습니다. 하지만 아이를 갖고 싶다는 것도 욕심은 욕심이니까 중장님 말씀이 맞습니다. 함부로 말해 죄송합니다."

차인호는 천천히 숨을 토했다. 마른손으로 이마를 문지르고 작게 말했다.

"이만 가 보겠습니다."

막 돌아서려는데 정선재에게 가로막혔다.

"중장님, 그 사건이 있기 전에 저희 쪽에 문의하신 걸로 압니다. 합류할 수 있겠냐고, 도움을 받고 싶다고 제 지인을 통해 여쭈셨지요. 사실……."

정선재가 잠긴 목을 가다듬고 이어 말했다.

"……제가 반대했었습니다. 당신이 이미 임유현에게 너무 기울었다고 생각했기 때문입니다. 지금은 후회합니다."

차인호는 화도 나지 않았다. 왜 이제 와서 마음이 달라졌는가. 무엇으로 나를 달리 판단하는가. 나는 달라진 게 없으며 상황만 악화되었는데. 그렇다면 이건 동정인가.

"전적으로 제 불찰입니다. 마음이 바뀌면 오십시오."

말끝에 정선재가 이프를 눌렀다. 메시지가 작은 창으로 솟아올라 차인호의 이프 근처로 포르르 날아와 머물렀다. 정선재는 이내 고개를 숙여 인사하고는 멀어졌다. 그런 정선재의 어깨 위에서 어느새 잠이 깬 정윤환이 동그란 갈색 눈으로 이쪽을 빤히 보고 있었다. 그 모습이 복도 저편으로 사라질 때까지 차인호는 가만히 서 있었다.

"아빠."

차예원이 품에서 웅얼거렸다. 차인호는 차예원을 고쳐 안고 등을 어루만졌다. 정선재가 주고 간 메시지가 손목 근처에서 반짝거렸다. 날짜와 시간과 장소. 정선재를 주축으로 한, 현재 도시연합에서 가장 강력하게 반정부 입장의 목소리를 내는 언론인의 모임이었다. 아내의 뜻에 따라 그토록 들어가고 싶었고 비로소 받아 준다는, 그러나 이제는 갈 수 없는 길이 거기 있었다.

차인호는 메시지를 손끝으로 밀어냈다. 푸른 창은 쭉 밀려나다가 이내 파삭 소리를 내며 사라졌다.

아내가 죽던 날, 차인호는 어린 딸만을 위해 살기로 결심했다. 사랑하는 여자 하나 지키지 못한 자기 자신은 그날부로 죽여 버렸다. 앞으로 그 어떤 갈림길을 만나도 길은 하나뿐이겠지만 속죄라고 여기니 차라리 감사했다. 다만 이 선택이 자신을 갉아먹더라도 딸만은 위로 더 위로 올려 보낼 수 있길 바랐다. 감히 아무도 손댈 수 없는, 그래서 언젠가는 나 같은 건 필요도 없이 온전히 안전해질 수 있도록. 그리고 이런 나의 마음이 부디 네게 짐이 되지 않기를.

차인호는 차예원을 깊이 끌어안았다. 천천히 걸음을 옮기기 시작했다. 창밖으로 아직 가시지 않은 겨울이 희게 얼어붙어 있었다.

외전 2 약한 선

"팔에 힘! 그대로 밀어붙여!"

"이야, 우리 은우 실력 많이 늘었다."

"유은우! 뭐! 그렇지!"

"이선규, 좀 봐줘라! 애 상대로 이 악물고 이겨서 뭐 할 건데?"

"오늘은 민준이가 아니네?"

"박민준 어제 당직이었다고 이선규한테 은우 맡기고 갔……, 야, 이선규! 애 그만 패!"

내가 뭘 팼다고. 이선규는 다소 억울했다. 조그만 게 기어코 한번 이겨 보겠다고 눈에 불을 켜고 달려드는 게 우스워서 손날로 이마 한번 톡 친 게 뭐 그리 대수라고.

아니나 다를까 곧바로 반격이 이어졌다. 이선규는 힘이 제법 실린 주먹을 가까스로 피하고는, 발로 땅을 힘차게 디디며 유은우의 오른쪽을 쳤다. 유은우가 기민하게 팔을 들어 방어했다. 또, 또. 상대 손만 보느라 왼쪽은 무방비로 비워 놓지. 이선규는 무릎으로 유은우의 왼쪽 허리를 가격했다. 이선규가 나름대로 약하게 한다고 했는데도 유은우는 데굴데굴 세 바퀴나 굴러 멀어졌다. 주위에서 애 팬다고 야유가 일었다. 이선규는 눈을 굴려 사위를 쭉 훑었다. 다행히 김서혁은 없었다. 씩 웃으며 허리에 손을 얹고 유은우를 내려다보았다. 구르다가 멈춰 선 유은우는 턱에 힘이 들어가 있었다. 그러나 언제나 그렇듯 신음조차 내지 않았다. 이내 발딱 일어서며 자세를 잡는 유은우에게 이선규는 두 손을 들어 보였다.

"이제 그만. 귀찮다고."

유은우가 번개같이 달려와 손을 뻗었다. 이선규는 유은우에게 멱살을 잡히기 전에 손바닥으로 이마를 잡고 쭉 밀어냈다. 유은우는 버티고 서서 외쳤다.

"왜! 왜! 한 번 더 해! 원래 하루 세 번이야!"

"시간으로 치면 채웠어. 양보다 질. 알겠냐?"

"민준 오빠는 무조건 횟수로 했어!"

"그러냐. 그럼 내일 박민준 오면 오늘 안 한 것까지 네 번 해 달라고 해. 난 대타야. 대타는 대타의 기준이 있다고……. 이것 좀 놔! 나도 바빠."

대련 한 번 덜 한 게 뭐가 그리 서운하다고 유은우는 눈이 울먹울먹했다. 맞고 바닥을 구를 때는 그리 씩씩하더니. 이선규는 주먹을 쥐고 손마디로 유은우의 머리를 꾹꾹꾹 찧었다.

"놔. 놔. 놔. 놓으라고!"

그제야 유은우는 움켜쥐고 있던 옷을 마지못해 놓았다. 이선규는 유은우가 잡은 대로 구겨진 제복을 툴툴 털며 혀를 찼다. 고집도 고집이지만 힘은 또 왜 이렇게 센 거야. 힐끔 내려다보니 유은우는 입이 댓 발은 나와서는 그 와중에도 이선규가 혹시 마음이 바뀌진 않을까 가지도 않고 딱 버티고 있었다. 이선규는 저도 모르게 웃음이 나 유은우의 머리를 마구 헝클어뜨렸다. 눈을 찡그리며 피하는 유은우에게 가볍게 말했다.

"너 그거 습관이다. 얼른 안 고치면 버릇 들어. 오른쪽으로 치우쳐 방어하는 거."

유은우가 눈을 크게 떴다.

"내가 또 그랬어?"

"그래. 녹화했지? 가서 복습해라."

"어제 민준 오빠랑 했을 때는 왼쪽도 잘 막았는데……."

"어쩌다 우연이었겠지."

"오늘은 대장이 보고 있어서 긴장했어."

"어? 오셨어? 어디?"

유은우가 이선규의 어깨 너머를 가리켰다. 이선규는 휙 뒤돌아보았다. 아닌 게 아니라 대련을 구경하느라고 우르르 몰려왔다가 뿔뿔이 흩어지는 군인들 사이로, 저만치 김서혁이 팔짱을 끼고 서서 이쪽을 바라보고 있었다. 그 뒤엔 늘 그렇듯 소연주가 서 있었는데, 눈이 마주치자마자 그녀가 딱딱하기 그지없는 표정으로 손가락을 들어 목을 긋는 시늉을 해 보였다.

이런 망할……. 내가 유은우를 몇 번 때렸지? 두 번? 세 번?

이선규는 떫은 표정으로 다시 유은우를 보았다.

"언제부터 계셨어?"

"몰라."

"모르긴 뭘 몰라. 무슨 더듬이라도 있는 것처럼 귀신같이 대장 오고가는 거 알아채는 주제에."

이선규는 다시 한번 꿀밤을 먹이려다가 얼른 손을 거두었다. 유은우가 두 손으로 이마를 가린 채 대답했다.

"아까 두 번째 대련 시작할 때부터."

유은우가 입을 꾹 다물더니 이어 말했다.

"한 번만 더 해. 나 진짜 잘할 수 있어."

유은우는 김서혁 앞에서 진 것이 못내 분한 모양이었다. 그럴 만도 했다. 그도 그럴 것이 유은우는 김서혁을 태양으로 삼아 하루에도 몇 번씩 시들해졌다 팔팔해지기를 반복했으니까. 사해에서 유은우를 건져 온 뒤, 군의 여론은 극히 좋지 않았다. 대부분이 적대적이었고, 관심을 보인다 해도 호기심에 그쳤다. 처음 몇 달 동안은 유은우를 폐기 처분해 달라는 익명의 탄원서가 물밀듯 쏟아지기도 했다. 그럼에도 불구하고 김서혁은 홀로 유은우를 단단히 보호했다. 그뿐인가. 인큐베이터에서 나온 후로는 손수 훈련 계획을 짜는 것도 모자라 엄선된 정예군만 투입되는 까다로운 전투에 직접 데리고 나가기까지 했다. 그렇게 김서혁이 살뜰히 돌본 덕분에 유은우는 이제 휴게실에서 정예군과 섞여 늘어지게 쉬고 있어도 전혀 위화감이 없게 되었다.

이선규는 점차 또렷해지는 구둣발 소리보다, 유은우의 얼굴이 환해지고 주위가 긴장하는 것으로 김서혁이 가까이 다가오고 있음을 알았다. 헛기침을 하며 정중히 뒤돌아섰다. 이선규는 김서혁이 무어라 운을 떼기도 전에 깍듯이 인사를 했다. 그걸로 유은우에게 꿀밤 먹인 게 무마되지는 않겠지만, 후회해도 이미 늦었다.

"박민준은?"

"어제 당직 서고 지금 들어갔습니다."

"대련 몇 번 했지?"

"대장, 말이 나왔으니까 말인데, 은우가 어찌나 실력이 늘었는지 깜짝 놀랐다니까요. 방어도 방어지만 뒤로 돌아서 공격할 땐 저도 위험했습니다. 체격이 이렇게 차이 나는데 전혀 밀리지도 않고. 대장도 긴장하셔야겠어요. 우리 은우 이렇게 실력이 일취월장해서 이제 곧 대장님 자리까지 위협하는 건 아닌지 정말……."

"몇 번."

"……세 번 같은 두 번이요."

김서혁이 눈을 내려 이선규 옆에 서 있는 유은우를 바라보았다.

"유은우, 지금 대련을 한 번 더 하면 자유 시간이 줄어든다. 그래도 할 생각 있나?"

대답을 기다릴 필요도 없었다. 유은우는 맹렬히 반짝이는 눈으로 크게 고개를 끄덕였다. 그러다 멈칫하고는 이프로 시간을 확인했다. 풀이 죽어서 유은우가 중얼거렸다.

"지금 4시 50분인데 대장 나랑 대련하면 5시까지 집무실 못 가. 5시에 영상 회의 있잖아."

이것 봐라. 이선규는 눈만 살짝살짝 굴려서 김서혁과 유은우를 번갈아 바라보았다. 김서혁이 유은우의 일정을 꿰고 있는 건 일정표에 직접 관여했기 때문이라지만, 유은우의 반응은 새로웠다. 이른 아침마다 비서가 집무실에 일정표를 가져다 놓을 때 유은우가 꼭 들러서 확인한다는 말을 듣긴 했는데 진짜인가 보네.

"소연주."

김서혁이 유은우를 응시하며 뒤에 보좌하고 선 소연주를 향해 말을 이었다.

"영상 회의가 도시연합장 주재였던가?"

"네. 회의 자료를 검토하실 수 있도록 5시 30분 회의를 5시로 표기했습니다. 하지만 제가 요약본을 준비해 놓았으니 10분 정도는 여유가 있습니다."

소연주가 김서혁이 원하는 대답만 쏙쏙 골라 했다. 김서혁이 총사령관이 되고부터 쭉 의전을 도맡은지라 아주 입 안의 혀 같았다. 나한텐 잔소리뿐이면서. 왠지 얄미워 이선규는 부러 질색하는 표정을 지어 보였다. 눈이 마주친 소연주가 소리 없이 얼굴을 찡그렸다. 김서혁이 없었다면 등짝을 한 대 맞았을 것이다.

"이번 회의에 중요한 안건은 없는 걸로 아는데."

"네. 특별한 사항은 없습니다."

"그럼 유은우 대련은 내가 상대하지."

아무리 그래도 유은우가 회의보다 중요할 리 없었으나 김서혁은 벌써 장갑 단추를 끄르고 있었다. 그리고 보니 전투가 없을 땐 단출하게 입는 김서혁이 오늘따라 제복을 갖춘 채였다. 그가 유독 성가셔 하는 망토만 없다뿐이지, 총엔 핏기가 서려 있었고 군화는 하얀 모래 먼지로 지저분했다. 막 복귀하여 집무실에도 들르지 않고 곧바로 온 모양이었다. 표정은 역시나 좋지 않았다.

"이선규."

김서혁이 장갑과 코트를 차례로 관람석 의자에 던지며 이어 말했다.

"군에서 허용하는 체벌 외에 개인적으로 실수하는 일이 없도록."

"시정하겠습니다."

냉큼 대답했으나 김서혁의 얼굴을 보니 이미 신뢰를 잃은 지 오래 같았다. 김서혁이 힘을 주어 덧붙였다.

"특히 머리는. 유은우는 설계 난독증이다. 머리에 충격은 좋지 않아."

"하지만 설계 난독증과 머리 충격은 이렇다 할 상관관계가……. 죄송합니다. 명심하겠습니다."

겨우 꿀밤 몇 대 가지고 김서혁은 징계라도 내릴 법한 눈을 했다. 더 이상의 말대꾸는 용납이 안 될 것 같았다. 슬쩍 돌아

보니 유은우는 이미 대련장 한가운데에 딱 자리를 잡고 서서 기본동작을 취하고 있었다. 아주 신났네, 신났어.

김서혁이 대련장으로 뚜벅뚜벅 걸어 들어가 유은우와 마주 서자 오가던 군인들이 금세 몰려들었다. 둥그렇게 모여 선 어깨 사이로 유은우가 자세를 가다듬는 것을 바라보는데 정강이에 무언가 툭 닿았다. 돌아보니 소연주가 관람석에 앉아서 군화를 까딱이고 있었다. 그녀가 이선규에겐 눈길도 주지 않고 김서혁만 보며 물었다.

"이선규, 바빠?"

이선규는 소연주 앞에 얼굴을 디밀었다.

"내 얼굴 좀 보고 얘기해 주라."

소연주가 힐끔 이쪽을 보았다. 이선규는 재빨리 아까부터 하고 싶었던 말을 했다.

"립스틱 바꿨지? 잘 어울린다."

"바쁘냐고."

"왜? 우리 연주 데이트 신청이라면 내가 없는 시간도 만들……."

"시간 많나 보네. 중앙 휴게실 좀 다녀와."

"왜?"

"윤환이 왔대."

"뭐? 진짜?"

등 뒤로 함성이 와아 울렸다. 유은우가 김서혁을 제대로 한 방 먹인 모양, 아니, 또 김서혁이 일부러 힘을 빼고 받아 준 게 틀림없었다. 돌아보지 않고 재차 물었다.

"다시 군에 온대?"

"아니. 잠깐 서류 떼러 왔대. 학교에서 뭐 제출하라고 했나 봐."

"아……."

김이 팍 샜다.

"난 여기서 대기하고 있다가 대장 모셔야 되니까, 이선규 네가 가서 학교는 왜 갔는지, 군에는 언제 돌아올 건지 한 번 더물어봐."

"대답 안 하던데. 그냥 쉬고 온다고."

"학교에서 겉돈대. 그럴 거면 다시 군에 오라고 해. 좋을 줄 알고 내려갔다가 후회하는데, 자존심 때문에 못 돌아오는 걸 수도 있잖아."

"흠."

"처음엔 졸업하고 온다고 했지만 그게 말이 되냐고. 5년이나 학교에서 썩는다고? 뭐 하러 재능을 낭비해. 언제 다시 군으로 올 건지 그것만이라도 대답 듣고 와. 윤환이 네가 없으니 너무 힘들다고 징징대서라도. 너 그런 거 잘하잖아."

"나랑 만나 주면."

"나 연애 안 한다고 몇 번을 말해."

"나는 하고 싶은데. 너랑."

소연주는 언제나처럼 대답이 없었다. 그래서 이선규는 늘 그랬듯 가만히 기다렸다. 어쩌다 눈이라도 마주치면 싱긋 웃으려고. 그러나 소연주는 앞만 똑바로 보고 앉아 있었다. 이선규는 그 끝을 더듬어 보았다.

김서혁이 유은우를 뒤로 눕혀 눌러 완전히 제압하고 있었다. 유은우가 안간힘을 쓰며 몸을 일으키려고 했으나 김서혁이 무릎으로 등을 간단히 눌러 버렸다. 주위를 둘러싼 군인들이 환호하며 카운트다운에 들어갔다.

이선규가 넌지시 말했다.

"대장 멋있지? 쟁쟁한 집안에서 혼담이 하루걸러 하나꼴로 들어오는데 다 거절한대."

"길게도 떠본다. 나 대장 안 좋아해. 내 스타일 아니야."

"그럼 어떤 남자 좋아하는데?"

"알아서 뭐 하려고?"

"내가 그렇게 되려고."

"과거를 지울 수 있겠냐."

소연주가 말을 뱉고는 미미하게 턱을 굳혔다. 말실수라고 느낀 것 같았으나 이선규는 전혀 걱정할 게 없었다. 당당하게 외쳤다.

"과거? 무슨 과거? 나 깨끗해. 박민준한테 물어봐. 나 학교 다닐 때 연애 한번 안 했어. 물론 나 좋아하는 여자들은 많았지. 근데도 내가……."

"여자 말고. 됐다. 잊어버려."

소연주가 목을 가다듬으며 자리에서 일어났다. 그녀는 능숙하게 김서혁이 던져 놓은 코트와 장갑을 챙겼다. 유은우를 배려하여, 혹은 김서혁의 눈치를 보며 유독 느리게 이어지던 카운트다운이 끝났다. 등 뒤에서 함성이 울렸다. 결국 유은우가 진 모양이었다. 소연주가 다시 한번 목을 가다듬었다. 시선을 피하는 표정이 어색했다. 이선규는 얼굴을 굳혔다. 설마. 막 김서혁에게로 가려는 소연주의 팔을 잡아챘다. 소연주는 멈춰 섰다. 평소라면 하을 떼며 팔을 뿌리쳤겠지만 그녀는 그러지 않았다. 시선은 여전히 아래 어딘가를 향하고 있었다.

이선규는 잇새로 물었다.

"또 누가 알아?"

소연주가 가볍게 한숨을 쉬었다. 시선이 마주쳤다. 이선규는 웃지 않았다. 소연주가 낮게 말했다.

"어디서 들은 게 아냐. 내가 추측했어. 너 진급 안 된다고 술 퍼먹고 징징거린 날. 내가 생각해도 이상해서. 그래서 나 혼자 알아본 거야."

이선규는 소연주를 빤히 보았다. 소연주가 잡힌 팔을 빼내더니 말했다.

"행정실 가서 네 자료 좀 뒤졌어. 혹시 내가 모르는 징계 기록이 있는지, 아니면 입대 성적이 안 좋은지 당최 궁금해서 살펴봤는데 깨끗하더라. 대장이 널 계속 진급 1순위로 평가한 것도 줄줄이 나오고. 그런데 평가 위원회에서 심사 점수가 낮게 나오더라고. 그러니 이유가 달리 뭐가 있겠어. 몰래 가서 본 거니까 아무한테도 말하지 마. 아, 말도 못 하겠네."

"자료 몰래 뒤졌다가 걸리면 어쩌려고 그걸 찾아봤어? 뭐 때문에 진급 늦는지 나한테 알려 주려고?"

"바보야, 그게 중요해? 네가 다른 데 발 들인 전력이 있다는 걸 누군가 이미 안다니까. 어쩌면 대장도 알고 있을지 몰라."

소연주가 말을 멈추고는 혀를 찼다. 이선규는 묘한 기분으로 그녀를 보았다.

"그래서 나한테 마음 안 주는 거야?"

"아직도 그 소리야?"

소연주가 어이없어했다. 이선규는 또박또박 말했다.

"내가 잠시 한눈팔았다고 해서, 나하고 엮이고 싶지 않다 이 거지?"

"야, 무슨 말을 그런 식으로 해. 난 그냥……. 됐다. 네 마음대로 생각해."

"네가 나하고 엮이는 거 불편하다니까 앞으론 그냥 혼자 조용히 좋아할게. 그럼 너도 상관없을 거 아냐."

"내 어디가 그렇게 좋은데?"

이선규는 잠시 숨을 골랐다. 소연주의 차가운 낯을 응시했다. 그는 처음 입대하던 날을 기억했다. 소연주가 그의 첫 상사였고, 이후 동경하며 순식간에 동료가 되었으며, 어느 순간 전부가 좋아졌다는 걸 어떻게 말로 설명할 수 있을까. 긴 전투로 고단하여 눈만 겨우 붙일 때 소연주가 다가와 말없이 홀스터에 약물을 채워 주었던 순간. 첫 휴가를 받아 고향에 다녀온 기념으로 열쇠고리를 사 와서 뿌렸더니 죄 시원찮은 반응을 보이는 동료들 사이로 소연주만 유일하게 그 자리에서 바로 열쇠에 달았던 일. 술자리에서 이선규가 장난으로 한 약속에 아무도 안 나왔는데 소연주만 나와서 기다렸던 것. 온통 입 밖으로 내기에 사소한 것들이었다. 눈처럼 소복소복 쌓이고 쌓여 그 수많은 무늬 중 사실 어떤 걸 골라야 할지 나야말로 어렵기만 한데. 애써 입 밖으로 내면 겨우 그것 때문이냐고 타박을 들을 것 같아서.

이선규는 씩 웃으며 대답했다.

"그냥 다. 다 좋아."

소연주가 바람 빠지는 소리를 내더니 가볍게 어깨를 밀쳤다.

"바보같이. 네 앞가림이나 해."

그러더니 성큼성큼 가 버렸다. 그 뒷모습을 이선규는 가만히 좇았다. 절도 있게 코트를 건네는 소연주와 무심히 받아 드는 김서혁, 그 옆에 주저앉아 숨을 몰아쉬는 유은우까지 보고, 이선규는 천천히 대련장을 등지고 나왔다.

소연주 앞에서 의연하던 속은 복도를 돌자마자 뒤집혔다. 숨을 가다듬고 뒤늦게 주위를 둘러보았다. 아무도 없다고 생각했을 때 누군가 시선에 턱 걸렸다. 복도 끝, 빛이 들지 않아 어두운 그늘에 두 사람이 서 있었다. 눈을 가늘게 떴다.

한 사람은 체격이 꽤 컸는데 뒤돌아 있어 등만 보였다. 맞은편에 있는 사람은 몸을 기울이자 얼굴이 드러났다. 빛이 옅은 머리칼에 보는 사람의 눈이 번쩍 뜨이도록 화려한 익숙한 낯이었다. 정윤환이 잔뜩 경직된 표정으로 무언가 작은 것을 상대의 손에 쥐여 주었다. 상대방이 돌아서서 계단 밑으로 내려갔다. 언뜻 스치는 얼굴이 낯익어 이선규는 미간을 좁혔다. 김승훈.

기억에 산재하던 파편이 와르륵 들고 일어섰다. 정성민의 죽음. 그러나 크게 다치지 않은 그의 친동생. 이상한 생각하는 거 아니냐고 거듭 물어도 웃으며 고개를 젓던 정윤환. 기밀을 내주는 조건으로 발을 빼고 나서도, 지속적으로 협박하듯 정보를 요구하던, 그러나 어느덧 사그라진 메시지들이 잔상으로 떠올랐다.

이선규가 숨을 멈춘 사이, 정윤환은 반대쪽 코너를 돌아서 사라졌다. 이선규는 팽팽하게 서서 양쪽을 번갈아 보았다. 어디를 먼저 잡아야 할지는 자명했다. 무언가를 건네받은 증거가 있는 쪽. 즉각 복도를 가로질러 계단을 내려갔다. 층계참에서 김승훈을 잡아채 벽으로 몰아붙였다. 그의 손을 낚아채 펼쳤으나 아무것도 없었다. 멱살을 잡았다.

"뭐 받았어?"

김승훈이 목이 졸린 소리를 냈다. 그러나 눈은 지겨워 보였다. 김승훈이 이선규의 손을 뿌리치더니 낮게 말했다.

"네가 뭔데."

"윤환이한테 뭐 받았냐고?"

"이제 와서 왜 이래?"

귀찮다는 듯 눈을 찡그리는 김승훈의 멱살을 다시 틀어쥐었다.

"미친놈이 이제 윤환이까지 건드려? 쟤 김서혁 소관이야. 너희가 손댈 건덕지가 아니라고!"

"저쪽에서 자진해서 들어왔는데."

"뭐?"

"정윤환이 반란군에 직접 제 발로 걸어 들어왔다고."

손에서 힘이 스르륵 풀렸다. 김승훈이 이선규의 손을 쳐 냈다. 그가 냉담하게 말했다.

"뭐가 그리 놀라워? 너도 그런 식으로 들어왔다가 네 멋대로 나가 놓고 벌써 잊었어? 네가 빠져나가서 어쩌나 했더니 빈자리는 또 어떻게든 메워지네. 너보다 훨씬 나아. 여러모로."

김승훈이 짜증이 역력한 기색으로 벌겋게 된 목을 쓸었다. 이선규는 이를 악물었다. 어쩐지. 정윤환 이 자식, 낌새가 심상찮더라니 결국. 가까스로 물었다.

"아까 받은 거 뭐야?"

"네가 참견할 바 아니잖아."

"아무리 그래도 그렇지 어떻게 정윤환을. 양심은 개한테 줬냐? 정성민이 왜 죽었는데! 집안 하나 파탄 내고 싶어? 건드려도 좀 돌아가며 건드려!"

"야, 이선규."

김승훈이 눈을 내리깔았다. 하찮기 그지없다는, 이선규가 반란군에서 나오겠다고 했을 때 받았던 그 눈빛이었다. 그가 말했다.

"좋은 말로 할 때 신경 꺼. 네 과거 다 까발리기 전에."

"너는 뭐 얼마나 깨끗해?"

"더 이상 선 넘으면 같이 죽겠다는 걸로 알겠다고."

"정윤환 건드리다가 너 꼬리 잡히는 거 순식간이야. 김서혁이 정윤환을 어떻게 생각하는지 몰라서 그래?"

"그러니까 네가 왜 참견이냐고. 그 새끼도 집안 제대로 꼬였던데, 너도 뭐 먼 친척이라도 되냐? 같은 핏줄치곤 네 실력이 너무 형편없는 거 아냐?"

"네 말대로 정윤환 같은 인재를 꼭 손에 쥐고 흔들어야겠어?"

"그렇게 아까우면 어디 박물관에 모셔다 놓으시든가. 인재도 우리 손에 있을 때야 인재지. 안 그래?"

김승훈이 씹어뱉듯 말하고는 어깨로 이선규를 밀쳤다. 이선규는 거칠게 밀려나 김승훈이 성큼성큼 멀어지는 것을 하릴없이 바라보았다. 저도 모르게 한숨이 새어 나와 얼른 삼켰다. 그 뒤 묘한 기분이 밀려들었다. 그래도 난 할 만큼 했다는 서늘한 안도였다.

상관없어. 그냥 이렇게 살기로 했는데 뭘 새삼스레. 있는 듯 없는 듯 그게 내 삶의 모토 아니던가. 반란군에서 조용히 발 빼려고 내가 얼마나 애썼는데…….

이선규는 정윤환을 볼 자신이 없었다. 반가움은 말라붙은 지 오래였다. 마주치지 않으면 좋겠다고 생각하면서도, 소연주의 당부가 있었기에 느릿느릿 중앙 휴게실로 갔다. 바람과 달리 정윤환은 너무나 쉽게 눈에 띄었다. 제복은 당연히 아니었고, 교복도 아닌 가벼운 사복인데도 휴게실 입구부터 정윤환만 보였다. 그는 주머니에 양손을 꽂고 비스듬히 서서 군인 하나와 대화를 나누고 있었다. 가까이 다가가자 상대는 박민준이었다. 그는 턱도 까칠하고 세수도 안 한 몰골이었으나 오랜만에 환하게 웃고 있었다. 당직이라서 일찍 들어가 쉰다더니 정윤환 왔다는 소리에 부리나케 달려온 듯했다. 반가운 기색이 역력하여 무어라 말을 퍼붓는 박민준에 비해 정윤환은 대화에 흥미가 없어 보였다. 지루해한다기보다 초조해 보였다.

빨리 자리를 뜨고 싶겠지. 능히 짐작이 갔다. 정윤환은 학교에 낼 서류 따위로 군에 들른 게 아닐 터였다. 김승훈에게 지시를 전달한 이상 볼 일은 끝났을 것이다. 오래 머물면 혹여 의심을 살 수 있었다. 정윤환은 숨만 쉬고 서 있어도 주목을 끌었으니.

그러나 박민준은 놔줄 생각이 없어 보였다.

"……윤환이 너 이제 그만 돌아와. 너 없으니까 누구 하나 입바른 소리 하는 사람도 없고 재미 하나도 없다. 서재희도 곧 입대할 텐데. 너랑 친하다며."

"어……. 어?"

줄곧 건성으로 대답하던 정윤환이 눈을 굳혔다. 그가 얼굴을 일그러뜨리고 재차 물었다.

"서재희? 걔는 갑자기 왜? 설마 이번에 지원했어? 난 못 들었는데."

박민준이 다소 당황하여 고개를 저었다.

"아니. 이번에 지원한 건 아닌데 입대야 시간문제지. 그 정도면 조기 졸업할 수 있지 않아? 당연히 여기 들어오고 싶겠지."

정윤환이 마른 손바닥으로 눈을 거칠게 문질렀다. 그가 충혈된 눈으로 말했다.

"만약에 지원한다고 해도 본인 의지가 아닐걸."

"무슨 뜻이야?"

"교장이 할 거란 뜻이야. 원서도 서재희 모르게 넣겠지."

"······교장이 왜 그런 짓을 해?"

"합격이야?"

"어?"

"형이 보기에 어때. 만약에 서재희가 지원하면 붙을 것 같아?"

"그걸 말이라고······. 우린 환영이지, 무조건. 여기 서재희 모르는 사람이 어디 있다고 그래."

"걔 사이렌 들으면 병신 되는데."

이선규는 미간을 좁혔다. 서재희를 둘러싼 그 무성한 소문 중 사이렌은 들은 적 없는데. 정윤환이 입매를 비틀었다. 목소리에 기이하게 혈색이 돌았다.

"트라우마 있어. 걔 어릴 때 제8도시 박살났었잖아. 그때야 언론에서 쉬쉬했다지만 이제 역사 추적이니 뭐니 다 알게 된 마당에, 그런 일을 겪은 애가 정상이라고······"

박민준이 손을 들어 말을 막았다. 그가 정윤환을 향해 재차 물었다.

"확실해?"

"어. 사이렌 들으면 공황 와."

정윤환이 명료하게 대답하며 바지 주머니를 뒤졌다. 그가 빈 호흡기를 꺼내 들고 쐐기를 박았다.

"아무튼 서재희 군에 들어오면 영원히 나 못 볼 줄 알아."

박민준이 눈을 찡그렸다.

"싸웠어?"

"차라리 싸운 거면 좋겠다. 안정제 있어?"

"야, 너 손!"

이선규는 저도 모르게 소리를 꽥 질렀다. 정윤환과 박민준이 동시에 이쪽을 바라보았다. 이선규는 빠르게 다가가 정윤환의 손을 잡아채 꾹 쥐었다. 차가운 호흡기 사이로 손이 뻣뻣하게 떨렸다. 적당히 보고만 있다가 슬며시 자리를 뜨려던 다짐은 온데간데없이 이선규는 정윤환의 손을 쥔 채 마구 흔들어 댔다.

"너 내가 안정제 물처럼 퍼마시지 말라고 몇 번을 말했냐? 내 말이 말 같지 않아?"

"놀래라. 좀 조용히……."

"너 이러다 큰일 나! 어? 늙어서 숟가락도 못 쥐고 싶어? 어?"

"왜 이래, 진짜."

정윤환이 난처한 기색으로 손을 뿌리쳤다. 이어 호흡기를 주머니에 쑤셔 넣고 헛기침을 하는 정윤환 앞에서 이선규는 그제야 정신을 차렸다. 괜히 나섰다 싶어 후회하는 찰나 옆구리를 꾹 찔렸다. 박민준이 손을 거두며 물었다.

"은우는?"

"너도 말이야. 남한테 맡겨 놓고 이렇게 너 할 거 다 하고 돌아다닐 거면, 처음부터 네가 하라고."

"아, 미안. 윤환이 왔다는 소리에 잠이 확 깨서. 은우는? 잘했어?"

"맨날 똑같지, 뭐."

"이번에도 1승 2패야?"

"너랑 붙었을 때나 한 번 이겨 먹지, 나랑은 어림도 없어. 왼쪽 비는 버릇 빨리 고치라고 해."

"아, 그거 거의 고쳤는데. 오늘 긴장했나 보다. 대장이 보고 있었나 봐?"

여기고 저기고 유은우에 관해서라면 줄줄 꿰고 있어, 이선규는 피식 웃음이 났다. 김서혁이 유은우를 처음으로 전투에 데리고 나간다고 선언했을 때 박민준이 보였던 반응을 생각하면 지금의 태도는 놀라웠다. 당시 박민준은 김서혁에게 전면으로 반대하고 나섰다. 매사 조용하고 주장이 약하던 그가 경직된 얼굴로, 미숙한 인원이 투입되면 안전사고로 이어질 수 있다며 사출하지 않고 버텼다. 김서혁은 강행했고, 유은우는 신고식을 훌륭히 치렀다. 지금은 사해로 나갔을 때 유은우의 컨디션을 체크하는 건 박민준 몫이었다. 누군가 시킨 것도 아닌데 그가 도맡아 했다.

삭막한 군에서 유은우는 예외 중 예외였다. 칼 같은 김서혁이 아껴서만이 아니라, 그녀의 상황이 그랬다. 정식 군인도 아니며, 금속으로 만들어진 무기도 아니며, 인간이되 인권은 없는, 이렇게 웃고 떠들어도 당장 내일 보지 못할 수도 있다는 위태로운 위치가 유은우를 특별하게 했다. 이선규는 그녀를 동정하지 않으려고 애썼으나 쉽지 않았다.

"아, 윤환이 너 은우 깨어나고 한 번도 못 봤지? 보고 가."

박민준이 정윤환의 등을 툭 치며 말했다. 정윤환은 토할 것 같은 표정을 짓고 있었다. 그가 고개를 저으며 어색하게 대답했다.

"아니. 나는 됐어."

이선규는 눈을 찡그렸다.

"너 왜 그래? 어디 아파? 얼굴이 창백해."

이선규가 이마를 짚으려는 것을 정윤환이 고개를 비껴 피했다. 그가 빠르게 말했다.

"아니, 바빠서. 가 봐야겠어. 차 대기시켜야겠다."

"바쁘긴 뭐가 바빠. 너 학교에서 수업도 안 듣는다고 소문 다 났는데."

말끝에 이선규가 장난삼아 어깨를 밀었다. 정윤환은 밀려나면서도 급하게 이프를 눌러 차량을 호출했다. 박민준이 실망한 기색이 역력하여 말했다.

"왜? 은우 보고 가. 그 소문의 동조율 100짜리가 궁금하지도 않아?"

정윤환이 옅게 한숨을 쉬었다.

"인큐베이터에 있을 때 많이 봤어."

"그건 거의 죽어 있던 거고. 살아서 움직이는 거 본 적 없잖아. 네가 가서 직접 보고 학교 내려가서 친구들한테 말 좀 해. 위험인물 아니라고. 거기 유명한 애들 많잖아. 차예원이나 서재희나. 여론이 뭐 별거냐. 이렇게 만들어지는 거지. 안 그래?"

"곧 죽을 거."

정윤환이 중얼거리듯 말했다. 박민준의 낯에서 웃음기가 싹 가셨다. 잠시 침묵이 돌았다. 정윤환이 마른손으로 얼굴을 문질렀다. 박민준이 딱딱하게 말했다.

"저번에 방송국에서 은우를 무슨 얼굴마담처럼 내보내서 그러나 본데, 제법 해. 오래 살아남을걸. 그리고 은우가 만약 사망한다고 해도, 반드시 사해에서 싸우다 전사해야만 해. 인간이 휘두르는 공권력 때문이 아니라."

"정붙이는 쪽만 힘들지."

"적어도 대장 앞에선 그런 말 입에 담지 마. 은우 이번에 정예군이 포함된 대규모 전투에 같이 나갈 거야. 서포터들이랑 호흡도 잘 맞고 기대가 커."

정윤환이 눈을 감으며 손을 들어 말을 막는 시늉을 했다. 박민준은 멈추지 않았다.

"은우가 버텨서 살아남아야 우리 사회가 성장하는 거야. 그래서 내가 너한테 은우를 직접 보라고 하는 거고. 그냥 사람이야. 그 애가 원해서 제 몸에 이해관계가 복잡하게 얽힌 게 아니잖아. 난 정말 너한테 실망했다. 그래도 네가 보수적이진 않다고 생각했는데."

"변할 수도 있지."

"인정하는 거야, 지금?"

"그만하자."

박민준은 할 말이 많아 보였으나 입만 달싹이다 결국 다물었다. 정윤환은 여전히 시선을 피하고 있었으나 목 줄기에 시퍼렇게 핏줄이 돋아 있었다.

이게 이렇게 예민할 일인가. 이선규는 박민준의 등을 떠밀어 그만 가서 자라고 보내 버렸다. 이어 머리를 쓸어 넘기는 정윤환의 낯을 빤히 응시했다. 불쑥 물었다.

"너 오늘 뭐 하러 왔어?"

정윤환이 눈길도 주지 않고 대답했다.

"서류 떼러."

"무슨 서류?"

"입대할 때 측정했던 기록 같은 거."

"그게 학교에서 왜 필요한데?"

"그건 나도 모르지."

"줘 봐."

"어?"

정윤환이 이프에서 눈을 떼고 고개를 들었다. 그가 눈썹을 치켜세우며 물었다.

"왜?"

"줘 보라고, 서류."

"그러니까 왜?"

"그러는 너는 왜 유은우 얘기만 나오면 예민하냐?"

정윤환이 뒤로 한 걸음 물러서려다가 버티고 섰다. 그가 날카롭게 되물었다.

"내가 언제?"

"너 아까 김승훈한테 뭐 줬냐?"

정윤환이 눈을 크게 뜨며 바짝 굳었다. 이선규는 혀를 찼다.

하여간 거짓말은 서툴러서. 낮게 말했다.

"그러게 내가 조심하라고 했지. 한번 발 들이면 인생 망한 다고."

"무슨 말인지 모르겠어."

"어휴. 내가 도와줄 거 없어? 혹시 나오고 싶은데 못 나오고 있는 거면……."

"징그럽게 왜 이래. 없어."

"정윤환, 내 눈 보고 말해."

정윤환이 눈을 꾹 감았다가 떴다. 마주친 시선이 냉담했다. 정윤환에게서 볼 수 없을 거라고 생각한 냉기라, 이선규는 흠칫 놀랐다.

"아무한테도 말하지 마. 그게 도와주는 거야."

"야……."

"형도 나가지? 이번 전투 조심해. 총 점검 잘하고."

정윤환이 손을 쭉 뻗어 이선규의 홀스터에서 약물 케이스 하나를 쏙 빼 갔다. 동작이 간결하고 빨라 이선규는 채 막지도 못했다. 정윤환은 제 호흡기에 신경안정제를 딱 소리 나게 끼우고 입에 물었다. 그러더니 몸을 휙 돌려 성큼성큼 가 버렸다.

"……야! 그거 당장 안 빼? 약이 무슨 간식이냐? 전투용이라고!"

정윤환이 저만치서 돌아서더니 뒤로 걸으며 씩 웃었다. 언제 그리 심각했냐는 듯 어깨를 으쓱하며 말했다.

"망가져도 내 몸인데."

그러더니 손 인사를 하고 완전히 돌아서 가 버렸다.

이선규는 참았던 숨을 천천히 몰아쉬었다. 습관적으로 오른쪽 홀스터의 총을 쥐었다가 놓았다. 이내 이프를 눌러 전투 일정을 열었다. 쭉 훑었다. 아니나 다를까 조종사 명단에 김승훈이 있었다.

입술 안쪽을 짓씹었다. 조금만 깊이 들어가면 알아낼 수 있을 것 같았다. 그게 무엇이든 관여할 수 있을 것 같았다. 그러나 이미 힘들게 빠져나온 덫에 제 발로 걸어 들어가긴 죽기보다 싫었다. 이선규는 천천히 중앙 휴게실을 나오면서 단 하나만 생각하려 애썼다. 나의 안위.

김승훈을 찾아가 메모리의 내용을 실토하게끔 할 수도, 김서혁에게 이번 전투에서 김승훈을 제외시켜 달라고 청할 수도, 정윤환을 붙잡아 부드럽게 달래 볼 수도, 혹은 사무실에 찾아가 확인해 볼 수도 있었다. 정말 학교 측에서 정윤환에게 서류를 요구했는지. 정윤환이 정말 서류를 발급받았는지. 군에 출입할 때 정윤환이 어떤 명목으로 허가를 받았는지. 그러나 그 수많은 선택지 중 어느 것도 해서는 안 되었다. 나를 위해서라면.

그때 누군가 등을 툭 쳤다. 퍼뜩 고개를 들었다. 서늘한 복도에 소연주가 있었다. 그녀가 어이없다는 얼굴로 말했다.

"뭐 해? 정신 빼고. 윤환이 봤어?"

"어. 방금 갔어."

"학교 때려치우고 돌아오라고 말했어?"

"그럴 생각 없어 보이던데."

"아, 그래…… 진짜 왜 그러는지 알 수가 없네. 어때 보였어? 여전히 잘 지내지?"

"별로 달라진 거 없어. 그냥 평소랑 똑같더라."

이선규는 잠시 말을 멈추었다가 힘주어 덧붙였다.

"근데 그게 좋은 거잖아. 평소랑 똑같은 거. 평탄한 삶이 원래 제일 어려운 거야."

"뭐래. 술 마셨냐?"

소연주가 핀잔을 주더니 따라오라는 손짓을 했다.

"정예군들 전부 다 호출해. 은우까지. 이번 전투 배열 마지막으로 점검하게."

이번에 총 점검 프로그램 누가 가동해? 늘 하던 대로 모함 조종사 담당인가? 김승훈이 이번 모함 조종간 잡던데 다른 사람으로 바꾸면 안 될까?

튀어나오려는 말을 꾹 눌렀다. 불덩이를 삼키니 목이 타는 듯 말랐다. 이내 재빨리 소연주 옆으로 따라붙었다.

아무 일 없을 것이다. 적어도 나는.

그럼 소연주는? 순간 등골이 서늘했다. 이선규는 소연주와 보폭을 맞추며 그녀의 쌀쌀한 옆얼굴을 바라보았다. 마음을 꾹 짓이겼다. 만약 이번 대규모 전투에서 반란군이 어떤 음모를 계획하고 있고 그것이 성공한다면? 정윤환이 관여하고 있다면 그 무슨 일이든 견고해진다. 이선규는 넌지시 말했다.

"이번 전투에서 내 옆에 있으면 안 돼?"

"뭔 소리야."

"안 돼?"

"진심으로 묻는 거야? 지금 이 배열이 최선이야."

"네가 위험해지면 내가 지켜 주려고 그러지."

소연주가 멈춰 섰다. 그녀가 제정신이냐는 표정으로 이선규를 올려다보았다.

"바보냐? 네 그 발상이 제일 위험하다. 친한 친구 팀에 넣어 달라고 징징거리는 생각 없는 신입들이랑 너랑 다른 게 뭐야? 적재적소에 사람이 들어가야 모두가 안전해지지. 그럼 네 말대로 하면 대장은 전투 내내 유은우 옆에 꼭 끼고 돌아다니겠네. 아주 볼 만하겠어. 적지에 도착하기도 전에 전멸하겠다."

그러더니 소연주가 쏘듯 물었다.

"왜, 뭐 할 말 있어?"

"……아니. 아무것도."

다시 소연주를 따라 걸으면서 이선규는 홀스터의 총을 꾹 쥐었다가 놓았다. 내가 외면했으니 그 어떤 결과도 받아들여야 함은 알았으나 쉽지 않았다.

힘든 전투가 될 것이다. 어쩌면 이선규의 짐작보다 꽤 길게 이어질지도 모른다. 사해에서, 혹은 사해가 아닌 곳에서.

외전 3 마른 꽃

서재희의 방문은 뜻밖이었다.

적어도 차예원에게는 그랬다. 혁명 이후, 둘은 쭉 공식적으로만 마주쳐 왔다. 공문으로 동향을 주고받고, 비서의 입을 빌려 일정을 조율했으며, 축사 순서를 선점하기 위해 연단에서 마지막의 마지막까지 엎치락뒤치락했다. 오찬에서 마주 앉을지언정 마주 보는 법은 없었고, 카메라 앞에서 정중히 호칭하면서도 반드시 상대를 아래로 보아야 했다.

긴밀한 협상도 마찬가지였다. 서재희가 방문했다는 소리에 회의도 중지하고 달려갔건만 비서는 고개를 가로저었다. 비서의 말에 의하면, 회의에 들어갔냐고 묻는 모양이 일부러 이 시간대를 골라서 온 것 같다고 했다. 서재희가 남기고 간 메모리에 지문을 인식하자 얼굴을 보고 이야기했어야 할 내용이 떴다. 차예원이 발의했으나 김서혁이 저지하여 계류 중인 걸을 조건부로 통과시키는 대신, 앞으로 공식 석상에서 '신도시'란 용어를 자제해 달라는 제안이었다.

차예원은 이 모든 것에 빠르게 적응했는데, 그녀에게 필요했을 뿐만 아니라 적성에 맞았기에 가능했다. 김서혁의 노선을 타면 죽은 아버지가 우스워질 테고, 정윤환과는 서로 생각하는 정의가 달랐으며, 유은우를 지지하기엔 자존심이 허락지 않았다.

그리고 서재희는, 안 된다고 다짐했다. 더는 안 된다. 혁명의 순간 한배를 탔다 하더라도, 그건 서재희의 판이었지 차예원의 선택이 아니었다. 아버지가 어차피 버릴 난파선이었다고 해도, 대중이 정부에 등을 돌렸다고 해도, 원흉은 서재희였다. 그가 움직여서 이렇게 되었다. 그토록 자기편으로 만들고 싶어 탐을 내던 서재희에게 등을 떠밀려 대중에게 먹잇감으로 던져진 아버지의 끝을 생각하면 기분이 이상했다. 아버지를 미워하는 것과 아버지를 사랑하지 않는 것이 동일 선상이 아님을 깨닫기까지 냉철한 고민을 거쳐야 했다. 오답 노트를 복기하듯 낯선 감정을 살피고 또 살폈다. 납득할 수 없는 이유와 수없이 정당한 오류가 있었다. 말도 안 되었지만, 그래서 사랑이었다. 눈물보다는 한숨이 어울렸다.

어딘가 어긋난 그 느낌은 서재희를 볼 때도 마찬가지였다. 서재희가 보좌하는 김서혁의 주위는 지나치게 따뜻하고 간지러웠다. 어차피 오래 있을 곳은 아니었다. 신중히 사위를 살폈다. 몸을 의탁하고 세력을 키워 옛 영광을 되찾을 발판은 하나였다. 어리고 거친 혁명의 놀랍도록 매끄러운 반대편. 유구한 역사를 지닌 옛 도시의 귀족들. 여전히 건재한 명성과 그보다 견고한 부. 그들은 명분을 찾고 싶어 했고, 차예원이 그 적임자였다.

배신은 어렵지 않았다. 필요했으니까. 애초에 서재희는 건드릴 수 없다는 걸 알았다. 틈이 있다면 김서혁이나 정윤환. 차예원을 믿고 곁을 내준 둘의 뒤통수를 차례로 후려치며 단숨에 등을 돌렸다. 증거 부족으로 풀려난 전범자들이 마련해 놓은 왕좌에 앉기까지 순식간이었다. 그제야 비로소 김서혁의 그늘에서 벗어나 같은 눈높이로 마주 볼 수 있었다.

실수는, 제자리를 찾았다고 생각했을 때 나왔다.

유은우가 처음으로 계약자를 상징하는 의복을 갖춰 입고 온 날이었다. 차예원은 귀빈석에 앉아 신년 축사를 하는 유은우를 물끄러미 응시했다. 유은우는 호흡과 억양을 자유자재로 다루며 이제 제법 공인의 태가 났는데, 그럼에도 불구하고 정치와는 거리가 먼 눈을 하고 있었다. 유은우가 마이크를 고쳐 쥘 때, 그녀의 망토 주름에 가려져 있던 것이 반짝이며 드러났다. 은색 체인이었다. 시선을 지나쳤다가 다시 고정했다. 평범한 세공이 아니었다. 눈부시게 떨어지는 오후에 차예원은 눈을 가늘게 떴다.

이름. 낯익은 이름들. 알던 이의 죽음도 있었고, 죽고 나서 알게 된 이도 있었다.

유치하긴. 코로 웃었다. 그러나 시선은 쉬이 떨어지질 않았다. 이름. 그리고 이름. 매캐한 유황. 재를 피워 올리던 불. 그보다 뜨거운 피. 손닿을 거리에 죽음이 도사렸던 찰나가 순식간에 덮쳐 왔다.

차예원은 눈을 깜박였다. 그때였다. 하필 서재희와 눈이 마주쳤다. 그의 표정을 읽을 생각은 없었다. 먼저 고개를 돌려 버렸다.

그러나 한 시간도 채 지나지 않아, 차예원은 서재희가 자신을 꽤 측은한 눈으로 보고 있었음을, 모르려야 모를 수가 없게 되었다. 눈이 마주친 순간이 기사로 가공되어 일파만파 퍼진 탓이었다. 혁명을 위해 아버지를 버리고, 직후 김서혁을 등진 전철이 무색하도록, 사진 속 자신은 지나치게 감상적이었다. 젖은 눈으로 옛 약혼자를 응시하다니. 화가 나다 못해 허탈했다. 그 후로 차예원은 더욱 서재희에게 시선을 주지 않으려고 노력해 왔다.

그러나 지금은 그럴 필요가 없었다. 넓은 접견실에 단 둘뿐이었다.

왜 왔냐는 질문은 하지 않았다. 대신 차예원은 서재희를 깊이 살폈다.

"손이 왜 그래?"

핏기가 서린다며 바투 깎던 손톱을 이제 남들만큼 기르는 것은 그렇다 치고, 손이 거칠어 보여 물었다. 서재희는 대답 없이 찻잔을 내려놓았다. 달각이는 소리도 없었다. 무엇이든 조용히 다루는 건 여전한 모양이었다. 그래, 사람이 그렇게 쉽게 바뀔

리 없지. 그러나 다음 순간 서재희가 맑게 미소 지었다. 처음 보는 뿌듯한 얼굴로 그가 대답했다.

"흙을 만져서."

"……임시정부 조경을 네가 직접 했다고?"

"응. 취미라 어디 보일 솜씨는 아닌데 감사히 기회가 와서."

그러고 보니 제8도시 출신이었지. 촌부의 아들이었어. 그래서 차예원은 서재희의 어린 시절을 모른다. 동갑내기 남자아이가 연합대회에서 날고 긴다는 소리는 들었지만 엮일 리 없다고 생각했으니까. 그랬기에 아버지의 손에 이끌려 나간 식사 자리에서 처음 서재희를 봤을 때 크게 놀랐다. 출신은 낙인과 같은데 그게 어디 쉬이 세탁할 수 있던가. 그러나 뼛속까지 제1도시 시민처럼 보이는 고상한 분위기에, 처음으로 무언가 갖고 싶다고 생각했다. 어른들이 자리를 비운 틈을 타 말을 걸었더니 우아하게 경계를 그어, 더욱 안달이 났다. 흥미로웠다. 시간과 품을 들여 가질 만한 것이 생겨서. 그때까지만 해도 가능하리라 믿었는데.

"겨울에도 아름답도록 공을 들였어. 봄까지 기다릴 필요도 없지."

서재희가 재차 눈으로 웃었다. 낯선 얼굴로 그가 말을 이었다.

"언제 한번 보러 와. 아, 결혼 전에 우리 쪽 방문은 삼가는 중인가?"

"결혼 축하한다는 인사 먼저 하는 게 예의 아니야?"

"글쎄. 축하는 이른 것 같아서. 안기헌의 부모가 아등바등 쥐고 있는 인사권을 네게 넘겨야 내가 축하를 해 줄 수 있지 않겠어? 그래야 네 결혼에 의미가 있으니."

비난은 아니었다. 서로가 알고 있는 진부하고 뻔한 얘기일 뿐. 차예원은 식어 빠진 찻잔에서 손을 떼어 냈다. 한숨처럼 말했다

"윤환이하고 했으면 훨씬 보기 좋았을 텐데."

서재희가 탁 터지듯 웃었다. 재미있는 농담을 들은 것처럼 소리 내어 웃는 서재희를, 차예원은 눈도 깜박이지 않고 빤히 바라보았다. 서재희가 고개를 저으며 말했다.

"되겠냐, 그게. 대체 무슨 생각으로 제안한 거야?"

"그냥 물어볼 수도 있지 뭘 그래. 감정 다 배제하고 상황만 볼 때 그쪽에서도 나쁜 패는 아니었을걸. 나중에 후회하지나 말라 그래."

대답을 하고 나니, 당시 정윤환의 표정이 뒤늦게 떠올랐다. 코웃음 치며 덧붙였다.

"아무리 그래도 그렇지 반응이 그게 뭐야. 나랑 결혼하느니 뭐라더라? 혀 깨물고 죽어 버리겠다? 그냥 하기 싫으면 하기 싫다고 하면 될 것을, 경호원들 다 뛰어나오게 문을 쾅쾅 닫고 말이야."

"욕 안 한 게 다행이다."

"말 안 하던? 욕도 했어."

서재희가 가볍게 웃었다. 동시에 스스럼없이 손을 뻗어 와, 차예원은 저도 모르게 바싹 굳었다. 그러나 손은 둘 사이에 놓

인 접시에 머무르더니 잘 구워진 과자를 두어 개 집어 들었다. 단것은 입에도 대지 않던 남자가 하나를 맛보고 이어 나머지 하나도 파삭파삭 잘만 먹는 모양을, 차예원은 이제 질려 바라보았다.

"너 과자 안 먹잖아."

"그랬지."

"은우 입맛 아니야?"

"옆에서 한두 개씩 먹다 보니 맛있어서."

"너 많이 변했다."

불쑥 뱉고 바로 후회했다. 지고 들어가는 꼴이 아닌가. 낯이 홧홧하게 달아올라 목을 가다듬다가 이 모양도 보이기 싫어 입을 꾹 다무는데, 서재희가 담담히 말했다.

"넌 여전하네."

"내가 뭘?"

"전부 다."

"그걸 어떻게 알아?"

"그냥 알지."

왜 왔어? 이런 쓸데없는 사담을 나누려는 건 아니었을 테고. 묻고 싶었지만 그 물음은 겨우 삼켰다. 본론으로 들어가면 그만큼 빨리 자리를 뜨겠지. 이리 사적인 만남은 쉽지 않았고 앞으로는 더욱 어려워지리라는 걸 알았다. 그러니까 마지막이 될 수도 있었다.

미련은 아니라고 생각했다. 이제 나는 그에게 기대하는 바가 없으니까. 아버지의 처형을 목도하면서, 실은 그때의 심정을 곱씹으면서 서재희는 이제 차예원에게 다른 사람이 되었다. 그러나 미련이 아닌 무엇이냐 물으면 달리 설명할 길이 없었다.

서재희가 가진 특유의 단아한 선과 고상한 분위기를 보면서, 차예원은 이렇게라도 시간을 끌고 싶은 건 그가 가진 성질 때문이지 결코 내가 나약해서가 아닐 거라고 되뇌었다. 누구나 서재희를 좋아했으니까. 한때는 내가 서재희의 약혼녀이기 때문에 괜한 미움을 사는 건 아닌가 걱정하기도 했다. 그러나 유은우는, 그런 차예원의 염려를 단숨에 우습게 만들어 놓았다.

유은우는 서재희와 별개로 대중에게 특별했다. 서재희나 정윤환이 받는 사랑과는 달랐다. 처음부터 선망의 대상이었던 다른 둘과 달리 유은우는 철저히 외면받은 희생자인 동시에 혁명을 성공시킨 핵심 인물이었다. 유은우는 유은우 그 자체로 오롯이 인정받았는데, 계약자라는 신분 때문도 아니었고 서재희와 정윤환의 사랑을 받는 대상이기 때문도 아니었다.

대중은 유은우에게 수많은 색깔을 입혔다. 때로는 김서혁의 언급으로, 가끔은 서재희의 의도로, 그러나 대부분은 유은우의 행보 그 자체로 의미가 부여되었다. 그 이미지가 날이 갈수록 확고해지는 과정을 지켜보면서, 차예원은 대중이 생각보다 예리하다고 생각했다. 시민들은 우둔하며 또 그리 만들어야 한다는 아버지의 말은 틀렸을지도 모른다고. 차예원과 서재희를 비롯한 몇몇은 여전히 함구하는 죄가 있었으나, 유은우는 없었다. 그 감춰진 간극을 대중이 감으로 읽어 내는 거라고 생각하면 뒤가 서늘했다.

그리고 그런 유은우가 서재희를 바라보는 시선은 어디서도 발견하기 어려웠다. 세월을 따라 모래알처럼 쓸려 오는 수많은 사랑 가운데 가장 단단하게 빛나 보였다. 그것이 차예원을 돌이키게 했다. 한때 서재희는 차예원의 소유였다. 그럼에도 단 한순간도 그를 끌어내지 못했다. 그러나 이제 서재희는 가면도 껍질도 없었다. 그저 온전했다. 그는 유은우를 만나기 전이나 지금이나 여전히 똑같은 미소를 지었지만 결코 같지 않음을, 수없이 부정해 왔으나 이렇게 마주 앉은 지금에 와서는 인정할 수밖에 없었다. 치미는 무언가를 삼켰다. 짐짓 아무렇지도 않게 물었다.

"너흰 결혼 안 해?"

서재희는 옅게 웃기만 했다. 이내 대답하지 않겠다는 듯 매끄럽게 찻잔을 드는 그의 손가락을 빠르게 훑어보았다. 반지는 없었다. 분명 맞췄다고 했는데. 혁명이 수습되자마자 새 정부가 들어서기도 전에 서재희가 반지를 보기 위해 몇 군데를 돌았다는 소문이 파다했다. 마음에 드는 디자인이 없다며 직접 주문하여 찾아간 지 오래라고. 그러나 어디에서도 둘의 결혼 소식은 들을 수 없었다.

혹시 유은우가 거절했나?

가능성이 없지는 않았다. 서재희는 죄가 있었으니까. 그걸 아는 유은우가 청혼을 받아들이지 않았을지도 모른다. 사랑은 해도 죄까지 짊어지기는 부담이었을지도. 혹은 김서혁이 그리

권했을 수도 있다. 김서혁은 유은우의 선택권을 박탈하고 소유하는 것에 익숙할 테니. 또는 유은우를 끔찍이 생각하는 정윤환 때문에 결혼이 진행되다 스러졌을지도 모른다. 서재희는 늘 정윤환을 중요히 여겼으니까…….

그리 생각하니 왠지 기분이 나아졌다.

"글쎄."

서재희가 부드럽게 운을 떼어 차예원은 눈을 들었다. 몇 년 만에 마주 보는 서재희를 오랜 습관으로 샅샅이 뜯어보았다. 그는 여유로웠다. 마음을 거절당하거나 원하는 것을 가로막힌 흔적은 어디에도 없어 가슴이 철렁했다. 서재희가 부드럽게, 그러나 힘을 주어 말했다.

"말하고 싶지 않아. 은우에 관해서는."

"왜?"

"왜냐하면, 나한테 소중한 사람이니까. 함부로 여기저기서 입에 올리고 싶지 않아."

"……결혼이 어려운가 봐. 그렇게 진지한 얼굴로 거창한 대답을 하는 거 보면."

"너만큼 쉽지는 않지. 넌 정치적인 이득만 생각하고 결정했겠지만 난 아니거든."

그래, 이래야지. 이래야 맞지. 우리 관계는.

"우리 아버지 보러 갔었다며?"

날카로이 뱉고 나서 차예원은 되레 자신에게 놀랐다. 서재희는 천천히 얼굴을 굳혔다. 그가 한숨처럼 대답했다.

"그래. 갔어."

"뭐 하는 짓이야."

"차예원."

"네가 죽였잖아."

침묵이 감돌았다. 차예원은 천천히 호흡을 눌렀다. 서재희는 아래 어딘가에 시선을 두고 그저 차분했다. 저 얼굴로 뻔뻔하게 다녀왔단 말이지. 대체 무슨 생각으로. 보이기 위한 행보였을까 짐작해 보았으나 극히 비밀에 부친 것을 보면 그것도 아닌 것 같았다.

제1도시 부근 사해 어딘가에서 아버지는 외로운 죽음을 맞았다. 시민들이 직접 도시연합 본부에서 차인호를 끌어내어 제1도시 철책 너머로 밀어냈다. 축제를 치르듯 환호하던 시민들의 표정에 차예원은 그저 섬뜩했다. 보호칩은커녕 총도 뺏긴 채 쫓겨난 차인호는 시신도 발견되지 않았는데, 악랄한 시민들이 띄운 드론을 피해 건물에 숨어 든 후 행적이 묘연해졌기 때문이다. 괴물에게 당했을 것으로 짐작하나 어쨌든 죽은 것만은 확실했다. 어쩌면 마지막 모습이 촬영되는 것을 피하기 위해 그리 필사적으로 달렸는지도 모른다. 아버지가 마지막으로 사라진 그 부근을, 차예원은 무덤이라고 여겼다.

"후회한다고 말한다면 믿겠어?"

서재희가 낮게 말했다. 그는 표정이 없었으나 온기가 있었다. 예전에는 발견하지 못했던.

"정권 교체에 정녕 그 방법밖에 없었냐고 묻는다면 결코 아

474

니야. 내가 그리되도록 의도했지. 그리고 지금 후회해. 그렇다면 어떻게 차인호를 단죄해야 했을까? 아니, 그 칼자루를 감히 내가 쥐어도 되는지, 그 또한 대답이 어려워. 개인 간의 복수가 인정된다면 사형 제도는 굳이 필요가 없지. 하지만 나는 차인호에게 그런 절차를, 그런 기회를 주고 싶지 않았어. 그래서 시민들의 손에 넘겨 버렸고. 지금 와서 생각해 보면……."

서재희는 잠시 말을 멈추었다.

"……솔직히 잘 모르겠어. 진정한 복수나 온전한 속죄가 정말 존재하는지도. 죄는 저지르는 순간 돌이킬 수 없는데 속죄가 있을 수 있는가. 그렇다면 용서도 복수도 의미가 없는 게 아닌가. 그럼에도 불구하고 갔어."

차예원은 서재희의 까만 눈동자를 바라보았다. 한때 아무것도 없이 텅 비어 있다고 생각했던. 너무나 까만 나머지 거울로 차예원을 비춰 내던. 여전했으나 여전하지 않았다.

"네가 날 비난한다 해도 할 말은 없어. 다만 일방적인 관계는 아니지. 복잡한 세월이 있어. 내가 네 아버지를 그렇게 만들었지만 네 아버지 또한 나를 여러 번 죽였어. 그리고 너와 나도 서로 수없이 상처를 주고받았지."

서재희가 천천히 말했다.

"끊어 내고 싶었어. 복수는 죄를 되갚는 게 아니다. 속죄는 죄를 씻는 게 아니다. 그럼 이 지난한 대물림을 이제 하지 않겠다는 선언이 아닐까. 어느 한쪽이 더 이상 죄를 짓지 않겠다는 어떤 선언. 그걸 하고 왔어. 그러니 너는 내게 이제 새로운 사람이지."

"결국……."

차예원은 입술을 꾹 물었다가 다시 말했다.

"……네 마음 편하자고 다녀온 거잖아. 그럴싸하게 포장해 봤자."

"그래, 맞아. 내 마음이 편해졌어. 이렇게 안정된 마음으로 살 수 있을 줄은 꿈에도 몰랐는데."

그러더니 서재희는 조용히 자세를 고쳐 앉았다. 눈이 가라 앉았다. 본론으로 들어가기 전에 나오는 분위기는 그대로였다. 변한 가운데 드문드문 보이는 옛 습관들을 알아볼 수밖에 없어 기분이 묘했다. 잊을 수 있기나 할까. 수없이 서재희를 파헤치 고 또 파헤쳤다. 속내를 알아내면 통제할 수 있게 되고 그러면 비로소 그 안으로 들어갈 수 있을 것 같아서.

"난 네 결혼을 축하할 수 없어."

차예원은 미간을 좁혔다. 서재희가 말을 이었다.

"안기헌은 좋은 조건을 가지고 있지. 하지만 좋은 사람은 아 니야."

"뭐?"

"그와 몇 번 만났다고 들었어. 느끼지 못했어? 그는 통제력 이 부족해. 폭행을 저지르고도 덮을 수 있는 위치라 들키지 않 았겠지만. 설마 알고도 진행하는 건 아니겠지?"

"……그런 긴 전혀 못 느꼈는데."

"결혼은 다시 생각해 보길 바라."

"겨우 이틀 남았어."

"파혼하기에 충분한 시간이지."

"근거 있어?"

"그리고 왜 너의 측근들이 네게 안기헌을 결혼 상대로 제안했는지도. 그들은 네 콧대가 지나치게 높다고 생각하지. 네가 안기헌과 결혼하여 불미스러운 일을 당하게 되면 그들은 그것을 약점으로 삼아 널 아래에 두려고 할 거야."

"못 믿겠어. 나도 알아보고 결정한 일이야."

"아무리 털어도 안 나올 만큼 철저히 감췄으니 그렇겠지. 결혼 전에 최소한 한 번은 더 보겠지?"

"아마도."

"잘 살펴봐. 몰랐으면 모르겠지만 이제 내가 말해 주었으니 네 눈에도 보일 거야. 그런 사람은 아무리 감추려 해도 겉으로 분명 배어 나와."

고맙다는 말은 도저히 나오지 않았다. 차예원은 딱딱하게 말했다.

"설마 이거 얘기하러 온 거야?"

"예민한 문제잖아. 측근을 통해도 되는 협상 같은 게 아니니까."

"내가 잘못돼도 넌 상관없잖아."

"왜 그렇게 생각해?"

말문이 막혔다.

"……적한테 좋은 일을 하는 꼴이잖아."

"우린 적이 아니야."

차예원은 대답하지 않았다. 적이 아니면 무어란 말인가. 등을 돌린 건 배신이었고 뱉는 말마다 대척점을 찍는데.

"정치란 의자와 같지."

서재희가 부드러운 얼굴을 했다. 그가 이어 말했다.

"네가 없어져도 자리는 남아."

이내 서재희는 일어섰다. 그는 소리 나지 않게 의자를 밀어 두고 옆에 편하게 걸쳐 두었던 코트를 집어 들었다. 차예원은 무의식적으로 따라 일어섰다. 그의 곁에 가까이 다가갔다. 익숙한 냄새가 났다. 서재희는 문 앞에서 차예원을 향해 돌아섰다. 한 뼘을 두고 서서 차예원은 낯설게 서재희를 올려다보았다. 수없이 이렇게 마주 봐 왔으나 동시에 얼마나 다른 곳을 보고 있었는지.

서재희가 고개를 숙였다. 낮게 속삭였다.

"우린 같은 죄가 있고 서로 너무나 잘 알지. 그런데 어떻게 우리가 적이야. 하나가 입을 여는 순간 함께 추락할 텐데. 네가 어디 앉아 있는지는 상관없어. 어차피 존재하는 구도라면. 그게 오늘 내가 널 찾아온 이유야."

서재희의 눈이 가만히 차예원을 응시했다. 어쩜 저럴까 싶은 단정한 까만색은 지치거나 피로한 기색 없이 또렷했다. 서재희가 담담하게 말했다.

"이제야 비로소 우리가 한팀이구나. 가장 어울리는 자리에서. 너도 그렇게 생각하길 바라."

그가 돌아서서 문손잡이를 잡았다가 순간 멈춰 섰다. 그제야 차예원은 자신이 서재희의 옷자락을 움켜쥐고 있음을 깨달았다. 소스라쳐 놓았다. 얼결에 사과했다.

"미안."

서재희는 웃음기 없이 고개를 저었다. 그가 나가고 문이 닫혔다.

차예원은 천천히 숨을 토했다. 이마를 문지르며 멍하니 서 있다가 느리게 집무실로 돌아왔다. 양손으로 책상을 짚고 고개를 숙인 채 한참을 있었다. 곧 정신을 차리고 이프를 눌렀다. 통화음이 이어졌다.

내가 안기헌을 몇 번 만났더라? 네 번? 다섯 번? 기억도 나지 않았다. 형식적인 만남이었고 흥미도 없었다. 비서가 전화를 받자마자 빠르게 말했다.

"안기헌과 식사 약속 잡아 줘요. 오늘 저녁이요. 지금 바로."

전화를 끊고 나자 비서도 바꿔야겠다는 생각이 뒤늦게 들었다. 비서뿐이랴. 운전기사부터 홍보 담당까지 전부 다시 검토해야 했다. 딱딱, 초조한 소리에 문득 정신을 차리니 손톱 끝으로 책상을 두드리고 있었다. 숙였던 고개를 들었다. 책상 뒤로 돌아가 블라인드를 젖히고 창을 열었다. 서늘한 기운이 훅 끼쳤다.

아래 현관에 서재희가 있었다. 그는 차에 올라타기 전에 몇몇과 이야기를 나누고 있었다. 코트가 우아하여 잘 어울렸다. 유은우가 연말에 선물했다던 옷이 저걸까. 차예원이 애써 외면하려 해도 주위 사람들은 저도 모르게 혹은 일부러 서재희의 소식을 입에 올리곤 했다. 그래도 무뎌졌다고 생각했는데.

이프가 울렸다. 안기헌과의 저녁 식사 일정이 메모창으로 반짝 떠올랐다.

차예원은 왼손 약지를 어루만졌다. 숙제를 치르듯 맞춘 반지가 한낮의 햇살을 받아 차갑게 빛났다. 돌려서 빼려다 그만두었다. 내 눈으로 직접 확인해야 했다. 아직은 믿고 싶지 않았다. 사실 믿지 않는 길도 있었다.

내가 파혼을 진행할 수 있을까.

차예원은 안기헌과 결혼함으로써 누릴 수 있는 수많은 것들을 생각했다. 권한은 늘어날 것이고 명예는 확고해질 것이다. 단, 잘 숨긴다는 전제하에. 안기헌도, 나도.

고개를 들었다. 까만 차가 정원을 돌아 멀어지고 있었다. 차가 사라지고 나서도 차예원은 한참을 그대로 서 있었다.

"이쪽이요. 바로 응급처치 받아서 금방 아물 거예요."

유은우의 눈에 꽂혀 있던 새까만 시선이 그제야 아래로 떨어졌다. 서재희가 손끝으로 가만히 유은우의 붕대 감긴 허벅지를 쓸었다. 유은우는 그 틈을 타 재빨리 셔츠 단추부터 잠그기 시작했다. 중간에 두어 개나 잠갔을까. 서재희의 큰 손이 다가와 세 번째 단추를 막 잡은 유은우의 손을 걷어 갔다. 손가락 사이로 손가락이 스몄다. 유은우는 서재희가 제 왼손을 단단히 깍지 끼고 다른 한 손으로 턱을 치켜들어 저도 모르게 숨을 참았다. 아랫배가 밟히듯 조였다.

"난 하루 종일 널 생각해. 내가 어찌할 수 없는 널 생각해."

서재희가 낮게 속삭였다.

"다른 사람은 오죽할까. 김서혁이나 정윤환이나, 그들이 널 바라보는 시선을 목격할 때마다 난 그냥 숨이 막혀. 사람이 사람의 소유권을 주장해선 안 되는 거지. 네가 나를 사랑하는 것과는 별개로, 나를 위해 널 사랑하고 싶어. 그런데 시간이 지날수록 너도 나밖에 없었으면. 네가 다른 사람에게 닿지 않았으면. 끔찍한 욕심이 나서 견디기 힘들어. 이 감정이 격해져서 내가 널 다치게 하면 어쩌지. 내가 조심할게. 정말 조심할게."

피할 수도 있었다. 그가 허락을 구하듯 다가왔기 때문이다. 유은우는 기꺼이 눈을 감았다.

입술이 부딪혔다. 스산하던 낮에 비해 숨은 깜짝 놀랄 정도로 뜨거웠다. 부드러운 시작은 열기에 증발하고, 곧 서재희는 목숨을 들이붓듯 키스해 왔다. 다급하고 거칠어, 유은우는 뒤로 중심을 잃었다. 서재희에게 잡히지 않은 손으로 탁자를 더듬으며 몸을 지탱하려다가, 그의 무게를 이기지 못하고 소파로 길게 쓰러지기까지 순식간이었다.

질식해 죽을까 봐, 뜨거워 터질까 봐, 유은우는 서재희를 밀어내려 했다. 그러나 눈을 떴을 때 서재희의 까만 눈동자와 정확하게 마주쳐, 그의 가슴을 밀치려던 손은 힘을 잃고 미끄러졌다. 그 손을 서재희가 잡아챘다. 입술이 떨어져 나갔다.

"사람들은 날 좋아해. 그렇지만 그건 내가 꾸민 모습을 보고 그러는 거잖아. 너한텐 내 있는 그대로만 보여 줬어. 혹시 그래서 네가 날 동정하는 건 아닌지. 난 널 이토록 사랑하는데, 넌 단지 날 불쌍히 여기는 건 아닌지."

'내가 보기에 유은우 하나도 안 불쌍해. 오히려 그 애가 날 불쌍히 여기는 것 같아.'

언젠가 층계참에서 서재희가 정윤환에게 그리 말했었다. 유은우는 그만 가슴이 무너지는 것 같았다. 아직 기억하고 있었구나. 뿐만 아니라 마음에 담아 두고 있었구나. 유은우는 간신히 고개를 가로저었다.

"선배, 아니에요. 절대로 그런 거 아니에요."

"처음부터 남들한테 하던 대로 접근해야 했을까. 그럼 내가 이렇게 불안하지 않아도 될까. 그런데 또 그러기는 죽어도 싫어. 너한테만은 그런 내 모습 보이고 싶지 않아. 불행으로 똘똘 뭉쳐서 타인을 전부 체스판의 말처럼 보고 적당히 조종하려 드는, 그런 모습을 어떻게 사랑하는 사람한테 보일 수 있어."

"선배, 저도 선배랑 같은 마음이에요. 동정이 아니에요."

"믿는데도 불안해. 난 분명 널 믿는데, 어째서 이렇게 순간순간 낭떠러지 끝에 있는 것처럼……."

말끝은 맺어지지 못하고 희미하게 스러졌다. 서재희가 유은우의 목덜미로 제 숨을 파묻었다. 그렇게 한참을 있었다. 그는 더 이상 아무 말 없었지만, 유은우는 갈수록 가슴이 크게 요동쳤다. 새삼 서재희의 손길이 제 어디에 닿아 있는지, 그의 몸이 어떻게 제 몸 위로 포개어졌는지, 그의 머리가 제 어깨 위로 기운 모양, 그의 발끝이 뻗은 방향, 차갑게 자신의 가슴과 복부를 누르고 있는 그의 코트 장식과 늘 그렇듯 새파란 냄새가 어지럽게 뒤섞여 그 결이 하나하나 선명하게 느껴졌다.

서재희가 천천히 몸을 일으켰다. 결코 유은우에게서 완전히 떨어지기 위함이 아니었다. 상체를 들어 유은우와 마주 보기 위해서로 보였다. 혹은 다시 키스하려고 하거나.

그의 그늘이 새파랗게 드리워졌을 때, 유은우는 그만 가슴이 터질 것 같아 저도 모르게 고개를 옆으로 돌려 시선을 피했다. 서재희가 위에서 딱딱하게 굳는 것이 고스란히 느껴졌다. 유은우는 제가 더 당황하여 다급히 서재희를 올려다보았다. 거절의 뜻으로 고개를 돌린 게 아니라고 항변하고 싶었다. 단지 너무 긴장하여 나온 반응일 뿐이라고. 그러나 서재희는 이미 유은우를 보고 있지 않았다. 그는 복잡한 표정으로 유은우의 허벅지를 바라보고 있었다. 서재희에게 밀려 쓰러지며 스쳤는지 붕대 주위가 벌겋게 되어 있었다.

"미쳤나 보다."

서재희가 중얼거렸다. 그가 몸을 완전히 일으켰다. 이어 유은우도 그에게 안겨 바로 앉혀졌다. 서재희의 손이 아쉽게 떨어져 나갔다. 그가 가라앉은 낯으로 말했다.

"미안해. 많이 놀랐지. 내가 경솔했어. 푹 재워도 모자랄 판에. 나가 볼게."

서재희가 자리에서 일어났다. 유은우는 다급히 그의 옷자락을 쥐어 당겼다. 눈을 크게 뜨며 돌아보는 서재희에게, 작게 속삭였다.

"선배……."

서재희가 유은우의 입을 뚫어져라 바라보았다. 유은우는 침을 삼키고 겨우 뱉었다.

"……보고 싶었어요."

유은우는 서재희의 옷자락을 쥔 손에 힘을 주었다.

"조금만 더 같이 있다가, 저 잠들고 나서 가면 안 돼요?"

직후 얼굴이 화끈해졌다.

서재희가 손등으로 제 입가를 눌러 가렸다. 반듯한 옷깃 위로 미끈한 목덜미가 삽시간에 상기되었다. 서재희가 한숨을 쉬며 입가에서 손을 떼었다. 그가 입고 있던 코트와 그 안의 재킷까지 벗어 소파 등받이에 걸쳐 두었다. 이어 유은우 옆에 앉았다. 그의 무게에 소파가 크게 흔들렸다. 유은우는 제가 뱉어 놓은 열기에 취해 정신이 하나도 없었다. 서재희의 긴 손가락이 다가와 유은우의 셔츠 단추를 쥐었다. 하나하나 단정히 꿰어졌다. 그리 입히고 그가 유은우를 번쩍 들어 제 무릎에 앉혔다. 이어 서재희가 벗어 둔 코트를 들어 유은우의 몸을 완전히 덮었다. 유은우는 눈을 감고 전신의 힘을 뺐다. 혹여 그가 나를 무거워 할까 하는 걱정은 내려놓았다. 노곤하게 그에게 몸을 기댔다. 사랑에 완전히 파묻혔다.

코로 새파란 햇볕이 들이쳤다. 정돈된 세탁물, 가지런한 피로, 아름다운 불행의 냄새가 났다. 유은우는 자세를 고치며 더욱 깊게 서재희에게 파고들었다. 서재희가 억눌린 신음을 냈다. 그의 심장이 살아 뛰는 것이 전신으로 전해져 눈물 나게 감사했다. 이어 유은우는 이마 위로 건조한 촉감이 부드럽게 머물렀다가 떨어지는 것을 느꼈다. 그저 사람이 사람에게 안겨 있을 뿐인데, 세상에서 가장 안전한 곳에 머무는 듯 완벽한 안도감이 느껴졌다. 잠으로 추락하기 직전이었다.

문밖에서 목소리가 불쑥 날아왔다.

"야, 서재희. 여기 있냐?"

노크도 없이 문이 벌컥 열리는 기척이 났다. 유은우는 눈을 뜨지 않았다. 서재희의 코트 아래서 고요히 호흡했다. 곧 정윤환의 목소리가 갈라져 이어졌다.

"……빨리 나와. 방어 패턴에 정예군까지 넣어서 재구성한 거 괜찮은지 확인 안 할 거야?"

서재희가 차분히 대답하는 소리가 들렸다.

"김산이랑 이미 한 번 검토했어."

"그 문제가 아니잖아. 네가 얼굴을 비치고 안 비치고 차이가 얼마나 큰지 알면서 하는 소리야? 일단 나오라고. 임원 애들 불안해. 아무래도 반란군은 그렇잖아."

"깊이 잠들면 나갈게."

"걔가 애야? 그냥 두고 나와. 혼자서 잠도 못 잘까 봐."

"나한테 있어 달라고 했어."

정적이 흘렀다. 이내 정윤환이 날카롭게 말했다.

"수작 부리지 말고 지금 나와. 유은우 벌써 잠든 것 같은데."

"내가 더 있고 싶어서 그래. 조금만 더 있다가 나갈게."

"⋯⋯내가 너 불러온다고 했어. 애들 기다리니까 너무 늦지 마."

이어 문이 닫혔다. 예의 없이 냅다 열리던 아까와는 달랐다. 문이 맞물리는 소음이 제법 조용했다.

유은우는 가물가물한 의식 사이로 서재희의 손길을 느꼈다. 유리 다루듯 조심스레 머리칼을 쓸어내고 눈썹을 매만지며 뺨을 감싸 왔다. 이어 서늘한 손이 코트 안으로 깊숙이 들어왔다. 얇은 셔츠 한 장 위로 허리를 감아쥐었다가 척추뼈를 가만가만 헤아리듯 타고 올라왔다. 차고 건조한 손. 낮게 깔린 음성으로 서재희가 속삭였다.

"다 잘될 거야. 어떤 식으로든."

유은우는 제 오른쪽 손목으로 차갑고 매끄러운 금속이 닿는 것을 느꼈다. 이어 찰칵하고 맞물리는 소리. 묵직한 무게감. 익숙한 서늘함.

"내가 반드시 그렇게 만들 거니까. 널 위해서. 네가 살아갈 세상을 위해서."

　정윤환은 문을 닫았다.

　마음 같아서는 부서져라 쾅 닫고 싶었으나 그럴 수 없었다. 유은우는 이제야 겨우 쉬고 있었다. 용 연구소에서 고군분투하고서 부상까지 입고 돌아온 유은우에게 체력을 끌어올릴 기회가 주어진다면 지금뿐이었다.

　닫힌 문을 응시하며 소리 없이 물러섰다. 당장에 문을 박차고 들어가서 서재희에게서 유은우를 앗고 싶은 충동을, 순식간에 비틀린 마음을 홀로 삭이는 것은 생각보다 어려웠다. 전신에 열이 올라 머리가 핑 돌기 직전이었다. 반대쪽 벽에 등이 툭 닿았다. 가까스로 멈춰 섰다.

　내가 먼저 만났어.

　유은우는 정윤환의 품에서 보호받으며 지냈던 회색의 나날들을 기억하지 못했다. 그러나 오늘 서재희의 가슴에 기대어 잠든 시간은 유은우에게 고스란히 남을 터였다. 남기만 하랴. 극히 높은 확률로, 유은우의 빛나는 순간 중 하나로 간직되겠지.

　안 자고 있었어.

　입술을 깨물었다. 정윤환은 단번에 알 수 있었다. 유은우가 자는지 안 자는지. 3년간 별처럼 많은 밤을 함께 잠들었으니, 세상 그 누구보다 명료하게 가려낼 자신이 있었다. 그러나 하등 쓸모없는 감각이었다. 어디 가서 떳떳하게 말할 수 없는 건 물론이고, 유은우에게 실수로라도 언급해서는 안 되었다. 가슴 한쪽에 침전되어 썩는 찌꺼기에 불과했다.

정윤환은 천천히 돌아섰다. 복도를 걸었다. 멈춰 섰다.

유은우와 서재희가 서로 좋아한다는 건 진즉 알았다. 그러나 실제로 목격한 충격은 컸다. 너무 놀라서 심장을 떨어뜨리고 오는 바람에 텅 비어 버린 가슴이 선득했다.

그래도 화들짝 놀랄 수는 있는 거잖아. 부끄러워하는 척은 할 수 있잖아.

유은우는 분명 정윤환의 목소리를 들었을 터였다. 그러나 눈을 떠 확인하는 수고조차 않았다. 그저 서재희에게 파묻히듯 안겨 있었다. 더없이 평온한 낯으로 호흡하고 있었다. 그 자리가 제 자리인 양.

이거 완벽한 거절인 거지.

언젠가 유은우에게 말해 달라고 종용했었다. 날 사랑할 일 없을 거라고, 네 입으로 말해 달라고. 포기할 수 있게. 벗어날 수 있게. 그러나 한편으론 간절히 원했다. 아주 작은 희망만 있다면 결코 포기하지도 벗어나지도 않을 각오였다. 차라리 영원히 괴로워도 좋았다. 그때 유예된 대답을, 오늘 유은우가 고스란히 보인 셈이었다.

눈물이 뚝 떨어졌다. 한 방울에 그칠 줄 알았으나 한 방울로 둑이 터져 쏟아졌다. 정윤환은 그 자리에 서서 아이처럼 울었다. 겨우 이를 악물어 소리를 죽였다. 유은우가 듣는 건 또 죽기보다 싫어서.

"괜찮니?"

정윤환은 울음을 삼키며 고개를 들었다. 차예원이었다. 그녀는 눈을 크게 뜨고 이쪽을 보고 있었다. 당황을 넘어서 경악이었다. 정윤환은 겨우 정신을 차렸다. 차예원이 재차 물었다.

"왜 그래?"

"……남이사."

내뱉듯 대답하고 양 손바닥으로 눈가를 꾹 눌러 닦았다. 걸어서 차예원을 지나치려고 했으나, 그녀가 고개를 갸웃하며 가로막는 바람에 멈춰 섰다. 짜증이 솟구쳤다.

"뭐."

"지금 그 꼴로 들어가려고? 하늘이 무너진 표정에 코는 새빨개져 가지고? 너랑 유은우 하나 믿고 전략 다 짜 놨는데, 네가 눈물범벅으로 함교에 들어가서 휘젓고 돌아다니면 애들 기 팍팍 살고 참 좋겠다. 그치?"

"말투 봐."

"너한테 배웠어."

반박이 어려웠다. 하긴 차예원이라고 틀린 말만 하라는 법은 없지. 화제를 돌리기 위해 물었다.

"상황은?"

"똑같아."

정윤환은 이프를 보았다. 동이 틀 시각이었다. 골이 뎅뎅 울렸다. 잠을 자야겠다고 생각했다. 내일 전투의 핵심 전력임에도 쉴 기회가 부족한 사람은 비단 유은우만은 아니었다.

"가라. 나 잔다."

아무렇게나 잡히는 문을 열고 들어갔다. 누군가 있는지 휘휘 둘러본 후 아무도 없음을 확인하고 신발만 벗고 침대로 기어 올라갔다. 불은 끄지 않았다. 언제 일어나야 할지 몰랐으니. 몸이 노곤했다.

그러나 차예원이 따라 들어오자 즉각 신경이 곤두섰다. 말 섞기 싫어 두었더니, 차예원은 다른 침대에서 이불까지 끌어와 소파 위에 펼치며 누울 채비를 했다. 기가 막혔다. 비상사태 시 바로 뛰어나가려고 안쪽 침대가 아닌 문과 가까운 소파에 눕는 건 이해하겠다만, 굳이 자신의 시야에 알짱거리는 이유는 알 수 없었다. 모함에 선실은 차고 넘쳤다. 정윤환은 이불을 걷어 찼다. 상체를 일으켜 앉았다.

"왜 이래? 너 아니어도 돌겠으니까 나가."

차예원이 이불을 뒤집어쓰고 돌아눕더니 대답했다.

"갈 데가 없어."

정윤환은 눈을 찌푸린 채 차예원을 빤히 보았다. 이불을 꽁꽁 두르고 고치처럼 소파에 누워, 차예원은 미동도 하지 않았다. 까만 뒤통수만 보였다. 갈 곳이 없다는 대답이 아주 이해가 되지 않는 건 아니었다. 학생들은 도시연합을 무너뜨리기 위해 모함에 타고 있었고, 차예원은 도시연합장의 하나밖에 없는 딸이었다. 뒤돌아서면 뒷담화였다.

"……갈 데가 왜 없어. 모함에 빈방 천지인데."

"여기가 제일 안전해. 넌 사람 안 가리잖아. 다 구하잖아."

"그걸 아는 애가 여태 그렇게 막말했냐? 사해에 버리고 왔네, 애들을 죽이고 왔네……."

"사과는 안 해."

정윤환은 차예원의 뒤통수를 노려보았다. 차예원이 여전히 돌아누운 채 이어 말했다.

"사과는 안 한다고. 나도 그땐 그게 최선이었어. 넌 자신 있었는지 몰라도 내 눈엔 아니었어. 네가 그 얼토당토않은 계획을 실행에 옮기지 않게 하려면 네 총을 망가뜨리는 수밖에 없었어. 그 상황에서 내 판단이 옳았다는 생각엔 변함이 없어."

"그러시겠지."

"그래도 널 다시 본 건 사실이야. 교장실에서 찾은 파견 기록으로 애들이 당시 전투를 복기했어. 그거 보니까 네가 팀을 어떻게 지키려 했고 어떻게 잃고 돌아왔는지 한눈에 알겠더라."

차예원이 입을 다물었다가 덧붙였다.

"그러니까 여기가 제일 안전해. 그 판단으로 있는 거야."

"너 진짜 뻔뻔한 거 알고 있지?"

"상관없어. 살아남는 사람이 옳아. 어떤 경우든."

동의할 수 없었다. 너무나 많은 사람들이 옳아서 죽었다.

간극 아래 침묵이 길었다.

정윤환은 팔베개를 하며 도로 벌러덩 드러누웠다. 뒤통수를 받친 손끝이 파르르 경련했다. 신경안정제가 긴절했다. 당장 홀스터에 네 개, 재킷 안주머니에 두 개, 호흡기에 꽂힌 한 개까지 도합 일곱 개가 있었다. 자제심을 잃고 입에 물지 않기 위해 애써야 했다. 이 대치 상황이 얼마나 오래 갈지 몰랐고, 모함 내에 신경안정제는 한정되어 있었다. 대규모 전투가 처음인 대다수가 불안해했다. 모든 약물 중 신경안정제가 가장 빠르게 소모되고 있었다.

잠이 안 와.

지긋지긋한 불면증이었다. 모함 특유의 진동이 등 아래서 자글거렸다. 힐끔 소파를 건너다보았다. 동그랗게 부푼 이불이 천천히 오르내렸다. 불쑥 물었다.

"너 왜 아빠한테 안 갔냐?"

말이 없어 자나 했다. 고된 하루였다. 곯아떨어질 법했다. 다시 천장을 보는데 늦은 답이 날아왔다.

"말했잖아. 이쪽에 있는 게 더 낫다고 판단했다고."

이해할 수 없었다. 이미 차예원은 시민들에게, 심지어 제 아버지에게까지 자신이 혁명의 주동자임을 확실히 인지시켰다. 총대 메고 아버지를 설득하기 위해 돌아갔다가 붙잡혀 감금된다는 시나리오는, 정윤환 본인이 생각해도 제 머리에서 나왔다는 게 믿어지지 않을 만큼 완벽하게 느껴졌다. 안전도 확보하고 비난도 피할 최적의 기회였다. 게다가 덤까지 얹지 않았는가. 차예원 이름을 전부 정윤환으로 바꿔치기해 주겠다는. 손해라고는 한 톨도 용납하지 않는 차예원이 정윤환이 손수 깔아주겠다고 제안한 지름길을 마다한 이유를 알 수 없었다.

"그러니까 왜? 서재희 때문에? 서재희가 그렇게 좋냐?"

물으면서도 차예원이 그렇다고 대답할까 섬뜩했다. 사랑에 목숨 거는 부나방은 저 하나로 족했다. 여럿 늘어날수록 세상에 이로울 게 없었다.

"재희가 좋냐고?"

차갑게 웃는 소리가 났다. 차예원이 말했다.

"만약 그 애가 제 뜻을 굽히고 날 사랑하게 되는 순간 목을 졸라 죽여 버릴 거야."

목소리가 착 깔려 나왔다. 정윤환은 그만 제 목을 잡힌 것처럼 오소소 소름이 돋았다. 차예원이 같은 어조로 덧붙였다.

"농담이야."

정윤환은 도저히 안 되겠다고 생각했다. 지금 이 순간이 내 삶의 마지막 밤이 될 수도 있다. 유은우와 함께 보낼 수 없는 건 이 악물고 넘어간다 쳐도, 차예원에게 시달릴 아량은 추호도 없었다. 도로 일어나 벗어 둔 군화에 발을 꿰었다. 차예원이 안 나가면 자신이 나가면 된다. 벌써 낭비한 몇 분이 아까웠다.

"너 나한테 잘해야 할걸."

한쪽 발만 신은 채 멈추었다.

"사람들은 내가 아빠를 버리고 재희 따라 학교로 돌아왔다고 생각하지. 안락한 기득권을 내려놓고 사랑과 정의를 좇아 가족까지 등졌다고 치켜세워 대. 사실이 아니야. 난 학교로 돌아올 생각이 없었어. 아빠가 날 여기로 보냈지."

정윤환은 나머지 한쪽 발을 군화에 쑤셔 넣었다. 대꾸하지는 않았다.

"네가 내 아빠 입장이 되어 생각해 봐. 날 여기로 보낸 이유. 간단하잖아. 본인은 이미 회생 가능성이 없어. 재희가 등을 돌린 순간 다 끝난 거나 마찬가지야. 재희는 오랫동안 예비 사위로 도시연합장실 문지방이 닳도록 들락거렸고, 거의 모든 약점을 알고 있거나 완전히 알지는 못하더라도 실마리는 쥐고 있어. 필요악이었던 임유현은 사망했고 시민은 등을 돌렸지. 앞으로 비리만 파헤쳐질 상황에서 아빠는 나와 연을 끊을 수밖에."

정윤환은 자리에서 일어나 선실을 가로질렀다. 문손잡이를 잡았다가 놓았다. 한쪽 손을 바지 주머니에 꽂은 채 문에 오른쪽 어깨를 기대고 삐딱하게 서서, 차예원의 웅크린 등을 노려보았다. 마음을 담아 빈정거렸다.

"네 말이 사실이라면 우린 이기겠네. 적은 이미 전의를 상실했으니. 딸을 여기 보낸 이상 이겨 먹고 싶진 않을 거 아냐. 오히려 져 준다면 더 바랄 게 없겠는데. 내일 우리 손잡고 깃발이나 흔들면서 전진해 볼까?"

차예원이 꽁꽁 두르고 있던 이불을 젖히며 일어났다. 헝클어져 흘러내린 머리카락 사이로 눈이 붉었다.

"우린 도시연합장이 아니라, 도시연합과 싸우고 있어."

정윤환은 머리도 문에 툭 기댔다. 눈을 반쯤 뜨고 차예원을 내려다보며 말했다.

"원점이네. 그럼 내가 대체 왜 너한테 잘해 줘야 하는데? 난 내일 네 통신 서비스도 못 누린다고. 너 스트레스로 온디딤 다루기 힘들어서 유은우만 해 줄 거라며."

"네가 나한테 부탁했던 거 있잖아."

"그게 뭐. 내가 가라고 했는데, 네가 안 갔잖아. 통신 다 두절되었는데 아빠한테 말도 못 꺼냈을 거 아냐."

"아까 김서혁이 그랬어."

차예원이 씹어뱉듯 이어 말했다.

"우리 아빠가 날 있는 그대로 사랑한다고. 김서혁은 내가 그 사실을 모른다고 여겨 딱하다는 듯 얘기했지만, 나도 알아. 아빠가 날 사랑하는 것쯤은. 잘못된 방식이라도, 사랑이라는 거 알아."

정윤환은 천천히 차예원의 말을 곱씹었다. 그녀의 의도는 어슴푸레하게 떠올랐다가 순식간에 윤곽을 갖추었다. 정윤환은 문에 기대었던 몸을 천천히 바로 세웠다. 목소리는 탁하게 갈라져 나왔다.

"……설마."

"아빠가 날 여기 보냈어. 아빠가 내게 줄 수 있는 마지막 조치야. 내게 정당성을 부여해 주려면 나뿐만 아니라, 현재 나와 함께 있는 너희도 깨끗해야 해."

정윤환은 마른 손끝으로 이마를 문질렀다. 현기증이 치밀었다. 단 한 번도 동정한 적 없던 차인호가 끔찍하게 안타까웠다. 아아, 이 빌어먹을 사랑 같으니라고. 기꺼이 파멸의 길을 자처하는 이 완벽하게 깎아지른 절벽이라니. 사람을 한계까지 몰아넣는 이 강렬한 감정이 세계를 움직이고 있다는 데 반박할 여지는 없었다.

"이제 좀 감이 와?"

정윤환은 눈을 들었다. 괴로운 와중에도 타고난 뼈처럼 의기양양한 차예원을 훑었다. 차예원이 바라는 것은 명백했다. 본인 가치의 재평가. 그러나 정윤환은 그녀가 원하는 것은 추호도 줄 생각이 없었으며, 실제로 고맙지도 않았다. 그저 차인호가 측은했다.

"솔직한 감상을 말할까? 넌 끝까지 아빠 덕을 보는구나."

"아무렴. 몰랐니? 이게 내 재능이야."

"도시연합장 외동딸로 태어난 게 네 재능이다?"

"그러는 정윤환 너도 그 설계 실력 노력해서 얻은 거 아니잖아. 타고났잖아."

"그러네."

정윤환은 허탈하게 웃었다. 이어 차갑게 대꾸했다.

"그런데 난 내 재능에 대가를 지불해 왔거든. 사람 피 빨아가는 게 온디딤보다 더해."

문을 열고 나왔다. 뒤에서 차예원이 무어라 소리치는 것이 들렸으나 쓸데없었다.

잠은 달아난 지 오래였다. 인내심은 이미 바닥을 보여, 복도를 휘적휘적 걸으며 왼손으로 재킷 안주머니를 뒤졌다. 호흡기가 손에 잡히자 입에 물기도 전에 기분이 좋아졌다. 수증기를 어지러이 뿜으면서 조타실로 들어갔다.

항해를 하던 학생들이 알은체를 했다. 긴장과 그 긴장을 압도하는 어떤 사명감이 느껴졌다. 정윤환은 손을 들어 인사를 물리고, 지휘실의 암막 커튼을 슬쩍 젖혀 보았다. 정예군과 학생 임원, 정윤환도 얼굴이 익은 5학년 설계부 실력자 서넛이 탁자에 거대한 방어 패턴을 펼쳐 두고 갑론을박을 하느라 치열했다. 김서혁은 팔짱을 낀 채 서서 짙은 회색 눈으로 방어 패턴을 응시하고 있었다. 서재희는 없었다.

"선배, 아직 안 잤어요? 많이 피곤하지 않으시면 들어와서 검토 좀 해 주세요."

연다희가 정윤환을 알아보고 요청했다. 시선이 강아지 떼처럼 우르르 몰려왔다. 익숙한 기대였다. 정윤환은 호흡기를 깊이 빨며 김서혁을 살폈다. 김서혁은 정윤환은 신경도 쓰지 않고 방어 패턴에 눈을 고정하고 있었다. 그 시선을 따라갔다.

아름답게 얽히고설킨 도형과 그것들을 가로지르는 직선과 곡선 사이로 학생들의 꼬리표가 붙어 있었다. 김서혁은 방어 패턴의 가장자리, 정윤환의 꼬리표가 붙은, 특히 정교한 패턴을 응시하고 있었다. 정윤환은 즉각 탁자의 가운데를 보았다. 보통 핵심 설계자가 자리하는 중앙엔, 소연주 이름이 솟아 있었다.

정윤환은 제게 붙은 시선을 느끼면서 호흡기를 한번 깊이 빨았다가 뱉었다. 수증기가 확 퍼지면서 시야를 가렸다. 성큼성큼 걸어서 김서혁 앞에 선 뒤 묵례했다.

"모든 전투에서 유은우와 절 중심에 놔 주십시오. 유은우는 제가 전담으로 서포트하겠습니다. 그것 말고는 이번 전투에 딱히 바라는 것 없습니다. 저 컨디션 나쁘지 않습니다. 더구나 유은우가 있으면 전 타격은 신경 쓰지 않고 오로지 설계에만 집중할 수 있습니다. 외곽은 말도 안 됩니다."

김서혁은 고개를 돌리지 않았다. 눈동자만 이쪽으로 떨어졌다. 정윤환은 그가 제 얼굴이 아닌 호흡기를 든 왼손을 주시한다는 걸 알았다. 김서혁이 다시 방어 패턴을 보았다. 그가 낮게 말했다.

"약 줄이라고 했을 텐데."

"중앙이 제 자립니다. 만약 제 부상을 고려하여 가장자리로 빼내신다 하더라도, 무게중심은 저를 기준으로 다시 재편될 겁니다. 힘은 정직합니다. 가장 크고 강력한 지점을 핵으로 삼기 마련입니다. 그때 가서 방어 패턴이 가장자리로 기울어지는 걸 재구성하느라 수고치 마시고 처음부터 그리 짜 주십시오. 제 부상은 유은우가 보완하며, 유은우의 부상 또한 제가 보완합니다. 저희는 이미 한번 뛴 전적이 있습니다. 상당히 잘 맞습니다. 사실 서로가 서로에게 최적일 수밖에 없지요. 고려해 주시리라 믿습니다."

정윤환은 기다렸다. 그러나 김서혁은 대답하지 않았다. 정윤환은 김서혁이 자신의 제안을 받아들이지 않는다고 해도, 전투가 시작되고 총을 빼자마자 자신을 중심으로 전교생의 설계를, 나아가 적의 것까지 재편할 자신이 있었고, 또 그렇게 될 수밖에 없음을 알았기에, 대답을 재촉하지 않고 돌아섰다. 연다희와 눈이 마주쳐 덧붙였다.

"패턴 자체에 대해선 내 의견 구할 필요 없어. 그대로 써. 어차피 내가 짜면 너희 못 따라해. 내가 너희에게 맞춰. 그리고 서재희 어디 갔어?"

"모르겠어요. 잠깐 선실에서 쉬다 오겠다고 하고 아직 안 왔어요."

정윤환은 커튼을 헤치고 나왔다. 아직 거기 있단 말이지. 속이 들끓었다. 이런 비상사태에 아직도. 내가 늦지 말라고 했는데.

함교를 성큼성큼 걸어 나왔다. 멈췄다가 도로 들어갔다. 콘솔의 빈 여백을 짚으며 타를 잡고 있는 5학년에게 고개를 들이밀었다. 5학년 여학생이 몸을 뒤로 물리며 당황한 얼굴로 왜 그러냐 물었다. 그녀의 뺨이 확 달아올라, 정윤환은 다급히 거리를 두었다. 남 얼굴 붉히게 만드는 건 서재희의 전매특허 아니던가. 낯선 반응에 오히려 이쪽이 황당했으나 곧 납득했다. 내가 잘생기긴 했지. 문득 유은우도 그렇게 생각할까 궁금해졌다.

"이따 적이 사정거리에 들어오면 안내 방송으로 알려. 비상 사이렌 쓰지 말라는 소리야."

"……네? 왜요?"

"귀 아프잖아. 나 예민해서 그런 거 못 참아. 사이렌 어디 있어? 아예 꺼 버려. 그렇지. 켜지 마라, 그거."

항해를 맡은 모든 학생들에게 신신당부를 하고 함교를 나왔다.

복도를 큰 보폭으로 가로질렀다. 유은우가 자고 있을 선실 앞에 서서 스스럼없이 문손잡이를 잡았다. 서재희가 나갔으면 그의 성격상 문을 안쪽에서 잠갔을 테고, 서재희가 있으면 문은 잠겨 있지 않을 터였다. 서재희가 어디 있는지 찾아내어 지휘실에 처넣을 생각이었다. 김서혁은 훌륭한 지휘관이었으나, 연다희를 비롯한 학생들에게는 확실히 어려운 상대였다. 원활한 소통을 위해 서재희가 있어야 했다. 문손잡이가 걸리는 것 없이 매끄럽게 돌아가 욕이 나왔다. 설마하니 아직도…….

그러나 문을 열었을 때 정윤환은 당황했다. 긴 소파엔 유은우만 색색 잠들어 있을 뿐, 서재희는 흔적도 없었다. 반사적으로 안쪽 욕실을 응시했다. 물소리나 인기척은 들리지 않았다. 다시 유은우를 보았다. 아까 봤을 때는 서재희 코트만 달랑 걸치고 그 아래 맨다리만 쭉 뻗어 사람을 미치게 만들더니, 그새 교복을 죄 갖춰 입어 틈이라곤 없었다. 심지어 비상시 빨리 출동하기 위해 군화까지 신은 채였다. 매듭이 단단했다. 정윤환의 군화와 같은 방식으로 묶여 있어, 서재희의 손이 탔음을 짐작했다.

문을 왜 안 잠그고 갔지.

문고리를 잡은 손에 서서히 힘이 들어갔다. 단순히 잊은 걸까. 그리 끔찍이 여기는 여자가 홀로 자고 있는데 서재희 성격에 잊어버렸다는 건 말이 안 되었다. 아니면 믿는 걸까. 전교생을 비롯한 모함의 모두가 유은우에게 해를 끼치지 않을 거라 여겨 문을 잠글 필요성조차 느끼지 못했을까. 김서혁에게 익숙하게 안겨 들어오던 유은우를 봤음에도, 서재희는 김서혁을 믿었을까. 내가 문을 열고 폭발하기 직전이었고 제대로 숨기지 못했는데도, 서재희는 나를 믿었을까.

서재희가 없으니 문을 닫고 나오면 될 것을, 정윤환은 홀린 것처럼 유은우를 응시했다. 소파에 길게 누운 유은우의 흩어진 머리칼, 벌어진 입술이, 부드럽게 힘이 빠진 곡선이, 만끔 흘러내린 얇은 담요가 정윤환의 혼을 잡아 빼서 실험실에서 함께 있었던 때로 쾅, 못 박았다.

담요만 덮어 주고 갈 거니까 괜찮아.

무엇으로부터 괜찮다는 건지 알 수 없었다. 정윤환은 이끌리듯 안으로 들어섰다. 문을 등 뒤로 닫았다. 저도 모르게 안에서 잠글 뻔했다. 의식적으로, 일부러 열어 두었다. 자제력을 잃을까 겁이 났다. 그러면서도 굳이 유은우에게 다가가 몸을 숙이고 흘러내린 담요를 집어 드는 자신이 우습게 느껴졌다. 담요를 부드럽게 훑어 먼지를 떨어내고 유은우의 몸에 덮어 준 뒤, 능숙하게 갈무리했다. 유은우는 잠꼬대가 심하여 이불을 걷어차고 굴러 떨어지기가 예사였다. 그녀의 몸 아래에 담요 자락을 반듯하게 밀어 넣어 고정했다.

그러고 나서도 정윤환은 쉬이 일어서지 못했다. 저도 모르게 유은우를 찬찬히 훑었다. 방금 직접 덮어 둔 담요를, 떨리는 손으로 젖혀 유은우의 목덜미를 드러냈다. 흐트러진 머리칼을 걷었다. 희고 매끈한 목의 어디에 설마 흔적이 있을까, 귓바퀴를 살피고 입술을 눈으로 더듬었다. 서재희가 어디까지 유은우를 침범했는지, 유은우가 어느 선까지 서재희를 허락했는지, 어떻게든 엿보려는 자신에게 화가 나 뇌가 부풀어 터지려 했다. 감히 유은우의 가슴을 헤치지 않고 그 정도만 살피고 끝난 것은, 그가 드물게 현명하게도 열어 놓은 문 때문이었지, 그의 자제력이 특별해서가 아니었다.

그만해, 미친놈아. 언제 인간 될래.

정윤환은 제게 쌍욕을 퍼부으며 일어섰다. 돌아서서 나올 참이었다. 그러나 다음 순간 당겨져 도로 무너지듯 주저앉았다. 유은우의 손이 제 소매를 잡고 있었다. 정윤환은 유은우가 무어라 웅얼거리며 몸을 뒤척이는 것을 정신없이 바라보았다. 제 소매를 잡은 손은 떨어질 줄 몰랐다.

이 버릇 아직도 있구나.

그러고 보면 처음부터 그랬다. 아기 새처럼 필사적으로 매달려 정윤환은 감히 유은우를 뿌리치지 못했다. 힘을 주면 충분히 떼어 낼 수 있었으나, 뻗어 오는 손에 그런 냉혹함은 도리가 아니라 여겼다. 차마 외면할 수 없어, 유은우에게 한번 잡히면 스스로 놓을 때까지 옆에 머물러 있기 부지기수였다.

정윤환은 제 소매를 꼭 잡은 유은우의 손을 부드럽게 감싸 쥐었다.

누군가 언제부터 유은우를 좋아했냐고 묻는다면.

사실 그 누구도 묻지 않을 테고, 정윤환도 대답하지 않을 테지만, 그래도 이제 알 수 있었다. 강진욱이 보는 앞에서 자존심다 구기면서 유은우에게 잡힌 재킷을 꼴사납게 벗어 주던 그 순간이, 연민의 시작이었다고.

정윤환은 조심스레 유은우의 손을 잡고 당겼다. 옛날처럼 악을 쓰듯 매달린 손이라, 잡힌 소매를 빼내는 데엔 힘이 필요했다. 정윤환은 제 심장에서 유은우를 뜯어내듯 어렵게, 처음으로 그녀의 손을 떼어 냈다. 조용히 소파에 내려놓았다.

일어서서 선실을 나왔다. 눈을 낮고 나서야 참았던 숨을 길게 뱉었다. 유예된 피로가 몰려왔다. 그러나 정신은 놀랍도록 맑아져 있었다. 인간은 어떻게든 살아 나가는구나 생각했다. 다른 사람에게 혼을 홀라당 빼앗기더라도 텅 빈 내부를 누덕누덕 기워 살긴 사는구나. 유일한 위로였다.

정윤환은 함교를 등지고 걸었다. 아래층 학생들이 모여 있는 강의실에 가서 서재희를 찾아볼 셈이었다. 이프의 통신이 끊어지니 불편한 점이 한둘이 아니었다. 계단을 다 내려가기도 전에 귀가 따가웠다. 학생들이 입을 모아 무슨 노래를 부르고 있었다. 학교 축제도 이렇게까지 흥이 있진 않았는데. 정윤환은 고개를 빼서 아래를 내려다보았다.

아래층은 통으로 넓었다. 드문드문 기둥으로 지탱될 뿐 벽 없이 트여 있어 전교생이 모이고도 남았다. 색색의 플래카드가 벽마다 걸려 있었고, 천장은 화려한 띠와 풍선으로 가득했다. 학교 강당에 있던 너절한 것들을 몽땅 쓸어다가 모함에 실어 온 듯했다. 역사 속 이 자리에 있기로 선택한 것을 자랑스레 여기는 마음들이 해일처럼 밀려들어 아찔했다.

정윤환은 한 칸 더 내려가 보기로 했다. 장담컨대 이 반짝반짝한 흥분 사이에 서재희가 껴 있을 리 만무했다.

그때였다. 살갗으로 소름이 돋았다. 정윤환은 즉각 주머니에서 손을 뺐다. 철제 계단 난간을 움켜잡았다.

쾅!

모함이 크게 흔들렸다. 대비하고 난간을 쥐었음에도 정윤환은 상당한 충격을 느꼈다. 아래가 즉각 시끌벅적해졌다. 학생들은 비명을 지르고 소란을 피웠으나 곧 질서를 지키며 일렬로 뛰어 올라왔다. 그래도 중앙학교 학생이라고 반응이 기민했다. 정윤환은 그 기세에 밀려 아래로 내려가지 못하고 뒷걸음질로 위로 떠밀렸다가 이내 학생들과 함께 올라갔다. 상황이 이러니 서재희를 찾는 것은 의미가 없었다. 아마도 서재희는 함교로 돌아갔을 것이다.

"윤환 선배다!"

학생들이 즉각 정윤환을 알아보았다. 눈에 띄게 안심하는 기운이 느껴져 정윤환은 새삼 기분이 묘해졌다.

— 비상입니다.

연다희의 목소리가 함 내에 쩌렁쩌렁 울렸다. 발밑으로 눈부신 설계가 밀려들었다. 새벽 내내 조율된 대규모 설계 도안이 바닥에 정교하게 깔렸다. 정윤환은 이프를 켰다. 온통 희끗한 푸른색이던 설계 중 일부가 황금색으로 번쩍이기 시작했다. 정윤환 개인 안내선이었다. 짐작대로 갑판을 가리켰다.

— 전교생은 즉시 갑판에 도열 혹은 부속선에 탑승해 주십시오. 현재 부속선 세 척이 손상되었습니다. 4호기, 32호기, 58호기입니다. 해당 부속선 탑승자는 후미 갑판으로 나가 방어선 복

구를 도우십시오. 다시 한 번 알립니다. 손상된 부속선 세 척은 4호기, 32호기, 58호기입니다……

정윤환은 열 시간짜리 딸기맛 보호칩을 까서 한쪽 볼에 머금으며 갑판으로 나왔다. 이미 많은 학생들이 올라와 각자의 자리에 도열하고 있었다. 바람이 넓은 채찍처럼 그들의 전신을 후려갈겼다. 강당에서의 들뜬 흥분은 감쪽같이 사라지고 긴장으로 사위가 빽빽했다.

— 현재 도시연합의 모함 세 대와 용을 실은 수송선 한 척이 사정거리 내에 진입했습니다. 그들은 함선의 포를 난사하고 있으며, 포탄 하나가 저희가 구축한 방어선을 뚫고 들어와 모함의 후미를 훼손하여 격납된 부속선 세 척이 파손되었습니다. 적은 우리가 감지하지 못하도록 버전이 높은 은닉을 가동하여 접근하였으며, 도시연합이 위성 자료를 조작해 송출함으로써 저희가 이와 같은 접근을 미처 알아채지 못한 것으로 사료됩니다.

낭패였다. 도시연합은 모든 기반과 데이터를 쥐고 있었다. 남의 집 안마당에서 싸우는 꼴이었다. 아까 지휘실에서 머리를 맞대며 계산한 것은 모두 거짓된 정보 위에 쌓은 무의미한 수고에 불과했다. 도시연합에게 뒤통수를 제대로 맞았다.

홀스터에서 총을 뽑는 소리, 갑판으로 빈 약물 케이스가 타다닥 떨어지는 소리, 흩어지는 수증기, 거친 호흡, 군홧발로 갑판을 디디고 문지르는 소리. 합법적 집단 살해를 예고하는 익숙한 전조들 사이에서, 정윤환은 유은우를 발견했다.

유은우는 무방비하게 잠에 빠져 있던 아까와 달랐다. 눈은 생기로 반짝이고 전신에 팽팽한 활기가 돌았다. 유은우가 정윤환을 응시하며 시계를 차고 총을 쥔 오른손으로 제 바로 옆을 힘차게 가리켰다. 정윤환 꼬리표가 붙은 지정 좌표가 유은우 바로 옆에서 황금색 원으로 맴돌고 있었다. 뚜벅뚜벅 걸어가 원 안에 섰다. 등 뒤엔 함교가 솟아 있었고 전방은 갑판의 정중앙을 가리키고 있었다. 딱 봐도 전체 배치도의 중앙이었다.

문득 위가 그늘졌다. 힐끔 올려다보았다. 검은 포탄들이 어림잡아 열 개 이상 포물선을 그리며 이쪽으로 날아오고 있었다. 공격을 감지한 방어선이 즉각 가동되었다. 정윤환은 눈을 가늘게 뜨고 둥글게 발효된 방어선을 살폈다. 후미에서 깨진 부분이 보완되었는지 손쓸 수고는 없어 보였다.

콰과과과광!

다시 한번 모함이 크게 뒤흔들렸다. 정윤환은 반사적으로 유은우를 잡아 보호하려 했다. 그러나 유은우는 능숙히 중심을 잡고 있었다. 정윤환은 말없이 무안해진 손을 거두었다. 포탄들은 내부로 진입하지 못하고 방어선에서 차단되어 묵직하게 아래로 미끄러졌다.

유은우가 황당하다는 얼굴로 물어 왔다.

"우린 포 없어?"

"교육용이라. 학교 모함에 포가 있겠냐. 애초에 반란군 박멸한 곳으로만 다니는데."

유은우가 미간을 찡그렸다. 그녀가 제 이프를 보더니 말했다.

"지정석 대기까지 87%. 제자리 찾아가는 게 느려. 군이었으면 벌써 시작하고도 남았을 텐데. 아까운 방어선 다 부서지겠어."

"대규모 전투는 처음이라 그래."

정윤환이 대꾸했다. 유은우가 전방을 주시했다. 그녀가 중얼거렸다.

"기분이 이상해."

"뭐가."

"군함을 적대하고 있어서. 군과 싸우게 될 줄 몰랐어. 저 모함은 내가 마지막으로 탔던 모함이야."

"그래서 꺼려져?"

"전혀."

유은우는 긴장한 기색이었으나 지나치지 않았다. 딱 전투에 필요한 만큼이었다. 컨디션이 최상으로 보였다. 호흡기에 신체 강화제를 끼워 깊이 흡입하는 유은우에게, 정윤환이 총을 빼며 물었다.

"부상 어때?"

"좋아."

"특정 강화 한 번 더 씌워 줘?"

유은우가 흘깃 정윤환의 왼손을 보았다. 그녀가 대답했다.

"아니."

정윤환은 개의치 않고 곧바로 총을 들어 유은우의 허벅지를 사격했다. 탕, 하고 유은우의 까만 교복 바지 위로 매끈한 물결이 한 겹 덧씌워지고 이내 투명해졌다. 유은우가 한숨처럼 말했다.

"고마워."

"군에서 뛸 땐 어떻게 했어? 설계 읽는 거 느리잖아."

"청각 지시에 의존했어. 여기까지 온 것도 안내선 따라온 거 아니야. 차예원 선배가 나한테 직접 말로 해 줘서 그거 듣고 왔어. 지금 차예원 선배, 서재희 선배랑 같이 함교에 있으면서 바로바로 내게 지시해 주고 있어."

"차예원 잘못되면 내 파트너 큰일 나겠는데."

농담 반 진담 반 중얼거렸다. 유은우가 어깨를 으쓱했다.

"군에서 인터컴이 손상되면 가장 실력 있는 서포터 옆에 딱 붙어서 같이 움직였어. 나 솔직히 별로 걱정 안 돼. 내 서포터 가 너라서."

정윤환은 물끄러미 유은우를 보았다. 유은우는 정윤환을 보고 있지 않았다. 그녀는 전방을 보고 있었다. 단단하면서 여린 옆모습이, 정말 보는 사람 억울하게 예뻤다.

정윤환은 총을 들어 유은우를 겨누었다. 탕! 총구가 튀고, 흰 추적선이 뻗어 나와 유은우의 오른쪽 손목 시계 부근에 감겼다. 기시감을 느꼈다. 하늘을 보았다.

그래도 오늘은 비가 안 오네.

총을 거두려는데 유은우에게 느닷없이 손목을 잡혔다. 속절 없이 끌려갔다. 정윤환은 어지럼증을 느끼면서, 유은우가 두 손으로 제 왼손을 만지작거리는 것을 고스란히 당했다. 뒤늦게 손을 빼려 했으나 도로 잡혔다.

"잠깐 보자, 좀."

"야, 하지 마. 진짜."

그러나 유은우는 들은 척도 하지 않아, 정윤환은 날카롭게 뱉었다.

"이런 식으로 나 건드리지 말라고 했잖아!"

거칠게 뿌리쳤다. 유은우는 퍽 심각한 표정이었다. 정윤환은 숨을 가다듬었다. 유은우가 불쑥 말했다.

"내가 잘할게."

"……뭘 또 잘해."

"너 무리 안 하게, 설계 한 번으로 전부 끝나게, 내가 정말 최선을 다할게."

내가 원하는 건 그런 게 아니라는 대꾸가 목구멍까지 짓쳤다. 네 실력이 바닥이라 자꾸만 실패해서 내 몸이 부서져라 그 손해를 감당한다 해도, 네가 내게 마음 한편 내주면 그것으로 족할 텐데.

나만 좀먹는 부질없는 바람이었다.

— 서재희입니다.

갑판 전체가 일시에 긴장했다. 인터컴은 무용지물이 되어 각자의 홀스터에 꽂혀 있었기 때문에, 서재희는 함내 방송으로 반듯하게 말을 이었다. 이제 거리가 가까워져 바로 눈앞에 적의 부속선이 보이기 시작하는데, 서재희는 교내 방송을 하듯 그저 평온했다.

— 배치도 조율은 제가, 현장 보완은 김서혁 전 총사령관님께서 주관합니다. 우리는 팀을 쪼개지 않고 방어선을 강화하

며 전속력으로 적함을 파고들겠습니다. 적의 중앙에 위치한 수송선에 실린 용을 구출할 계획입니다. 용을 풀어내고도 모함이 손상되지 않았다면 그대로 1급 보안지역으로 이동하겠으나, 여의치 않을시 부속선을 띄워 이동토록 하겠습니다.

서재희답지 않은, 그러나 현 상황에서 달리 방법이 없는 무식한 정공법이었다.

— 우리는 압도적으로 이기거나, 지더라도 근소한 차이일 것이며, 어떤 식으로든 역사에 정의의 고유명사로 기록될 테니 살아도 죽어도 명예로울 것을 약속드립니다.

발밑의 배치도가 일시에 환하게 빛을 뿜었다.

— 전원 배치 완료되었으므로 3초 후 전력 질주하겠습니다. 3.

옆에서 유은우가 총을 뽑았다.

— 2.

정윤환은 총을 고쳐 쥐었다.

— 1.

모함이 천지를 뒤흔드는 굉음을 내며 움직였다. 점차 가속이 붙어 이쪽으로 다가오는 적함과 그 거리가 순식간에 좁혀 들었다. 동시에 수많은 공격이 산발적으로 이쪽으로 퍼부어졌다. 마치 자석이 돼서 철심이 가득한 구간을 통과하는 것처럼, 설계로 빚어진 빛나는 타격과 역한 냄새를 풍기는 화약 무기들이 학교 모함 하나만 노리고 새카맣게 달려들었다.

설계부 학생들이 혼신을 다해 구축하고, 타격부 학생들이 죽어라고 힘을 부어 놓은 방어선이 깨질 듯 위태롭게 버텼다. 별

자리처럼 아름답게 빛나는 반투명한 막 너머로 무수한 공격이 쏟아져 떨어졌다. 갑판에서는 그 여파를 줄이고 방어선을 보완하기 위해 서재희가 배치도로 지시하는 대로 설계와 타격이 정신없이 이어졌다. 막느라 바빠 공격은 엄두도 낼 수 없었다.

정윤환이 밟고 선 황금색 원이 빙글빙글 돌며 사방으로 화살표를 뻗었다. 보완이며 중첩이며 서재희의 지시가 기호로 떠오를 때마다, 정윤환은 이를 악물고 연사로 화답했다. 처음엔 그 속도를 버거워하던 유은우도 금세 따라붙어 정윤환의 설계에 제 타격을 얹어 쭉 밀고 나갔다. 온이 사방으로 시원하게, 한치의 오차도 없이 제 의도대로 뻗어 나가자 정윤환은 속이 다 탁 트였다. 자신의 설계를 이토록 힘 있고 깨끗하게 타고 가는 타격은, 결단코 유은우만 가능하리라 확신했다.

그러기를 수 분이었다. 문득 정윤환은 묘한 여백을 느꼈다. 실제로 적의 공격을 막는 것에 급급하던 학생들도 다소 편안한 기색이었다. 소나기처럼 무자비하게 떨어지는 적의 공격은 여전하나, 이상하게 방어의 간격은 길어졌다. 미리 짜 둔 대규모 방어 설계 덕이었다. 초반엔 몰아쳤으나, 한번 구축하고 나니 톱니바퀴처럼 서로 맞물려 돌아가면서 최소한의 보완만으로도 그 역할을 충실히 해내고 있었다.

하여간, 서재희.

순수하게 감탄하는 찰나, 적의 공격이 일시에 멈추었다. 모두가 의아해할 때, 함교의 서재희에 의해 발밑의 배치도가 순식간에 뒤바뀌었다. 학생들이 일사불란하게 새로운 위치로 달려갔다.

정윤환은 제 이름 꼬리표를 단 황금색 원과 유은우 꼬리표를 단 흰색 원 두 개가 쌍둥이처럼 쭉 미끄러져 갑판 앞으로 올라붙기에 이를 악물고 뛰어 따라잡았다. 유은우는 제 발 밑의 설계를 보지도 않았지만 차예원의 지시를 받았는지 지체 없이 따라붙었다. 거대한 모함의 첨단에 서서 정윤환은 그만 숨이 탁막혔다. 중얼거렸다.

"……이건 좀 힘들겠는데."

정윤환은 서재희가 왜 자신과 유은우를 전면에 내세웠는지 알 것 같았다. 적이 공격을 멈춘 건 그들의 간격이 너무 가까워져서, 학교 모함이 폭발할 경우 도시연합 또한 만만찮은 피해를 입기 때문이었다. 따라서 직접 접근하여 선상 전투로 넘어가겠다는 뜻이었다. 아니나 다를까 활짝 열린 총 세 척의 적함격납고로부터 번쩍번쩍 빛나는 부속선들이 미사일처럼 이쪽으로 직진하고 있었다. 보나마나 도킹 시도였다. 문제는, 그 부속선들이 많다는 거였다. 해도 해도 너무 많았다. 정윤환은 사격횟수를 한 번이라도 아끼기 위해, 총을 드는 대신 가까운 5학년에게 외쳤다.

"야, 거기! 저거 다 몇 척인지 알아봐!"

마침 5학년도 생각이 있는지 탐색 설계를 내보낸 직후였다. 그가 돌아온 설계를 크게 읽었다.

"여든일곱 척입니다!"

서재희의 지시가 간절했다. 정윤환은 습관적으로 왼쪽 귀의 인터컴을 고쳐 끼려 했다. 그러나 고장 난 인터컴이 있을 리 만무했다. 발밑의 황금색 원이 빙그르르 돌다가 사방팔방으로 화살표를 뻗어 댔다. 그 위로 수십 가지 기호가 띠올랐다. 고난이도 설계를 요구하거나, 기초 설계 일곱 가지를 중첩해 달라거나……. 가리지 않고 고슴도치저럼 빽빽하게 솟아났다.

"야, 서재희. 이거 나 죽이려는 거지."

그만큼 믿는다는 거겠지. 심호흡했다.

"유은우."

"응."

"나 지금부터 스물한 번 안 쉬고 연사한다. 너 따라오는 거 안 살피고 바로바로 넘어갈 거야. 절대 놓치지 마. 아까랑은 비교도 안 되게 세게 나갈 거니까 너도 내 설계 부서질까 걱정하지 말고 곧장 밀어붙여. 내 부담 덜어 준답시고 사선 쓰지 마. 이번 설계 무거워서 안 날아갈 수도 있어. 무조건 정곡으로. 무슨 말인지 알지?"

유은우가 숨을 깊게 뱉으며 고개를 끄덕였다. 긴장에 낯이 굳어 있었다. 문득 시선이 마주쳤다. 유은우가 이쪽을 안심시키듯 활짝 웃어 보이더니 사뭇 밝게 말했다.

"응. 나 할 수 있어."

다시 전방을 바라보는 유은우를, 정윤환은 깊이 응시했다. 지켜 주고 싶다고 생각했다.

"좋아."

정윤환은 총을 고쳐 쥐었다. 자신을 격려하듯 중얼거렸다.

"간다."

정윤환은 발로 서재희의 지시가 새겨진 원을 더듬었다. 첫 번째 화살표가 가리키는 방향으로 총을 들어 정확히 겨누었다. 그대로 연사했다. 눈부신 설계가 폭죽처럼 터졌다. 거의 동시에 유은우의 타격이 정윤환의 설계를 맞춤처럼 입고 허공을 갈랐다. 정윤환은 본인이 어떤 설계를 쏘는지 정확하게 인지하고 있었으나, 사실 주변의 다른 동조자들의 설계와 어떤 시너지 효과를 내는지까지는 전혀 살필 겨를이 없었다. 총이 덜덜 진동했다. 이젠 감각도 사라진 왼손과 금이 쩍쩍 갈라진 총 중, 어느 쪽이 먼저 나가떨어질지 알 수 없었다.

스무 번째 총구가 튀어 올랐을 때, 정윤환은 시야가 탁 터지는 기묘한 느낌을 받았다. 침식의 다음 단계로 넘어갔다는 섬뜩한 직감이 왔다.

쾅!

모함이 크게 흔들렸다.

카가가가각!

금속이 금속 위로 세차게 갈리는 굉음이 났다. 대체 어떤 상황이기에 이런 식의 소음이 발생하는지 의아했다. 그러나 돌아볼 여유는 없었다. 고도의 집중으로 실제 시야는 희게 비어 보였다. 입으로는 중얼중얼 비약적으로 공식을 뛰어넘으면서 마지막으로 방아쇠를 당겼을 때였다. 고비를 넘기는구나 싶어 안도하는데, 유은우가 정윤환의 마지막 설계에 타격을 입히자마자 곧장 이리 덮쳐 왔다. 정윤환은 유은우에게 당겨져 비스듬히 기울어지고 이어 부딪히듯 안겼다. 아찔한 가운데, 카앙, 날카로운 파공음이 지척이었다. 정윤환은 황급히 뒤를 돌아보았다. 은색과 섬은색의 내끈한 금속들이 얽히고설켜 정윤환의 전신을 깨끗하게 막아 내고 있었다. 유은우의 시계판에 튕겨나간 적의 설계가 날카롭게 부서졌다.

"조심해."

유은우가 쉰 목소리로 말했다. 그녀가 정윤환을 보호하듯 뻗었던 오른손을 거두었다. 거대하게 전개된 시계가 옆으로 비껴났다. 그제야 서재희의 지시대로 죽어라 갈긴 결과물이 모습을 드러냈다.

적진 한가운데였다.

그들은 더 이상 비행하고 있지 않았다. 거대한 수송선의 갑판에 착륙해 있었다. 간신히 버티던 방어선은 여기저기 금이 가 형편없었다. 패색이 짙었다. 그러나 적의 공격은 이상하게 드문드문했다. 아흔 척에 달하는 부속선들은 감히 도킹 시도조차 못 하고 주변을 날카롭게 맴돌고 있었다. 그 뒤로 모함 세 척이 버티고 있었는데, 함마다 측면이 전부 개방되어 포란 포는 죄 튀어나와 이쪽을 주시하고 있었다.

김서혁이 모함 끝에 우뚝 서서 총을 연사하고 있었다.

도시연합이 공격을 아끼는 이유는 단 하나였다. 자신들이 어렵게 손에 넣은 운반물이 훼손될까 봐.

김서혁이 겨눈 총 끝에 용이 있었다.

1000년 만에 등장한 성체는 결코 성스러워 보이지 않았다. 머리부터 꼬리까지 쭉 당겨 보아도 겨우 1미터 남짓일 까맣고 투박한 짐승이 갑판에, 아니, 정확히는 학교 모함이 처박히는 바람에 형편없이 찌그러진 수송선의 갑판에 너덜거리고 있었다.

정윤환은 그제야 왜 도시연합이 조그만 용 하나를 운반하기 위해 거대한 수송선까지 사용했는지 깨달았다. 수송선 갑판을 무수히 뒤덮고 있는 것은 흰 모래 색깔 그물로, 그물코마다 수많은 덫이 촘촘히 박혀 있어 마치 덫을 경작한 끔찍한 밭을 연상케 했다. 그 그물에 용이 엉켜 있었다. 도시연합은 덫을 엮은 그물을 용에게 집어던져 포획에 성공한 것으로 보였다. 그 그물 자체가 어마어마하게 거대하여 갑판이 흔들릴 때마다 자글자글 움직이는 것이 마치 쇠로 이루어진 바다의 물결 같았다. 혹여나 용을 덫에서 분리하다가 놓쳐 버릴까 염려하여, 무식하게 큰 덫의 밭을 그대로 질질 끌어다가 수송선 갑판에 통째로 던져 놓았을 거라고 짐작했다. 학교 모함이 바로 그 위로 처박힌 셈이었다.

김서혁의 총구가 튈 때마다, 용에게 달라붙은 덫이 하나둘씩 입을 벌리며 용을 놓아주고는 한 바퀴 뒤틀리며 본연의 기능을 잃었다. 그러나 더뎠다. 용의 움직임은 예측이 어려워 정교한 집중력을 요했다. 김서혁이 덫 하나를 풀면, 용이 풀려나 움직이며 덫 두 개에 물렸다. 김서혁은 무감한 낯으로 계속해서 용을 조준했다. 그의 타격이 용을 아슬아슬하게 피하며 그물을 크게 찢어냈다. 덕분에 숨은 트였으나, 여전히 사지에 덫을 주렁주렁 매단 용이 날개를 활짝 펼쳤다. 이어 전신의 비늘을 꼿

꼿이 세우며 저를 향한 시선에 적의를 드러냈다. 붉은 안광이 번쩍거려 제법 사나워 보였으나 철저하게 사로잡힌 채였다. 용이 몸을 뒤틀 때마다 뒷에 긁혀 까지면서 까만 비늘이 후두둑 튀어 올랐다. 끈적한 피는 흘러나오는 즉시 바람에 흩어져 투명하게 사라졌다.

용이 날카로운 울음소리를 내며 바르르 경련했다. 붉은 안광이 흡사 피가 고인 듯 형형했다. 포기 않고 몸부림치는 것만도 기적이었다.

"여기 언제 착륙했어? 아니, 그보다⋯⋯."

등허리로 소름이 돋았다. 방어선은 금방이라도 부서질 것 같긴 했으나 크게 꿰뚫린 흔적은 전무했다.

"⋯⋯우리 도킹, 한 척도 안 당했어?"

유은우가 여전히 왼손으로는 정윤환의 한쪽 팔을 단단히 움켜쥐고, 오른손으로는 시계를 펼쳐 사위를 경계하며 대꾸했다.

"네가 한 거잖아."

"어떻게 이럴 수가 있어⋯⋯."

"너 빼고 전교생이 전부 속도만 강화했어. 넌 방향을 틀었고. 적이 도킹할 수 없는 동선이었어. 어떻게 네가 하고 몰라."

"서재희가 짠 대로 계산하느라 급급해서⋯⋯."

옆이 서늘했다.

정윤환은 일부러 총을 쓰지 않고 몸을 굴려 피했다. 동시에 유은우가 시계로 적의 공격을 쳐 냈다. 부서진 적의 설계가 빛의 파편으로 갑판 위를 훅 쓸려 나갔다. 정윤환은 가감 없이 욕을 퍼부었다. 정말 이쪽 목숨을 노리고 들어온 공격은 아니었다. 그보다, 본격적으로 펼칠 공격을 보다 더 정교하게 다듬기 위해 기준 삼아 슬쩍 떠본 것에 불과했다. 용을 건드리지 않고 이쪽을 사살해 보겠다는 명백한 악의였다.

정윤환은 즉각 일어섰다. 숨을 가다듬고 제 위치에 섰다. 당장이라도 머리 위의 방어선이 산산이 깨어질 것 같았으나 정윤환은 직접 총을 들어 보완하기가 망설여졌다. 방어선을 보충하라는 서재희의 지시가 없었기 때문에. 그 지시는 정윤환이 아닌 다른 학생들의 몫으로 떨어지고 있었다.

적의 공격이 날것으로 휘몰아치기 직전임을 피부로 느끼면서도, 학생들은 여전히 질서를 지키고 있었다. 의문은 없었다. 하다못해 의견 교환도 없었다. 제 발밑에서 생명체처럼 어지러이 교차하는 서재희의 지시에, 토 하나 달지 않고 그대로 따르고 있었다.

그러나 적진 한가운데였다. 용기만으로 버티는 것도 한계가 있었다. 군데군데 방어선을 깨고 적의 공격이 내리꽂혔다. 정윤환이 살피는 동안에도 서넛이 부상을 입었다. 학교 모함을 폭파하거나 지척의 용을 훼손하지는 않으면서도 방어선을 깨고 갑판의 학생들만 골라 죽일 만한 강도의 공격이 드문드문 테스트하듯 이어졌다.

심장이 거칠게 뛰었다. 어쩌려는 걸까. 여기서 도대체 뭘 어떻게. 용을 구출해 내는 순간 도시연합은 공격을 조심할 필요가 없었다. 맹공이 이어질 테고 이쪽이 전멸하기까지는 시간문제였다. 하나 그렇다고 해서 김서혁에게 용을 최대한 늦게 풀어 주라고 외칠 수도 없는 노릇이었다.

정윤환은 마지막 지푸라기 잡는 심정으로 중얼거렸다.

"용하고 교감, 아니, 말이라도 걸어 봐. 네 용이라며? 알아볼 수도 있잖아. 풀려나는 순간 우릴 도와줄지 누가 알아."

"내 용이었던 적 없어. 날 알아볼 리도 없고. 꼬리로 후려치지나 않으면 다행이지."

말끝에 유은우가 정윤환을 힘 있게 뒤로 끌었다. 정윤환은 애써 정신을 차리며 제 발밑을 보았다. 원이 아래를 가리키고 있었다. 함 내로 들어오라는 지시였다. 정확히는 가장 아래 기관실로.

그토록 기다리던 서재희의 지시였다. 정윤환은 즉각 유은우의 손을 잡아당겼다. 그대로 전속력으로 뛰어 갑판을 가로질렀다. 반사적으로 이행하고 있으나 순간 이상했다. 머리 위로 스치는 파편을 시계로 재빨리 걷어 내는 유은우를 향해 다급히 물었다.

"밑으로? 왜? 차예원이 뭐래?"

"모함이 갑판에 충돌하면서, 잠깐 이리……. 조심해! 프로펠러가 부러졌대. 예비로 교체해야 하는데 그거 배우기만 하고 실제로 해 본 애들이 없어서……."

"뭐어?"

정윤환은 갑판 아래로 내려가는 입구에서 즉각 멈춰 섰다. 뒤를 돌아보았다. 찰나마다 학생들은 조금씩, 그러나 뚜렷하게 밀리고 있었다. 정윤환이 바라보는 동안에도 방어선 중앙으로 날카로운 설계가 부딪히며 까드득 균열이 생겼다. 도시연합은 슬슬 감을 잡고 있었다. 어떻게 하면 용을 피하면서 학생들만 박멸할 수 있을지. 시간이 걸릴 뿐 어려운 일은 아니었다. 학생들 틈에서 서포트하느라 정신이 없는 정예군 넷의 위치를 가늠하며 씹어뱉듯 물었다.

"네가 잘못 들은 거 아냐?"

유은우는 영문을 모르겠다는 기색이었다. 그녀가 재차 말했다.

"내려가서 프로펠러 교체하라고 했어."

"……나 같은 고급 인력이 지금 그거 하게 생겼어?"

"너랑 난 경험이 있으니까 쉽게 금방 하잖아. 얼른 내려가서 보고 오자. 이러다가 방어선 다 깨지겠어……."

정윤환은 제 아래를 빙글 돌고 있는 원의 가장자리를 군화 굽으로 짓밟았다. 깨지는 소리가 났다. 발로 문질러 파편을 걷어 냈다. 17.

"뭐야."

유은우가 흠칫 굳어 중얼거렸다. 초조하기만 하던 낯이 창백해졌다. 정윤환은 즉각 발을 들어 유은우의 배치도를 밟아 부수었다. 9.

"이거 설마……."

유은우가 숨을 토하며 말을 이었다.

"……부속선 번호야? 우리보고 내려가서 부속선 타라는 뜻이야?"

제발 이 짐작이 비껴가기를. 정윤환은 대답 대신 총을 들었다. 사격을 아끼고 싶었으나 어쩔 수 없었다. 이 정도 정교한 설계를 해낼 수 있는 이는 아군은 물론 현 세대 전 동조자를 통틀어도 정윤환 자신밖에 없었다.

방아쇠를 신중하게 당겼다. 총성 뒤에 즉각 이프로 선내의 투시도가 떠올랐다. 정윤환은 뚫어져라 투시도를 응시하며, 허공을 진찰하듯 총구를 천천히 미끄러뜨렸다. 투시도가 총구의 각도를 따라 미는 힘을 따라 모함 아래로 파고들고 확대되었다. 기관실의 프로펠러는 부러지지 않았다. 멀쩡했다.

옆에서 보고 있던 유은우가 숨을 삼키며 시계를 전개해 정윤환을 감쌌다. 카가가각, 강력한 힘이 시계판의 금속을 한바탕 긁고 지나갔다. 정윤환은 투시도를 보고 있었으나 감각만으로 사위의 완연한 패색을 느꼈다.

총을 고쳐 쥐었다. 투시도는 한바탕 뒤집어지며 이번엔 수송선 전체를 조망했다. 모함은 수송선의 용골을 부수고 깊이 파고들어 있었다. 파견용 모함에 비해 일반 수송선이 넓고 재질이 약하여 가능한 일이었다. 욕이 절로 나왔다.

"우리 지금 수송선 용골에 완전히 꼈네. 이대론 옴짝달싹도 못해. 착륙이 아니라 박혔잖아."

"그래서 부속선을 타고 탈출하라는 거구나. 프로펠러는 핑계고."

유은우가 중얼거렸다. 정윤환은 입술 안쪽을 짓씹었다. 셈이 맞지 않았다.

"부속선 세 척 망가지고 일곱 척밖에 안 남았어. 1000명이 어떻게 부속선 일곱 척에 타? 제일 톤수 큰 것도 정원이 고작 서른 명인데. 못 타는 나머지는 어떡하라는 거야. 대장이 용을 풀어 주는 순간, 남은 사람들 개죽음 당할 게 뻔하잖아."

유은우가 투시도를 보고 있던 눈을 들었다. 충혈되어 벌겠다. 그녀가 이를 악물고 말했다.

"그럼 어떡할까. 다 같이 손잡고 여기 붙어 있을까? 부속선을 타고 나가면 일부가 살고 전부 남으면 전멸이야. 그렇다고……."

유은우가 괴로운 표정을 지었다.

"……대장이 계속 용을 인질로 잡고 있을 순 없잖아! 우린 용을 풀어 주기 위해 여기 착륙했어. 목숨이 아까웠으면 애초에 오지도 않았어……."

"아무리 그래도 이건 아니야. 부속선 일곱 척 다 나가 봤자 얼마나 살 수 있을 것 같아? 빠져나간다 해도 바로 추격당해!"

"정윤환, 더 이상 뭘 어떻게 해? 모함은 못 움직이고 부속선은 남았어. 이게 최선이야."

"최선? 대장이 용을 풀어 주는 순간 지금 갑판에 나와 있는 사람들 다 죽어."

"적어도 부속선 탄 사람들은 살아."

"이러면 내가 1학년 때 팀원을 전부 죽음에 몰아넣었던 거랑 뭐가 달라? 아무것도 나아진 게 없잖아!"

유은우가 오른손을 휘둘렀다. 새카만 시계 침이 쐐액 하고 달려드는 타격을 부수어 놓았다. 정윤환은 번득이는 시계판 너머로 유성처럼 떨어지는 적의 공격을 보았다. 그리고 훨씬 자유로워진 용의 몸놀림도. 용은 이제 덫에서 거의 풀려나 날개를 퍼덕이며 공중을 날고 있었다. 아직 꼬리가 그물에 얽혀 있긴 했으나 풀어지기까지 금방이었다.

"들어가자. 너 죽으면 나까지 능력이 제한돼. 우리 쪽 손실이 커. 부속선이라도 살아남으려면 네가 필요해."

그렇게 말하는 유은우도, 막상 김서혁에게서 시선을 떼지 못하고 있었다. 정윤환이 중얼거렸다.

"방법이 있을 거야."

우리가 더 적게 죽는 방법.

머리가 터질 것 같았다. 정말 이게 최선일까? 무수한 선택지에서 지름길을 골라내는 건 서재희의 전문이었다. 서재희가 정윤환보다 한 수 위였다. 그런데 그 서재희가 배치도를 이리 짜놓았다. 프로펠러를 핑계로 부속선에 탑승하라고 한다. 서재희의 말이니 의심 없이 수긍해야만 할까. 하지만 자꾸만 숨이 막혔다. 이건 서재희 스타일이 아니었다. 누군가를 미끼로 삼아 시간을 버는 것은. 게다가 그 미끼는 전멸할 확률이 상당히 높았다……. 만약, 서재희가 내린 이 결정이, 객관적 판단이 아닌 어떤 사심을 반영했다면.

어떤 사심.

정윤환은 서재희의 껍데기를 쓰고 이 모든 판을 바라보려 애썼다. 서재희가 가장 아끼는 체스 말은 단연코 유은우였다. 그 다음은? 자신하건대 바로 정윤환 자신이었다. 서재희가 이 순간 가장 탁월한 패를 단지 사랑하여 쓰지 않고 쥐고만 있는 거라면?

지금 서재희가 굴리는 판에서, 내가 그저 노는 패라면?

정윤환은 서재희가 그랬듯 유은우를 모든 위험에서 배제시켰다. 그러나 정윤환 자신만큼은 아니었다. 쥐고 굴리던 모든 선택지를 놓아 버렸다. 생각의 방향 자체를 달리했다. 우리가 어떤 최선을 할 수 있는가가 아니라, 내가 어떤 최선을 할 수 있는가.

서재희가 그랬다.

'뭐든지, 마음껏. 넌 네 마음이 가는 대로 움직이기만 하면 돼. 판은 내가 깔겠지만, 선택은 네 자유야.'

이걸 염두에 두고 한 말이었을까. 나는 지금 서재희의 판에 서 있는 걸까, 나의 판에 서 있는 걸까. 어느 쪽이든 상관없었다. 결정은 쉬웠다. 너무 쉬워서 웃음이 났다. 한세연이 그토록 강조하던 기준에 따르면, 현재의 상황에선 마땅한 선택지랄 것도 없었다. 정윤환의 기준은, 유은우도 아니었고, 가족도 아니었고, 심지어 제 자신도 아니었다. 은폐되어 견고한 현재를 깨고 태어날, 어리고 성숙한 미래. 어두운 터널 속에서 손에 잡히지도 않는 그 영원한 빛이 정윤환의 삶을 쪼개 온 기준이었다.

정윤환은 투시도를 껐다. 자신에게 되뇌었다.

"내려가야겠어."

"뭐?"

유은우가 반문했다. 정윤환이 말했다.

"여기선 각이 안 나와."

유은우가 눈을 크게 떴다. 무의식적으로 손을 뻗어 왔다. 정윤환은 유은우가 필사적으로 제 옷자락을 움켜쥐는 것을 애써 무시했다. 이 빌어먹을 재능이 왜 하필 제게 떨어졌는지 알 것 같았다.

"땅으로 내려가서……."

정윤환은 혀로 왼쪽 볼에 붙은 보호칩을 더듬었다. 언제 깨졌는지 아주 작아져 있었다.

"……내가 부러진 용골을 위로 밀어내면 돼. 그럼 모함은 빠져나갈 수 있어. 부속선 쓰지 않고도 모함 자체로 이동할 수 있다는 말이야. 적어도 한 명은 더 살겠지."

유은우는 새파랗게 굳었다. 숨이 거칠어졌다. 유은우는 정윤환에게서 눈을 떼고, 내려앉기 직전인 방어선과, 거의 풀려난 용과, 한계에 다다른 김서혁을 훑고, 다시 정윤환을 보았다.

"안 돼. 못 할 거야. 안 될 거야. 그러지 마. 혼자 감당하지 마."

찰나 정윤환은 크게 동요했다. 유은우가 하는 말에 못 이기는 척 쉽게 갈 수 있었다. 어차피 서재희는 정윤환과 유은우를 부속선에 싣겠다고 선언했다. 입 다물고 가만히만 있으면 여기서 살아서 나갈 수 있었다. 변명도 필요 없었다. 주요 전력이었다. 누가 봐도 그들이 선택받는 게 당연했다.

이를 악물었다. 여기서 나 하나 살겠다고 눈 감으면 끝장이

다. 또 반복된다.

유은우가 사색이 되어 정윤환의 손목을 잡았다.

"절대 안 돼. 너 지금 동공 커져 있어."

"그래도⋯⋯."

입꼬리를 씩 당겨 웃어 보였다.

"⋯⋯여전히 잘생기지 않았냐? 내 실력도 똑같아. 침식 좀 됐다고 해서 내 실력 어디 안 가."

유은우는 이제 두 손으로 정윤환의 옷자락을 죽어라고 부여 잡은 채였다. 얼마나 필사적인지 여차하면 정윤환을 끌어안을 태세였다.

정윤환은 총을 들어 갑판 쪽에 연사했다. 마지막이라 생각하고 혼신의 힘을 다했기 때문에, 방어선은 정윤환 본인도 놀랄 정도로 빠르게 회복되었다. 끔찍한 소음과 날카로운 빛이 한결 줄었다.

이걸로 서재희는 예상할까? 내 선택을.

"정 그럴 거면 같이 가."

유은우가 떨리는 목소리로 다급히 말을 이었다.

"내가 네 부담 덜어 줄게. 그럼 되잖아. 그리고 같이 돌아오는 거야. 좋은 생각이지? 같이 가자. 지금 갈까? 그래, 지금 가자."

그러더니 결국 울음이 터졌다. 그것도 잠깐이었다. 유은우는 입술을 꼭꼭 깨물며 울음을 참아 냈다. 그녀는 여전히 두 손으로 정윤환을 붙잡고, 설사 자기가 우는 동안 정윤환이 휙 가 버릴까 전전긍긍하며 눈물이 뚝뚝 떨어지는 눈으로 이쪽을 바라보았다.

너는 평생 모르겠지. 내 눈에 네가 얼마나 예쁜지.

너를 향한 나의 마음엔, 부서진 꿈의 잔재들이 달라붙어 있어. 용서할 수 없이 날카로운 단면. 나 홀로 간직하기도 아파, 도저히 네게 줄 수가 없어.

정윤환은 유은우의 두 뺨을 감싸 쥐었다. 그대로 끌어당겼다. 수없이 그려 온 것보다 훨씬 쉽게 유은우는 가까이 당겨졌다. 유은우가 물기 어린 눈을 크게 떴다. 지금 뭐 하는 거냐고, 뚫어져라 올려다보는 그 예쁜 시선을 아래에 두고, 정윤환은 유은우의 이마 위로 고개를 기울였다. 할 수 있었다. 마지막이었으니까.

비로소 정윤환은 유은우의 이마에 입 맞췄다.

그리고 밀치며 뒤돌아섰다. 일부러 힘을 주어 거칠게 밀어냈으나, 유은우는 기민하게 정윤환의 손목을 잡아챘다. 꿈결 아닌 첫 손길이었으나, 희게 뿌리쳐야만 했다.

정윤환은 난간을 뛰어넘었다. 그대로 강하했다. 바람이 먹먹하게 귀를 찢고, 내장이 목구멍까지 치밀어 오르는 불쾌감이 한계에 다다를 무렵 사해 한복판에 착지했다. 신체 강화제를 취했음도 어마어마한 충격이 전신을 뒤흔들었다. 이를 악물고 똑바로 일어섰다. 총을 고쳐 쥐었다. 금이 간 표면이 생경했지만 개의치 않았다.

나를 지옥으로 몰아넣었던 나의 재능이, 이까짓 실금 따위에 굴할 리 없다고 확신했다.

하늘을 점령한 거대한 수송선의 밑바닥을 겨누었다.

귓가로 작고 반짝이는 것이 윙윙 날아들었다. 나노 드론이었다. 전시 상황 기록을 알리는 중립 로고가 홀로그램으로 반짝였다. 도시연합이 학생들을 사살하는 것을 언론을 통해 공개할리 만무했다. 그러니 이것은 양심 있는 언론사의 용기 있는 촬영이거나, 도시연합보다 시민들의 입김이 거세어져 언론사가 새로운 주체의 수발을 들고 있거나. 후자이길 바랐다. 간절히.

엄마, 아빠가 보고 있겠지. 아니면 이미 구금됐을지도.

어찌 됐든 마지막 인사가 될 터였다. 말썽을 무마할 때마다 부모님께 보였던 미소를 재현하고 싶었다. 수년간 그리 악착같이 지키려 애썼건만 결국 이리되었다고. 카메라를 향해 웃고 싶었다. 그러나 얼굴은 자꾸만 일그러져 무너졌다. 포기하고 총구를 보았다. 총구가 뻗은 연장선을, 그 끝의 수송선을, 그 수송선에 탄 수많은 미래를 보았다.

방아쇠를 당겼다.

탕!

저 멀리 수송선이 크게 흔들렸다. 유은우와 희미하게 유지되던 추적선이 뚝 끊어졌다.

충분하다는 확신은 어려웠다. 한 번 더 쏘고 싶었다. 그러나 다음은 없었다.

재차 방아쇠를 당기는 순간, 총이 산산조각 났다. 왼손에서 소우주가 폭발했다. 시야가 뚝뚝 끊겨 희었다. 정신을 차리니 하늘이 기울어 있었다. 쓰러진 채 숨을 거칠게 몰아쉬었다. 사해의 마른 모래가, 보호칩이 녹아 사라진 입 안을 메우고 폐부로 따갑게 들이쳤다. 주머니에서 새 보호칩을 꺼내야겠다고 생각했다. 입에 물어야 한다고. 그러나 왼손이 없었다. 피로했다.

그토록 시달려 온 불면증이 무색했다. 잠은 죽음에 젖어 달게 몰려왔나.

내 삶의 마디마다 네가 있어.

난 너를 잊기 위해 너를 기억해야 했어. 그리하여 넌 내 삶의 페이지마다 주어가 되고 목적어로 남고, 때로는 행간에 모습을 감추며 나의 일부가 되었어. 네 이름은 내 이름과 같은 농도로 같은 필체로 나란히 쓰였어. 나는 네게서 그토록 벗어나고 싶었으나, 바로 그래서 결국 너로 이루어지게 되었으니, 신이 내리는 벌이 있다면 이런 거겠지.

죄는 유연하여 어디로든 숨어들어 갈 수 있지만, 결코 사라지지는 않아. 그래서 평생 들키지 않는다고 해도 이렇게 벌은 피할 수 없는 게 아닌가 하고.

수없이 널 피해 궤도를 돌고 싶었어. 그래서 널 외면하고. 때로는 짓밟고. 너로 이루어진 문장이 무너져 내 삶의 모든 페이지가 의미를 잃고. 널 삼키고 만들어진 가지가 마디마디 꺾여 내 잎이 마르고. 그리하여 단지 널 잃은 것뿐이지만, 곧 내 전부가 훼손되고 말아.

난 널 사랑해서는 안 돼. 난 내 과거를 정당화해서는 안 돼. 네가 사라져 내 삶이 여백뿐이라 해도.

그게 내가 할 수 있는 마지막 사죄야.

유은우는 정윤환을 놓쳤다. 정윤환이 난간을 넘어 사라졌다. 깨끗하게.

"어……."

실감은 느렸다. 머리보다 몸이 먼저 이해했다. 정신없이 난간 아래를 굽어보았다. 수직으로 낙하해 멀어지는 정윤환을 보았다고 생각했을 때, 이미 몸은 난간을 넘고 있었다. 뛰어내리기 직전, 순식간에 뒤에서 끌어안기고 당겨졌다. 유은우는 난간을 움켜쥐며 버렸다. 그러나 완강한 힘이, 결국 유은우를 낭떠러지로부터 거칠게 뜯어냈다. 난간을 놓친 손이 아무것도 잡지 못하고 허공을 휘저었다. 정신이 번쩍 들었다. 유은우는 제 허리를 움켜쥔 바위 같은 손을 떼어 내려 안간힘을 썼다.

"안 돼! 혼자서, 어떻게. 혼자서 어떻게 하려고! 내가 같이!"

악을 쓰며 몸부림쳤다.

"저대로 두면 죽어!"

쾅!

어마어마한 충격이 느껴졌다. 등 뒤로 누군가에게 단단히 붙들려 있음에도, 유은우는 모함을 뒤흔드는 강력한 진동을 고스란히 느꼈다. 한참 아래에서 올라온 압도적인 그 힘에 추진력을 얻어, 모함이 위로 힘껏 날아오르고 있었다. 숨이 쉬어지지 않았다. 이대로 멀어져, 정말로 멀어져서, 다시는 만날 수 없을지도 모른다. 유은우는 기를 쓰고 상대를 밀어내며 발버둥 쳤다. 정신없이 외쳤다.

"안 돼! 내가……."

눈앞에 불이 튀었다. 얼굴이 확 돌아갔다. 그대로 차가운 갑판에 메다 꽂혔다. 머리를 부딪쳤다. 정신이 하나도 없었다. 따귀가 얼얼한 건 직후였다. 볼 안쪽이 찢겨 피가 흘러나왔다. 그 들큼한 비린내가, 부서져 빠르게 녹기 시작한 박하맛 보호칩과 얽혀 끔찍한 맛을 냈다.

유은우는 금방이라도 속을 게워 낼 것처럼 숨을 헐떡이며 고개를 들었다. 그제야 자신이 눈물범벅이라는 것을 알았다. 흔들리던 초점이 겨우 겹쳐졌다.

김서혁이 유은우의 따귀를 갈겼던 맨손에 다시 장갑을 끼고 있었다. 표정은 없었다. 찢어질 듯 사납게 펄럭이는 그의 망토로, 귓가를 무자비하게 후려치는 바람으로, 유은우는 정윤환의 희생이 성공했음을 깨달았다. 모함이 전력으로 질주하고 있었다. 그들은 사해에 홀로 남은 정윤환으로부터 이미 한참 멀어진 후였다.

유은우는 덜덜 떨면서 상체를 일으켰다. 울음이 쏟아졌다.

"대장, 보내 줘. 제발. 내가 가서 데려올게. 부속선 필요 없어. 그냥 가서 데려올게. 나 할 수 있어. 둘 다 살아서 복귀할 수 있어. 믿어 줘. 할 수 있어. 제발……."

"총 넣고 시계 펼쳐. 이제 네 타격 감당할 사람 없다."

"대장!"

"정신 똑바로 차려. 동료의 죽음을 헛되게 하고 싶지 않으면."

유은우는 소리 내어 엉엉 울면서 바닥을 짚고 일어섰다. 비틀거려 쓰러졌다. 다시 일어섰을 땐 여전히 울고 있었으나 소리는 삼킨 채였다. 소매로 눈을 문지르고 총을 홀스터에 꽂았다. 거친 호흡을 정돈했다. 귓속에 벌 떼가 들어찬 듯 윙윙거렸다.

김서혁이 주위에 일갈했다.

"각자 위치로 돌아가! 전속력으로 보안지역으로 이동한다."

"은우는 제가 데리고 내려가겠습니다."

상황을 파악하기도 전에 누군가에게 바로 손을 잡혔다. 유은우는 끌려가면서 상대를 확인했다. 이선규였다. 그는 한쪽 어깨가 크게 찢겨 있었고 목덜미에 시퍼런 멍이 들어 엉망이었다. 함께 뛴 전투가 몇인데, 이선규의 부상을 목격하는 건 처음이었다. 유은우는 이를 악물었다. 끌려가던 보폭에 힘을 주어 이선규와 빠르게 발맞추었다. 남아 있는 사람들이 있었다. 또 잃을 수 없었다.

갑판을 가로질러 함 내로 들어갔다.

놀랍도록 일사불란하게 움직이는 학생들을 헤치고 아래로 뛰었다. 거친 소음 사이로 누군가가 정윤환의 죽음을 언급하는 것을 들었다. 발목을 접지를 뻔했다. 이를 악물고 똑바로 뛰었다.

서재희도 봤겠지. 그도 알겠지. 정윤환이 낙오되었다는 거 모를 리 없어. 무슨 방법을 마련해 놓았겠지. 이 모든 전투가 끝나면, 승패를 떠나서 정윤환을 다시 볼 수 있겠지. 서재희가 기적처럼 정윤환을 데려올 거야.

문득 뒤가 서늘했다. 이 또한 서재희의 계획 일부인가. 어쩔 수 없는 희생인가.

설마. 아니야. 아니야. 그럴 리 없어.

계단을 구르듯 내려가는데 이선규가 예고 없이 멈춰 섰다. 유은우는 앞으로 고꾸라지려다 난간을 움켜쥐며 겨우 중심을 잡았다. 황급히 돌아보니 이선규는 딱딱한 표정으로 계단 아래쪽을 보고 있었다. 부상 없이 말끔한 소연주가 학생들을 줄 맞춰 위로 보내고 있었다. 쏟아져 올라오는 학생들 틈에 우뚝 서서 이선규는 점점 다가오는 소연주를 뚫어져라 보았다. 이내 이선규가 유은우의 손목을 잡은 채 아래로 내려갔다. 그대로 스쳐 지나가나 했을 때, 이선규가 뒤를 돌아보았다.

"야, 조심해."

늘 치던 장난처럼 가벼운, 그러나 낯선 당부였다. 소연주는 돌아보지도 않았다. 그녀는 알아들었다는 의미로 손만 살짝 들어 반응하고는 양 떼를 몰듯 학생들을 격려하며 쏜살같이 위로 올라가 버렸다.

"용은?"

다시 달리기 시작하며 유은우가 물었다. 이선규가 약하게 한숨을 쉬었다.

"정말 빠르더라. 풀려나자마자 솟구치나 싶더니 그대로 땅으로 내리꽂히더라고. 순식간에 모래를 파고들고 땅 밑으로 들어가 버렸어. 도시연합이 왜 그렇게 무식한 방법으로 잡을 수밖에 없었는지 알겠더라."

계단이 끝났다. 격납고에 들어서자마자 맞바람이 들이쳐 눈을 뜨기 힘들었다. 사출구가 활짝 열려 있었다. 세 척은 파괴되어 연기를 뿜고 있었고, 멀쩡하지만 작은 톤수의 한 척이 시동을 건 채 대기하고 있었다. 나머지 여섯 척은 이미 사출구를 통해 밖으로 나간 듯했다.

"우리가 이거 타고 나가면 다른 애들은?"

그리 묻다가 함선이 묵직하게 흔들리는 바람에 하마터면 혀를 깨물 뻔했다. 거칠게 긁히는 진동이 길게 이어졌다. 이선규가 유은우의 손을 잡아당기며 부속선으로 이끌었다.

"대장이 용을 풀어 주었으니 이제 전력으로 부딪히는 일만 남았어. 우린 열세야. 모함 기관실 다 망가졌어. 윤환이 힘으로 추진력 받아 이만큼 움직인 거지 오래 못 버텨. 일부는 부속선을 타고 탈출하고, 일부는 반란군의 모함으로 옮겨 갈 거야."

유은우는 소음을 예민하게 더듬었다.

"도킹하는 소리가 아닌데."

"도킹 없이 갑판 위에 직접 착륙하기로 했어. 어차피 모함 버리고 떠날 거야. 더 이상 살살 아껴 쓸 필요 없으니까. 소연주가 애들 데리고 탈 거야."

"재희 선배는? 아까부터 차예원 선배 지시가 없어."

"함교도 공격당했어. 차예원 많이 다쳤다더라. 서재희는 차예원 부상당하자마자 다른 애들한테 맡기고 부속선 타고 제일 먼저 나갔어. 5학년 설계팀이랑."

"지금 어디 있는데?"

"일부러 속도 늦추면서 우리 뒤를 호위하고 있어. 적의 공격을 완충하는 셈이야."

최전선에 있다는 소리였다. 마음이 자꾸 무너지려 했다. 하나는 잃었고, 하나는 잃기 직전이었다.

"그럼 알고 있겠지? 정윤환……."

"은우야, 잊어. 이미 늦었어."

당장에라도 출동할 것처럼 웅웅거리는 부속선의 문이 아래로 덜컹 열렸다. 유은우는 이선규의 손에 이끌려 야트막한 철제 계단에 올랐다.

"정신 안 차리면 까딱하다 져."

이선규가 낮게 말을 이었다.

"이제 윤환이도 없으니까."

부속선에 오르자마자 등 뒤로 문이 덜컥 닫혔다. 내부는 좁았다. 조종석에 앉은 박민준의 뒤통수가 보였다. 그 외에 아무도 없었다. 조수석은 아예 있지도 않았다. 전투용 부속선이 아니었다. 정찰용으로나 쓰일 법했다.

"빨리도 온다."

쉰 목소리로 그리 말하며 박민준이 능숙하게 타를 돌렸다. 유은우가 안전 바를 붙잡자마자, 부속선이 매끄럽게 사출구를 빠져나왔다. 박민준이 무전기를 잡았다.

"유은우, 이선규. 22호기 탑승 완료. 최전선에 합류하겠습니다."

부속선이 급격히 유턴했다. 유은우는 다급히 박민준의 어깨를 잡았다.

"지금 정윤환 있는 데로 갈 수 있어?"

박민준은 대답하지 않았다. 유은우는 몸을 앞으로 기울여 박민준을 살피며 말을 이었다.

"정윤환만 데리고 오면 우리 이길 가능성이 훨씬……."

말을 더 이을 수 없었다. 유은우는 움켜쥐었던 조종석 등받이를 놓고 멈칫 물러섰다.

박민준은 엉망이었다. 방어에 능해 언제나 멀끔하여 '넌 전투 내내 어디 숨어 있었냐.'는 동료들의 농담을 독차지하던 그가 이마에서 흘러내리는 피로 얼굴 한쪽이 붉었다.

가슴이 덜컹했다. 김서혁과 함께 사해를 누빌 때는 결코 느끼지 못했던 분위기가 사방에 팽배했다. 늘 적의 몫이라 생각했던 패배가 지척이었다.

박민준이 침착하게 입을 열었다.

"은우야, 우린 둘로 나뉘기로 했어. 첫째, 보안지역으로 들어가 용의 심장을 탐색할 것, 둘째, 그 탐색이 원활하게 이루어지도록 도시연합을 막을 것. 우린 후자야."

유은우는 습관적으로 홀스터의 인터컴을 잡았다가 말았다. 소용없어진 지 오래였다. 모함에선 대규모 설계와 함내 방송으로 서재희의 지시가 직접 전달되었으나, 이젠 달랐다. 일부는 부속선 일곱 척으로, 일부는 반란군의 모함으로 나뉜 지금은 오직 무전기에 의존하는 수밖에 없었다. 기동성이 크게 떨어졌을 뿐 아니라, 연락이 가능한 부속선에서 나가는 순간, 서재희의 지시를 전달받는 것을 포기함을 의미했다. 닻이 끊어진 부표처럼 사해를 떠도는 것은 물론이고, 다시 아군에 합류할 가능성은 극히 낮았다.

"조심."

박민준의 말이 떨어지기가 무섭게 유은우는 이선규에게 낚아채어져 겨우 안전 바를 쥐었다. 부속선이 날카롭게 기울어졌다. 내부에 수납된 설비들이 죽은 덩굴처럼 비스듬히 쏠렸다. 거의 직각으로 세워져 적의 공격을 피하고 나서야 부속선은 가까스로 중심을 잡았다. 박민준이 갈라진 목소리로 말했다.

"서재희 뚫릴 것 같은데. 오른쪽."

유은우는 황급히 몸을 꺾어 오른쪽 창을 바라보았다.

도시연합군의 모함이 지척이었다. 그 바로 앞에서 단단한 방어선을 전개하고 있는 부속선은, 날개 한쪽이 부러져 비틀거릴 뿐만 아니라 기관실 쪽에서 연기가 뿜어져 나오고 있었다. 서재희가 타고 있어. 유은우는 그리 직감했다. 이선규가 말한 최전선이었다. 투명하고도 견고하게 방어선을 구축하고 있었으나 그게 마지막이었다. 군과 학생을 가르는 그 한 겹만 부서지면 그 뒤로는 끝장이었다.

— 14호기 전투 불능. 14호기 전투 불능.

박민준이 다급히 무전기를 들었다.

"22호기 도착했다. 방어선은 우리가 이어받겠다. 이선규, 빨리!"

이선규가 총을 뽑았다. 그가 부속선 창에 설치된 투입구를 열고 총구를 끼웠다. 이선규가 총을 연사하고, 박민준이 타를 돌리며, 그들은 방어선 정중앙으로 이동했다. 열악했다. 갑판도 없는 정찰용 부속선에서, 오직 납작한 창 너머로 적을 보며 거대한 방어선을 홀로 건네받는다는 것은.

이선규가 이를 악물었다. 그가 경고했다.

"위험하니까 뒤로 빠져."

유은우는 창에 더 달라붙었다. 불꽃처럼 터지는 이선규의 설계 너머로 14호기가 보였다. 추락하기 직전이었다. 다른 부속선 하나가 맹렬히 접근했다.

— 7호기 김산. 14호기는 우리가 수습하겠다.

부속선끼리 도킹은 불가했다. 7호기가 14호기로 닻을 내렸다. 연결되었으나 안심할 수 없었다. 둘 다 살거나, 둘 다 죽거나. 14호기엔 서재희가, 7호기엔 김산이 있었다.

유은우는 유리창에 서리는 입김을 연신 닦아 내며 밖을 보았다. 시야는 한정되어 있었다. 안전 바를 놓고 콘솔로 다가갔다. 방어선을 뚫고 빗발치는 공격을 피하느라 정신이 없는 박민준 옆에서 스크린을 주시했다.

위. 비어 있었다. 앞. 학생들이 탄 부속선은 까마득히 멀어져 보이지 않았고, 반란군의 모함만 버티고 있었다. 왼쪽과 오른쪽. 곡선을 그리며 굽은 방어선에 적의 부속선이 지척으로 붙어 있었다. 뒤. 도시연합군 모함이 연달아 두 척. 아래. 도시연합군의 모함 한 척. 아래가 이상했다. 모함의 갑판 가득 군인들이 도열해 있었고, 총구에서 빛이 사정없이 튀어 올랐다.

아래에서 치고 올라올 셈이구나. 가장 약한 곳을 뚫어 방어선 전체를 깨려고.

"나 저기 내려 줘."

"뭐? 어디?"

가까이 있는 박민준보다 이선규가 더 빨리 반문했다. 유은우는 다시금 콘솔의 레이더와 좌표기를 번갈아 확인했다. 크게 외쳤다.

"나 내려 줘! 17-B!"

박민준이 무어라 대답할 새도 없이 이선규가 총을 갈기며 고래고래 고함을 질렀다.

"어디? 도시연합 모함? 저기 한가운데? 너 미쳤어? 갑판에 착지하기도 전에 죽고 싶어?"

"정윤환 없어서 나 총 쓰지도 못해. 어차피 육탄전으로밖에 못 싸워. 직접 부딪혀야 내 가치가 드러나. 여기서 구경이나 할 순 없잖아!"

이선규가 무어라고 하려다 말고 정신없이 방아쇠를 당겼다. 그가 바깥에 집중하는 사이, 유은우는 박민준의 팔을 꾹 잡았다.

"저기 내려 줘. 위치 잡을 수 있지?"

박민준이 타를 크게 돌렸다. 유은우는 콘솔을 짚으며 버텼다. 박민준이 중얼거렸다.

"너 내보내면, 나 나중에 서재희한테 죽는 거 아니냐."

"그것도 살아남아야 겪을 수 있는 일이야."

"······은우 너 연구소 때처럼 싸우면 안 돼. 무슨 말인지 알지? 적을 살려 주겠다는 오만은 정윤환이나 떠는 거야. 넌 그럴 여유 없어."

"걱정 마."

"야, 이, 미친! 야, 박민준! 너 사출구 열면 진짜 죽여 버린다."

이선규가 발악했다.

"어? 듣고 있어? 박민준! 야, 유은우! 이상한 생각 하지 말고 얌전히 있어!"

유은우는 괜찮을 거라고 말하고 싶었다. 그러나 전신이 긴장으로 뻣뻣하여 미소조차 지어지지 않았다. 두려웠다. 그러나 할 수 있는 최선을 외면하는 선택은 더 두려웠다. 모른 척 살아남는다면 얼마나 수치스러울 것인가.

홀스터에서 호흡기와 신체 강화제를 차례로 뽑았다. 딸깍, 끼워서 입에 물었다.

부속선이 급속도로 회전했다. 유은우를 떨어뜨릴 위치를 정확하게 잡기 위해서였다.

호흡기를 깊이 들이마셨다. 세 모금 만에 약물 케이스는 텅비어 바람 빠지는 소리가 났다. 약물 케이스를 빼고 빈 호흡기를 다시 홀스터에 끼우면서, 다시는 사용할 일이 없을지도 모르겠다는 생각을 했다. 불현듯 예언이 뇌리를 스쳤다.

셋은 서로를 탐하고 해치고 구원하며

마지막에 이르러서는 온전치 못할 것이나

아니야. 그딴 해묵은 헛소리 떠올리지도 마.

그들이 타고 남은 재는 땅을 기름지게 하고
흘린 피눈물은 비가 되어 강을 이루니

괜찮을 거야.

그동안 도시는 건재하나
영원하지 않을 수도 있다.

괜찮지 않더라도, 그것도 그것대로 괜찮아.

부속선이 속도를 줄였다. 방어선과 맞부딪히며 부속선이 덜덜거렸다. 위험 구역 내에 진입했다는 느낌이 왔다. 온이 날카로이 뒤엉켜 빽빽했다. 얽히고설킨 설계와 설계. 맞부딪혀 힘을 겨루는 타격과 타격. 숨이 막혔다. 직선으로 까마득히 떨어지는 아래에 적의 모함이 위치하자마자, 부속선 바닥의 사출구가 덜컹 열렸다.

괜찮아. 처음이 아니야. 해 본 적 있어. 스스로를 세뇌하듯 격려했다.

'태풍 오는 날, 맨몸으로 적진에서 탈출해서 15킬로미터를 달려 아군에 도착했으니까…….'

유은우는 김서혁을 떠올렸다. 자랑스러운, 대견하기 그지없다는 눈빛. 그때 배 속 밑바닥부터 솟구쳤던 희열을 기억했다.

'……앞으로 이것보다 쉬운 건 다 할 수 있어.'

무분별한 사출의 위험을 알리는 경고음 속에서, 유은우는 깨끗하게 뛰어내렸다. 뒤에서 이선규가 무어라 피를 토하듯 외친 것도 같았으나 이미 바람이 전신을 갈기고 있었다. 시야는 빠르게 지나갔다. 어지러운 색채의 향연 속에서, 유은우는 그날 김서혁의 조언을 떠올렸다. 비에 푹 젖은 담요 대신 김서혁의 코트 안에 파묻혀 깊이 새겨 두었던 단어, 억양, 목소리.

'낙오되어 적의 한가운데 떨어지게 된다면 넌 어차피 죽는다.'

유은우는 갑판 한가운데 안착했다. 착지하는 순간 시계를 팽창시켰기에 어림잡아 일고여덟 명을 죽이며 시작할 수 있었다. 어쨌든 군인으로 빼곡해 발 디딜 틈 없던 갑판에 한자리 차지할 정도는 되었다. 다만 시체를 밟고 서야 했다. 피를 뒤집어써야 했다.

'숨을 수 없다면, 오히려 너를 드러내듯 싸워라.'

사위가 얼어붙었다가, 유은우를 알아보고 삽시간에 총구가 이쪽으로 몰렸다. 그러나 쉽사리 당기지 못했다. 피를 먹어 검붉은 수백 개의 총을 응시하며, 유은우는 왼손으로 느리게 얼굴의 피를 훔쳐 내었다. 눈은 감지 않았다. 박차고 도약했다.

'마치 네가 선두인 것처럼, 앞으로 몰려올 아군의 예고처럼 움직여.'

유은우는 의도했던 것보다 더 위로 솟구쳤다. 자신을 노리고 달려든 설계가 겹겹이 부딪혀 충돌하고 타격이 뒤이어 몰아쳤기 때문에, 몸은 세차게 떠올랐다. 시계판은 사방팔방으로 빠르게 유은우를 휘감으며 모든 공격을 말끔하게 쳐 냈다.

'적을 껴안고 죽어.'

다음 순간 아래를 디뎠다. 새까맣게 벼려진 세 개의 시계 침과, 수십 개의 크고 작은 톱니바퀴들이 하나하나 전부 유은우의 의도대로 날카롭게 뻗어 나가며 삽시간에 수십 명의 목숨을 앗았다. 길이 트였다. 유은우는 함교를 향해 뛰기 시작했다. 항해사만 잡으면 모함은 움직이지 못한다.

정윤환은 수송선에 박힌 모함을 단번에 빼내 주었어. 서재희는 이 모든 상황을 홀로 관장하고 있고. 그런데 나만 한 게 없네. 동조율이 100이나 되는 주제에. 적이 모함을 세 척이나 끌고 왔는데 내가 적어도 하나는 막아 줘야…….

유은우는 이를 악물고 오른손을 휘둘렀다.

……체면이 서겠지.

친절하게 조타실의 문을 열고 들어가 통성명을 하며 1등항해사를 고를 시간은 없었다. 시계를 층층이 이루는 얇고 두껍고 크고 작은 판들이 은색과 검은색으로 희번덕거리며 날았다.

콰과과과광!

하늘이 기울어졌다. 발밑에서 갑판이 미끄러지다가 훅 멀어졌다. 추락하는 모함 밖으로 튕겨 나가며 마지막으로 확인한 함교는, 흔적도 없이 통째로 날아가 있었다.

그 뒤로는 형광등이 나간 것처럼 의식이 뚝뚝 끊겼다. 몸 어단가가 부러졌다는 것만 알았다. 그러나 고통은 전신을 휩쓸어, 어느 부위가 문젠지 인지하지도 못했다. 목이 졸리듯 치밀하게 괴로웠다.

보호칩…….

유은우는 텅 빈 입으로 크게 기침했다. 색색 새된 숨을 몰아쉬며 허벅지의 홀스터를 더듬었다. 차갑고 매끄러운 총, 그리고…….

정신이 번쩍 들었다. 유은우는 사해의 모래로 뒤범벅된 손으로 역시 지저분한 얼굴을 문질렀다. 추위에 곱은 듯 움직여지지도 않는 몸을 옹송그리며 허벅지를 내려다보았다. 홀스터의 절반이 끊어져 너덜거렸다. 약물 케이스와 보호칩, 호흡기는 어디론가 날아가고 없었다. 가장 쓸모없는 총만 덩그러니 남아 있었다.

유은우는 숨을 헐떡이면서 가까스로 하늘을 올려다보았다. 까마득한 위는 보이지도 않았다. 비상 착륙을 시도하는 거대한 모함만 보일 뿐이었다. 함교가 파괴되어 텅 빈 상단에서 검은 연기가 재앙처럼 피어올랐다.

내 몫은 했어. 안도했다. 그러나 오염된 온이 들이쳐 시시각각 말라붙는 기도는 정직하게 두려웠다. 유은우는 간신히 몸을 움직였다. 일어나려 했으나 기는 수준에 그쳤다. 주위에 널브러진 시체들의 입을 벌려서라도 보호칩을 찾아 물어야 했다. 공장에서 생산되는 수십 가지 맛 중에서 박하맛을 건져야 했다. 적응하지 못한 맛은, 아무리 위급한 상황이더라도 몸에서 받아 내질 못했다.

그러나 사지가 뜻대로 움직여지지 않았다. 분명 눈앞의 시신에 접근하고 있다고 믿었으나 정작 앞으로 가질 못했다. 눈이 가물가물 감기려는 찰나, 날카로운 소음이 고막을 찢었다.

비상 사이렌.

유은우가 함교를 날려 버린 모함이 사해에 거칠게 착륙하며 경보를 울리고 있었다.

안 돼.

사이렌.

서재희가 들으면 안 돼.

멀어져 가던 의식을 가까스로 붙잡았다. 서재희가 어디 있는지 감도 잡지 못하면서, 살아 있는지조차 확신하지 못하면서, 유은우는 본능적으로 일어섰다. 두 발로 땅을 딛고 휘청거리다가 도로 쓰러졌다. 이젠 눈을 뜰 수도 없었다.

익사하기 직전이었다.

그때였다. 유은우의 상체가 거칠게 일으켜졌다. 단단한 팔이 등을 받쳐 왔다. 왼뺨이 감싸졌다. 상대의 손은 식은땀에 젖어 소름이 돋을 정도로 차가웠다. 그 냉기에, 유은우는 진저리치며 눈을 떴다.

피를 흠뻑 뒤집어쓴, 찢기고 부러진, 그럼에도 기이할 정도로 반듯한 서재희가 눈앞에 있었다. 그가 갈급히 입을 맞춰 왔다. 제 과거를 건드리는 찢어질 듯 날카로운 사이렌과 치열하게 싸우면서, 그의 숨이 유은우의 입술을 열었다. 유은우가 채

인지하기도 전에, 납작하고 둥근 것이 입 안으로 굴러 들어왔다. 시고 달콤했다.

그에게 남은 마지막이구나. 직감했다. 여분이 있었다면 이런 식으로 넘겨줄 리 없을 테니까. 서재희라면, 녹다 만 것이 아닌 새것을 까 주었을 테니까. 1초라도 더 긴 생명을 넘겨주었을 테니까.

서재희의 입술이 막 떨어지려고 했다. 유은우는 젖 먹던 힘을 짜내 서재희의 뒤통수를 틀어쥐고 바싹 당겼다. 다시 입술이 겹쳐졌다. 유은우는 뱉어 내려고 애썼다. 돌려주어야 했다. 제 몫이 아니었다. 그러나 보호칩이 서재희에게 건너가기 전에, 그의 힘에 밀려났다. 그의 찬 손이 유은우의 왼뺨을 간절히 보듬고, 이어 단단하게 입을 막아 왔다. 몸부림칠 기력조차 없었다. 눈물도 말라 흘렀다.

유은우는 덜덜 떨면서, 제 입을 틀어막은 서재희의 손을 밀어내려 했다. 여의치 않자 그의 손목을 잡았다. 끌어 내리려 했다. 메마른 모래가, 유은우의 손아귀와 서재희의 손목 틈에서 날카로운 생채기를 냈다.

"은우야."

보호칩을 입에 머금은 지 몇 초 지나기도 전에, 거짓말처럼 숨이 트였다. 말라붙어 찌그러지던 전신이 탁 놓여났다. 남의 혼을 받아먹어 제 심장이 다시 뛰는 것이 못내 끔찍했다. 드문드문 번지던 시야가 또렷해졌다. 그제야 서재희가 온전히 드러났다. 충혈된 눈. 말라붙은 입술. 가파른 숨. 상처에서 쇠 냄새가 났다. 그는 재앙에 깨져 부서지기 직전이었다.

유은우는 울지 않으려 애썼다. 눈물에 가려 그를 보지 못하게 될까 봐.

서재희의 까만 시선이 정신없이 유은우에게 쏟아졌다. 호흡이 어려워, 그의 목소리는 긁혀 나왔다.

"나 너무 오래 기억하지 마."

비상 사이렌. 귀를 찢을 듯 높은 사이렌 소리가 왱왱 울려 댔다. 서재희가 눈을 질끈 감았다. 그의 숨이 드문드문 끊어졌다. 무너지듯 전신을 떨면서도, 서재희는 유은우의 입을 막은 손에 힘을 풀지 않았다. 그가 다시 눈을 떴을 때, 새카만 눈동자는 이미 초점이 흩어져 있었다.

"행복해져. 그동안 힘들었으니까."

유은우는 그제야 깨달았다. 서재희조차 승리를 확신하지 못한다는 것을. 혹은 확신하더라도 그 과정에서 본인의 희생을 충분히 염두에 두었음을.

유은우는 다급히 고개를 저으려 했다. 그러나 서재희에게 단단히 잡혀 여의치 않았다. 목소리는커녕 입을 열 수도 없었다. 서재희는 보호칩을 양보했음에도 지독한 악력을 보이고 있었다. 그는 죽음을 각오하고, 늘 과거로 빨려 들어가던 사이렌으로부터 버티고 있었다. 악에 받친 그를, 힘으로 이길 수 없었다.

간절히 달라붙는 유은우를, 서재희가 절박하게 밀어 떨어뜨렸다. 유은우는 사해에 내동댕이쳐졌다. 뿌옇게 일어난 모래먼지 사이로 서재희가 보였다. 그는 경련이 이는 손으로 총을 고쳐 쥐고 있었다. 새카만 총구가 이쪽을 겨누었다.

"꼭 살아."

총구가 튀어 올랐다.

탕!

유은우는 그 자리에서 튕겨 나갔다. 전신으로 무시무시한 힘이 몰아쳤다. 가공할 만한 속도로 내던져지기를 한참이었다. 정신을 잃기 직전에 어떤 것에 콱 부딪히는가 싶더니 이내 빠듯이 뚫고, 사해의 모래에 사정없이 처박혔다. 숨을 헐떡이며 비틀비틀 일어났다. 손을 뻗어 막 부딪혔던 허공을 어루만졌다. 투명하여 보이지 않았지만 어떤 막이 느껴졌다.

차단막.

1급 보안지역의 차단막.

견고했으나, 이따금 우르릉 소리를 내며 금방이라도 무너질 것처럼 지직거렸다.

'낙원의 이론에 등록된 인구의 절반 이상이 낙원의 이론 파괴에 동의해야 해. 낙원의 이론이 파괴되면, 차단막도 해제된다.'

유은우는 흠칫 손을 떼었다. 사위를 둘러보았다. 서재희가 있는 곳으로 돌아가야 했다…….

숨이 탁 막혔다.

눈으로 확인한 후에야 온갖 소음이 피부로 밀려들었다. 머리 위 하늘에서는 학교 부속선과 도시연합군 부속선들이 뒤엉켜 싸우고 있었고, 저만치서 군의 모함 두 척과 반란군 모함 한 척이 빠르게 다가오고 있었다.

유은우는 차단막의 안쪽에 있었다.

서재희가 유은우를 어찌나 힘껏 밀어냈는지, 정말로 멀리 와 버렸다. 설계에 그리 능하지 못한 서재희가, 자신을 이렇게까지 멀리 보내 주었다는 사실에 다시금 마음이 무너졌다.

유은우는 양손으로 차단막을 어루만졌다. 힘껏 밀어 보았다.

차단막은 대체로 아주 단단했으나 가끔씩 굉음을 내며 모자이크처럼 흩어지곤 했다. 하필 그 허술한 틈을 타고 유은우의 작은 몸이 차단막을 통과한 듯했다.

유은우는 저만치 공중에서 맹렬히 맞붙은 부속선들을 보았다. 학교 부속선은 군을 간신히 따돌릴 때마다 그 틈을 타서 차단막으로 돌진했으나 매번 막히고 말았다.

아직 과반수를 충족하지 못한 거야.

유은우는 위로 끝도 없이 펼쳐진 거대한 차단막을, 그 너머의 접전을 응시하며, 한 발 한 발 뒤로 물러서다가 다리에 힘이 풀려 주저앉았다.

어떡하지.

고민은 짧았다. 여럿의 목숨을 이어받았기에 가능한 지금이었다. 유은우는 이를 악물고 일어서서 안쪽으로 달렸다. 들어온 이상 용의 심장을 찾아야 했다. 군보다 더 빨리.

'저는 1급 보안지역을 제국시대 때의 중앙 산업단지로 확신하고 있습니다만.'

서재희의 짐작이 맞았다. 몇 발짝 달리기도 전에, 거대한 건물들이 위용을 드러냈다. 1000년 전의 유적이라고는 믿을 수 없을 만큼 훼손의 흔적은 찾아보기 힘들었다.

목숨을 걸었던 뜀박질은 금세 느려졌다.

전부 포기하고 예전으로 돌아간다면. 거대한 그림자의 끝에 살짝 스치는 것뿐이라 자위하며 모른 척하고 적당히 온디딤을 부려 군으로 돌아가거나, 이도 저도 아니면 최소한 서재희하고 엮이지나 말 것을. 차라리 입학하고 나서 재수 없게 살해당했더라면. 그럼 서재희와 마주치지도 않았을 텐데. 죽지 않았을 텐데.

후회는 걷잡을 수 없었다. 눈물이 앞을 가렸다. 흐느끼며 주저앉았다.

차가운 모래를 짚은 손등 위로 눈물이 후드득 쏟아졌다. 볼 안쪽에 달라붙은 보호칩을 혀로 더듬었다. 서재희가 내어 준 생의 일부였다. 다시 일어서는 순간, 유은우는 어마어마한 힘에 밀려 거칠게 튕겨 나갔다.

쾅!

한참을 날아가 덤프트럭에 처박히고 쓰러졌다. 가까스로 고개를 들었다. 대지를 울리는 무시무시한 진동 뒤로 저만치서 차단막이 우르르 무너져 내리고 있었다. 저 높은 하늘로부터 빛나는 유리 조각처럼 찬란하게 쏟아져 내렸다.

마치 빛의 폭포 같았다.

빛의 폭포.

가슴이 쿵 떨어졌다.

'나랑 서재희는, 아직까지 그런 용은 본 적 없어. 우리도 피

바다를 보긴 보는데, 나는 하늘에서 빛의 폭포가 떨어지는 걸 보고, 서재희는 어떤 스산한 공장 지대를 봐. 그게 다야.'

스산한 공장 지대.

유은우는 소스라쳐 주위를 둘러보았다. 오랜 세월을 비껴가 온전한 흰 벽과 회색의 기둥들. 가동을 멈추었으나 녹이 슬었을 뿐 형태가 그대로 남아 있는 수많은 기계 장비들. 건물과 건물 사이 드문드문 놓인 대형 트럭.

등 뒤에서 파공음이 울렸다. 이제 사라진 차단막 너머로 부속선과 모함이 쫓고 쫓기며 뒤엉켜 이쪽으로 맹렬히 날아들고 있었다. 포탄 하나가 지척에 떨어졌다. 유은우는 이를 악물고 달려 무너진 벽 뒤로 숨었다.

콰광!

그러나 여파는 커서 벽은 단숨에 날아갔다. 종이 인형처럼 붕 뜨고 바닥에 떨어져 구르다가 겨우 멈춰 섰다. 머리 위에서 적과 아군이 맞붙는 가운데, 시야가 붉었다.

처음에 유은우는 제 머리가 깨져서 흘러나온 피인 줄 알았다. 그러나 저만치서 꾸물꾸물 다가오는 검은 짐승을 보고서야, 환각임을 깨달았다. 지긋지긋한 악몽. 진저리가 쳐졌다. 여기서까지 보게 될 줄이야…….

'다음에 또 환영이 보이면, 그땐 총을 잡아 보렴. 그럼 피가 무엇을 의미하는지 알게 될 거야.'

유은우는 이미 걸레짝이 된 홀스터의 총을 그러쥐었다. 잡아 뺐다. 총신이 익숙하게 손아귀로 들러붙었다. 허공에 겨누었다. 총신의 숫자가 빠르게 상승했다. 주위에 흩어져 있던 핏기가 뭉텅뭉텅 엉기며 총으로 달라붙어 왔다. 천천히 방아쇠를 당겼다. 총구에서 핏기가 회오리치듯 부풀었다.

이게 뭐야.

소스라쳐 총을 놓쳤다. 총을 중심으로 뭉치던 핏기가 한순간에 풀어져 그 농도가 균일해졌다.

"드디어 왔구나."

숨을 들이켰다.

손 내밀면 닿을 듯 코앞에, 까만 용이 도사리고 있었다. 듬성듬성 이 빠진 비늘. 나달나달한 날개. 비척거리는 움직임. 꿈속의 그 용이었다. 다만 한 가지 달라진 점이 있었다. 늘 피를 줄줄 흘리던 텅 빈 눈구멍에 붉게 반짝이는 선명한 눈동자가 자리하고 있었다.

작고 초라한, 그러나 눈빛만은 형형한 용이 날개를 느리게 펼치며 이쪽으로 한 발짝 다가왔다. 유은우는 앉은 채 미친 듯이 몸을 물렸다. 폭음으로 대지가 흔들렸다. 분명 꿈이 아니었다. 현실의 환각이었다. 전쟁 한가운데 피바다가 펼쳐지고, 용이 있었다.

"이런 장난감은 네게 필요 없지 않나."

유은우가 떨어뜨린 총을, 용이 꼬리로 탁 쳤다. 총이 툭 하고 유은우의 군화에 부딪혔다.

"나는 1000년 전, 막 성체가 되었을 때 여러 갈래로 찢기고 말았어. 그때부터 쭉 흘러나온 피가 여기저기 지저분하게 달라붙었고, 지금도 마찬가지야. 특히 교류가 있었던 종인 인간에게 내 피가 많이 고여 버렸지. 그래서 마치 계약한 듯한 효과를 내는 거야. 저런 조잡한 쇳덩이로 온을 조작하기에 이르러, 뭐랄까, 세상일은 참 알 수가 없지."

유은우는 빌치에 떨어진 총을 응시했다. 환각이 아니다. 그 두려움이 먼저였다. 환각이, 총을 움직일 수는 없는 거겠지. 그럼 이건 뭘까. 나 이미 죽은 걸까. 아니면 어디선가 정신을 잃고 꾸는 꿈인가. 그럼 정윤환이 홀로 뛰어내린 것도, 서재희가 마지막 보호칩을 넘긴 것도 전부 없던 게 되는 걸까. 만약 간절함으로 시간을 되돌릴 수 있다면 몇백 년 전으로 건너뛸 수 있을 정도로, 유은우는 맹렬하게 소원했다.

그러나 살갗에 닿는 모래 바람은 선명하게 따가웠다.

"온디딤은 어디 갔지?"

용은 어느새 소름 끼치도록 가까이 다가와 있었다. 용이 앙상한 앞발을 내밀어 유은우의 오른쪽 손목을 탁탁 내리쳤다. 손목은 시계 없이 검붉게 부어 있었다. 모함의 함교를 부수고 나서 시계가 어찌 되었는지 기억도 나지 않았다.

"아깝구나. 네 아비가 쓰던 건데."

유은우는 새파랗게 굳어 용을 뚫어져라 바라보았다. 용이 다시 한번 비쩍 마른 주둥이로 총을 가리켰다. 영 마음에 들지 않는 눈치였다.

"넌 온디딤을 쓸 수 있으면서 왜 저런 쓰레기를 쥐고 다니는 거야. 내 심장을 지녀 온과 완벽히 동조할 수 있을 텐데."

"어?"

가슴이 거칠게 뛰기 시작했다.

"왜 기억을 못 하는 거지? 네 아비가 죽으면서 내 심장이 네게 전해졌다. 심장은 사람에서 사람으로 이어지면서 그 기억도 고스란히 전달돼. 너는 무슨 일을 겪었던 거냐? 과거가 아예 백지로구나."

용이 유은우를 향해 훌쩍 뛰어올랐다. 유은우는 하마터면 손으로 용을 쳐 낼 뻔했다. 용이 유은우의 무릎을 타고 찬찬히 기어 복부로 올라왔다. 깜짝 놀랄 정도로 가벼웠다. 군데군데 구멍이 뚫린 얄팍한 날개를 이따금 팔락이면서 용이 발톱이 부러진 앞발로 유은우의 복부를 차근차근 짚었다. 용이 힘없이 혀를 찼다.

"내 뼈를 집어넣었었구나. 아팠을 거다. 기억이 통째로 날아갈 만도 하지."

그러더니 용은 가냘픈 몸뚱이를 움직여 몇 발짝 더 기어올랐다. 유은우의 가슴에 안착하여 주둥이를 치켜들었다. 턱에 용의 주둥이 끝이 닿았다.

"그래도 아직 간직하고 있는 게 있구나. 그렇지?"

용의 붉은 눈동자가 번쩍거렸다.

"내 심장 말이야."

유은우는 잠시간 용과 마주하며 그리 멈춰 있었다.

"내가 네 심장을 가지고 있다고? 하지만……."

불안감에 숨이 가빠졌다.

"……용의 심장은 여기 있다고 했어. 1급 보안지역에……."

"그래. 네가 지금 여기 있구나."

현기증이 몰려왔다.

"나의 혼은 여기 쭉 머물러 있었지. 널 발견했을 땐 이미 너무나 멀어서 대화가 힘들었다. 네가 잠든 밤에야 겨우 꿈의 형태로 찾아갔지. 운이 좋으면 낮에 환각으로 만나기도 했어. 그리 부드러운 대화는 아니었지? 나도 힘에 부쳐서 말이야. 이 짓도 한 지 너무 오래되어서. 네가 태어나기 전부터 여럿에게 꿈으로 내 고통을 피력해 왔거든. 이 상황을 바꿀 수 있을 만한 자질을 갖춘 세 명에게 말이야. 완벽하지는 않지만 나는 앞날을 내다볼 줄 알거든. 네게도 두 명이 있지? 그들의 꿈에 찾아가 널 이리 데려오라고 끊임없이 말했는데. 막상 네가 기억을 전부 잃어 답답하더구나."

용이 뒷발을 들더니 마른 나뭇가지 같은 제 뿔 뒤를 털어냈다.

"내가 잃어버린 기억에 너도 있어?"

용이 기침을 했다.

"역대 심장을 지녔던 사람들의 기억이지. 아주 처음에, 내가 아홉 조각으로 해체되었을 때 나의 마지막 계약자가 정부로부터 내 심장을 빼돌렸어. 노리는 세력으로부터 철저히 숨기기 위해, 삼켜서 제 몸에 숨겼지. 그게 기억의 시작이다."

용의 숨이 가르랑가르랑 들끓었다.

"계약자는 수하들마저 믿지 못했기 때문에 모두에게 거짓말했어. 사해 어딘가 깊숙한 곳에 숨겨 놓았으며 용의 나머지 조 각들을 되찾아 오는 날 자신이 직접 심장을 보관 장소에서 가 져오겠노라고. 그리하여 찢긴 조각이 모두 모이면 나는 천천히 회복될 것이라고 했어. 그가 사망했을 때 내 심장은 그의 가장 사랑하는 딸에게 옮겨 갔다. 그의 기억과 함께. 그녀마저 죽었 을 땐 친우에게 옮겨 갔지. 사망할 때마다 가장 아끼는 이에게 건너가면서 지금 네게 이른 거야."

"1000년 동안 그 비밀이 지켜졌다고?"

"가장 사랑하던 이가 목숨 걸고 지키던 것을 받았기 때문이 지. 내 심장을 지님으로써 동조율이 100에 달하고 온디딤도 마 음껏 부릴 수 있었으나 다들 비밀에 부쳤다. 너처럼 공공연히 드러내지 않았단 말이지."

"모, 몰랐어. 그럼 나는 너의 계약자인 거야?"

용이 불같이 화를 냈다.

"넌 내 계약자가 아니야! 넌 그저 내 심장을 보관하고 있을 뿐이지. 운반자나 그릇이란 말이다!"

용은 금세 기운이 빠져 버렸다. 데친 시금치처럼 비척거리더 니 길게 숨을 토하며 유은우의 가슴에서 미끄러져 허벅지에 툭 똬리를 틀었다.

"이제 나는 그만하고 싶어."

불길했다. 더는 듣고 싶지 않았다. 그러나 용에게서 도무지 시선을 뗄 수 없었다.

"드디어 새로운 성체가 나타났다. 나는 이 질긴 생을 이만 끝내고 싶어. 내 잃어버린 조각들을 모두 끼워 맞춰서 회복할 여유 따윈 남아 있지 않아. 나는 이미 1000년 넘게 고통받았다. 낮과 밤을 가리지 않고 매 순간이 끔찍했어. 이제 나 말고 다른 용이 생겼으니 이만 죽고 싶어."

'용은 수명이 1000년이야. 그 전에 용이 죽는 방법은 단 하나, 자살뿐이야.'

유은우는 이 불안의 정체를 깨달았다.

"지금 나보고 죽으라는 거야?"

"너는 내 제안을 거절하지 못할걸. 나는 널 알아."

용이 온몸을 들썩이며 웃었다.

"왜 새로운 성체가 이 구역을 빙빙 맴도는 줄 알아? 바로 내가, 용의 혼이 이곳에 서려 있기 때문이야. 새로운 성체가 특정 지점에만 머무를 때 손해 보는 건 너희 인간이지. 온의 정화가 그만큼 늦어질 테니까. 용이 대지 이곳저곳을 누비며 오염된 온을 빠르게 정상화하면 할수록 너희 인간들에게 이득 아닌가?"

용이 구겨진 우산 같은 날개를 활짝 펼쳤다.

"이대로 있으면 나는 최소 2년은 더 버티게 돼. 그동안 새 성체는 멍청하게 동족의 기운을 좇으며 이 근방만 맴돌 테고, 사해는 반의반도 채 회복이 되지 않을 테지. 너희 인간들이 발붙일 대지가 턱없이 부족할 거다. 뻔한 결말이지. 사실 나는 상관없어. 너희가 어떻게 되든 말든. 그러나 이 정도 이용당해 주었다면 나 또한 죽음을 요구할 권리가 있다고 생각해."

"날 수단으로 사용해서?"

"물론 네 선택이지. 나는 네 손에 칼을 쥐어 줄 수도, 네 심장을 뽑아낼 수도 없어. 하지만 넌 지켜야 할 사람들이 있잖아. 그렇지?"

용이 유은우를 직시했다.

"자, 이제 선택해."

숨을 들이켰다. 전신이 흠씬 두들겨 맞은 듯 아팠다. 정신을 차리니 형편없이 쓰러져 있었다. 폭발음과 비명 소리로 귀가 먹먹했고, 농밀한 피비린내로 후각은 이미 마비되었다. 몸을 일으키기 위해 땅을 짚었다. 물컹하여 흠칫했다.

시체가 널려 있었다.

학생도 있고 군인도 있었다. 수많은 낯선 얼굴들 사이로 드문드문 낯익은 이들이 보였다. 한때 유은우와 함께 군에 소속되었던 이들, 최근 학교에서 오다가다 마주쳤던 이들이나 혹은 그 일부가 포개어지거나 흩어져 대지를 메웠다.

단순한 악몽이었을까. 그리 치부할 수 없다는 건 유은우 자신이 가장 잘 알았다. 용이 건드렸던 그 각도 그대로, 총이 발치에 놓여 있었다.

'후보들의 꿈은 예사가 아니야. 우리에게 그것은 확신이다.'

용은 선택하라고 했다. 그러나 선택지는 하나뿐이었다. 아끼던 사람들의 희생을 떠올리면, 그들이 희생을 치러야 했던 이유를 생각하면, 다른 선택은 있을 수 없는 일이었다.

유은우는 발치에서 총을 주웠다.

그러나 두려웠다. 손은 떨려 자꾸만 총을 놓쳤다.

여태 삶만 바라보고 달려왔다. 남들만큼의 자유를 원했고, 더는 목숨을 위협받고 싶지 않았기에. 살기 위해 몸부림치던 그 모든 노력이 지금 와서 무색했다. 그러나 다만 두려워 삶을 택한다고 해서 정말 그것이 삶이라고 말할 수 있을지 의문이었다. 숨은 붙어 있어도 하루하루가 죽은 것처럼 텅 비어 여백뿐일 텐데. 정윤환이 난간을 넘던 순간이, 서재희가 보호칩을 넘겨주던 찰나가, 유은우의 삶을 지금 이 순간에 못 박아 더는 나아갈 수 없도록 할 터였다.

쾅!

폭음이 거칠었다. 지척이었다. 무언가가 이쪽으로 사납게 날아왔다. 유은우는 총을 움켜쥐고 몸을 굴려 간신히 피했다. 숨을 몰아쉬며 정신없이 돌아보니, 불에 타 형체를 알아볼 수 없는 시체가, 유은우가 있었던 자리에 이상한 각도로 거꾸러져 있었다. 그 너머로 반란군의 부속선 하나가 느리게 추락하는 것이 보였다.

만약 서재희가 살아 있다면.

재와 불티가 전신을 휩쓸었다.

서재희가 살아 있는 상태에서 내가 죽임을 당한다면.

가슴이 꼭 죄었다.

서재희가 살아 있을 가능성은 희박했다. 정윤환이나 김서혁의 생사가 불투명한 것만큼이나.

내 눈으로 죽은 걸 본 건 아니잖아. 아직 아무도 안 죽었을 수도 있잖아.

만약 서재희가 살아 있다면, 유은우가 자살이 아닌 형태로 죽는 순간, 용의 심장은 서재희에게 전해질 터였다. 가장 사랑하는 사람에게 가장 무거운 짐을 지게 할 수는 없었다.

유은우는 부르튼 손으로 젖은 눈가를 거칠게 닦아 냈다. 이를 악물었다. 적의 표적이 되지 않도록 몸을 낮추었다. 납작 엎드려 기다시피 하여 폭격으로 만들어진 낮은 지대에 몸을 숨겼다. 귀가 먹먹했다. 피를 먹어 붉은 모래 구덩이 안쪽에 등을 붙였다.

손에 땀이 서려 총은 자꾸만 미끄러졌다. 두 손으로 총을 단단히 틀어쥐었다. 설계자 없이는 단 한 번도 당겨 본 적 없는 방아쇠에 손가락을 걸었다. 설계를 하지 못해 늘 밖으로만 향하던 총구로 제 가슴을 짓눌렀다. 심장을 겨냥했다. 두려워 몸을 웅크렸다. 바짝 세운 무릎에 이마를 가져다 댔다. 눈물이 차가운 총신을 적셨다.

나는 어떻게 되는 걸까. 내 심장은 아예 존재하지도 않는 걸까. 아니면 두 개의 심장이 뛰고 있는 걸까. 알 수 없었다.

'꼭 살아.'

서재희의 마지막 말이 유언이 아니기를. 누군가 살아야 한다면 내가 아닌 그 사람이 살기를. 누군가 용의 심장을 안고 죽어야 한다면 그게 나이기를.

유은우는 눈을 꼭 감았다. 혀로 볼 안쪽에 붙은 보호칩을 더듬었다. 할 수 있어. 이를 악물었다. 숨을 참았다. 총을 고쳐 쥐었다.

방아쇠를 당겼다.

탕!

가슴을 관통하는 충격은 날카로웠다. 오감이 닫히며 오로지 고통에 집중될 찰나였다.

심은 용이 땅을 찢으며 튀어 올랐다.

012. 스테일메이트

불티가 전신을 할퀴었다.

연기와 피비린내가 바싹 마른 기도로 들이쳐, 서재희는 사해의 모래에 처박힌 채 거칠게 기침했다. 그마저도 곧 색색 쉿소리로 바뀌었다. 어떻게 상처 입고 얼마나 피를 흘렸는지 가늠이 어려웠다. 그저 익숙한 고통에 의식이 가물가물 흩어졌다. 눈을 느리게 깜박였다. 잿빛 하늘이 서서히 땅으로 내려앉는 착각이 들었다. 입 안의 보호칩을 혀로 더듬었다. 절반쯤 닳은 까칠한 표면이 느껴졌다. 웃음이 나왔다.

무엇 하러 남아 있나. 다 녹아 사라져 버렸으면 좋았을걸.

부속선이 폭발하기 직전, 남은 보호칩을 김산의 홀스터에 전부 꽂아 넣은 자신의 기민함에 안도했다. 중간에 살해당하지 않는다면, 김산은 적어도 이틀은 더 살 것이다. 그 외엔 아무것도 확신할 수 없었다. 한세연이 몰고 온 반란군이 언제까지 군의 모함을 막아설지, 서재희가 넘긴 최전선을 이어받은 김서혁이 얼마나 버텨 줄지, 그토록 지키려고 애썼으나 결국 서재희의 판을 제 판으로 뒤집어 버린 정윤환의 시신이라도 수습할 수 있을지.

그리고 유은우.

정윤환을 잃고 겨우 버티던 내면은, 유은우가 부속선에서 홀로 강하했다는, 이선규의 다급한 무전을 받자마자 속절없이 무너졌다. 유은우가 모함의 함교를 깨끗하게 박살 낸 후 잔해와 함께 호선을 그리며 멀어지는 광경을 목격한 순간, 서재희는 실수했다. 단단히 타를 잡고 있던 손에서 설핏 힘이 빠졌다. 바짝 따라붙은 군이 그 틈을 놓칠 리 없었다. 적의 포탄에 날개가 부러지고 남은 동료들을 비상 사출시키기까지 순식간이었다.

고통이, 생이 질겼다. 그러나 이도 얼마 남지 않았다. 피는 묽고 심장은 낡았으니, 이제 정말 끝이다. 짓치는 통증에 서재희는 숨을 들이켜며 사해의 모래를 움켜쥐었다.

이게 다 무슨 소용인가. 지키고 싶었던 사람들은 이제 아무도 남질 않았는데.

처음 유은우를 만나지 않았다면 어땠을까. 페어를 맺지 않았더라면. 애초에 내가 없었더라면. 그럼 정윤환이 유은우의 마음을 가질 수 있었을까. 둘은 도시연합에 목을 틀어 잡힐지언정 살긴 살았을 것이다. 적어도 이런 결말은 아니었겠지. 이렇게 소모적인, 그저 역사의 쳇바퀴에 갇혀서 원점으로 돌아갈 뿐인 외로운 끝은 아니었을 것이다.

앞이 흐렸다.

내 재능도 별거 아니구나. 완벽한 계획, 최선의 선택이라고 자신했는데. 어쩌면 유은우를 사랑하게 된 순간부터 이성적인 판이란 불가능해지고, 그리하여 뿌리 깊이 증오하던 재능이 의미를 잃었는지도 모른다. 유은우는 서재희에게, 감히 손댈 수 없을 만치 자유로이 빛나는 아름다운 변수였다.

어디선가 사이렌이 울렸다. 희미하던 소음은 곧 날카롭게 찢어져, 서재희의 귀를, 가슴을 먹먹하게 메웠다.

과거가 현재를 점령하기 전에, 서재희는 보호칩을 어금니로 옮겨 물었다. 지그시 힘을 주었다.

그대로 깨뜨리려는 찰나였다.

멀건 시야에 무언가 홀로 또렷했다. 저만치, 작은 인영이 힘겹게 버티고 서 있다가 고꾸라졌다.

눈이 번쩍 뜨였다. 서재희는 정신없이 몸을 일으켰다. 몸은 망가질 대로 망가져 몇 발짝 가지도 못하고 무너졌다. 휘청거리며 일어나 걸었다. 다시 쓰러졌을 때, 사이렌에 깜박 정신이 흔들렸다. 이를 악물고 몸을 움직였다. 막바지엔 기다시피 하여 다가갔다. 손을 뻗었다.

서재희는 유은우를 간신히 끌어안았다.

작고 여린 몸뚱이는 놀랍도록 차가웠다. 끊어진 홀스터. 희게 말라붙은 입술. 유은우가 눈을 반쯤 떴다. 가냘픈 숨이 넘어가기 직전이었다. 생각할 겨를도 없이, 서재희는 유은우에게 입

맞췄다. 물고 있던 보호칩을 다급히 넘겼다. 입술을 떼어 내는 순간 유은우가 서재희의 뒤통수를 틀어쥐고 바싹 당겼다. 축 늘어져 있던 것이 무색하도록 절박한 손길이라, 다시 입술이 겹쳐졌다. 유은우가 안간힘을 쓰며 보호칩을 돌려주려 했다.

돌려줄 필요 없어. 네 거야. 내 생이니까.

서재희는 단호하게 입술을 떼어 냈다. 유은우가 보호칩을 뱉지 못하도록 입을 단단히 틀어막았다.

유은우의 동공이 크게 벌어졌다. 그녀가 서재희의 손을 밀어내려 했다. 손목을 잡고 끌어내리려 했다. 서재희는 전력으로 버텼다. 그러나 자꾸만 목이 탔다. 호흡이 가빠졌다. 서재희는 정신을 차리려 애썼다. 적어도 유은우가 보는 앞에서 죽고 싶지는 않았다. 마지막을 보이고 싶지 않았다. 제8도시가 폭격 당하던 날 부모님의 부상이 선명하게 뇌리에 남아 서재희를 괴롭게 했기에, 유은우에게 같은 아픔을 주고 싶지 않았다.

"은우야."

우린 같은 터널에 갇혀 있었지. 내가 어두운 안쪽을 응시하고 있을 때, 네가 빛을 쫓아 달려 나오다가, 정면으로 마주치게 된 거야. 사고처럼. 운명처럼. 나는 그제야 비로소 과거에서 풀려나 널 쫓아 달리기 시작했지. 넌 터널 밖에 빛이 있다고 했지만, 내게 빛은 너였어. 네가 날 환하게 밝혀 줬잖아.

"나 너무 오래 기억하지 마."

부디 날 영원히 간직해 주길. 네가 내게 빛이었으니, 난 네 그림자로라도 남고 싶어.

사이렌이 높아졌다. 숨이 막히며 일순 머리가 핑 돌았다. 서재희는 눈을 꾹 감았다가 겨우 떴다. 오염된 온이 속으로 들이치며 시야는 이미 뭉개진 후였다. 그럼에도 서재희는 필사적으로 유은우를 눈에 담았다. 피와 눈물에 젖어 엉망인, 그러나 언젠가 흰 꽃 너머 눈부시던 찬란함은 그대로였다.

우리가 조금만 더 서로를 이용했다면 어땠을까. 조금 더 건조하게, 조금 더 매몰차게, 자라나는 마음을 발로 짓밟아 부수고, 하다못해 둘 중 하나라도 떨림을 외면했다면 어땠을까. 네가 조금만 더 세상과 타협했더라면, 내가 조금만 덜 어둡게 부서졌더라면, 우리가 견딜 수 있을 만큼만 외로웠다면 어땠을까. 그럼 우리 이렇게 끝나지 않고, 숨죽이며 세계의 일부가 되어 오래 함께할 수 있었을까. 하지만 그랬다면, 난 널 좋아할 수는 있어도 사랑에 빠질 순 없었을 거야.

"행복해져. 그동안 힘들었으니까."

울며 정신없이 고개를 젓는 유은우를, 서재희는 사력을 다해 밀어냈다. 유은우가 모래 위로 쓰러졌다. 서재희는 떨리는 손으로 총을 고쳐 쥐었다. 유은우를 향해 겨누었다.

"꼭 살아."

방아쇠를 당겼다.

탕!

서재희는 잠에서 깨어났다.

그러나 바로 일어나지는 않았다. 서재희는 눈을 감은 채, 눈동자를 굴려서 눈꺼풀 바깥에서 지글거리는 강렬한 볕을 어루만졌다. 잠으로 무뎌진 감각을 길어 올렸다. 꼼짝도 않은 채 천천히 호흡하면서, 사해에서 겪었던 그 모든 일들은 이제 지나간 지 오래며, 자신의 심장이 여전히 뛰고 있음을 자각했다. 행여나 급하게 눈을 떴다가 피투성이로 쓰러진 유은우를 다시 보게 될까 두려워, 꿈을 꾼 뒤의 기상은 언제나 쉽지 않았다.

서재희는 마른손으로 눈가를 꾹 눌렀다. 눈물이 어른거렸다.

잠을 완전히 떨어냈음에도 꿈속의 사이렌만은 여전히 현실로 이어지고 있었다. 그러나 한때 불행을 가지런히 엮었던 붉고 질긴 경고음은, 더 이상 서재희에게 위협이 되지 못했다.

서재희는 심호흡하며 얼굴을 쓸어내렸다. 느리게 눈을 떴다.

임시정부의 일출은 아름다웠다.

해는 검푸른 새벽을 날카롭게 찢으며 떠올랐다. 그 뒤로 빛은 커튼처럼 넘실거리며 퍼지곤 했다. 정화된 온이 대기 중에 뭉쳐 띠를 이루고 그 경계의 밀도 차로 발생하는 궤적은 장관이라, 이 광경을 위해 도시를 무너뜨렸냐는 농담도 심심찮게 나왔다.

임시정부 핵심 인사들의 집무실이 대거 몰려 있는 9층은 남쪽이 전면 유리창이었다. 서재희가 일부러 블라인드를 달지 않았기 때문에, 아침은 해일처럼 밀려들었다. 일정이 바빠 숙소에 가지 못하고 집무실에서 선잠이 드는 날이면, 서재희는 언제나 빛에 익사하며 깨어났다.

깜박 잠들었네.

요 며칠 일정을 당겨 처리하느라 무리하긴 했다. 서재희는 의자에 앉은 채 조느라 뻣뻣해진 목을 한 손으로 가볍게 주무르며 이프로 시간을 확인했다. 6시 5분. 책상 위의 일정표가 반짝거렸다.

용 해방 3년 3월 5일.
06:00 사해환경과학원 · 온오염도 측정소 사해정화 공동조사팀 복귀.

서재희는 고개를 돌려 창밖을 바라보았다. 이쪽에서는 보이지 않았지만, 대규모 조사팀을 싣고 돌아온 모함이 방금 본부에 착륙했을 터였다. 모함의 진입을 알리는 사이렌이 끊어지자 정적이 감돌았다. 그저 손을 저으면 묻어날 것처럼 환한 햇살뿐이었다.

서재희는 자리에서 일어났다. 습관처럼 흐트러진 옷매무새를 정돈하다가, 이내 그만두었다. 살짝 거울에 비춰 보니 셔츠에 주름이 잔뜩 가 있었다. 개의치 않았다. 머리를 아무렇게나 쓸어 넘기며 집무실을 뚜벅뚜벅 가로질렀다. 각종 서류로 어지러운 회의 탁자를 지나 긴 소파 앞에서 멈추어 섰다.

소파에 아무렇게나 엎어져 잠든 전신으로 햇살이 노랗게 번지고 있었다. 갓 태어난 병아리처럼 부스스한 옅은 머리칼에, 역시 옅은 눈동자는 나붓이 감겨 보이지 않았다. 색색 어린아이나 낼 법한 숨소리가 났다. 서재희는 가볍게 한숨을 쉬었다. 어차피 잠들어 버릴 거 본인 숙소에 가서 편하게 자라고 했는데도 기어코 밤을 새우겠다며 바득바득 우기더니, 내 이럴 줄 알았지.

"정윤환."

정윤환은 미동도 없었다. 죽은 듯 달게 자는 그를 물끄러미 보다가, 서재희는 천천히 한쪽 무릎을 꿇었다. 바닥에 떨어진 정윤환의 겉옷을 손에 쥐었다. 그대로 몸을 낮춘 채 말했다.

"일어나. 조사팀 돌아왔어."

정윤환은 반응이 없었다. 그러나 서재희는 채근하지 않았다. 잠든 정윤환을 깨우는 것은, 서재희가 드물게 힘들어하는 일 중 하나였다. 그간 정윤환이 뜬눈으로 지새웠을 수많은 밤과, 운명처럼 시달렸을 악몽을 떠올리면, 이리 편안해 보이는데 조금 더 재우면 어떠랴 마음이 약해지기만 했다.

사실 지난밤, 정윤환이 막무가내로 쳐들어와 일거리를 풀어 놓았을 때도, 서재희는 남의 집무실에 일 벌여 놓지 말라고 타박하면서도 일부러 온도를 높여 두었다. 덕분에 정윤환은 따뜻하게 덥혀진 집무실이 제 둥지인 양 아주 푹 잠들어 있었다.

서재희는 정윤환의 겉옷을 쥔 채 말없이 몸을 일으켰다. 순간, 겉옷 안주머니에서 무언가 미끄러지더니 대리석 바닥으로 떨어졌다. 툭, 묵직한 소리가 났다. 만년필이었다.

서재희는 만년필을 줍기 위해 다시 몸을 숙이다가, 채 손을 대기도 전에 미간을 좁혔다. 서재희가 익히 아는, 정윤환이 공식적인 자리에서 쓰는 전용 만년필이 아니었다. 낯설었다. 새로 마련했나 싶었으나 표면이 부드럽게 닳아 있었다. 한쪽 무릎을 꿇은 채 만년필을 주워 찬찬히 돌린 순간, 왜 처음 보는 것인지 깨달았다.

만년필 뚜껑 끝에 배지가 박혀 있었다. 세월의 흐름에 끝이 깨지고 금이 간, 1학년 배지가 다홍색으로 단단하게 빛났다.

이게 여기 있었구나. 어쩐지 유류품 목록에 없더라니. 서재희는 3년 전 정윤환을 기억했다. 몸이 회복되기도 전에 자원봉사단에 등록하더니 격전이 벌어졌던 현장에서 유류품 수습을 돕는다고 했다. 그때 우연히 주웠을까. 손에 들어온 이상 버리지 못했을 것이다. 감히 탓할 수 없었다.

서재희는 손 안에서 만년필을 느리게 굴렸다. 다홍색의 낡은 모서리를 따라 빛이 아름답게 반사되었다. 갖고 싶은 충동을 간신히 억눌렀다. 만년필을 정윤환의 겉옷 안주머니에 조심스레 꽂아 넣었다. 그대로 일어서려는데 정윤환이 몸을 뒤척였다. 근래 팔자에도 없는 종이를 만지느라 거칠어진 왼손이 소파 아래로 툭 늘어졌다.

서재희는 무의식적으로 고개를 기울여 정윤환의 왼손을 응시했다. 손바닥 가득 흉이 처참했다.

정윤환은 절대 자신의 상처를 부끄러워하지 않았다. 그는 당시 전투에서 생애 처음으로 완벽하게 이타적인 선택을 했다고 서재희에게 여러 번 말해 왔다. 정윤환은 망가진 왼손을 그 명예로운 증거로 여겼다. 그러나 서재희는 볼 때마다 마음이 아팠다. 한세연의 지시로 반란군이 그들을 도우러 오지 않았다면 정윤환은 꼼짝없이 죽었을 것이다. 모든 전투가 끝난 뒤 간신히 수습되어 숨만 붙어 있던 정윤환의 모습은, 아직도 서재희의 꿈에 빈번하게 등장하곤 했다.

남들은 봐도 못 본 척하는 정윤환의 왼손을, 심심하면 가십거리로 나도는 그 손을, 서재희는 스스럼없이 쥐었다. 조심조심 눌러 가며 세심히 살폈다. 순간, 정윤환의 손에 힘이 딱 들어갔다.

"뭐 하냐. 징그럽게."

눈이 마주쳤다. 정윤환이 눈을 반쯤 뜨고 어이가 없다는 얼굴로 서재희를 보고 있었다. 그가 재차 말했다.

"손 안 놔?"

서재희는 즉각 손을 떼고 몸을 일으켰다. 정윤환이 크게 하품을 하며 눈을 비볐다. 그 왼손을, 서재희는 다시금 응시했다.

"재활이 효과가 있나 봐. 훨씬 부드러워진 것 같은데."

정윤환이 피식 웃었다.

"무슨 재활 덕이야. 다 서재희 너 때문이지. 나는 네가 진짜로 안정제 유통 금지할 줄은 꿈에도 몰랐다. 이렇게 강제로 끊게 될 줄이야."

차예원만 아니었으면 더 빨리 금지 법안을 통과시킬 수 있었는데. 몇 번이나 무산된 걸 떠올리면 입이 썼다. 그런 서재희의 속을 아는지 모르는지 정윤환은 일어나 앉아 강아지처럼 머리를 털었다. 그가 밀어닥치는 햇살에 눈을 찡그렸다.

"해 떴네."

"남의 집무실에서 온갖 서류 다 펼쳐 놓고 5분 만에 잠들 거면 아예 시도를 하지 마."

정윤환이 이마를 문지르더니, 탁자 위의 전자 서류를 응시했다. 홀로그램 그래프가 선이 드문드문 끊어진 미완성으로 공중을 천천히 돌고 있었다. 정윤환이 중얼거렸다.

"다 하고 잤어야 했는데. 오늘 조사팀 오는 날 아니야?"

"방금 도착했어. 씻고 바로 나가자."

"큰일 났다. 오후에 언론에 내보내려고 했는데."

서재희는 말없이 전자 서류에 손목을 가져다 댔다. 서재희의 이프를 인식하자마자, 얼기설기 허술하게 돌고 있던 그래프가 요동쳤다. 곧 가느다란 선들이 정교하게 뻗어 나가더니 아름답게 맞물리며 환하게 빛을 뿜었다.

"새벽에 내가 완성했어."

정윤환의 눈이 일순 반짝했다. 그가 늘어져라 기지개를 켜더니 산뜻하게 말했다.

"그래? 고맙다."

반응이 매끄러워, 서재희는 눈을 찡그렸다. 설마.

"너 혹시 어젯밤에 이거 일부러 들고 왔어?"

"서재희 너도 감이 예전 같지 않네. 유해지긴 했어."

"……너 나한테 너무 미루는 거 아니야?"

정윤환은 들은 척도 않고 전자 서류를 집어 들었다. 손끝으로 그래프를 다각도로 돌려 가며 유심히 살피는 얼굴이 흡족하기 그지없었다. 몇 마디 타박하려는 찰나, 이프가 진동했다. 서재희는 발신자를 확인하고 인터컴을 스피커폰으로 전환한 뒤 탁자에 보란 듯이 탁 올려 두었다. 정윤환이 눈을 동그랗게 떴다.

"한세연 원장님, 서재희입니다. 고생 많으셨습니다."

— 네 덕분에 안전하게 다녀왔어. 윤환이 있니? 도통 전화를 받지 않는구나.

정윤환이 전자 서류를 든 채 두 팔을 교차하더니, 세차게 고개를 가로저었다. 서재희가 차분히 대답했다.

"또 이프를 꺼 놓은 모양이네요. 옆에서 같이 듣고 있습니다. 말씀하세요."

정윤환이 맥 빠진 얼굴을 했다.

— 재희 네 예상이 맞더구나. 정화 속도가 아주 빨라. 이대로면 향후 3년도 채 안 걸리겠어.

"이제 용이 두 마리니까요."

— 연구원에 샘플 넘기기 전에 네가 한번 봐 줬으면 좋겠구나. 차예원 쪽에 반박할 수치를 얻었는데, 어디서 어디까지 공개해야 할지 판단 부탁한다. 시간 되겠니?

서재희는 힐끔 일정을 살폈다. 한세연에게 한번 잡히면 짧으면 한 시간, 길면 서너 시간이었다. 무슨 일이 있어도 다음 주까지는 모든 업무를 마무리하고 싶었다. 손꼽아 기다린 날인데 일에 치여 놓치고 싶지 않았다. 그러나 어리광 부릴 때가 아니었다.

"한 시간 내로 가겠습니다."

— 윤환이도 데리고 나올래? 오늘은 꼭 확답을 들어야겠어.

서재희는 물끄러미 정윤환을 바라보았다. 정윤환이 입모양으로 열렬히 외쳤다. 안 된다고 해. 바쁘다고 해. 서재희가 부드럽게 대답했다.

"싫답니다."

— 아, 그러니?

인터컴 너머로 한세연이 낮게 웃었다.

— 우리 돌아오는 길에 난민 복지재단이랑 합류했는데.

서로 마주 보던 서재희와 정윤환이 동시에 고개를 돌려 인터 컴을 응시했다.

— 지금 은우랑 같이 있단다.

유은우는 선실 한가운데 마련된 의복을 바라보았다.

그것은 옷이라기보다 건축물처럼 보였다. 섬세하게 계산된 미. 어깨 양쪽에서 시작되어 바닥까지 낙낙하게 드리워진 망토 는 모함의 약한 진동에 살아 있는 것처럼 잘게 물결쳤다.

계약자를 상징하고 김서혁을 지지하며 난민을 대변하는 그 의복을, 유은우는 한 겹 한 겹 인내하며 걸쳤다. 정해진 방식으 로 매듭을 엮고, 약속한 만큼 끈을 늘어뜨렸으며, 필요한 각도 로만 깃을 젖혔다. 여러 층, 다양한 재질, 어둡게 통일되었으나 조명에 따라 미세하게 다른 색. 허투루 입을 옷이 아님을 알기 에 늘 신중했다.

그러나 어깨에 두른 망토 위로 아름다운 체인을 고정하고, 용의 뼈를 깎아 이은 가느다란 장신구를 머리칼에 엮는 것은 도움을 청해야 했다. 문밖에서 대기하고 있던 직원들이 신속히 들어와 유은우의 손에서 장신구를 받아 들었다. 한세연의 지시를 받아 유은우에게 붙은 직원들은 의전에 상당한 공을 들였다. 그러나 유은우는 감흥이 없었는데, 이 모든 것이 얼마나 부질없는지 겪어서 알기 때문이었다. 한때, 폐품 취급을 받기도 했으니. 나는 달라진 게 없으나 시대의 흐름을 타고 아주 우연히 정점에 올라선 거라고. 화려하게 추락하기 좋은 위치였다.

직원들이 유은우의 몸에 손이 닿지 않도록 조심하며 빠르게 의복을 마무리한 후 고개를 숙이며 물러섰다. 유은우는 눈을 들어 거울을 보았다. 거울에 비친 자신은 더 이상 인간이 아닌 상징이었다. 덧씌운 선은 우아했고 몸을 움직일 때마다 다각도로 빛을 반사하는 온갖 금속이 지독하게 극적이었다.

혁명을 주도한 학생들의 이름이 날카롭게 조각되어, 보석보다 찬란한 체인의 끝을, 유은우는 가만히 어루만졌다. 언젠가 김서혁에게 의견을 구한 일이 있었다.

'나는 혁명의 주동자들이 신격화되지 않았으면 좋겠어. 특별한 사람인 것처럼, 대단한 의지를 가진 것처럼 과장되지 않았으면 좋겠어. 작은 선택 하나로, 사소한 의심 하나로 그렇게 세상이 바뀐다고 말하고 싶어.'

'자신을 폄하하기엔 공적이 무겁고, 오만을 부리기엔 기반이 약한데.'

'특히 이 체인은 죽은 사람들을 전시하는 것 같아서 싫어. 이건 마치, 우스꽝스러운 꼬마전구 같아. 용 해방 기념일에 중앙

광장 나무에 걸어 놓는 그런 거 말야.'

'우린 칼만 안 들었다 뿐 아직 전쟁 중이다. 차예원은 전 동조자를 대변하여 나오겠지. 스크린엔 너와 차예원이 번갈아 비춰질 테고, 그 몇 초간 대중은 네 진심이 아니라 네 의상을 본다. 지고 들어갈 필요가 있나?'

대답 없는 유은우에게 김서혁이 딱딱하게 덧붙였다.

'치렁치렁한 거 입기 싫다고 뻗대는 건 정윤환 하나로 족해.'

유은우는 매만지던 체인을 놓았다. 매끄러운 금속은 망토로 떨어져 주름 사이로 자취를 감추었다.

마음을 단단히 했다. 턱을 당기고 허리를 세웠다. 발을 내디뎠다. 힘 있는 걸음마다 의복이 바람을 먹어 부드럽게 부풀었다.

밤이었다. 갑판은 캄캄했다. 조명이 강하면 멀리 있는 항로 표지를 놓칠 수 있어, 최소한으로 밝혀 놓은 등 몇 개가 전부였다. 지평선은 어둠에 묻혀 보이지 않았다. 어딜 봐도 경계 없는 먹색이라, 하늘이 아니라 우주를 떠 가는 착각이 들었다. 문득 희게 빛나는 결정들이 몰아쳤다. 그 위로 모함이 잔잔히 미끄러져, 은하수를 통과하는 듯 시야가 아득했다.

유은우는 손을 들어 따라오는 직원들을 물렸다. 홀로 갑판을 걸었다. 연구원증을 패용하거나, 측정소 작업복을 입은 직원들이 갑판 이곳저곳에 머물고 있었다. 하나같이 설레는 얼굴이었다. 보름 만의 복귀라고 했다.

유은우는 갑판 선단에 서서 난간을 쥐었다. 입김이 희끄무레 흩어졌다.

3월. 겨울과 봄이 겹쳐, 날씨는 하루에도 몇 번씩 변덕을 부렸다. 특히 사해와 녹지가 뒤섞인 정화 구간에 들어서면 바람과 기온은 예측할 수 없이 널을 뛰었다. 특히 이렇게 흰 결정이 눈처럼 휘날릴 때면, 공기에 날이 서 감기에 들기 쉬웠다. 그러나 함 내로 들어오라는 안내 방송에도, 많은 사람들이 일을 핑계 대며 고집스레 갑판에 머물곤 했다. 유은우는 스노우볼 안에 들어온 듯 경이로운 광경보다, 그 순간을 실로 감사히 여기는 사람들이 더 장관으로 느껴졌다.

바람이 불자 머리칼에 엮인 용의 뼛조각이 맑은 소리를 내며 나부꼈다. 유은우는 난간에 몸을 기댔다. 손을 뻗어 바람을 가늠했다. 용이 어디쯤 있는지 본능적으로 감이 왔다. 유구한 세월을 살게 될 그 심장박동을 손끝으로 더듬었다. 눈을 감았다가 뜨자, 아름다운 결정이 눈 폭풍처럼 몰아쳐 순간 시야가 희었다. 얇고 매끄러운 조각들이, 손가락 사이로 감겼다가 일시에 날아올랐다.

온이 정화되고 남은 찌꺼기가 대기를 떠돌며 서서히 마모되는 이 현상을, 한세연은 '온각'이라고 공식 명명했다. 용이 허물을 벗듯이 온이 오염된 비늘을 떨어내는 것 같다고 하여 붙인 이름이었다.

한세연이 고심하여 지은 학명이 무색하게도, 김서혁은 지난달 연설에서 온각을 '죄의 잔재'라고 별칭했다. 이는 많은 언론사가 유의미하게 되풀이하며 정윤환이 추진하는 녹지 개발 사업에 쇄신의 이미지를 부여했다.

그러나 정작 정윤환은 순수하게 온각을 좋아했다. 단지 보기 좋다는 이유였는데, 그는 바람에 날아오르는 온각이 흰 나비 떼 같다며 눈을 떼지 못했다. 황폐하던 사해의 마지막이 이토록 아름답다니 이상하게 눈물이 난다면서.

반면에 서재희는 온각을 보며 과거를 회상했다. 비가 추적추적 내리던 흐린 날, 중앙수사부 앞에 모여 노래를 부르던 수많은 시민들. 그들이 들었던 하얀 풍선들. 진실의 구름이라고 불렸던 그 하얀 점의 집합이 떠오른다고 했다. 온각 하나에 풍선 하나. 새 떼처럼 날아오르는 그 결정들에, 낙원의 이론에 반대한 시민 한 사람 한 사람의 작지만 소중한 결정이 대입된다고 했다. 온각이 나부낄 때 산란하는 빛이 너무나 찬란하여, 어쩌면 희망이라는 게 실재할지도 모르겠다고.

유은우에게 온각은, 끝이며 시작이었다. 흰 칼날이 산산이 부서지고 남은 파편이었으며, 오래도록 고통에 시달린 용을 태우고 남은 뼛가루였다. 다시는 되풀이해서는 안 될 죄의 굴레를 끊어 낸 흔적이었다. 옛 시대를 떠나보내며 치르는 장례였으며, 새 시대를 맞이하며 뿌리는 축복이었다.

유은우는 인기척을 느끼고 뒤돌아섰다.

연구원이 정중히 묵례했다.

"이사장님, 말씀하셨던 유리병입니다."

연구원이 한 뼘 길이의 유리병을 내밀었다. 유은우가 그것을 건네받자, 연구원은 주머니에서 보호칩 봉투를 꺼냈다.

"곧 정화 구간이 끝나고 사해로 진입합니다. 임시정부로 복귀하기 전 마지막 사해입니다. 길어도 한 시간 안에는 통과한답니다."

연구원이 봉투를 내밀어, 유은우는 손을 집어넣었다. 박하맛을 골랐더니 0:50이라고 적혀 있었다. 레몬맛을 하나 더 골라 0:30이라고 쓰인 것을 확인했다. 박하맛의 포장을 뜯어 입에 물었다. 겉옷을 젖히고 안주머니에 레몬맛 보호칩을 넣어 두는데, 문득 시선이 느껴졌다. 고개를 드니, 연구원이 이쪽을 빤히 보고 있었다. 그가 믿을 수 없다는 투로 물었다.

"두 가지 맛이 다 가능하다는 게 사실입니까?"

유은우는 빙긋 미소 지었다. 자주 접하는 반응이었다.

"그럴 계기가 있었어요."

"저도 들었습니다. 낙원의 이론이 파괴되던 날, 용과 계약하시면서 체질이 바뀌셨다고요."

"……네?"

매번 새로운 추측이라 유은우는 소리 내어 웃었다. 연구원이 당황해했다.

"아, 아닙니까? 죄송합니다. 제가 주워들은 헛소문을……."

임시정부가 들어서며 유은우는 혁명의 주동자로서 모든 정황을 진술해야 했다. 그러나 서재희가 제 생을 내어 준 순간만은 아무에게도 고백한 적 없었다. 너무나 소중하여 말로 표현하는 순간 유한한 단어에 갇혀 훼손될까 두려웠다. 홀로 가슴에 품고 매일 살피는 것만으로도 그 찰나는 갈수록 아름답게 연마되었다.

― 전 직원에게 알립니다. 우리 모함은 5분 후 사해로 진입, 57분간 통과합니다. 전 직원은 보호칩을 머금어 주십시오. 임시정부 도착 예정 시간은 6시입니다. 다시 한번 알립니다. 우리 모함은 5분 후 사해로 진입…….

유은우는 유리병을 열어 공중을 휘저었다. 온각이 청량한 소리를 내며 담겼다. 포르르 날아오르는 것을, 마개를 닫아 막았다. 유리병 안쪽에서 온각이 나부끼며 작고 예쁜 소리를 냈다.

그 후로도 유은우는 한참이나 갑판에 머물렀다. 밤이 검푸른 새벽으로 뒤채었다. 사해와 안전지대의 경계 통과를 알리는 안내 방송에 이어 모함이 고도를 낮추었다. 갑판의 조명이 일시에 밝아졌다. 유은우는 보호칩 없이 새벽의 찬 공기를 들이마셨다. 난간 아래를 굽어보니 가까이 다가온 땅에 듬성듬성 짙은 갈색이 선명했다. 더 이상 매캐한 유황 냄새를 풍기지 않는 희고 고운 사해의 모래와 정윤환이 이끄는 사업단에서 지속적으로 투여하는 기름진 토양이 뒤섞여 대지는 마치 바닐라와 초코가 뒤섞인 아이스크림처럼 보였다.

"우리 녹지 개발 사업단장님께서 그답지 않게 성실한 모양이더구나."

한세연이 유은우의 옆 난간을 짚으며 이어 말했다.

"처음엔 그런 자리 싫다고 마다하더니."

유은우는 아래로 시선을 둔 채 밝게 웃었다. 둘은 잠시 그렇게 가만히 대지를 내려다보았다. 이윽고 한세연이 난간에 팔을 걸치며 물었다.

"윤환이가 별말 없니?"

"아직이요."

한세연이 가볍게 한숨을 쉬었다.

"그 애가 결단을 내려야 할 텐데."

"강요해서는 안 돼요. 그 사람은 너무 오랫동안 선택권이 없었어요."

"네 말이라면 들을 텐데, 혹시 은우 네가……."

"죄송합니다."

"말이라도 한번……."

"못 합니다. 제 말 한마디에 그 사람은 인생이 흔들려요."

잠잠하던 바람이 흐느끼듯 불어닥쳤다. 온각이 맑게 찰랑이며 스치는 사이로, 유은우는 한세연의 옆모습을 응시했다. 한세연은 난간에 등을 기대고는 두 손을 가운 주머니에 넣었다. 그녀가 불쑥 말했다.

"네가 풀어 준 용 말이다. 너는 용을 손대지 않고 방치했다고 했지."

유은우는 한세연을 빤히 보았다.

"그 용은 성체가 되었어. 결과론적으로는 잘됐지만, 네 판단이 최선이었는지 다시 생각해 보길 바란다. 보통 새끼 짐승이라면 굶어 죽었을 거야. 네가 사육 칸 문을 열었을 때 용이 죽어 있었다면 어땠겠니. 자유와 방임은 달라."

유은우는 대답하지 않았다.

"우리는 시민의 투표로 낙원의 이론을 파괴했다. 한 사람 한 사람이 의지를 표명함으로써 서로가 서로의 미래에 깊숙이 개입한 거지. 인간관계도 마찬가지야. 나는 윤환이에게 강요를 하려는 게 아니다. 나는⋯⋯."

한세연이 한숨을 쉬더니 고개를 저었다. 그녀가 말했다.

"거긴 그 애 자리야. 윤환이가 아닌 다른 사람이 앉는 건, 나는 상상할 수도 없구나."

유은우도 마찬가지였다. 그러나 입 밖에 내지 않았다. 정윤환에 관한 모든 것에 신중하고 싶었다.

"우리는 혁명에 몸 바친 자들에게 마땅한 보상을 주어야 한다. 도시연합을 단죄하는 것만큼이나 중요한 일이지. 단순히 윤환이가 그 자리에 앉고 안 앉고의 문제가 아냐. 이미 그 애는 역사에 이름을 올렸고, 우리는 역사를 쓰고 있어. 후대에 본보기가 되어야 한다."

말끝에 한세연은 고개를 돌려 유은우를 바라보았다. 단단한 말과는 달리, 그녀는 힘없이 웃었다.

"내가 만약 널 버리지 않았다면 이런 말을 더 자신 있게 할 수 있었을까."

이미 지난 일이라는 대답은 의미가 없었기에, 유은우는 마주 보며 미소 지었다. 한세연이 가운 주머니에서 손을 뺐다. 그녀의 손가락 사이로 금속이 차갑게 빛나, 유은우는 눈을 크게 떴다. 한세연이 손을 내밀었다.

"받으렴."

유은우는 잠시 굳어 있다가 천천히 손을 내밀었다. 여기저기 깨지고 망가진, 그럼에도 여전히 초침이 똑딱똑딱 돌아가는 기계식 손목시계가 유은우의 손바닥 위로 묵직하게 떨어졌다.

3년 만이었다.

"이걸 어떻게……."

"이번 탐사 중에 우연히 찾았단다. 쓰레기 더미에 파묻혀 있어서 하마터면 놓칠 뻔했어. 직원 하나가 샘플을 수집하다가 시계에 손이 스쳐 비명을 지르는 바람에 발견했지."

유은우는 천천히 시계를 어루만졌다. 금이 간 시계판. 이 빠진 톱니바퀴와 벌겋게 녹슨 시곗줄. 이상한 각도로 꺾인 시계침이 유은우의 손길을 따라 핑그르르 돌았다. 오른쪽 손목의 선명한 흉터 위로 시계를 찼다. 말없이 지켜보고 있는 한세연에게서 서너 걸음 물러서, 오른손을 가벼이 휘둘렀다. 시계 부품이 약하게 삐걱거렸다.

그리고 폭발했다.

괴물처럼 부풀어, 여전히 압도적으로 유은우의 오른쪽을 드리웠다. 미세하던 부품들이 팽창하니, 훼손되고 마모된 흔적이 더욱 부각되었다. 망가졌음에도 단단히 제자리를 지키는 톱니바퀴 사이로, 이제는 빛바랜 피와 불의 냄새가 났다.

유은우는 시계를 찬찬히 줄여 손목에 동그마니 얹었다.

다시는 쓸 일이 없기를 바랐다. 온디딤으로써가 아니라 아버지의 유품으로 간직할 수 있기를.

"제 부모님은 어떤 분이셨어요?"

한세연이 미소 지었다.

"유태헌은 좋아하는 여자의 마음을 얻기 위해 반란군 수장이 된 남자였어. 가연이는 반란군 수장 정도 되는 남자가 아니면 거들떠도 보지 않는 여자였지. 그 외에는 모든 것이 평범했어."

"만약 두 분이 살아 계셨다면 절 자랑스러워하셨을까요?"

"글쎄."

한세연이 눈을 내리깔았다. 그녀는 시간을 두었다가 말했다.

"하지만 네가 내 딸이었다면, 나는 이 이상 자랑스러울 수 없었을 거야."

한세연의 눈이 설핏 젖었다가 말랐다.

"어렸던 네게 좋은 어른이 되어 주지 못해 미안하다."

유은우는 가만히 한세연을 응시했다. 혁명 이후 공적으로도 사적으로도 긴밀히 얽혔으나 한세연이 직접 용서를 구한 것은 처음이었다. 유은우는 한때 자신을 실험체로 삼았던 이들을 향해 품었던 원망과 분노를 끌어내 보려고 했다. 그러나 그 거친 감정들은 이미 부드럽게 닳아 힘을 잃은 지 오래였다.

"마지막 순간에 제가 아끼던 사람들을 구해 주셨잖아요. 이제 우리 사이에 빚은 없어요."

한세연이 눈을 빠르게 깜박였다. 그녀는 약간 주저하면서, 평소에 잘 하지 않는 행동을 했다. 어색하게 주위를 살핀 것이다. 갑판에는 여전히 꽤 많은 직원들이 오가고 있었다. 그러나 유은우의 시계가 팽창했을 때 잠깐 이목을 끈 것 외에는 평온했다. 다시 유은우를 바라보는 한세연의 눈빛이 묘하게 서툴렀다.

"그날 제가 정신을 차리고 눈을 떴을 때, 원장님께서 제 손을 잡고 말씀해 주셨잖아요. 울면서 반복하셨죠. 그때 그 목소리를 잊을 수 없어요. 정신없이 되풀이하시던 이름들. 생존자 명단을 읊어 주셨죠."

한세연이 희미하게 웃었다.

"저는 원장님을 그때 처음 만난 거라고 생각합니다. 우리 관계는 그날 다시 시작되었다고요. 한번 깨진 관계는 붙더라도 완벽할 수 없다고들 하지만, 우리가 드문 사례가 되면 되는 거죠."

한세연은 잠시 침묵했다. 그녀가 조용히 말했다.

"네가 그럴 때마다 윤환이가 가여워서."

유은우가 의미를 되짚기 전에, 한세연이 화제를 돌렸다.

"서재희는 요새 어떠니?"

유은우는 물끄러미 한세연을 바라보았다. 한세연은 다시 두 손을 가운 주머니에 넣고는 흥미로운 시선으로 이쪽을 응시했다. 유은우는 가벼이 대답했다.

"저도 궁금해요. 통 보질 못해서. 조사팀은 보름 만의 복귀라지만 전 한 달이 넘었어요. 중간에 원장님 모함을 얻어 타서 사흘 더 빨리 돌아가는 거지, 저희 부속선으로는 이런 속도 나오지도 않아요."

한세연이 짓궂은 표정을 지었다. 유은우가 모른 척 비껴낸 대화를, 한세연이 다시 틀어줘었다.

"서재희 좀 변한 것 같던데. 내가 맞게 보고 있니?"

유은우는 일부러 대답하지 않았다. 자신의 느낌을, 타인의 입을 통해 확인받고 싶었다. 한세연이 말을 이었다.

"지난 예비심사에서 너희 언쟁이 있었다며? 서로 봐주지 않고 치열하게 싸웠다고 들었다. 윤환이가 가운데 끼어서 어울리지도 않게 중재하느라 아주 볼 만했다던데."

그때 진땀을 흘리던 정윤환의 표정이 생각나, 유은우는 저도 모르게 소리 내어 웃었다. 그러나 한세연의 낯에서는 서서히 웃음기가 가셨다. 그녀가 조용히 말했다.

"은우야, 나는 서재희가……."

한세연은 쉬이 말을 잇지 못했다.

"이런 표현이 옳을지 모르겠구나. 나는 그 사람이 두려웠어. 정확히는, 네가 없어지고 난 후 홀로 남을 서재희가 두려웠지. 혁명 직후, 서재희는 정말로, 뭐라고 해야 하나."

유은우는 당시 서재희의 분위기를 떠올렸다. 한껏 순화하여 표현했다.

"예민했죠."

"위험했지. 판을 좌지우지할 권력을 얻고도, 사실 그는 새 시대에 별 관심이 없었어. 오직 네가 잘못될까 전전긍긍했고. 나는 차예원보다 서재희가 임시정부의 독이라고 생각했다. 힘을 가진 자가 오로지 연인을 위해 정책을 세우고 조직을 짜고. 어찌나 능란한지 측근마저 아주 깔끔하게 속이면서. 내가 윤환이에게 그 예산이 다 어디로 빠졌는지 전해 듣고 얼마나 놀랐는지 넌 모를 거야. 그런데 최근의 행보를 보니, 내 걱정은 기우였던 모양이다."

한세연이 가만히 덧붙였다.

"사람이 달라지기도 하는구나."

동이 트고 있었다.

안개에 지평선이 희끗했다. 아스라한 선 위로 건축물들이 삐죽삐죽 솟아 있었다.

김서혁이 지정한 '거주 가능 지대'라는 명칭이 있음에도 세간에서는 인간들이 새로이 모여 살게 된 곳을 '안전지대 안쪽', '인구 밀집지', '집단 거주 구역' 등으로 제각기 달리 부르곤 했다. 특히 '신도시'라고도 자주 불렸는데, 이는 차예원이 선호하고 김서혁이 꺼리는 호칭이었다. 신도시는 세월이 흐르면 구도시가 된다. 용어가 인간의 사고를 한정 짓는다는 김서혁의 우려에, 서재희가 직접 움직이기도 했다. 서재희는 조용히 차예원을 찾아갔다가, 역시 조용히 돌아왔다. 둘 사이에 무슨 대화가 오갔는지는 아무도 알 수 없었으나, 그 뒤에 차예원은 공식 석상에서 '신도시'를 언급하는 비중을 줄였다. 임시정부 초기부터 단 한 번도 '거주 가능 지대'라는 용어를 입에 담지 않았던 것에 비하면 확연한 변화였다.

"원장님."

유은우가 천천히 말했다.

"저는 그 사람의 그런 점이 좋아요. 상처를 딛고 변할 수 있는, 유연한 면이요."

유은우는 서재희를 떠올렸다. 내가 널 조금만 좋아해도 되겠냐고 묻던, 서툴고 뜨겁던 고백. 누군가를 좋아하는 것은 힘들어서 감정을 통제한다던 그가, 눈물로 유은우에게 호소했었다.

그리고 모함에서 다친 유은우를 품에 보듬어 안고, 네가 살아 갈 세상을 만들겠다던 약속. 세계를 부수겠다는 일념으로 목숨을 쏟아 붓던 그가, 유은우를 위해 복수를 내려놓았다.

"다만, 그 사람에게 제가 전부가 아니었으면 좋겠어요. 텅 비어서 저밖에 없는 게 아니라, 사랑하는 수많은 것 중 저는 그저 하나였으면. 그래서 우리가 어느 한쪽에게 맹목적으로 구원받는 것이 아니라, 서로 침범하고 내주면서 서서히 같은 길을 바라봤으면 했어요. 사실, 처음에는 저도 자신이 없었어요. 그런데 요즘 그 사람, 하고 싶은 게 제법 생긴 모양이에요. 저와 별개로, 타인에게 기대하고 희망을 품고."

한세연은 가만히 웃었다. 그녀가 갸웃 고개를 기울였다.

"서재희가 내게 말하더구나. 후회한대. 임유현을 죽인 걸."

바람이 불어 의복이 부드럽게 떠올랐다. 유은우는 망토를 고쳐 여미면서 한세연에게 눈을 떼지 않았다. 처음 듣는 소리였다.

"개인이 개인을 단죄해서는 안 된다고 하더구나. 그를 죽임으로써 자신은 복수를 한 게 아니라, 한 번 더 피해자가 되었다고."

유은우는 잠깐 고개를 돌렸다. 일부러 바람이 불어오는 방향을 향해 눈을 깜박였다. 눈물이 날 것 같았다.

서재희는 정말로 많이 변했다. 한때 그가 상처를 숨기기 위해 뒤집어썼던 부드럽고 선한 껍질은 천천히 내부로 스미며 진짜가 되고 있었다.

"원장님도 이제 걱정 안 되시죠? 제가 예언 가지러 갔다가 용에게 잡아먹혀도 그 사람은 곧 아픔을 딛고 잘살아 갈 거예요. 감사하게도."

유은우의 농담에도 한세연은 진지한 얼굴을 했다.

"글쎄. 아직 그 정도까지는. 난 여전히 네가 서재희보다 오래 살길 바란다."

한세연이 손을 내밀어 유은우는 습관처럼 손목을 내어 주었다. 그녀가 다정한 손길로 유은우의 맥을 짚었다.

"마지막으로 병원에 간 게 언제니?"

유은우가 장난스레 대답했다.

"의사 선생님이 제발 그만 오래요."

"갑자기 이상 증세가 올 수도 있어. 용의 심장을 품었다가 스스로 파괴한 사람은 선례가 없다. 경계를 늦추면 안 돼."

"저 정말 정말 정말 건강해요."

"모르는 일이야. 힘든 일을 겪었잖니. 넌 심장이 한 번 멈췄었어."

"그건 제 심장이 아니었어요."

"그래도."

한세연은 한참이나 유은우의 손목을 쥐고 놔주지 않았다. 가끔 유은우는, 한세연이 자신의 뺨을 감싸거나, 등을 토닥이거나, 머리칼을 걷어 주고 싶은 충동을, 맥을 핑계 삼아 손목을 쥐는 것으로 인내하는 게 아닐까 했다.

"네가 살아남은 건 기적이야."

유은우는 고개를 저었다.

"누군가가 다른 사람을 위해 희생하는 게 진짜 기적이에요."

한세연이 부드럽게 유은우의 손을 놓았다. 그녀가 의아하다는 눈을 했다. 유은우는 조심스레 숨을 골랐다. 아무에게도 말한 적 없었다.

"사실, 저 그날 용의 심장을 깨기 전에, 이미 한 번 죽을 뻔했어요."

끊어진 홀스터. 보호칩 없이 칼칼한 입 안. 목을 죄는 고통이었다.

"그런데 누가 절 살려 줬어요."

유은우는 거기서 입을 다물었다. 역시 간직하고 싶었다. 한세연도 더는 묻지 않았다. 이미 누군지 짐작하고도 남았을 것이다.

서재희를 떠올리면 심장이 생생하게 뛰었다. 그가 계산 없이 건넨 보호칩을 무는 순간, 전신으로 피가 뜨끈하게 돌며 비로소 숨을 토했듯, 다시 한번 살아 있음을 자각했다. 타인으로부터 생을 온전히 선사받은 그 기억만 있다면, 칼날 같은 새벽도 희게 시린 겨울도 유은우는 그 무엇이든 견딜 수 있었다.

— 5분 후 착륙합니다. 전 직원은 갑판에 도열 바랍니다.

모함이 서서히 속도를 줄였다. 임시정부의 정문을 막 통과한 참이었다.

서재희가 직접 조경한, 끝없이 펼쳐진 정원 사이로 도로가 거미줄처럼 섬세하게 뻗어 있었다. 그 위로 붉은 리본이 흩어져 있었다. 입에 마스크를 끼고 팻말을 든 수십 명이 겨울 잔디에 나란히 앉아 있었고, 경찰이 멀찌감치 대기하고 있었다.

도심지 난민 유입 반대, 출신 도시 확인서 발급 의무화, 난민 리스트 공개 요구, 용 추적 태그 부착, 예언 공시제 합법화⋯⋯.

유은우는 시선을 멀리 두었다. 아스라이 보이는 착륙장에도 어림잡아 수십 명이 모여 시위를 펼치고 있었다. 의복을 한 차례 매만져 성돈했다. 뭄도 마음도 단단히 했다.

그러나 한세연은 다른 것을 보았다. 그녀는 손을 들어 한쪽을 가리켰다.

"봄이 오긴 오는구나. 아직 이렇게 바람이 찬데."

김서혁 의장 취임을 기념하는 식수의 단단한 가지마다 흰 꽃봉오리가 부풀어 아름다웠다. 취임식이 있던 날, 유은우도 흰 장갑을 끼고 내로라하는 저명한 인사들 틈에 서 있다가, 차례가 다가왔을 때 삽으로 흙을 크게 퍼서 나무의 뿌리를 덮어 준 기억이 있었다. 대지에 뿌리를 박고 제법 자라난 나무를, 유은우는 오래도록 응시했다.

"네. 곧 봄이에요."

"계약자는 용의 위치를 공개하라!"

"난민과 인간이 뒤섞이면 인류가 돌연변이로 쇠퇴합니다. 난민 주거지역을 설정하여 아이들의 미래를 지킵시다!"

"김서혁 의장은 도시 붕괴에 책임을 지고 자진 사퇴하라!"

임시정부에 복귀할 때마다 열에 아홉은 시위를 마주했으나,

오늘은 유난했다. 일부러 한세연과 시간차를 두고 모함에서 내려왔음에도 유은우는 곧바로 언론의 타깃이 되었다. 의복을 갖춰 입길 잘했다고 생각했다. 주위에서 뻗쳐 오는 손과 바짝 따라붙는 드론에도 내색 않고 턱을 당기고 앞만 똑바로 보았다. 큰 보폭으로 성큼성큼 걸었다. 무사히 빠져나가나 싶었을 때, 옷자락이 탁 당겨지며 넘어질 뻔했다. 중심을 잡자마자 손목을 잡혔다.

빈번히 겪는 일이었다. 유은우는 끌려가지도 않고 내치지도 않으며, 심지어 손목을 잡은 이를 쳐다보지도 않은 채, 침착하게 기다렸다. 오른쪽에 선 경호원이 제지하려고 나섰을 때였다.

"잠깐 실례."

왼쪽에서 손이 불쑥 날아와 유은우를 잡은 손을 경고하듯 쳐 냈다. 이어 상대가 가볍게 유은우의 어깨를 감싸 왔다. 바짝 끌어 안겼다. 머리 위로 숨이 따뜻했다. 익숙한 온기에, 유은우는 상대를 확인하지 않고도 이미 안심했다. 정윤환이 한 팔로 유은우를 안은 채 다른 손을 뻗어 시야를 확보하며 선선히 소리쳤다.

"지나갑니다. 길 좀 터 주세요. ……비키라고."

사람들이 크게 물러났다. 앞뒤로 서 있던 경호원보다 정윤환 하나가 더 위압적이었다. 유은우는 정윤환의 비호를 받으며, 빠르게 착륙장을 빠져나왔다. 함성도 희미해지고 드론도 사라져 오직 둘만 정원을 가로지를 때, 유은우는 고개를 들었다.

"오랜만."

정윤환이 해사하게 웃었다. 그가 손을 놓으며 유은우에게서 한 발짝 떨어졌다. 그러나 여전히 가까웠다. 반가운 마음을 제치고, 유은우는 자못 진지하게 말했다.

"나서지 말라니까."

정윤환이 장난스럽게 눈을 찡그렸다.

"그럼 너 시달리는 거 보고만 있으라고?"

"차라리 그냥 둬. 네 이미지가……."

"아아, 유은우. 제발."

정윤환이 질색하며 손사래를 쳤다. 그가 즐거운 얼굴로 이어 말했다.

"제발 그런 거 좀 그만 신경 써."

"너 걱정돼서 하는 말이야."

"네가 내 걱정을 다 해 주고."

"난 항상 널 걱정해."

유은우는 말끝에 저도 모르게 정윤환의 왼손을 보았다. 들리는 말로는 움직임이 부드러워졌다고 하던데. 다시 살짝 그를 올려다보았다. 언론에서 수없이 극찬하는 정윤환의 옆모습은 그 어느 때보다도 기분이 좋아 보였다.

둘은 나란히 보폭을 맞추며 깨끗하게 정돈된 정원을 천천히 걸어 가로질렀다. 보통 때였으면 차량을 부를 거리였지만, 유은우는 이프를 누르지 않았다. 수행원 하나 없이 홀로 마중을 나온 정윤환 역시 주머니에 손을 넣고 휘적휘적 걷기만 했다. 그것만으로도 유은우는 천천히 피로를 물렸다.

정원을 지나는 동안 볕이 점차 짙어졌다. 저 멀리 본청이 드러났다. 정윤환의 걸음이 사뭇 느려졌다. 유은우는 기꺼이 그 보폭에 맞추었다. 돌바닥에 부딪히는 구두 소리가 햇살과 나란히 단조로웠다. 가만히 물었다.

"요새 많이 바쁘다며? 권력 이양 때문에."

정윤환이 어깨를 으쓱하며 대답했다.

"차예원이 의장은 아예 선거 출마를 못 하게 막아 버려서. 아니면 이렇게까지 고생할 필요 없는데."

"본인이 원하는 건 꼭 가져야 하는 성미라. 그걸 실현할 만큼 사람 고르는 안목이 뛰어난 것도 사실이고. 그것 말고도 일이 많다며."

"옛날에 동조자였던 사람들이 한순간에 일반인이 되어 버리니까 그 괴리를 메울 만한 획기적인 정책을 내놓기가 어려워서. 팀 전체가 고전하고 있어. 거기다 보호칩 가격을 내렸더니 관련 기업들이 별 이상한 루머를 가져다가 우리를 공격하질 않나. 어차피 곧 사해가 사라지면 보호칩 생산도 중단될 텐데 마지막 발악하는 거지, 뭐. 사실 잠잘 시간도 거의 없어. 지금도 일어나자마자 바로 나온 거야. 얼마나 일이 많은지 내가 이렇게 종이를 많이 만지고 살 줄은……."

말끝이 사그라져, 유은우는 고개를 돌려 정윤환을 바라보았다. 낙엽처럼 빛바랜 눈동자가 찬찬히 이쪽을 훑고 있었다. 이렇게 끈질긴 시선은 자주 있는 일이었다. 처음에는 그러지 말라고 몇 번 지적도 해 보았으나, 그때마다 정윤환은 얼굴이 새빨개져서 그런 적 없다고 횡설수설하는 걸로 봐서는 본인도 자각하지 못하는 것 같았다. 그 뒤로 유은우는 그저 감내했다. 감정이라는 게 원래 그런 게 아니겠냐고. 마음대로 정리할 수 없는 영역임을 누구보다 잘 알았다.

서로 빤히 마주 보다, 이내 정윤환이 화들짝 놀랐다. 그가 어색하게 헛기침했다.

"나 너 보는 거 아냐. 옷 보는 거야. 너 그 옷 입은 거 실제로 처음 봐."

"어? 진짜?"

유은우는 눈을 동그랗게 떴다. 정윤환이 입을 부루퉁하게 내밀고 대답했다.

"그래, 진짜. 타이밍도 기가 막히게 안 맞아서."

유은우는 걸음을 멈췄다. 정윤환도 따라서 멈춰 섰다.

유은우는 양팔을 나붓이 벌리고 그 자리에서 한 바퀴 휙 돌았다. 의복이 여러 겹으로 풍성하게 펼쳐졌다가 느리게 가라앉았다. 머리 장식이 맑게 찰랑거리고, 가장 마지막으로 양쪽으로 갈라진 망토가 전신으로 차분히 내려앉는 것을 느끼며, 유은우는 정윤환을 올려다보았다. 정윤환이 눈을 깜박이다가 이내 웃음을 터뜨렸다.

"검은색 나비 같다."

"칭찬?"

"그래. 예쁘다, 예뻐."

정윤환이 고개를 저으며 다시 걸음을 옮기려는 것을, 유은우가 손을 들어 막았다. 겉옷을 젖히고 안쪽에 매달아 두었던 것을 풀어서 불쑥 내밀었다.

"내 거야?"

정윤환이 눈을 휘둥그렇게 뜨고 물었다. 유은우는 어서 가져가라는 듯 유리병을 흔들었다. 온각들이 포르르 날아 유리병에 이리저리 부딪히며 청량한 소리를 냈다.

"이번에 조사 나가고 싶었는데 바빠서 못 갔다며. 보고 싶었을 것 같아서."

정윤환은 유리병을 받아 가만히 어루만졌다.

"잘 때 머리맡에 두고 자고 출근할 때 냉장고에 넣어 둬야지. 그럼 좀 오래가더라."

"다음에 또 가져다줄게."

정윤환이 유리병을 천천히 기울였다. 온각이 나풀나풀 반짝였다. 유은우가 가볍게 허공을 휘저어 담아 온 그것을, 정윤환은 귀한 보석처럼 다루었다.

"아름답지."

정윤환이 유리병을 반대쪽으로 기울이며 이어 말했다.

"살아서 이런 걸 볼 수 있다는 데 감사해."

정윤환이 여전히 온각에 시선을 둔 채 밝게 웃었다.

"그리고 너랑 한배를 타고 있다는 것도. 같은 꿈을 좇고 있다고 생각하면 가슴이 벅차."

정윤환은 오른손으로 유리병을 쥔 채 습관처럼 허벅지로 왼손을 미끄러뜨리다가 실소했다. 그가 유은우의 시선을 느꼈는지 문득 고개를 들었다. 이마로 옅은 머리칼이 나부꼈다. 그 아래 나른하면서도 맑은 눈이 유은우를 직시했다. 정윤환이 쾌활하게 말했다.

"마음은 천천히 접을게. 나 노력하고 있으니까 너무 뭐라고 하지 마라."

유은우는 정윤환의 섬세한 낯을 응시했다. 정윤환이 차예원과 결탁한다면 끝장이었다. 아무리 김서혁과 서재희가 있더라도 정윤환은 대중의 관심과 사랑을 한 몸에 받는 여론의 중심인물이었다. 정윤환이 마지막으로 자신을 희생하며 수송선에 총을 겨누는 영상은 끊임없이 소비되고 있었다.

그런 영향력을 가진 남자가 자신을 여태 마음에 두고 잊지못한다는 것은, 언제나 심장 한쪽을 아리게 했다. 너무나 좋은 사람이라는 걸 알고 있지만, 보답은 할 수 없으니까.

"그거 우리가 해낸 거야."

유은우가 불쑥 말했다. 정윤환이 유리병을 품에 넣으며 작게 웃었다.

"뭐, 그렇지."

"이번 선거, 김서혁 후계자를 정하는 거나 마찬가지야. 확실한 발판이 될 거야."

"글쎄."

정윤환은 탐탁지 않아 보였다. 그가 덧붙였다.

"너 지금 서재희하고 합의는 하고 날 밀어붙이는 거야? 나만 대중의 사랑을 받는 거 아니잖아."

"난 깨끗하잖아."

잠시 침묵이 감돌았다. 정윤환은 말없이 허공을 응시했다. 유은우는 조용히 덧붙였다.

"차예원이 왜 이번 선거에 목을 매는지 너도 알잖아. 그 자리는 면죄부가 될 수 있어. 나중에 전부 밝혀졌을 때."

정윤환은 대답하지 않았다.

"우리가 이룬 것들을 봐. 이건 시작일 뿐이야. 너 하고 싶은 거 많잖아. 내가 널 정상으로 올려 줄게. 네가 원하는 건 뭐든지 해."

정윤환이 눈을 굴려 이쪽을 보았다. 그가 조용히 말했다.

"누가 연인 아니랄까 봐 서재희랑 똑같은 말을 하네. 내가 그런 무시무시한 감투를 쓰고 내 이득만 취하면 너 어떡하려고 그런 말을 해."

"널 믿으니까."

바람이 다시 불어왔다. 정윤환은 공중에 기대듯 눈을 감았다.

"장족의 발전이야. 언제는 소름 끼친다더니, 믿는다는 소리를 다 듣고. 정말 내가 널 포기할 수 있기나 한 건지 모르겠다."

복잡한 말을 하면서도, 정윤환은 평온해 보였다. 이내 그가 싱긋 웃으며 화제를 돌렸다.

"그보다 너 왜 요새 일정이 뒤죽박죽이야. 다음 주에 온다며."

유은우는 장난스레 웃었다.

"다시 갈까?"

"아니, 그게 아니라, 놀랐단 말이야. 왜 미리 말 안 했어? 서재희, 너 다음 주에 온다고 해서 일정을 다 당겨서 처리하고 있었는데⋯⋯."

"자꾸 나 오는 날짜에 맞춰서 일하니까 일부러 말 안 했어. 일찍 온다고 하면 더 무리해서 일할까 봐."

"아무리 그래도 그렇지. 배려 좀 해. 서재희 너 사해 나가면 악몽 꾸는 것 같더라."

유은우는 멈칫했다.

"악몽? 무슨 악몽?"

"무슨 악몽이겠냐. 뻔하지."

둘은 잠시 침묵했다. 그러나 춥지 않았다.

"그런 꿈은 나도 가끔 꿔. 우리 사촌형 죽은 날이라든가, 네가 전리품으로 등록된 날이라든가."

정윤환이 밝게 말을 이었다.

"그런데 그게 뭐 어때서? 다 지나간 일이고, 우린 앞으로 더 좋아질 텐데."

유은우는 고개를 끄덕였다. 정윤환이 다시 쐐기를 박았다.

"그래도 연락 좀 해. 서재희, 너 없는 동안 얼굴 상했다가 너 오면 다시 반짝 살아나고. 여기 사람들, 서재희 표정만 봐도 네 일정이 나온다고 농담할 정돈데."

"용 근처에 가면 이프가 자꾸 끊겨."

"서재희한테 잘해."

"안 그래도 조만간 이거 그만두려고."

정윤환이 우뚝 멈춰 섰다. 그가 미간을 좁히며 물었다.

"무슨 뜻이야?"

"이제 용 보러 안 간다고."

정윤환의 빤한 시선을 받으며, 유은우가 또박또박 말했다.

"예언 같은 거, 이제 안 받아 올래."

"예언을 안 받아 오겠다고?"

김서혁이 중얼거렸다. 반문이 아닌 혼잣말이라, 유은우는 말 없이 차에 설탕을 탔다.

"예언을 안 받아 오겠다라……."

김서혁이 되뇌며 의자에 천천히 등을 기대었다. 그는 생각에 잠겨 허공에 시선을 던진 채였다.

접견실은 넓고 환했다. 임시정부의 중앙에 위치한 이곳은 일 출보다 일몰이 더 장관이었는데, 노을이 질 때면 대리석 바닥 이 붉은 바다처럼 넘실거렸다.

유은우와 정윤환은 나란히 앉아 김서혁과 마주 보고 있었다. 둘은 김서혁이 입을 열 때까지 비서가 아름다운 다기에 내어 온 차와 약간의 과일을 먹었다. 유은우가 김서혁의 생일에 고 심하여 골라 선물한 다기 세트였다. 유은우가 자랑스레 찻잔을 감싸 쥐고 온기를 만끽하는 동안, 정윤환은 딸기를 집어 들고 유심히 살폈다. 초록 꼭지마다 과시하듯 자연 재배 인증 태그 가 달려 있었다. 완전히 정화된 대지 곳곳에서 기계의 흔적 없이 수확하기 시작한 귀한 작물이었다.

정윤환이 딸기를 다섯 개째 먹고 유은우가 차를 세 모금 마셨을 무렵, 노크 후에 접견실 문이 열렸다. 서재희가 뚜벅뚜벅 걸어와 정중히 묵례하고는 말했다.

"의장님, 4차 공동 조사팀이 채취한 샘플입니다."

서재희가 들고 온 비닐 팩을 딸기 접시 옆에 내려놓았다. 비닐 팩의 입구는 단단히 봉해져 있었고, 그 위로 사해환경과학원의 직인이 붉게 찍혀 있었다.

"우리끼리 있을 땐 예의 차리지 않아도 된다고 말했을 텐데. 편하게 하도록."

서재희는 고개를 숙였다가 들고는, 반듯하기 그지없는 태도로 유은우의 옆자리에 앉았다. 김서혁은 더 말하지 않고 봉인지를 뜯었다. 정윤환이 접시를 탁자 끝으로 밀어 공간을 확보하자, 김서혁이 비닐 팩에서 내용물을 꺼내 빈 공간에 내려놓았다. 벌겋게 녹이 슨 금속 부품 몇 조각이었다. 기이한 배열과 핏자국을 보아하니 괴물의 일부였다. 김서혁은 그중 하나를 쥐고 힘을 주었다. 기계는 손아귀 사이에서 먼지처럼 부스러졌다. 매캐한 유황 냄새가 아스라이 맴돌았다.

"한세연 원장님의 의견으로는 괴물이 멸종하기까지 두 달도 채 남지 않았답니다."

"보고회가 내일 2시던가?"

"네. 제가 미리 샘플을 좀 걸렀습니다. 일부 샘플에서 인위적인 흔적이 보여 객관성을 잃었기에 불가피한 조치였습니다.

차예원 쪽에서 먼저 손을 썼다고까지는 생각하고 싶지 않지만, 지금으로서는 달리 떠오르는 이유가 없습니다."

유은우는 문득 손에 무언가 닿는 것을 느꼈다. 탁자 밑으로 서재희의 손이 다가와 유은우의 손을 부드럽게 쥐더니 깊이 깍지 꼈다. 그의 손은 뜨거워, 불에 덴 듯 심장이 뛰었다.

"차예원이 전 동조자 연대와 함께 개발 부지 선정에 의문을 제기했다. 예전에 동조자였던 이들의 권력을 약화시키고 반란군 출신으로 대변되는 신권력을 부흥하기 위해 일부러 절차를 간소화해서 한때 반란군 본부가 있었던 해당 부지를 주요 개발지로 선정한 게 아니냐는 게 요지야."

상황이 좋지 않았다. 차예원은 혁명이 성공하여 임시정부가 세워진 직후부터 노선을 달리하더니 최근 들어 완전한 대척점에 서 있었다. 그런 차예원을 무시할 수 없는 이유는, 피를 흘리던 용이 죽은 후 더 이상 온을 다룰 수 없게 된 옛 동조자들의 압도적인 지지를 받기 때문이었다. 차예원은 기득권을 대표했다. 그들은 더 이상 동조자가 아니었으나 오랜 세월 축적한 부는 그 무엇보다 견고했다.

"시위는 통제할 필요 없습니다. 무리하여 진압하면 엉뚱한 곳에서 튀어나올 겁니다. 시민들은 영리합니다. 알아서 판단토록 기다리는 게 좋겠습니다. 그리고 지금 문제는 따로 있습니다."

서재희가 정윤환을 바라보며 말을 이었다.

"너 미아랑 사귄다고 떠들썩한 거 알아?"

잠깐 침묵이 있었다. 정윤환이 눈을 찡그리며 물었다.

"미아? 그게 누군데?"

서재희가 낮게 말했다.

"네 비서가 관련 기사 안 챙겨?"

"스캔들 관련해선 일절 보고하지 말라고 했어. 어디 한두 건이어야지."

"이번 건은 좀 큰데. 미아 소속사 측에서 너랑 엮이는 걸 대환영하는 분위기라 제재는커녕 부추기고 있어서 이대로 두면 너 미아 남편 될걸. 내가 정정 기사 써서 네 메일로 보내 놨어. 확인하고 바로 내보내. 늦어도 오늘 자정까지."

서재희가 단호하게 말을 맺었다. 정윤환은 귀찮아 죽겠다는 얼굴이었다. 어찌나 짜증이 역력한지, 단순한 질문도 욕처럼 들렸다.

"그래서 미아가 누군데?"

"요새 잘나가는 배우. 차예원 측 홍보 대사로 활동하고 있어서 너도 보면 익숙할 거야. 2일 정책간담회 뒤풀이 때 네 옆자리에 앉았었어. 보아하니 넌 기억도 안 나는 모양이지만."

정윤환이 대수롭잖게 대답했다.

"내 기억에 남을 만큼 특별하진 않았나 보지."

"미아가 일어서려다가 드레스가 밟혀서 넘어지려고 하는 걸 네가 부축했어. 그 사진이 인터넷에 보도블록처럼 깔려 버렸고. 너도 보면 알겠지만 사진이 지나치게 잘 나왔어. 영화 속 한 장면이야."

"그랬나. 나도 너처럼 매너가 몸에 배어 있는 사람이라. 상류층 가정교육을 톡톡히 받았거든. 아니면 걔가 넘어지면서 내 음식 접시를 엎어 버리려고 했거나 뭐 그랬겠지. 그냥 내버려 둬. 알아서 사그라들 거야. 시위처럼."

정윤환이 천연덕스럽게 대꾸했다. 서재희가 소리를 낮추었다.

"정윤환, 이거 큰 문제야. 너 지금 아주 중요한 시기라고."

"무슨 시기. 또 뭘 시키려고."

서재희는 입을 열어 무어라 하려다가 다물었다. 비서가 들어 와 탁자에 서류를 내려놓고 나갔다. 서재희가 조언한 대로 한 세연이 빠르게 정리한 조사 보고서였다. 김서혁이 서류를 쥐고 첨부된 지도부터 반듯하게 펼쳤다. 그가 중얼거렸다.

"정화가 상당히 빨라."

정윤환이 눈을 반짝였다. 여태 권태롭던 분위기는 싹 증발하 고 옅은 다갈색 눈동자에 생기가 돌았다. 그가 말했다.

"용이 두 마리가 되면 속도가 두 배 빨라질 줄 알았더니 거의 열 배 가까이 빨라졌습니다. 또 성체가 나올 가능성이 있을까?"

정윤환이 말끝에 유은우를 보았다. 유은우는 고개를 저었다.

"도연이 만났는데 꼭 사람 손을 안 타는 것만이 성체가 되는 조건은 아닌가 봐. 어쩌면 우리 세대엔 이 두 마리로 만족해야 할 수도. 내가 풀어 준 한 마리랑, 이번에 새로 발견된 한 마리."

김서혁이 손끝으로 지도를 툭툭 두드렸다. 그가 물었다.

"사해에 풀었던 알은 몇 개 남았지?"

유은우가 대답했다.

"87%는 고사하고 현재 50여 개뿐입니다. 그러나 남은 것들도 상태가 썩 좋지는 않다고 합니다. 더 이상의 가능성은 없다고 봐야 할 것 같습니다. 성체 두 마리가 교접하길 바라는 수밖에요."

"다른 계약자의 의견은?"

"저와 일치합니다."

유은우는 두려움과 환희로 뒤범벅되어 엉엉 울던 손도연을 생각했다. 새 성체가 출현했다고 보도된 당일이었다. 손도연은 자신이 계약자로 선택되었다는 것에 거의 넋이 나가 있었다. 유은우는 온몸을 덜덜 떨며 눈물을 쏟아 내는 손도연을 안고, 절대 남에게 알리지 말라고 당부했다. 밝혀진 건 유은우 하나로 족했다.

"성체가 또 나오면 좋겠지만, 지금 이 속도도 고무적입니다. 이대로라면 3년 뒤에 사해는 흔적도 없이 사라집니다. 그리고 한세연 원장님 말씀으로는, 현재는 온각이 안전지대 밖에서만 발생하는 현상이지만, 빠른 시일 내에 거주 가능 지대에서도 빈번히 목격될 거라고 합니다. 그만큼 온의 흐름이 과거 비정상적인 패턴을 깨고 온 대지를 경계 없이……. 잠깐, 이건 내가 검수한 부분이 아닌데. 여기 표시한 건 뭐야?"

서재희가 손으로 지도 한쪽을 짚으며 물었다. 정윤환 특유의 유려한 글씨체로 몇 군데에 기호가 그려져 있었다. 정윤환이 기다렸다는 듯 대답했다.

"거긴 개발 부지로 정해졌다가 지반이 물러서 보류된 곳. 여기서 부정적인 여론이 많이 나온다니까 각별히 신경을 써야 할 것 같아. 전에 일부러 황량하게 사진을 찍어서 공사 중단이니 어쩌니 얼토당토않은 허위 기사 토대가 된 게 이쪽 부근인데, 내가 봐도 좀 그렇긴 해. 꼭 사해화가 진행되는 것 같은, 그러니까 실제로는 그렇지 않지만 육안으로 말이야. 유동 인구가 많아서 오고 가며 다들 볼 수밖에 없는 구간인데, 만약에 내년 겨울까지 착공이 지연되면 더 삭막해질 테니까 임시방편으로 보리라도 심어야겠어. 겨울 보리는 푸르니까 사람들에게 안정을 주겠지. 예산 확보 가능할까?"

"걱정 마. 보리로 바다를 만들 만큼 확보해 줄게."

서재희가 담담하게 장담했다. 정윤환이 싱긋 웃었다.

"예산을 좌지우지한다더니. 이제 그만 간판 바꿀 때도 되지 않았냐. 이번 선거……."

"이 자리도 내게 과분해."

서재희가 딱 잘라 대답했다. 정윤환이 미간을 좁혔다.

"안 나간다고?"

"나는 그럴 만한 그릇이 아냐."

"……네가 안 나가면 누가 나가? 여론 조사마다 부동의 1위를 휩쓸어 놓고……."

"나는 그 무엇보다 은우가 우선이야. 나 같은 사람은 그런 자리에 앉으면 안 돼. 은우 빌미로 나 끌어내리려고 공작하는 게 몇 번짼지 셀 수도 없어. 우린 언제나 최악을 가정해야 해."

"아니, 그럼 차예원이 무투표 당선되게 두겠다는 거야? 아무리 차인호가 우리 죄까지 다 짊어지고 갔다 하더라도 차예원한테 그리 후한 건 내가 용납 못 해."

"내가 기껏 차예원 주려고 그 자리를 만들어 놓은 줄 알아? 천만에. 거긴 네가 앉아야 해. 물론 네가 동의해야겠지만."

서재희가 유은우의 손을 놓고 정윤환의 어깨를 잡았다. 힘이 실렸다.

"이제 정부 앞에 임시라는 수식어를 뺄 때도 됐지."

"너까지 왜 이래?"

정윤환이 깊게 숨을 토했다. 그가 복잡한 얼굴로 이마를 거칠게 문질렀다. 그대로 침묵이 감돌았다. 이미 답을 들은 듯 평온한 서재희에 비해 정윤환은 완전히 궁지에 몰린 표정이었다. 정윤환은 서재희를 향해 무어라 말하려다 말고 휙 고개를 돌려 이쪽을 바라보았다.

"야, 유은우. 네가 뭐라고 말 좀 해 봐. 그런 자리는 따뜻하고 똑똑한 사람이 앉아야 한다고 생각하지 않아?"

"네가 적임자야."

유은우가 단칼에 대답했다. 정윤환이 아연한 낯으로 반박했다.

"진심이야? 너 이 시대의 유일한 계약자, 아니, 이제 두 명 중 한 명, 어쨌든 계약자로서 양심에 손을 얹고 똑바로 대답해. 서재희가 밀어붙이니까 너도 그냥 동조하는 거 아니야?"

"나 공과 사는 확실히 구분해. 예비 심사에서 싸움난 거 네가 중재해 놓고 내가 남 의견 따라간다는 말이 나와?"

정윤환이 생각보다 제 위치를 받아들이지 못해, 유은우는 그만 초조해졌다. 내색 않고 덧붙였다.

"네가 말하는 따뜻하고 똑똑한 사람이 별거야? 네가 그런 사람이야. 네가 가진 재능이 비단 설계뿐이었다면, 내가 용을 죽여서 동조자가 전부 힘을 잃은 그 순간부터 너도 별 볼 일 없어졌어야 해. 그런데 지금을 봐. 이렇게 활발히 정치하며 돌아다니고 있잖아. 이게 재능이 아니면 뭐야?"

"무슨 소리야. 나 정치 안 해. 사회 활동이야. 봉사라고."

정윤환이 항변했다. 김서혁이 딱딱하게 말했다.

"그 봉사 계속하고 싶으면 이번 스캔들만큼은 확실히 무마하도록. 길어지면 영상회의 소집될 거다."

"잘생겨서 여자 꼬이는 게 제 탓인가요."

정윤환이 작게 투덜거리자 김서혁이 펜을 돌리며 중얼거렸다.

"얼굴 때문만은 아닐 텐데. 침묵이 오래되면 악으로 굳어지니."

유은우는 그만 웃음이 터졌다. 정윤환의 낯이 새빨갛게 달아올랐다. 이어 정윤환의 연설을 그대로 읊으려는 김서혁을, 정윤환이 황급히 두 손을 들어 막았다.

"아, 하지 마세요, 진짜. 의장님 요새 장난이 너무 느셨어요."

서재희가 부드럽게 말했다.

"홍보실장님도 걱정하시더라. 네가 밥 먹다가 옆에서 넘어지는 여자 잠깐 부축한 것만으로 판이 휘청거리고 구도가 재편되는데, 정치가 아니라고 할 순 없지. 물론 네가 의도치 않는다는 건 나도 충분히 알고 있어. 하지만 우리가 그때 낙원의 이론을 폭로한 순간부터 이렇게 될 거라는 건 너도 예상했잖아. 우리가 우리 위치를 이용하지 않으면 남이 우리를 이용해. 낙원의 이론을 부쉈다고 해서 끝난 건 아니야. 또 다른 이름의 낙원의 이론이 언제든지 생길 수 있어. 그렇게 필사적으로 체제를 한번 꺾어 냈는데, 설마 똑같은 역사가 반복되길 바라는 건 아니겠지?"

서재희는 잠시 입을 다물었다가 친절하게 덧붙였다.

"물론 강요하는 건 아니야."

"어련하시겠어."

정윤환이 중얼거렸다. 그가 머리를 거칠게 쓸어 넘기다가 문득 생각난 듯 말했다.

"아, 그래서 걔가 나한테 결혼하자고 했나."

유은우는 서류를 뒤적이며 물었다.

"누구?"

"차예원."

유은우는 손을 멈추고 정윤환을 빤히 보았다. 되물었다.

"차예원? 안기헌이랑 결혼하잖아. 다음 주 토요일에."

정윤환이 손사래를 치며 대답했다.

"아, 그건 나도 알아. 그런데 저번 주에 나한테 물어보더라고. 안기헌이 마음에 다 차진 않는다고. 위치는 괜찮은데 외모가 별로라나 뭐라나. 나보고 결혼 생각 있으면 어차피 마음에 찰 여자도 없을 테니까 이왕이면 자기랑 하자던데. 너랑 결혼하느니 차라리 혀 깨물고 죽겠다고 지랄을 했더니 더 이상 아무

말 안 하더라. 쥐약을 처먹었나 뭔 개소리를 하나 했더니, 경쟁자 하나를 제 편으로 만들려는 원대한 꿈이었나 보네."

서재희가 정윤환의 어깨를 가볍게 두드렸다.

"혹시나 해서 말해 두는데 차예원이랑 결혼은 안 돼. 그럼 의장님은 물론이고 나도 타격이 커."

"내가 미쳤냐."

"만에 하나."

진동이 울렸다. 서재희가 이프를 확인하고 김서혁에게 말했다.

"원장님 호출입니다. 다녀오겠습니다."

김서혁이 고개를 끄덕여 서재희는 일어섰다. 도통 일어날 생각을 않는 정윤환을 향해, 서재희가 타이르듯 말했다.

"자꾸 이프 끄고 다닐 거야?"

정윤환이 콧방귀를 뀌었다.

"원장님은 아까 잠깐 뵀어. 원장님 뵙고 유은우 마중 나간 거라고."

"멀찌감치 서서 눈인사만 하고 사라진 거 말하는 거야?"

정윤환이 못 들은 척하자 김서혁이 말했다.

"정윤환, 한세연이 너 찾는다고 나한테까지 전화 오게 만들지 마라."

"이렇게 체질이 아닌데 나보고 선거에 나가라니."

정윤환이 앓는 소리를 내며 자리에서 일어났다. 그는 유은우와 눈이 마주치자 과장스럽게 죽을상을 지어 보이고는 씩 웃었다. 그가 유은우의 어깨를 가볍게 쳤다.

"내일 보고회 때 봅시다, 유은우 이사장님."

"네네. 오늘 마중 나와 주셔서 저야말로 영광입니다."

옆에서 듣던 김서혁이 피식 웃었다.

정윤환이 휘적휘적 먼저 나가고, 서재희가 옷매무새를 고치고는 김서혁에게 묵례를, 유은우에게 눈인사를 하고는 이어 나갔다.

둘만 남자, 김서혁은 말이 없었다. 그가 가만히 생각에 잠겨 있는 동안, 유은우는 흩어진 서류를 정리했다. 이내 김서혁이 말했다.

"네가 원하는 대로 해."

유은우는 서류를 모아 각을 맞추던 손을 멈추었다.

"응? 뭘?"

"예언 말이야. 받아 오고 싶지 않으면 받아 오지 마."

유은우는 들고 있던 서류를 천천히 내려놓았다. 웃으며 물었다.

"이유 안 묻네?"

"물을 필요 있나. 계약자가 원치 않는다는데 그것으로 끝나는 거지."

김서혁이 선선히 말하여, 유은우는 안도했다. 언쟁을 감수하고 왔는데, 김서혁은 온전히 받아들여 주었다.

"운명 같은 건 없어. 예언은 필요치 않아. 듣는 이마다 다르게 해석하기 때문이지. 오히려 용의 예언이라는 무게가, 우리의 시야를 좁게 만들어. 대장도 느꼈겠지만."

김서혁이 엄한 얼굴을 했다.

"의장님."

"아, 의장님. 미안해. 입에 붙질 않아서."

"3년이나 지났어."

"죄송해요."

유은우는 작게 웃었다. 김서혁은 고개를 기울이며 유은우를 깊숙이 응시했다.

"이미 인간과 용의 계약은 깨어진 지 오래야. 용을 해체하여 도시를 건설한 순간 파기된 거나 마찬가지다. 네 용이 관대했던 거지."

유은우는 까맣고 반들반들한 용을 떠올렸다. 맑은 진주색을 띠며 온순한 손도연의 용에 비해, 유은우와 계약한 용은 제멋대로에 주파수 안 맞는 라디오처럼 의사소통도 잘 되지 않았다. 심지어 만나기로 약속한 장소에 나타나지 않을 때도 있었다. 용은 과거 도시연합의 덫에 걸렸던 순간을 아주 강렬하게 기억하고 있었는데, 잊지도 않고 유은우를 만날 때마다 그때의 심정을 복기하며 인류 전체를 폄하하기를 서슴지 않았다. 유은우는 중간에 한번 말을 끊었다가 꼬리로 얻어맞은 후로는, 인내하며 그 모든 것을 들어 주곤 했다. 용은 유은우와 친밀해지려고 할 때마다 그 경험을 말미암아 거리를 두겠다는 다짐을 새로이 하는 것 같았다. 그건 유은우도 피차 마찬가지였다.

반면에 손도연은 용과 의사소통이 아주 원활했는데, 정말 그뿐이었다. 손도연은 아주 가끔 유은우가 몰래 지원하는 부속선을 타고 용을 보러 다녀오곤 했는데, 용을 만나면 밤새도록 떠들다가 온다고 했다. 유은우가 안부 전화를 할 때마다 손도연은 이미 예언의 일부를, 혹은 전부를 잊은 채였고 간혹 기억한다고 해도 유은우가 받아 온 예언과 상충하기도 했다. 손도연은, 강렬한 교감 속에 스치는 애매하고 장황한 찰나보다, 용의 비늘에 윤기가 잘 도는지, 지난달 빠졌던 발톱이 새로 돋아났는지 따위를 더 중히 여겼다. 그녀는 부속선에 탈 때마다 놀러 간다고 표현했다.

"내 용이 관대하지는 않아. 그저 본능적으로 계약을 해야겠다고 생각했고, 내가 제일 익숙해서 선택한 거래. 아무튼, 이제 저는 예언을 가져오지 않겠습니다."

"그게 네 결정이라면, 좋아. 다른 계약자는, 누군지 모르겠다만 가지고 돌아오는 예언을 보아하니 애초에 그쪽에 관심도 없는 것 같으니, 그럼 이제 우리는 정말 운명이 없는 거로군."

"네. 선택과 결과만 있어요."

김서혁은 이프를 눌렀다. 메모리 하나가 톡 튀어나왔다. 김서혁은 무어라 말도 없이 그것을 가만히 매만지기만 했다. 유은우는 조용히 기다렸다. 이내 김서혁이 결심한 듯 입을 열었다.

"먼저 사과부터 하지. 내가 먼저 보았다. 네게 주어도 될지 판단하기 위해서였어. 나는 앎이 행복과 직결된다고는 믿지 않아. 그래서 보고 판단해야 했다. 결론부터 말하자면, 결정할 수 없었어. 그래서 난 네 입장에서 생각했다. 너라면 어땠을까. 네가 나라면, 메모리를 당사자에게 전달했을까. 그 기준으로 판단했다."

김서혁이 메모리를 내밀었다.

"유은우 너라면 주었겠지."

유은우는 메모리를 받아 들었다. 제대로 인식이 될까 싶을
만큼 낡은 메모리였다. 김서혁의 온기로 따뜻했다.

"유류품에 섞여 있던 것인데, 담당자가 중요한 자료라고 판
단하여 나한테까지 올라온 거다. 처음엔 폐기하라고 지시했고,
나중엔 후에 쓸 일이 있을까 싶어 보관을 할까 했지만, 우린 이
제 역사를 되풀이하지 않을 거니까."

김서혁은 시선을 내리깔았다가 다시 유은우를 보았다. 그의
눈동자는 언제나처럼 단단했고 짙은 회색이 돌았으며 따뜻했다.

"사람은 누구든 양면을 지니고 있어. 네 부모님이 어떤 오판
을 했다고 해서, 그들이 악한 자였던 건 아니다. 예를 들어 차
인호는……."

김서혁은 잠깐 말을 멈추었다.

"……그는 젊었을 때 너와 비슷한 면을 가지고 있었지."

"고마워."

유은우는 다정하게 이어 말했다.

"내가 괜찮을 거라고 믿고 줘서."

유은우는 이프에서 메모리를 빼내었다. 그럼에도 홀로그램

의 잔상이 아지랑이처럼 남아, 아직도 부모님의 얼굴이 선했다.

유은우가 수없이 그려 왔던 것보다, 부모님은 평범한 인상에 열정적이었으며, 무엇보다 희망에 가득 차 있었다. 이가연은 지적인 외모와 다르게 털렁대며 잘 웃었고, 유태헌은 반란군 수장이라기에 격이 없었다. 화면 드문드문 한세연도 비쳤다. 그녀는 지금보다 훨씬 생기 있었다.

이가연이 자랑스러운 얼굴로 용의 뼈와 기계를 엮는 과정을 보일 때, 유은우는 동영상을 한 번 멈추어야 했다. 숨을 고르고 다시 재생했다. 그 손바닥만 한 화면으로, 유은우는 젊고 유능한 사람들이 어린 난민 동조자들을 상대로 흰 칼날 프로젝트를 구상하는 것을 지켜보았다. 영상은 끝에 이르러 드문드문 끊어지고 이어 툭 꺼져 버렸다.

유은우는 메모리를 탁자에 내려놓았다. 낡아서 깨진 금으로 오후의 빛이 차올랐다.

눈물은 나지 않았다. 마음 깊숙한 곳으로부터, 한때 강렬했던 분노가 되살아나는 듯하다가 이내 힘을 잃고 스러졌다. 메모리에 담긴 시대는 끝난 지 오래였다. 정확히 말하자면, 유은우 자신의 손으로 끝을 냈다.

유은우는 부모님을 미워하지 않기로, 스스로 결정할 수 있었다. 유은우는 김서혁이 고민 끝에 메모리를 내어준 것에 감사했다. 그 또한 유은우가 이리 강해졌음을 알기 때문에 할 수 있었던 선택이라고.

똑똑, 노크 소리가 들렸다. 시간차를 두고 보안 해제음이 났다. 유은우는 문을 등진 채, 호흡을 가다듬었다. 메모리를 집어 투명하여 안이 들여다보이는 폐기함에 떨어뜨렸다. 메모리는 폐기함 가득 담긴 소금물에 풍당 빠지고 보글보글 기포를 내며 바닥으로 가라앉았다. 낡은 회색이었던 메모리는 순식간에 타고 남은 재처럼 새까맣게 변해 버렸다.

인기척이 가까워졌다. 이내 뒤에서 끌어 안겼다.

"갈 때도 말을 안 하더니, 올 때도 말 한마디 없고."

유은우를 감싼 팔에 힘이 들어갔다. 그의 숨으로 귓가가 뜨거웠다. 전신으로 제 체온을 밀어붙이며, 서재희가 낮게 속삭였다.

"나 지금 화났어. 네가 나 풀어 줄 때까지 키스 같은 거 안 할 거야."

유은우는 늘 그렇듯 장난삼아 몸을 틀어 그 품에서 살짝 벗어났다. 항상 하는 장난인데도 서재희는 언제나 화들짝 놀라 유은우를 필사적으로 당겨 안았다.

"어디 가."

꽉 잠긴 목소리로 서재희가 팔에 힘을 주었다. 유은우는 서재희의 단단한 품 안에서 용케 몸을 뒤집어 그와 마주 보았다. 눈을 맞추기 위해 서재희가 팔을 느슨히 하여 공간을 두었다. 그러나 완전히 놓지는 않았다.

"오빠가 자꾸 내 일정에 맞춰 업무를 처리한다는 소문이 도니까."

"널리 퍼뜨리라고 해. 사실인데 무슨 상관이야."

유은우는 서재희의 가슴팍에 손을 얹었다. 넥타이 없이 윗단추가 풀러진 연푸른 셔츠가 매끄러웠다. 서재희의 손이 다가와 머리칼 사이로 익숙하게 파고들었다. 유은우는 자신의 머리를 가만히 어루만지는 서재희의 손끝에서 며칠을 희게 지새우며 뒤적였을 종이의 마른 결을 느꼈다. 서재희의 다감한 눈에서는, 카페인에 약해 꺼리는 커피 대신 티백을 바꿔 가며 몇 잔이고 마셨을 허브차 냄새가 났다.

"이제 나한테 전화도 안 하고."

"방해될까 봐 그러지."

"난 너랑 붙어 지내고 싶어서 빨리 끝내려고 하는 건데, 네가 나 마음껏 일하라고 연락도 안 해 주면 무슨 의미가 있어? 계속 이런 식으로 하면 다 관두고 파업할 거야. 진짜야."

서재희가 말끝에 눈으로 웃었다. 유은우는 따라 웃고 싶었으나 쉽지 않았다. 얼른 서재희의 품으로 파고들었다. 부드럽게 뛰는 심장 소리에 코를 묻었다.

서재희가 파업이니 어쩌니 농담처럼 말해도, 결코 자의로 멈출 리 없음을 유은우는 알고 있었다. 서재희는 필사적으로 일했다. 잠을 줄이고 식사를 거르며 온갖 정책을 발굴했고, 막 제정된 법도 예외 없이 해체하여 개정안을 발표했다. 그의 말에 따르면, 지금은 무엇을 해도 좋을 시기였다. 틀이 무른 찰나였다. 지금 비뚤게 고착되면 후에 고치기 어려워진다고 했다. 그러니 하나라도 바르게 세워야 한다고. 그 과정에서 누군가 소진되더라도. 이 노력이 훗날 셀 수 없이 많은 이들에게 최소한의 안전망이 되기를.

서재희는, 유은우가 아끼는 많은 사람이 그렇듯, 응당 받아야 할 죗값을 치르지 못한 데에 부채를 느끼고 있었다. 서재희가 자기 자신을 체벌하듯 혹독하게 몰아붙이는 만큼, 대중은 서재희를 유력한 차세대 지도자로 거론했다. 유은우는 그런 여론이 달갑다기보다 두려웠다. 우리가 이렇게 노력하는데도 어떤 거대한 불가항력적 쳇바퀴처럼 같은 운명을 걷고 같은 시대가 반복될까 봐. 서재희는 이전에 낙원의 이론 후보였다.

서재희의 숨이 차츰차츰 나른해졌다. 유은우는 그의 품속에 파묻힌 채 부드럽게 뛰는 심장박동과 함께 호흡하다가, 살짝 고개를 들었다. 피곤에 지친 까만 눈동자가 유은우를 물끄러미 내려다보고 있었다. 더없이 따뜻하여 유은우는 손을 뻗었다. 서재희의 눈가를 가만히 쓸었다. 그뿐인데 서재희는 흐르듯 웃었다.

"간지러워."

"옛날에 만져 보고 싶었거든요."

서재희가 웃음을 지우지 않으며 진지한 얼굴을 했다.

"언제?"

"말 안 해 줄 거야."

유은우가 장난처럼 입을 다물자 서재희의 눈이 반짝 빛났다.

"그래?"

서재희가 유은우를 훅 안아 들었다. 숙소 안쪽의 침실까지 몇 걸음이었다. 서재희가 유은우를 침대에 부드럽게 내려놓았다. 까만 의복이 물처럼 흩어졌다. 능숙하게 위로 올라와 무게를 더하고 그늘을 드리우며 다가오는 서재희의 등을 유은우는 익숙하게 처음처럼 끌어안았다. 입맞춤은 이마, 눈, 코, 뺨, 턱, 목에, 부드럽거나 까칠하거나 오목하거나 솟거나를 가리지 않고 따뜻한 소나기처럼 쏟아졌다. 끝에 입술을 물렸다. 숨이 천천히 파고들었다. 유은우는 서재희의 손이 상의를 걷으며 들어와 허리를 문지르면서 등 뒤로 돌아가는 것을 느꼈다. 유은우를 바짝 당겨 안으며 서재희가 입술을 떼어 냈다. 그가 심각하게 물었다.

"옛날에 언제?"

유은우는 그만 웃음이 터졌다.

"간담회 가려면 지금부터 준비해야 돼요."

"그러니까 옛날에 언제. 누가 먼저 좋아하기 시작했나 궁금해서 그래."

"나한테 시험 공부 가르쳐 준 날."

"아."

서재희가 세상이 무너진 것처럼 탄식했다.

"이미 너한테 푹 빠졌을 때야."

"설마. 내가 먼저 좋아했어요."

"아니야. 내가 먼저 좋아했어. 언제부터 좋아했냐면, 네가 계단에서 피를 막 쏟아 버리고 총을 뽑았을 때부터."

"거짓말……."

"진짜야. 느낌이 그랬어. 저 특례입학생 때문에 내 인생 앞으로 정말 힘들어지겠구나."

유은우는 서재희를 밀어내며 웃었다. 서재희는 유은우가 미는 대로 밀려나 주다가 별안간 숨 막히게 끌어안았다. 그가 머릿결 사이로 속삭였다.

"넌 언제부터 내가 좋았어?"

"진짜 잘 모르겠어요. 그냥 정신 차리니까 좋아하고 있었어요."

"잘 생각해 봐. 지어내서라도 말해 줘."

대답할 수 없었다. 서재희가 유은우를 안고 있던 팔을 풀더니 두 뺨을 힘 있게 감쌌다. 고개가 기울어지고 입술이 겹쳐졌다. 햇살인지 사랑인지 눈이 부셨다. 의복이 바닥으로 흘러 떨어졌다. 서재희의 손끝이 스치는 곳마다 감각이 새파랗게 피어났다.

우웅, 진동이 울렸다.

"받지 마."

서재희가 키스하며 속삭였다. 유은우는 급한 대로 이불을 젖히고 손을 협탁 위로 더듬어 인터컴을 찾았다. 손끝에 인터컴이 걸린다 싶었는데 그대로 몸이 확 움츠러들었다. 서재희가 유은우의 귓가에 부드럽게 숨을 불어넣고 있었다. 이어 귓불을 물렸다. 정신이 아득해 유은우는 인터컴을 포기했다. 몇 번의 진동 뒤에, 자동 연결 안내음이 이어졌다. 인터컴을 통해 앳된 남자 목소리가 흘러나왔다.

— 이사장님, 저 주원이에요. 석찬 간담회 있는 거 잊지 않으셨지요? 제가 모시러 가겠습니다.

서재희의 입술을 받아 내느라 유은우는 대답을 할 수가 없었다. 인터컴 너머로 유은우를 부르는 소리가 몇 번 나더니 이내 뚝 호출이 끊어졌다. 유은우는 장난스럽게 손바닥으로 서재희의 얼굴을 덮어 밀었다. 손바닥 가득 서재희의 웃음소리가 꽃송이처럼 부풀었다.

"그런 사소한 일정까지 다 챙기면 언제 숨 쉬고 살아? 오늘 내가 너 보내 주나 봐. 저번 달부터 한 번도 못 안았어. 같이 밥은 못 먹어도 이건 절대 양보 못 해."

일정이 급해 걱정이 되면서도, 유은우는 서재희의 장난에 맞춰 주어야 하나 심히 갈등했다. 그만큼 제 몸을 파고드는 서재희의 손길이 지나치게 달았다.

하긴, 그동안 너무 바빴지. 단둘이서 밥 먹은 게 언젠지도 모르겠네…….

가만 보자. 지지난달에 김서혁이 선물로 간식을 보내 와서 서재희 집무실에 찾아가서 단둘이 나눠 먹지 않았나? 아냐, 그때 갑자기 차예원이 청첩장 돌린다며 찾아오는 바람에 셋이서 먹었지. 그럼 그 전에는? 유은우는 필사적으로 기억을 더듬었으나 건질 게 없었다. 거의 한 달간 유은우는 사해에 있었고, 그 전에도 서재희와 단둘이 오붓하게 식사한 것은 손에 꼽았다. 유은우에게 식사는 업무가 된 지 오래였다.

다시 진동이 울렸다. 이번엔 서재희의 바지 주머니에서였다. 유은우가 재빠르게 손을 뻗어 그의 주머니에서 인터컴을 꺼냈다. 막으려고 다가오는 서재희의 손을 기민하게 피하며 인터컴을 눌러 스피커폰으로 전환하고 그대로 서재희의 입가에 가져다 대었다. 서재희가 과장되게 서운한 표정으로, 그러나 깨끗한 목소리로 대답했다.

"네, 서재희입니다."

— 서재희 기획경제위원장님, 안녕하십니까. 난민 복지재단 이주원입니다. 실례인 줄 압니다만 혹시 옆에 유은우 이사장님 계십니까? 두 시간 뒤에 석찬 간담회가 있습니다.

유은우가 막 입을 열어 대답하려는 것을, 서재희가 장난치듯 손바닥으로 막았다. 그가 짓궂은 눈으로 유은우를 응시하며, 그러나 더없이 매끄럽게 응답했다.

"오실 필요 없습니다. 제가 동행하겠습니다. 그쪽에서 바로 뵙지요."

몇 마디가 오간 후 통화가 끊어졌다. 서재희가 인터컴을 끄더니 바닥에 힘차게 던지는 시늉을 했다. 유은우는 그만 웃음이 터졌다. 손을 들어 서재희의 머리칼을 마구 헝클어뜨렸다. 곧 일정이 있음에도 서재희는 그 손길을 제지하지 않았다.

학교 다닐 땐 그렇게 철두철미하던 서재희는, 유은우와 지내면서부터 천천히 허물어졌다. 처음엔 유은우가 어지르는 족족 말없이 정리하던 그가, 이젠 넥타이도 의자에 비스듬히 걸쳐둘 만큼 유해지고 있었다. 죽음을 예비하며 홀로 제 흔적을 벅벅 지워 대던 결벽증은 서서히 옅어지고, 미래에 대한 여유로 흐트러지는 만큼 더 자주 웃었다.

"어떡하지. 나 지금 정말 행복하다."

"두 시간 남았어요."

"지금 키스 안 해 줄 거면 내일 저녁에 일정 빼. 제발 둘이서만 밥 좀 먹어 보자. 아니면 같은 시간에 동시에 침대에 들어가든지. 응? 어떻게 해야 나한테 네 시간 좀 줄래."

"못 빼요. 다 잡아 놓은 공청회를 어떻게 지금 빼."

"진짜 이럴 거야?"

서재희가 짐짓 화난 얼굴을 했다. 그러나 그는 절대로 남에게 하듯 꾸며 내어 완벽하게 굴지 않았다. 허술하게 화를 내고 틈을 두며 칭얼댔다.

"소연주한테 이번 공청회에 기자 몇이 작정하고 붙었다고 해야겠다. 온 오염도 수치 오류 건으로 물고 늘어질 것 같아 내가 막긴 했는데 혹시 모르니 미리 답변 준비해야 할 거라고. 그럼 소연주 성격상 공청회는 연기되고 넌 일정이 비겠지? 그럼 저녁만 같이 먹겠어? 그동안 우리 못 했던 거……."

"하지 마요, 진짜."

웃으며 대답했다. 서재희가 결코 실행에 옮기지 않으리라는 것을 알고 있었다. 그는 단 한순간도 유은우를 제멋대로 휘두르려 한 적이 없었다. 유은우는 서재희의 모든 조율에서 언제나 최우선으로 예외였다.

"이선규는 좋겠다. 일 다 줄이고 매일 칼퇴하고 소연주랑 알콩달콩 신혼이라 행복하겠지. 나는 이게 뭐야. 예쁜 애인이 있는데 아무것도 못 하고. 매일 데이트 신청하느라 손이 발이 되도록 빌어도 받아 주지도 않고."

유은우가 서재희를 힘 있게 밀어냈다. 서재희는 아쉽게 물러났다. 유은우가 풀린 끈을 묶고 겉옷을 매만지자 서재희가 한숨을 쉬었다. 유은우는 침실에서 나와 옷걸이에서 망토를 집어들었다. 뒤따라온 서재희가 손을 내밀어 유은우의 앞을 막았다. 그가 부드럽게 말했다.

"우리 이제 서로 하고 싶은 대로 다 밀어붙이면서 누가 이기나 한번 해 볼까."

"그럴까요."

유은우가 웃으며 서재희의 팔을 잡아 내리려는 찰나, 그에게 허리를 확 감겼다. 그대로 깜짝 놀랄 정도로 자상하게 벽에 몰아붙여져 유은우는 약간 당황하여 서재희를 올려다보았다. 낯을 살필 수 없었다. 서재희는 이미 유은우의 귓가에 고개를 기울이고 있었다. 낮은 목소리가 부드럽게 스몄다.

"안 되겠어. 내일 저녁에 시간 내. 무조건이야. 나 네 일정 안 건드려. 네가 정말 날 생각한다면 네가 시간 빼. 안 그러면 다음 주 내내 모든 일정이 연기되는 기현상을 겪게 될 거야. 아무리 나라도 인내심에 한계가 있어⋯⋯."

"이거 혹시 협박인가요?"

유은우는 도닥이듯 서재희의 어깨를 밀어냈다. 서재희가 한숨을 쉬며 고개를 들었다.

"그럴 리가. 간곡한 구애야."

유은우는 비 맞은 강아지 같은 서재희를 마주하고는 그만 가슴이 뛰었다. 남들 앞에선 치밀하게 정돈된 남자가 제 앞에서만 여과 없이 내보이는 모습이었다. 이런 안달 난 표정도 지을 줄 아는구나. 유은우는 요즘 들어 풍부해진 서재희의 감정 표현이 내심 달가웠다.

"농담 아냐. 진짜로."

서재희가 유은우의 손에서 망토를 가져갔다. 그가 더없이 따뜻한 손길로 유은우의 어깨에 망토를 두르고 체인을 고정했다. 마지막으로 그가 유은우를 품으로 껴안아 망토 뒷자락을 쓸어 정돈할 때, 유은우는 그의 어깨 너머로 눈부신 광경을 보았다. 창 너머 온갖이 나부끼고 있었다. 부모님의 영상을 볼 때도 말랐던 눈물이, 저도 모르게 뚝 떨어졌다. 유은우는 그대로 서재희를 껴안고 귓가에 속삭였다.

"온갖이 여기까지 왔어요."

서재희가 천천히 뒤를 돌아보았다. 둘은 오랫동안 그 광경을 지켜보았다. 늦겨울의 찬 하늘 위로 흰 결정들이 날아오르다 창에 부딪히며 크게 휘돌았다.

문득 뺨으로 뜨거운 시선이 느껴졌다. 유은우는 결국 간지럼을 참지 못하는 것처럼 웃음을 터뜨렸다. 그를 마주 보았다. 서재희의 눈빛에 무한한 애정이 담겨 있었다. 가슴이 녹을 정도로 따뜻하여, 전신의 힘이 쭉 빠졌다.

유은우는 서재희에게 어깨를 잡혔다. 서재희가 고개를 기울이며 가까이 오기에 유은우는 눈을 감았다. 짧은 입맞춤이 몇 번 이어지고 이내 갈급히 깊어졌다. 유은우는 자꾸만 다리에 힘이 풀려 급한 대로 서재희의 셔츠를 움켜쥐었다. 등과 뒤통수를 단단히 받치던 서재희의 손이 부드럽게 떨어지더니 이내 유은우의 왼손을 감싸 쥐었다. 오래 쥐고 있어 온기로 달궈진 금속이 왼손 약지에 걸리더니 매끄럽게 안착했다. 서재희가 느리게 입술을 떼었다. 까만 눈이 젖어 있었다.

"은우야."

단정한 손이 다가와 유은우의 머리칼을 걷어 귀 뒤에 꽂았다. 서재희가 낮게 속삭였다.

"널 생각하면 내 인생이 괜찮아 보여."

유은우는 눈을 떨어뜨렸다. 왼손 약지에서 반지가 빛을 발했다.

"처음 페어 맺은 것도, 함께 외출한 것도, 온디딤을 찾았던 것도, 내가 더 살겠다고 마음먹은 것도 널 생각하면 모두 다 잘한 결정이 돼."

유은우는 다시 눈을 들어 올렸다. 사랑을 마주했다. 유은우는 서재희가 용기를 내고 있다는 걸 알았다. 고백에 감격하기보다, 그의 결심에 가슴이 벅찼다.

"널 만나기 전에 난 얼마나 초라했는지 몰라. 새카맣게 타서 재만 남아, 그나마 남은 뼈는 비틀려서, 죽은 것처럼 살았어. 그런데 이젠 달라. 네가 날 눈부시게 해."

서재희의 까만 눈이 고요하게 유은우를 담아냈다.

"청혼이 많이 늦었지. 혁명이 성공하자마자 반지를 사서 간직하고 다닌 지 3년이 넘어가는데 쉽게 줄 수가 없었어. 혹시 죄가 탄로 나서 내가 더 이상 네 곁에 있을 수 없게 될까 봐. 네게 내 죄가 묻을까 봐. 아무리 차인호가 덮어쓰고 갔더라도, 진실은 언젠가 밝혀지니까. 그런데도 욕심이 나서 네 주변에 머물렀어. 그런데 이제 이 짓도 더 이상 못 하겠어. 나중은 어떻게 되든 이 악물고 헤쳐 나가려고. 더 이상 몸 사리지 않으려고."

옅게 떨리는 목소리로, 서재희가 속삭였다.

"나랑 결혼해 줄래?"

서로가 서로의 어디쯤인지 애가 닳던 때가 있었다. 아직도 바삭하게 마른 가장자리만 헤맬 뿐인지. 언젠가 역동하는 녹색 잎맥을 따라 내가 널 흐를 수 있기는 한지. 그러나 서로가 서로에게 햇살처럼 흠뻑 쏟아져, 오래된 우물을 길어 올리고 말랐던 잎을 펼치며 지금 이렇게 활짝 피어났음을. 그리고 너는 내 안 깊이 스미고 누구에게도 보이지 못한 어둠마저 끌어안아 뿌리가 되었음을.

유은우는 손을 내밀어 서재희의 뺨을 가만히 어루만졌다. 서늘하고 단정한, 서재희가 간절히 대답을 구하는 눈으로 유은우를 뚫어지게 내려다보고 있었다.

언젠가 야외 오찬에 참석한 날, 유은우는 서재희가 옆자리에 앉은 김서혁의 귓가에 속삭이는 걸 들었다.

'의장님도 아시겠지만, 저는 이렇게 밝은 대낮에 나오면 안 되는 사람입니다.'

청첩장을 건네러 온 차예원도 그랬다. 우리는 비밀을 간직함으로 인해 완전히 망가졌다고. 다시는 온전한 삶을 누리지 못하리라고. 영원히 죄가 밝혀질까 전전긍긍하며 살아 갈 거라고. 우리가 새 시대를 열었으나, 그 새 시대가 우릴 버릴 거라고.

상관없었다.

유은우는 서재희를 힘껏 끌어안았다. 안타깝도록 잔뜩 긴장해 있던 서재희가 비로소 무너지듯 안도했다. 그의 온기가 유은우의 어깨를 적셨다. 유은우는 서재희의 마른 등을 쓸어내리고 또 쓸어내렸다. 새파란 햇빛 냄새를 담뿍 들이마셨다.

앞으로 얼마나 많은 고난이 닥칠 것인가. 그들은 오래되어 견고하던 어떤 체제를 무너뜨렸고, 그 모든 변화를 감당할 책임이 있었다. 많은 언론이 현재를 암흑의 시대라 명명했다. 혁명이 성공했다고 길고 어두운 터널을 빠져나온 건 결코 아니었다. 어쩌면 인간이란 평생 희미한 빛만 갈구하며 터널을 걷다가 죽을 운명인지도 모른다.

그러나 유은우는 확신했다. 사랑에 기반한 선택이 반복되면 결국은 더 나은 세상이 될 거라고. 이보다 더 이타적인 결정은 있을 수 없으므로. 그리하여 서로를 사랑하는 수많은 사람으로 인하여, 아주 천천히 그러나 반드시 어떤 식으로든 나아지리라고.

유은우는 서재희를 끌어안은 손에 힘을 주었다. 눈을 감았다. 처음 페어를 맺던 날 빈 강의실을 가로지르던 오후의 볕이 눈꺼풀을 파고들었다.

우리는 어둠 속에서 빛을 선택한다.

〈낙원의 이론〉 끝

외전 1 깨진 순

"유태헌은?"

"시신은 모함에 실으라고 지시했습니다."

"남의 눈에 띄지 않게 자네가 가서 가져와."

"하지만 임유현 총사령관님께서 시신을 직접 확인하시겠다고……."

"내가 직접 죽였다. 사망이 확실해. 시신은 여기 버리고 간다."

"중장님."

"시신은 운송 중 분실한 거다. 그 책임은 내가 지겠다. 자네와 나만 아는 사실이야. 함구하도록."

차인호는 총을 홀스터에 꽂았다. 눈이 따가웠다. 오랫동안 모래 바람에 스쳐 건조한 목을 가다듬었다. 턱짓으로 가리켰다.

"시신은 저기 놔."

백정명은 더 이상 표정을 숨기지 못했다. 그는 대답 없이 차인호가 가리킨 폐허를 응시했다. 어린아이를 품은 채 무너진 건물 어디에서도 인기척은 느낄 수 없었다.

황망한 얼굴의 백정명을, 차인호는 물끄러미 바라보았다. 지시를 즉각 수행하지 않는 수하에게 당연히 낼 수 있는 질책은 삼켰다. 백정명도 아이가 있었다. 아들이라고 했던가. 차인호의 기억이 맞다면 작년에 태어났으니 차예원보다 세 살 어렸다. 테스트를 치를 나이는 아니었지만 부모가 둘 다 동조자이니 아들 또한 동조자일 확률이 높았다. 하나 지금은 동조자 여부보다 하루걸러 옮아오는 열감기 따위에 마음이 쓰일 때였다. 넘어져 무릎만 까져도 마음이 덜컹하니, 아이에게 해를 끼칠까 만사가 조심스러웠다. 그것이 혹여 미신 따위라 해도……. 차인호는 생각을 그만두었다. 재차 말했다.

"저기 놓고 대충 잔해로 덮어. 보이지 않게 해."

"반란군에게 무덤은 당치 않습니다."

그제야 백정명이 작게 대답했다. 차인호가 딱딱하게 말했다.

"무덤이 아냐. 시신을 버리고 그 위에 쓰레기를 쌓으라고 하는 것뿐이다. 하고 싶지 않으면 내가 하겠어."

"아닙니다. 계십시오. 제가 하겠습니다."

백정명은 그 이후로 더는 주저하지 않았다. 지금 이곳엔 백정명과 차인호 둘뿐이었으며, 그들은 어린 자식을 키우고 있었다. 그 사실이 둘에게 묘한 연대감을 가져다주었다.

백정명은 핵심 설계 몇 가지를 정교히 다룬다는 명성답게 그 어떤 소란도 없이 조용히 유태헌의 시신을 가지고 돌아왔다. 저만치 아스라이 보이는 모함에서 군이 전리품과 포로를 싣는 동안, 백정명은 폐허에 유태헌을 눕히고 그 위에 콘크리트와 철골 따위를 쌓아 올렸다. 시신이 가려지기까지 수 초도 걸리지 않았다.

어린 자식을 품고 무너진 거대한 건물과 그 앞에 놓인 작고 초라한 아비의 무덤을 보면서, 차인호는 유태헌의 아내를 떠올렸다. 그러나 도리가 없었다. 그녀의 시신은 온전하지 못했다. 반란군을 만나 긴 추격전을 치렀던 길목을 따라 그녀의 일부들이 드문드문 흩어져 있을 터였다. 군이 유태헌을 사로잡는 설계의 매개체로 아내의 시신을 이용했기 때문이다. 그것까지 수습하는 건 무리야. 이 정도 했으니 설사 내 아이에게 불길한 기운이 옮겨 오지는 않겠지. 거듭 되뇌었다.

백정명이 총을 홀스터에 꽂고 차인호 곁으로 돌아왔다. 차인호는 자신이 죽인 사람을 기리는 우스꽝스러운 무덤을 응시하면서, 백정명에게 중얼거렸다.

"자네도 해. 부정한 기운을 씻어 줄 걸세."

의미 없다는 건 누구보다 잘 알았다. 그럼에도 둘은 정성껏 고개를 숙였다.

죄는 쌓았어도 죄책감은 덜고 온 덕분인지, 어린 딸은 지독한 감기를 무사히 넘기고 그 어느 때보다 건강해 보였다. 제 아빠가 혁혁한 공을 세우고 돌아와 세간의 화제가 됨을 아는지 모르는지 말간 눈으로 서툰 젓가락질을 하는 차예원을 보고 있자니 사해에서 있었던 일은 전부 꿈처럼 아득하기만 했다. 차인호는 막상 제 식사는 먹는 둥 마는 둥 하고 차예원만은 배불리 먹인 후 소중히 안아 들고 도시연합 본부를 걸었다. 사해에서 막 돌아와 도시연합장의 치사를 들을 때도 실감이 나지 않던 위치가, 딸을 안고 복도를 가로지르니 한결 선명해졌다. 이걸로 훨씬 안전해진 거지. 아내를 잃듯 딸을 잃을 수는 없었다. 만일 그렇게 된다면 임유현을 죽이고 같이 죽을 각오였다.

"아빠, 아빠."

문득 차예원이 차인호의 어깨를 꼭 잡아 왔다. 그 들뜬 목소리에 차인호는 퍼뜩 앞을 보았다.

"응?"

"저기. 저어기."

차예원이 손을 쭉 뻗어 복도 한쪽을 가리켰다. 그 끝에 일고여덟 살로 보이는 남자아이가 있었다. 아이는 정수기에 물총을 가져다 대어 물을 받고 있었다. 발밑엔 아이의 것으로 보이는 모자가 동그마니 떨어져 뒹굴었다. 아이는 차인호도 큰마음 먹고 사야 하는 값비싼 브랜드의 옷을 입고 있었는데, 소매를 아무렇게나 쭉쭉 걷어붙이고 앞섶은 빨간 케첩으로 범벅이었다. 어찌나 엉망인지 자기 아들도 아니건만 차인호는 그만 달려가서 옷에 묻은 걸 닦아 줄 뻔했다.

"예뻐."

차예원이 웅얼거렸다. 장난감 가게에서 마음에 쏙 드는 인형을 발견한 듯 눈이 초롱초롱했다. 드물게 확연한 호감에 차인호가 당황한 찰나 차예원이 어깨를 밀치며 보채기 시작했다.

"내려 줘어."

"안 돼. 쟤 장난 심하단 말이야."

차인호는 차예원을 달래며 흘끔 남자아이를 보았다. 아이는 이제 물을 다 받고 잔뜩 신이 난 표정으로 물총 뚜껑을 똑 소리 나게 잠그고 있었다. 아닌 게 아니라 부스스 귀엽게 헝클어진 옅은 머리칼 아래 아직 다 여물지도 않은 이목구비가 어찌나 섬세한지 보는 이가 깜짝 놀랄 정도였다. 방송도 여러 번 타고 익히 만나기도 했으나 볼 때마다 넋을 놓게 되는 외모라, 저대로 자라 성인이 되면 어떨까 심히 궁금해졌다.

거기다 만약 동조자라면.

가능성이 상당했다. 부모도 그걸 아니 젖먹이 때부터 미리 아이를 나눠 가졌겠지만. 연예계를 독식하던 여배우가 돌연 건강 문제를 내세우며 활동을 중단했다가 복귀한 시점과, 난임으로 고생하던 정선재 의원의 아내가 바깥출입을 금한 요양 끝에 출산을 한 시기를 세간에서는 자주 겹쳐 화제에 올리곤 했다.

"내려 줘."

"알았어. 내려 줄게. 대신 저기 가지 말고 아빠 뒤에 있어. 알았지?"

그리 보채던 차예원은 막상 품에서 내려놓으니 수줍은 모양이었다. 차예원은 쭈뼛쭈뼛 차인호의 다리 뒤로 몸을 감추더니 고개를 빼꼼 내밀어 정윤환을 빤히 바라보았다. 그때였다. 말간 아이의 얼굴 위로 물줄기가 쭉 쏟아졌다. 깜짝 놀란 차예원이 와락 울음을 터뜨렸다. 차인호는 얼른 무릎을 꿇고 앉아 소매로 차예원의 얼굴을 닦아 주었다.

"환아! 정윤환!"

복도 저편에서 키가 훤칠한 의원 하나가 사색이 되어 달려왔다. 정선재였다.

"너, 너! 당장 이리 오지 못해!"

정선재는 도시연합장과 면담이라도 있었는지 평소보다 더 말쑥한 차림이었다. 그러나 갖춰 입은 정장이 무색하게도 이마에 땀까지 송골송골 맺힌 채 죽어라 뛰어오고 있었다. 그와 동시에 물총을 야무지게 움켜잡은 정윤환이 쌩하니 차인호 옆을 스쳐 도망갔다. 차예원에게 물벼락을 날려 놓고 사과 한마디 없이 즐거워 죽겠다는 얼굴이었다. 실수가 아니라 고의임이 한층 명백해졌다.

"이놈의 자식! 이리 안 와? 그놈의 물총 잡히기만 하면 내가, 억!"

정선재가 짧게 비명을 질렀다. 정윤환이 정선재의 얼굴에 쏜 물총을 거두더니 잽싸게 뛰어 멀어져 버렸다. 정선재는 잠시 멈춰 서서 얼굴을 훔치고 정장 재킷을 벗어 들었다. 그러더니 정수기 아래 동그마니 떨어져 있는 모자를 낚아채듯 줍고는 이쪽으로 뛰어왔다. 그대로 그는 맹렬한 기세로 차인호의 옆을 스쳐 정윤환의 뒤꽁무니를 쫓아 사라졌다.

"……괜찮아?"

차인호가 다정히 물었다. 차예원은 이제 눈물을 그치고 간혹 훌쩍거리기만 했다. 살면서 처음 맞아 본 물총에 어찌나 놀랐는지 뻣뻣하게 굳은 채 차인호의 바지를 꼭 움켜쥐고 있었다.

"나한테 물 쐈어."

"예원이랑 같이 놀고 싶어서 그랬나 보다."

"갖고 싶어."

"뭐? 물총?"

"아니."

차예원이 눈을 반짝 빛냈다. 물세례를 맞고 놀란 게 언제냐는 듯 평소의 고집 있는 입매로 돌아와, 차예원이 손을 쭉 뻗어 차인호의 어깨 너머를 가리켰다.

"쟤. 갖고 싶어."

차인호는 뒤를 돌아보았다. 정선재가 숨을 몰아쉬며 이쪽으로 성큼성큼 걸어오고 있었다. 그는 한 손에는 물이 찰랑찰랑한 물총을, 다른 한 손에는 고삐 풀린 망아지 같은 제 아들의 뒷덜미를 단단히 틀어쥐고 있었다. 화가 날 대로 난 아빠에게 붙잡혔는데도 정윤환은 풀이 죽기는커녕 더 활발하게 뛰듯이 통통 걷고 있었다. 차예원이 재차 강조했다.

"예뻐. 나 가질래."

"……잘생기긴 했지."

차인호가 중얼거렸다. 그사이 정선재가 다가와 멈추어 섰다. 아들이 도망갈까 싶어 뒷덜미 옷을 꽉 붙잡은 손등에 핏줄이 불거져 있었다. 그럼에도 강아지처럼 흐트러진 아들의 머리칼을 쓸어 정리해 주는 손길이 익숙하고 부드러웠다. 신나게 노느라 땀이 촉촉한 아들을 앞세우고 정선재가 정중히 고개를 숙였다.

"안녕하십니까. 제 아들이 실수를 했습니다. 정말 죄송합니다."

차인호가 괜찮다며 고개를 젓자 정선재가 미안하다는 얼굴로 차예원을 바라보았다.

"많이 놀랐지? 미안하다. 환아, 동생한테 미안하다고 인사해야지."

정윤환은 뒷덜미가 잡혀 있는 상태에서도 호기심 어린 눈으로 사방을 둘러보다가 정선재가 억지로 머리를 누르자 그제야 꾸벅 인사를 했다. 미안한 기색은커녕 해맑기만 했다. 그때였다. 차예원이 정윤환의 손을 덥석 잡았다. 그대로 쭉 당기며 '내 거!'라고 외치는 차예원을 차인호가 당황하여 떼어 놓았다.

"예원아, 손 놔. 아드님이 참 잘생겼습니다."

"아, 예. 따님도 귀엽······, 환아, 안 돼! 이건 나중에 줄게."

정선재가 물총을 높이 들어 정윤환의 손이 닿지 않도록 했다. 그럼에도 정윤환은 포기하지 않아, 정선재는 결국 정윤환을 번쩍 안아 들었다. 자주 있는 일인지 제법 큰 아이인데도 안는 품이 익숙해 보였다.

"아이 하나 키우는데도 정신이 없네요. 사회성 부족하고 산만한 것이 ADHD가 아닐까 싶어 상담도 받았는데 아니라고 해서······."

정선재의 말이 채 끝나기도 전에, 정윤환이 안긴 자세로 정선재의 목덜미를 끌어안고 볼에 쪽 뽀뽀를 했다. 정선재가 어이가 없다는 듯 웃었다. 아빠가 웃으니 신이 나서 볼에 냅다 뽀뽀 세례를 퍼붓는 정윤환과 이미 화가 다 풀린 듯한 정선재를 보며, 차인호가 넌지시 말했다.

"어릴 때 산만한 아이들이 설계를 잘한다는 이야기도 있잖습니까."

"하하. 아직 동조자 테스트를 받지도 않아서요."

"올해입니까, 테스트가?"

"아닙니다. 내년입니다. 아직 일곱 살이라."

정선재가 웃음기를 거두고 조심스러운 얼굴을 했다. 그럴 만도 했다. 항간의 수군거림을 본인도 모르진 않을 테니. 그래도 형제끼리 나눠 갖는 건 약과였다. 일명 족보만 보고 비싼 돈 주고 아이를 사들였다가 후에 동조자가 아니라고 버리는 일은 없을 테니.

만약 동조자가 아니라면. 동조자가 나올 때까지 계속해서 아이를 낳는 이들도 없지 않았다. 특히 신분 상승을 꿈꾸는 저소득층이 그랬다. 정부에서 비동조자가 일정 비율 이하인 집안의 부부에게는 출산 제한을 고려하고 있을 정도로.

그러나 정선재에게 그런 일은 없어 보였다. 그의 제수인 주신희는 희대의 여배우였다. 동조자만 기대하며 임신과 출산을 반복하기에 그녀의 시간은 가치가 컸다. 게다가 주신희의 첫째는 이미 동조자로 판명 났다. 어쩌면 도시연합 중앙학교까지 들어갈 수 있을지도 모른다.

"동조자가 아니어도 상관없습니다. 이리 예쁜걸요. 사실 요새는, 아니었으면 좋겠다는 생각도 가끔 합니다."

그 말에 차인호는 정선재를 빤히 보았다. 정선재는 차인호를 보고 있지 않았다. 그는 자신의 뺨에 이마를 붙이고 어느새 얌전해진 정윤환의 머리를 장난스럽게 한 차례 헝클어뜨렸다. 정선재가 차인호의 시선을 느꼈는지 문득 눈을 들었다. 그가 웃었다. 왠지 쑥스러워하는 것처럼 보였다. 정선재가 말했다.

"이런 말 조금 이상하게 들리실지 모르겠지만, 제가 온전히 사랑할 수 있을 것 같아서요."

차인호는 차예원이 비동조자로 판명되는 것을 상상해 보았다. 그래도 차예원은 여전히 예쁠 것이다. 그러나 아쉽지 않다고는 할 수 없었다.

"동조자가 아니면 배우를 시켜도 되겠는데요."

태가 남다른 정윤환의 옆모습을 바라보며 차인호가 말했다. 정선재가 사람 좋게 웃었다.

"제안은 많이 옵니다만, 아이 엄마가 방송에 내보내는 걸 꺼리는지라."

"이해합니다."

"중장님께서도 인터뷰 많이 하시지요? 반란군 수장을 잡은 건 처음이니까요. 대단하십니다. 다시 한번 축하드립니다."

'다시 한번'이라는 언급이 의미심장했다. 차인호는 사무실에 돌아가면 축하 메시지를 보내온 명단을 확인해야겠다고 생각했다. 정선재는 도시연합과, 특히 임유현과 노선이 달랐으나